BROOKE HARRIS

Alles beginnt mit dir

GOLDMANN
Lesen erleben

Buch

Die 15-jährige Kayla und ihre alleinerziehende Mutter Heather sind schon immer unzertrennlich. Sie sind ein unschlagbares Team, das gemeinsam lacht, *Friends* schaut und Cupcakes backt. Der Vater Gavin lebt mit seiner neuen Familie in Dublin. Kayla ist der Star der Basketballmannschaft in der Schule. Doch als sie bei einem Turnier stürzt und ins Krankenhaus muss, bricht für Mutter und Tochter eine Welt zusammen. Denn sie werden mit einer schrecklichen Nachricht konfrontiert: Kayla hat Knochenkrebs und wird nach Dublin zum Spezialisten Dr. Jack Patterson überwiesen. Plötzlich rückt die gesamte Patchworkfamilie zusammen – Kaylas Vater, seine neue Frau Charlotte und die gemeinsame Tochter Molly. Und während alle um Kaylas Leben bangen, hat diese vor allem einen Wunsch: das Glück und die Liebe für ihre Mutter zu finden …

Weitere Informationen zu Brooke Harris
sowie zu lieferbaren Titeln der Autorin
finden Sie am Ende des Buches.

Brooke Harris

Alles beginnt mit dir

Roman

Aus dem Englischen
von Sina Hoffmann

GOLDMANN

Die englische Originalausgabe erschien 2019 unter dem Titel »My Daughter's Choice« bei Bookouture.

MIX
Papier aus verantwortungsvollen Quellen
FSC® C014496

Penguin Random House Verlagsgruppe FSC® N001967

1. Auflage
Deutsche Erstveröffentlichung März 2022

Umschlaggestaltung: UNO Werbeagentur, München
Umschlagmotiv: © Stocksy / Jovana Vukotic
Redaktion: Antje Steinhäuser
MR · Herstellung: ik
Satz: GGP Media GmbH, Pößneck
Druck und Bindung: GGP Media GmbH, Pößneck
Printed in Germany
ISBN: 978-3-442-48952-7
www.goldmann-verlag.de

Besuchen Sie den Goldmann Verlag im Netz

»Wie Touristen reisen wir durch diese Welt. Für einige von uns ist es ein langes, kurvenreiches Abenteuer. Für andere nur eine kurze Stippvisite. Am Ende bleibt jedoch eine Frage: Hast du die Reise genossen? Und das habe ich. Sehr sogar.«

– KAYLA PRENDERGAST DORAN

Prolog

September

Nur noch eine Minute bis zum Abpfiff. Das Herz hämmert mir in der Brust, als ich vom einen Ende der Schulturnhalle zum anderen laufe und den Ball dribbele, während ich mich durch das Gewimmel der verschwitzten Körper hindurchschlängele.

»Kayla! Kayla! Kayla!«, feuern mich die Schüler, Lehrer und Eltern von der Seitenlinie aus an. Die Turnhalle ist brechend voll, und alle Blicke ruhen auf mir.

»Wenn du den Korb jetzt wirfst, gewinnen wir!«, ruft mir Aiden, mein bester Freund, zu, während er einen wirklich großen Spieler aus der gegnerischen Mannschaft deckt und mich dadurch vor ihm abschirmt.

Ich werfe einen Blick auf die Anzeigetafel. Noch dreißig Sekunden. Schweiß tropft mir aus den Haaren und läuft mir in die Augen. Mit zitterndem Arm wische ich mir über die Stirn, bremse ab und komme vor dem Korb zum Stehen.

»Kayla! Kayla! Kayla!«, hallen die Anfeuerungsrufe in meinen Ohren.

»Wirf, Kayla! Wirf!«, schreit Aiden.

Die Füße leicht nach außen gesetzt, konzentriere ich mich auf den Korb. Ich beuge die Knie und werfe den Ball – begleitet von einem lauten Schrei, der sich aus mir entlädt.

Die Turnhalle bricht in Jubelrufe aus, und alle klatschen; meine Mannschaft kommt auf mich zugerannt. Alle versammeln sich um mich, während ich zu Boden sinke und einfach nicht glauben kann, was gerade passiert ist.

»Du hast es geschafft, Kayla! Wir haben gewonnen!«, ruft Aiden und schlängelt sich durch unsere Mannschaftskameraden hindurch, die sich um mich drängen. »Was machst du da unten?«, fragt er überrascht, als er sieht, wie ich auf dem Boden sitze und hin und her schwanke. »Ist das zu fassen? Wir stehen im Finale! Unsere Schule steht seit zwanzig Jahren zum ersten Mal im Finale!«

»Wo ist meine Mum?«, frage ich und schlucke meine Tränen hinunter.

Immer noch lächelnd wirft Aiden einen Blick über die Schulter zurück. »Sie kommt, aber es könnte ein Weilchen dauern, bis sie es durch die Menschenmenge schafft. Die Leute rasten total aus!«

Die Aufregung ist elektrisierend; stampfende Füße, Klatschen, Gelächter und Anfeuerungsrufe. Doch ich kann an nichts anderes denken als an den pochenden Schmerz in meinem Knie. Irgendwas stimmt da nicht! Irgendetwas ist mit meinem Knie nicht in Ordnung. Aiden hält mir seine Hand hin und zieht mich hoch. Vor Schmerz hätte ich wieder schreien können, doch ich beiße mir mit den

Schneidezähnen auf die Unterlippe und schlucke den Schrei hinunter.

»Alles in Ordnung?«, fragt er, während sein Lächeln stockt. »Hat dich deine eigene Großartigkeit umgehauen? Man könnte meinen, du weinst!«

»Ich will meine Mum!«, sage ich. »Ich will einfach nur meine Mum.«

Endlich ist Mum nah genug, dass sich unsere Blicke treffen, und als sie mich sieht, verändert sich ihre Miene schlagartig. Ihr ist klar, dass ich nicht Freudentränen vergieße. Sie weiß, dass ich mich verletzt habe.

Ich will einfach nur meine Mum.

1.

Heather

Eine Woche später

Mit angehaltenem Atem stehe ich vor dem Zimmer meiner Tochter. Ich habe die Beine ein wenig gespreizt – auf diese Art und Weise zittern meine Knie nicht ganz so arg. Die Arme habe ich vor der Brust verschränkt, als wäre ich verärgert. Dabei ist das gar nicht der Fall. Kayla gibt mir nie einen Grund, verärgert zu sein. Sie ist kein typischer Teenager, aber ich denke, ich bin genauso wenig die typische Mutter. Natürlich sind wir Mutter und Tochter, doch in erster Linie sind wir beste Freundinnen. Ich will nicht behaupten, dass wir gar nicht streiten. Immerhin sind wir Menschen – keineswegs perfekt. Aber wenn wir schon einmal streiten, dann meist wegen unwichtiger Dinge, wie zum Beispiel, wer das letzte Stück Pizza gegessen hat oder ob Ross wirklich der Richtige für Rachel ist, wenn wir mal wieder viel zu lang aufbleiben, um zusammen alte Wiederholungen von *Friends* zu gucken. Und wir haben nie, wirklich niemals Geheimnisse voreinander. Bis jetzt. Kayla hat mir ein großes Geheimnis verschwiegen. Mit tut es im Herzen weh, wenn ich darüber nachdenke, wie anders jetzt alles sein könnte, wenn sie mir bloß früher gesagt hätte, unter welchen Schmerzen sie gelitten hat.

Ich atme mehrmals tief aus, bis mir fast schwindelig wird, und will gerade anklopfen, als durch den Spalt der nur angelehnten Tür ein Kichern zu mir dringt, das mich innehalten lässt. Ich lächele und schüttele den Kopf. Wie so oft frage ich mich, wie man bloß den ganzen Tag in der Schule zusammen verbringen kann und dann nach Hause geht, um den halben Abend zusammen weiterzuquatschen.

»Zu deiner Zeit damals gab es eben noch kein Snapchat«, erinnert mich Kayla gern regelmäßig. »Auf die Art und Weise unterhalten sich die Leute eben heute. Das ist komplett normal.«

Normal, denke ich. Alles ist wieder unsicher. Mit einem Mal fühlt sich Normalität wie ein Privileg an, das wir einfach als selbstverständlich vorausgesetzt haben.

Als das sorgenfreie Gelächter, wie man es aus der Kindheit kennt, lauter und aufgedrehter wird, bringe ich es nicht übers Herz, Kayla zu stören. Nicht jetzt. Ich muss diesen Normalzustand für mich noch ein wenig aufrechterhalten.

»Ich kann dieses Jahr nicht zum Jahrmarkt gehen«, höre ich Kayla sagen. »Meine Mum hat schlechte Laune. Wahrscheinlich hat sie von irgendeiner Mutter etwas Heikles gehört.«

»Was denn?« Aidens raue Stimme klingt so laut und

deutlich, als befände er sich mit meiner Tochter in einem Zimmer.

»Keine Ahnung«, entgegnet Kayla. »Vielleicht hat sie von betrunkenen Jugendlichen gehört. Erinnerst du dich? Die Hälfte unserer Stufe war letztes Jahr sternhagelvoll.«

»Haha, ja, stimmt«, lacht Aiden. »Da waren einige Spezialisten dabei! Roisin Kelly hat in ein Gebüsch gekotzt. Das war so ziemlich das Witzigste, was ich je gesehen habe, weißt du noch?«

Ich keuche. Mrs Kelly hält ihre Kinder für vollkommen. Was sie wohl dazu sagen wird, wenn sie je herausfinden sollte, was Roisin so alles hinter ihrem Rücken treibt?

»Sag deiner Mutter doch einfach, dass du nicht trinkst«, fährt Aiden fort. »Sie wird dir glauben, oder?«

»Sie weiß, dass ich nicht trinke«, erwidert Kayla und klingt dabei ein wenig verschnupft, woraufhin mein Herz vor Stolz fast platzt. »Aber ich glaube gar nicht, dass es daran liegt. Sie ist total gestresst. Ich glaube vielmehr, dass mein kaputtes Knie sie wahnsinnig macht.«

»Hast du ihr denn gesagt, dass nächste Woche ein wichtiges Spiel ansteht? Da *musst* du einfach spielen. Ohne dich können wir nicht gewinnen«, antwortet Aiden.

Kayla seufzt. »Ich bezweifele, dass sie mich spielen lässt. Sie hat einen Riesenaufstand gemacht, dass ich es langsam angehen lassen soll. Seit wir aus dem Krankenhaus zurück sind, ist sie komisch. Dabei waren die Untersuchungen gar nicht so schlimm. Ich hatte eine CT und bin geröntgt worden. Na ja, sie haben mir Blut abgenommen. Das war ziemlich fies.«

»Ich verstehe nur immer noch nicht, warum wegen eines verstauchten Knies plötzlich so viele Untersuchungen nötig sind«, erwidert Aiden.

»Yep. Versteh ich auch nicht.« Kayla seufzt. »Das ist sterbenslangweilig und mit elendiger Warterei verbunden.«

Aiden schnaubt. »Ja, aber es lohnt sich, weil du dadurch nicht zur Schule musst. Mr Gibbons hat uns gestern drei Seiten Mathehausaufgaben aufgegeben! Der ist so ein Blödmann!«

»Das glaube ich!«, antwortet Kayla. »Mum und ich gehen immer nach dem Krankenhaus zu McDonald's oder trinken einen heißen Kakao, das ist echt cool. Aber ich glaube, die Untersuchungen sind jetzt vorbei. Wahrscheinlich komme ich morgen oder übermorgen wieder zur Schule.«

»Was haben denn die Untersuchungen ergeben?«, fragt Aiden.

»Keine Ahnung«, erwidert Kayla. »Das dauert eine Ewigkeit, bis die Ergebnisse da sind. Aber mein Knie ist jetzt wieder super, deswegen war das alles eigentlich nur eine riesengroße Zeitverschwendung.«

Die Federn in Kaylas Bett quietschen auf einmal, und ich bin mir sicher, dass sie ihr *jetzt-wieder-super*-Knie austestet. Ich will am liebsten hineinmarschieren und ihr sagen, sie soll damit aufhören, bevor sie erneut fällt. Oder durch die Decke nach unten bricht und in der Küche landet. Der Vermieter wird ausrasten, sollten noch mehr Schäden auftreten. Er meckert immer noch über den Fleck auf dem Teppichboden, den wohl ein Haarfärbemittel hinterlassen hat, obwohl ich ihm schon hundertmal gesagt habe, dass der Fleck bereits vor unserem Einzug dort war. Ich habe einfach einen Läufer gekauft und drübergelegt, damit ich nicht jedes Mal an den Vermieter denken muss, wenn mein Blick auf den Fleck fällt.

Mit einem Mal klingt Aidens Stimme sehr ernst, und ich lausche besorgt. »Sag deiner Mum, dass dein Knie wieder in Ordnung ist, und komm dann zum Jahrmarkt mit. Es sei denn, du bist ein Schisserhuhn und schiebst das nur vor, um nicht auf die Steilwand mitzukommen.« Mit aufgeregten Gackergeräuschen zieht er sie auf.

»Mann!«, blafft Kayla. »Hör auf. Ich habe dir gesagt, dass ich nicht kann.«

»Überleg dir doch etwas Nettes, um dich bei ihr einzuschleimen«, schlägt Aiden vor. »Räum die Spülmaschine aus. Bring ihr Frühstück ans Bett. Mütter lieben Frühstück im Bett.«

»Aiden, komm schon …«

»Was denn?«, entgegnet Aiden. »Du wirst doch wohl wissen, wie du ihr Honig ums Maul schmieren kannst.«

»Die ganzen Untersuchungen sind ziemlich teuer, und meine Mutter konnte währenddessen nicht arbeiten gehen. Sie ist ziemlich schlecht gelaunt. Können wir das Thema jetzt einfach beenden?«

»Okay! Sorry. Ich habe nur versucht, dich ein wenig aufzuheitern, Kayla«, antwortet Aiden ernst. »Ich wollte dich nicht verärgern. Mütter verhalten sich immer komisch. Das ist doch nichts Neues.«

»Meine Mutter nicht«, entgegnet Kayla, und die Tränen,

die ich die ganze Zeit über mühevoll zurückgehalten habe, kullern mir über die Wangen. »Sie ist ziemlich cool.«

»Aber nicht cool genug, um dich an diesem Wochenende ausgehen zu lassen«, widerspricht Aiden.

Stille breitet sich aus, und einen Augenblick lang frage ich mich, ob Kayla vielleicht gemerkt hat, dass ich sie belausche. Ich weiß selbst nicht einmal, was ich hier mache. Ich belausche meine Tochter sonst nie. Das habe ich nämlich gar nicht nötig. Wir quatschen wie beste Freundinnen miteinander, und sie berichtet mir über alle Neuigkeiten, die sie betreffen. Wahrscheinlich will ich nur Zeit schinden. Denn ich weiß, dass sich mit einem Schlag alles ändern wird, sobald ich an Kaylas Tür klopfe.

»Hör mal«, sagt Aiden. »Sag deiner Mutter doch einfach, dass ich auch da bin und gut auf dich aufpassen werde. Und das mache ich, das weißt du.«

»Jetzt wirst du mir ein wenig unheimlich, du Spinner«, lacht Kayla laut. »Aber es hat keinen Sinn, sich darüber noch weiter zu unterhalten.«

Mir wird das Herz ganz schwer, als ich die Enttäuschung höre, die in Kaylas Stimme mitschwingt. Aber sie hat recht. Ich werde es ihr keinesfalls erlauben, mit ihren Freunden auf den Jahrmarkt im Dorf zu gehen, obwohl sie dort in den letzten beiden Jahren hindurfte. Aber Kayla kennt die Gründe noch nicht, und ich habe keinen blassen Schimmer, wie ich es fertigbringen soll, ihr davon zu erzählen.

»Ich muss los«, stellt Aiden plötzlich fest. »Abendessen ist fertig. Ich rufe dich später noch mal an, ja?«

»Ja, klar!«, erwidert Kayla. »Bye!«

Es folgt eine jähe Stille, bevor schließlich Ed Sheerans neueste Single so laut dröhnt, dass selbst Kaylas Kinderzimmertür klappert. Halb taub weiche ich zurück, drehe mich um und stehe direkt an der Treppe. Gott sei Dank befindet sich das Geländer unmittelbar neben mir. Schnell greife ich danach, als meine Knie nachgeben. Schwerfällig lasse ich mich auf die oberste Stufe fallen und schlage mir die Hände vors Gesicht.

Ich hasse es, meine Teenagertochter wie ein gestörter Spion zu belauschen und zu kontrollieren, als hätte sie etwas falsch gemacht – insbesondere, da sie ein wirklich liebes Kind ist. Ich hasse mich wirklich dafür, in den letzten Tagen derart fahrig gewesen zu sein und immerzu so gewirkt zu haben, als sei ich in Gedanken ganz woanders oder gar nicht mehr ich selbst. Eigentlich hatte ich angenommen, meine Sorgen erfolgreich vor Kayla verborgen zu haben – was ich offenbar wohl doch nicht geschafft habe. Am allermeisten verabscheue ich mich dafür, vor zehn Minuten ans Handy rangegangen zu sein und einen Anruf von einem Arzt aus dem Krankenhaus angenommen zu haben. Er hat mich nämlich gebeten, morgen vorbeizukommen, um mit mir Kaylas Untersuchungsergebnisse zu besprechen.

»Worum geht es denn?«, habe ich ihn gefragt.

»Würde Ihnen halb zwölf passen?«, sagte er, als sei das eine Antwort auf meine Frage.

Halb zwölf passt mir ganz und gar nicht. Bereits jetzt habe ich schon so viel Zeit bei der Arbeit versäumt, und ich habe morgen eigentlich von neun bis zwölf Uhr mittags durchgehend Meetings. Ohne zu zögern habe ich jedoch mit »Natürlich!« geantwortet. Und dann habe ich mich noch mit »Vielen Dank« bedankt. Ich habe mich tatsächlich bei dem Arzt für die Gelegenheit bedankt, dass er mir schlechte Nachrichten übermitteln wird. *Mir ist klar, dass es schlechte Nachrichten sein müssen, denn bei allem anderen hätte er mir das Ergebnis ja wohl am Telefon mitgeteilt, oder?*

Ich habe selbst jede Menge solcher Anrufe getätigt. Nur rede ich nicht mit den Leuten über ihre Gesundheit, sondern lediglich über ihr Geld. Für die Mehrheit meiner Kunden ist Geld das Wichtigste auf der Welt. Ich frage mich ernsthaft, ob sie diesbezüglich wohl ihre Meinung ändern würden, wenn sie sähen, wie viel Gewicht meine Tochter in letzter Zeit verloren hat oder wie sie nur noch leicht hinkend geht.

»Bitte kommen Sie baldmöglichst in mein Büro«, sage ich dann immer, monoton und ohne irgendwelche Anhaltspunkte zu verraten, doch die Person am anderen Ende der Leitung weiß bereits automatisch, dass es sich um schlechte Nachrichten handelt. Manchmal fragt derjenige nach weiteren Einzelheiten. Oftmals jedoch auch nicht. Aber die Leute schaffen es immer, sich Zeit im Kalender freizuschaufeln und einen Termin wahrzunehmen, ganz gleich, wie beschäftigt sie zu sein beteuern.

»Mum.« Kayla taucht hinter mir auf und legt mir ihre Hand auf die Schulter.

»Aaah!«, kreische ich und schlage mir erschrocken die Hand auf die Brust.

Durch die laut dröhnende Musik habe ich gar nicht gehört, wie sie hinter mir ihre Zimmertür geöffnet hat. Kayla kichert. Schließlich muss ich auch lachen und hoffe inständig, dass Kayla mir abnimmt, dass ich mir mit dem Ärmel unter den Augen entlangwische, weil ich Tränen gelacht habe – und nicht etwa aus anderen Gründen.

Kayla quetscht sich zwischen mich und das Geländer und lässt sich auf der gleichen Treppenstufe nieder wie ich. Dann legt sie ihren Kopf auf meine Schulter, sagt aber keinen Ton.

»Hey, du«, sage ich und muss mich gleichzeitig sehr konzentrieren, um meine bebenden Schultern ruhig zu halten. »Was hättest du gern zum Abendessen? Vielleicht was von unserem Chinesen? Oder Pizza?«

Kayla holt tief Luft und schmiegt sich eng an mich. »Mum, was ist los? Sag's mir bitte. Ich mache mir Sorgen um dich.«

Ich schlinge die Arme um meine Tochter und ziehe sie fest an mich. Und flehe meine Magenkrämpfe inständig an, zumindest so lange nachzulassen, dass ich den Duft von Kaylas Haaren und die Wärme ihrer Umarmung genießen kann.

»Das ist eine schwerwiegende Entscheidung«, keuche ich und bleibe ruhig. »Pizza oder Chinese. Damit steht und fällt der ganze Abend.«

Kayla richtet sich auf, und ich lasse sie los. Ich schaue meiner Teenagertochter in die wunderschönen himmelblauen Augen und habe Mühe, mich an einen Tag zu erinnern, bevor sie ein Teil meiner Welt wurde.

»Für Krabbenchips würde ich sterben«, grinst Kayla. »Können wir das Essen liefern lassen?«

»Gute Idee«, erwidere ich. »Dann hätte ich noch Zeit, schnell ein paar Brownies als Nachtisch zu zaubern. Was meinst du?«

»Hm, lecker!«, antwortet Kayla, steht auf und hüpft ein paar Stufen hinunter, bevor sie sich mit einem kessen Grinsen halb zu mir umdreht. »Ich suche uns schon mal was auf Netflix aus. Von diesem Dokumentarkram, den du da in letzter Zeit angeguckt hast, habe ich die Nase voll. Du musst unbedingt *Riverdale* sehen, Mum! Alle in der Schule finden das toll. Dir wird das auch gefallen!«

»Okay, Süße«, willige ich ein und klammere mich verzweifelt an einen weiteren Tag voller Normalität. »Okay.«

2.

Charlotte

Der nächste Tag

»Molly, Süße. Wo sind deine Schuhe?«

Meine vierjährige Tochter steht an der Haustür, während ihr noch die Reste der Schokoflakes in den Mundwinkeln kleben.

»Weiß nich.« Molly zuckt mit den Schultern. Sie dreht das Kinn und schaut über die Schulter zurück. »Daddy?«, brüllt sie dann in Richtung Küche.

Mein Ehemann kommt in den Flur geeilt und trägt die gleichen Überreste des zuckrigen Frühstücks rund um seinen Mund zur Schau.

»Schuhe?«, sage ich, schüttele den Kopf und deute auf die Füße unserer Tochter.

»Ich weiß, ich weiß. Ich war gerade dabei«, erwidert Gavin, wirft einen Blick zu Molly hinüber und hofft auf einen Hinweis, während er sich mit der Rückseite der Hand über den Mund wischt, um die Schokoladenreste loszuwerden.

Eigentlich sollte ich nicht seufzen, aber ich kann nicht anders. Ich weiß Gavins Mühen sehr zu schätzen, mich heute Morgen ausschlafen zu lassen, allerdings kennt er Mollys Abläufe einfach nicht so gut wie ich. Also lag ich eben im Bett, habe möglichst lange an die Decke gestarrt und so getan, als würde mir der Trubel rund um die Schuluniform und die Turnsachen nichts ausmachen. Mit Mollys kleiner Krawatte unter dem Arm bin ich dann so gelassen wie möglich die Treppe runtergekommen.

»Deine Schuhe sind da, wo du sie gestern Abend liegen gelassen hast, Molly«, erkläre ich, während ich ihr die Krawatte um den Hals lege und sie ihr binde. »Auf dem Badezimmerboden.«

»Oh, stimmt.« Molly lächelt, dreht sich von mir weg und rennt die Treppe rauf. »Jetzt weiß ich's wieder.«

»Du meine Güte! Das Kind würde seinen Kopf vergessen, wenn er nicht angewachsen wäre!«, stellt Gavin mit schiefem Lächeln fest.

»Yep.« Ich nicke und versuche, meinen Frust nicht zu zeigen, da ich Molly gestern ganze drei Mal gebeten habe, die Schuhe in ihr Zimmer zu bringen.

Ich gehe in die Küche. Gavin folgt mir und setzt sich an den Küchentisch, um seine restlichen Choco Krispies aufzuessen.

»Kaffee?«, frage ich und fülle den Wasserkocher.

»Mmm-hmm«, nickt Gavin, hebt seine Schüssel an die Lippen und trinkt die Kakaomilch aus.

Nachdem ich den Wasserkocher angestellt habe, nehme ich anschließend den Müsliriegel und ein Tütchen Chips aus Mollys Pausenbrotdose heraus. Stattdessen packe ich ihr zwei Schnitten Fünfkornbrot und einen Apfel ein. Ich halte mich gar nicht erst damit auf, die Regel rund um ein gesundes Frühstück zu erwähnen. Gavin hat das Schreiben, das wir bei der Schulanmeldung bekommen haben, genauso gelesen wie ich.

»Du hast heute kein Turnen, Molly. Heute ist Dienstag«, erkläre ich, als mein kleines Mädchen wieder in die Küche kommt, die Schuhe am jeweils falschen Fuß und die Turnsachen in den Händen. »Aber nach der Schule hast du Klavierunterricht, denkst du daran?«

»Ich hasse Tavier«, protestiert Molly.

»Ich weiß.« Ich nicke. »Aber nur, weil du gerade erst angefangen hast. Aller Anfang ist schwer. Aber wenn du einmal älter bist und du all deine Lieblingslieder spielen kannst, wirst du darüber noch mal unheimlich froh sein.«

»Werde ich nicht.« Molly stampft mit dem Fuß auf. »Ich hasse Lieder. Ich hasse alle Lieder.«

»Okay«, seufze ich und ignoriere das lächerliche Argument meiner Tochter.

Mir liegt es auf der Zunge, hervorzuheben, dass sie für jemanden, der alle Musik auf der Welt hasst, die Werbejingle einer Zahnpasta aber jeden Abend beim Zähneputzen liebend gern summt. Aber wir sind schon spät dran, und mir ist klar, dass die Ironie der Aussage bei meiner Vierjährigen ohnehin sinnlos verpuffen würde.

»Daddy! Los jetzt!«, ruft Molly und nimmt mir die Pausenbrotdose aus der Hand.

Gavin steht auf und merkt dabei nicht, dass Molly ihm

gleichzeitig die Schultasche aus der Hand zieht. Deren Reißverschluss ist offen, sodass die Schreibmappe und ein Schnellhefter rausrutschen und zu Boden fallen.

»Ups.« Molly kichert und bückt sich, um alles wieder aufzuheben.

»Molly, das kann doch gar nicht wahr sein!«, stöhne ich und eile ihr zu Hilfe. »Du musst ein bisschen besser aufpassen!«

»Hab ich nicht extra gemacht.« Mollys Unterlippe zittert.

»Alles gut, Prinzessin«, tröstet Gavin sie und schaut mich mit zusammengekniffenen Augen an. »Wir alle machen mal Fehler. Sogar Mummy.«

Innerlich stöhne ich auf und verdrehe die Augen.

»Komm schon, Molly«, treibe ich sie an, da mir bewusst ist, dass wertvolle Sekunden verstreichen – wir werden zu spät kommen. »Steck die Sachen in deine Tasche zurück, während ich das Problem mit deinen Schuhen behebe.«

»Die muss man gar nicht heben.« Molly deutet auf ihre Füße.

»Nein«, seufze ich und verliere langsam die Geduld. »Aber sie sind am jeweils falschen Fuß, oder nicht?«

»Sind sie nicht!« Molly zieht die Nase kraus.

»Molly, die sind am falschen Fuß.«

»Sind sie nicht.« Molly lässt sich auf den Po fallen und versteckt die Füße unter sich. Dann verschränkt sie die Arme vor der Brust und starrt mich trotzig an.

»Meine Güte!«, schimpfe ich und bücke mich, um Mollys Schreibmappe und den Schnellhefter wieder in ihre

Tasche zu stecken. »Jetzt gib mir deine Füße. Du wirst dir sonst noch auf dem Schulhof den Hals brechen, wenn du die Schuhe nicht richtig herum anziehst!«

»Nein. Nein. NEIN!«, brüllt Molly.

Ich gebe mich geschlagen, stehe auf und starre Gavin an. Mein Blick bittet ihn, mit seiner Tochter ein ernstes Wörtchen zu reden. Aber just in dem Augenblick, als mein Mann mit dem Zeigefinger auf sie deutet und er die Lippen öffnet, klingelt sein Handy. Schnell zieht er den Finger zurück, fährt mit der Hand in die Tasche und holt es heraus.

»Das ist Heather«, erklärt Gavin und deutet aufs Display.

Aus Wut und Verzweiflung lächele ich übertrieben strahlend, weil ich keine Ahnung habe, was ich sonst angesichts der Nachricht, dass seine Ex-Verlobte anruft, machen sollte.

»Hallo«, begrüßt Gavin sie und hat das Handy schneller am Ohr, als ich Zeit habe, ihm zu antworten. »Nein. Natürlich rufst du nicht ungelegen an. Was ist los?«

»Natürlich rufst du nicht ungelegen an«, äffe ich ihn nach und verdrehe die Augen, als Gavin ins Nebenzimmer geht.

Molly lacht. »Du bist albern, Mummy«, stellt sie fest und stürzt vorwärts, um mir ihre Arme fest um die Taille zu legen. »Ich hab dich lieb!«

»Ich dich auch, meine Kleine!«, antworte ich.

»Ich bin nicht mehr klein!«, protestiert Molly. Sie lässt mich los und lässt sich wieder auf den Po fallen. Dann streckt sie die Arme aus, zieht die Schuhe aus und wechselt sie an den jeweils anderen Fuß. »Siehst du? Ich bin schon groß.«

Ein Ergebnis. Ich lächele.

»Komm«, sage ich, nehme Molly an die Hand und helfe ihr hoch. »Lass uns mal nachschauen, ob Daddy fertig ist. Ich will nicht zu spät kommen.«

Ich werfe mir einen Riemen von Mollys rosa glitzernder Schultasche über die Schulter und klemme mir die grellpinke Brotdose unter den Arm. Molly hält meine Hand und hüpft neben mir zum Wohnzimmer.

Die Wohnzimmertür ist einen Spaltbreit geöffnet, und ich will sie gerade mit der Hand aufstoßen, als ich höre, wie Gavin krächzt und seine Stimme sich überschlägt.

»Oh Gott. Okay. Oh Gott«, sagt er. »Du meine Güte, Heather! Das kann nicht wahr sein! Bitte sag, dass das nicht wahr ist!«

Ich ziehe meine Hand zurück, drehe mich um und will Molly in die Küche zurückdirigieren, doch sie reißt sich von mir los und stößt die Tür so fest auf, dass sie an die Wand knallt.

»Molly, um Himmels willen, Daddy ist beschäftigt!«, schimpfe ich.

»Daddy, sieh mal.« Molly hüpft ins Wohnzimmer und ignoriert mich. »Ich habe das Problem selbst gehoben! Ganz allein! Mummy hat gesagt, ich wäre noch klein, aber ich habe es selbst gehoben!«

Gavin steht vor dem Kamin und dreht sich nicht zu uns um. Nicht einmal, als Molly das Wohnzimmer durchquert und an der Gesäßtasche seines Anzugs zupft. Mit gesenktem Kopf und hängenden Schultern steht er da. Gavin ist knapp ein Meter neunzig groß, und von seiner Rugbyzeit auf dem College ist er immer noch recht muskulös, doch mit einem Mal ist mein Ehemann in sich zusammengesunken und wirkt fast zerbrechlich. Als würde ihn das Gewicht dessen, was Heather ihm gesagt hat, körperlich erdrücken.

»Molly«, rufe ich. »Molly, Süße, komm her zu mir.«

Molly lässt Gavin los, wirbelt zu mir herum und sieht mich an. Gavin schweigt und nickt immer wieder, während er statuenhaft dasteht, das Telefon fest ans Ohr gepresst. Ich frage mich, ob er überhaupt mitbekommen hat, dass wir hier sind.

»Molly, lauf bitte mal kurz nach oben und putz dir die Zähne, ja?«, bitte ich sie.

»Das habe ich schon.« Molly verzieht das Gesicht, reißt den Mund auf und zeigt mir ihre oberen und unteren Zähne. »Schau!«

»Kannst du sie dir bitte noch einmal putzen gehen?«

»Aber …«

»Erinnerst du dich daran, was die Zahnfee gesagt hat?«, frage ich.

Molly atmet aus. »Blitzeblanke Zähne hat die Zahnfee am liebsten.«

»Ganz genau. Und jetzt lauf hoch. Braves Mädchen.« Ich weiche aus dem Türrahmen zurück, damit Molly genug Platz hat, um an mir vorbei zur Treppe zu gehen. »Ich bin gespannt, wie funkelnd sauber du sie putzen kannst!«

»Ich kann sie super funkelnd putzen. Die funkeln dann noch mehr als meine Schultasche«, erklärt Molly und rennt die Treppe hinauf. Ich verzichte auf die eigentlich fällige Ermahnung, dass sie nicht zu schnell laufen soll.

Molly lässt die Badezimmertür offen stehen, und ich warte ab, bis ich den Wasserhahn laufen höre, bevor ich ihre Schultasche und die Pausenbrotdose auf der Couch ablege und zu Gavin eile. Ich lege ihm meine Hand auf die Schulter und spüre, wie er zittert. So kenne ich ihn gar nicht. Dafür, dass sie einmal zusammen waren, haben Heather und Gavin eine fast schon irritierend gute Beziehung zueinander. Kaylas Erziehung haben sie so gerecht zwischen sich aufgeteilt wie nur möglich, obwohl sie an entgegengesetzten Enden des Landes leben. Gavin zahlt den Löwenanteil aller Kosten: Schulausflüge, Zahnspange, neue Schuhe. Nie beschwert er sich auch nur mit einem Wort darüber. Insgeheim bin ich überzeugt, dass er sich Heather gegenüber schuldig fühlt, weil Heather nach Kaylas Geburt das College verlassen hat, während er unbehelligt seinem Studium nachgehen konnte.

»Ich verdiene mehr«, erklärt mir Gavin jedes Mal, wenn eine weitere Zahnarztrechnung in unserem Briefkasten landet.

Und das stimmt. Aber Heather tanzt diese Woche vollkommen aus der Reihe. Sie hat Gavin mindestens schon zehnmal angerufen, und das alles nur, weil Kayla hingefallen ist und sich das Knie verstaucht hat. Heather spricht von wer weiß welchen Spezialisten, von denen Gavin und ich noch nie etwas gehört haben, und zweifellos denkt Heather mal wieder, die *Bank of Gavin* wird für sämtliche Kosten aufkommen. Das läuft doch völlig aus dem Ruder! Darüber muss ich später dringend mit Gavin reden.

»Gavin«, sage ich und packe seine Schulter ein wenig fester. »Was ist los?«

Als Gavin sich zu mir umdreht, ist alle Farbe aus seinem Gesicht gewichen. Seine Augen blicken mich an, nur scheint er mich gar nicht zu sehen. Er hält weiterhin das Telefon ans Ohr gepresst, aber ich glaube nicht, dass noch jemand am anderen Ende ist. Mit einem Mal bezweifele ich, dass es hier ums Geld geht.

Über unseren Köpfen ertönen leichte Schritte, und mir ist klar, dass jede Sekunde Molly die Treppe herunterkommen wird.

Ich greife nach Gavins Hand und ziehe sie von seinem Ohr herunter. Er hält das Handy so fest umklammert, dass seine Knöchel hervortreten und so schneeweiß leuchten wie sein Gesicht. Ich versuche erst gar nicht, ihm das Handy aus der Hand zu nehmen oder mit ihm zu sprechen; stattdessen schiebe ich meine Hand um seine Taille und führe ihn zum Sofa. Er geht, macht aber winzige Schritte wie ein kleines Kind. Ein schreckliches Gefühl der Schwere breitet sich in meinem Magen aus, als wir das Sofa erreichen und ich mit beiden Händen zu den Schultern meines Mannes hinaufgreifen und diese herunterdrücken muss, damit er sich hinsetzt.

»Muuuummmyyyy, ich finde meine Schultasche nicht!«, brüllt Molly von oben.

Ich werfe einen Blick auf ihre Tasche, die eingeklemmt halb neben, halb unter Gavin auf dem Sofa liegt.

»Such weiter«, rufe ich und gehe zur Tür hinüber, sodass ich Molly oben am Treppenabsatz im Blick habe. »Schau noch mal in deinem Zimmer nach. Braves Mädchen.«

»Okay.« Molly zuckt mit den Schultern, dreht sich um und eilt in ihr Zimmer.

Einen Moment lang schließe ich die Augen und atme aus, bevor ich mich schließlich wieder zu Gavin umdrehe. Mir ist natürlich klar, dass Molly nicht mehr lange abgelenkt werden kann, aber ich will unbedingt vermeiden, dass sie mithört, was Gavin mir gleich erzählen wird.

Als ich die Augen wieder öffne, hat Gavin die Hände vors Gesicht geschlagen und schüttelt den Kopf.

»Was hat sie gesagt, Gavin?«, frage ich. »Gibt es schlechte Nachrichten?«

Gavin sagt keinen Ton. Als er endlich die Hände sinken lässt, sind seine Augen gerötet, und mir fällt auf, dass er nur mit Mühe die Tränen zurückhalten kann.

»Mummy, ich kann sie nicht finden!«, jammert Molly. »Ich habe überall gesucht.«

»Oh, um Himmels willen, Molly!« Ich verdrehe die Augen und marschiere in den Flur.

Wieder steht Molly oben am Treppenabsatz. Sie hat die Arme weit ausgebreitet und schüttelt den Kopf. »Ich glaube, Daddy hat sie versteckt. Vielleicht will er nicht, dass ich heute zur Schule gehe.«

Ich schaue zu meinem verzweifelten Ehemann zurück. Erst vor wenigen Minuten hat er noch mit der Begeisterung eines Teenagers Kinderflakes zum Frühstück gefuttert; jetzt sitzt er völlig kraftlos da, zittert am ganzen Körper und wirkt so schwach wie ein dreimal so alter Mann.

So ein Mist, warum kann ein Tag nicht ein einziges Mal normal ablaufen?

Vor Monaten hat Gavin mal erzählt, dass Heathers Job auf der Kippe steht. Was, wenn man sie endgültig entlassen hat und sie umzieht? Es wäre Gavins Tod, wenn Kayla noch weiter von ihm wegziehen würde. Ohne Kayla kann er nicht leben.

»Mummy, hörst du mir zu?« Molly schiebt eine Hüfte vor und wackelt drohend mit dem Zeigefinger.

Mir fällt es schwer, angesichts meines Mini-Ichs, das mich vom oberen Ende der Treppe her ausschimpft, ernst zu bleiben.

»Tut mir leid, Süße«, erwidere ich, während ich die Treppe hinaufgehe und Gavin nur ungern allein zurücklasse. »Mummy ist heute Morgen ein wenig komisch, oder?«

Molly nickt. »Und Daddy auch. Daddy ist ganz komisch. Er wusste nicht, dass heute Taviertag ist.«

»Das stimmt.« Ich hole tief Luft. »Daddy ist heute auch komisch.«

Molly lässt den erhobenen Zeigefinger sinken und wirkt mit einem Mal ganz unsicher, als ob sie gleich weinen würde. Ich hoffe, sie hat von der Spannung, die in der Luft liegt, nichts mitbekommen. Die meisten meiner Erziehungsratgeber besagen, dass Kinder alle möglichen Gefühlseinflüsse um sie herum wahrnehmen, obwohl Erwachsene ihnen das meist gar nicht zutrauen. Ich fände es zum Beispiel schrecklich, wenn Molly nur ansatzweise mitbekäme, wie sehr ich mit dem Einfluss zu kämpfen habe, den Heather immer noch auf Gavin ausübt. Oder wie unsicher mich das macht.

»Weißt du was?«, frage ich und klatsche begeistert in die Hände. »Wir kommen jetzt schon zu spät zur Schule. Wie wäre es, wenn wir bis zum Ende der großen Pause warten, bis du zur Schule gehst? Wie fändest du das?«

»Aber ich habe schon meine Schuhe an!« Molly deutet auf ihre Zehen. »Und auch richtig rum.«

»Ich weiß, Süße«, lächele ich. »Aber Mummy und Daddy müssen sich jetzt über etwas Wichtiges unterhalten. Ich bringe dich ein wenig später zur Schule, okay?«

»Meinst du …« Molly holt tief Luft, was sie gerader und größer dastehen lässt, bevor sie schnell wieder ausatmet, »… Erwachsenensachen? Ich will auch über Erwachsenensachen reden.«

»Hmmm«, seufze ich, als ich die Hand meines kleinen Mädchens nehme und sie sanft drücke. »Dieses Mal leider nicht, meine Süße.«

Molly lässt den Kopf sinken und rollt sich auf den Zehen vor und zurück. »Oh«, sagt sie.

»iPad«, erwidere ich schnell voller Panik. »Warum nimmst du dir nicht mein iPad? Du könntest zum Beispiel Peppa Wutz gucken.«

»Humpf.« Molly stemmt die Hände in die Seiten. »Peppa Wutz ist für Babys. Ich mag *Teen Titans Go!* viel lieber.«

»Oookay«, nicke ich, während ich mir insgeheim vornehme nachzuhaken, was zum Teufel Gavin Molly im Fernsehen gucken lässt. »Das iPad liegt neben meinem Bett. Wenn du es nicht findest, dann sag mir …«

Doch Molly hat mir längst den Rücken zugedreht und stürmt in unser Schlafzimmer. »Hab's schon. Ich hab's«, ruft sie und steht nach wenigen Sekunden mit dem iPad unter dem Arm wieder vor mir.

Wenn die Schultasche doch nur ein iPad wäre, denke ich und verdrehe die Augen.

Ich strecke die Arme aus. »Soll ich es dir anstellen?«

Molly starrt mich an, als hätte ich ihr gerade einen Detox-Tee und rohen Kohl zum Frühstück aufgetischt.

»Das kann ich allein«, entgegnet sie, zieht das iPad unter ihrem Arm hervor und wedelt damit wie mit einem Fächer herum.

»Molly, sei vorsichtig!«, schimpfe ich. »Und nicht länger als zwanzig Minuten. Und nur in deinem Zimmer. Du darfst es nicht mit nach unten bringen.«

»Zwanzig Minuten«, wiederholt Molly, als hätte sie eine Vorstellung davon, wie lang das ist.

Molly eilt in ihr Kinderzimmer, schüttelt die Schuhe an der Tür ab und hüpft auf ihr Bett. Im Schneidersitz schaltet sie das iPad an. Bald darauf ertönt eine fröhliche Titelmelodie. Mit dem Fuß schiebe ich Mollys Schuhe, die zur Schuluniform gehören, beiseite und schließe ihre Kinderzimmertür, bis nur noch ein Spalt offen ist, bevor ich dann wieder nach unten gehe.

Schon an der untersten Treppenstufe werde ich von Kaffeeduft empfangen. Offensichtlich ist Gavin vom Wohnzimmer in die Küche gegangen. Am liebsten würde ich ihn sofort löchern, was um alles in der Welt Heather ihm gesagt hat, was ihn dermaßen erschüttern konnte, doch ich will auch nicht, dass es verärgert klingt. Selbst wenn es mir schwerfällt, versuche ich dennoch, mich normal zu verhalten und ihn alles in seinem eigenen Tempo erzählen zu lassen.

»Oh Gott, für eine Tasse Kaffee könnte ich jemanden umbringen«, stöhne ich beim Eintreten in die Küche und ziehe einen Stuhl unter dem Tisch hervor, für den in dem kleinen engen, vollgestellten Raum eigentlich gar kein Platz ist. »Ach ja, ich habe Molly gesagt, dass sie kurz dein iPad haben kann. Sie ist damit jetzt in ihrem Zimmer.«

»Ja, alles klar«, erwidert Gavin und rührt mit einem Löffel in seiner Tasse herum, sodass er erst klirrend an die eine, dann an die andere Seite anstößt.

»Molly liebt dieses Ding; ich dachte, es wäre vielleicht eine gute Ablenkung. Nur für ein paar Minuten, damit wir uns unterhalten können. Ich bringe sie heute später zur Schule«, erkläre ich und setze mich hin.

»Aha …« Gavin rührt in der zweiten Tasse.

»Übrigens: Was ist *Teen Titans Go!?*«, hake ich nach. »Molly sagte, dass sie die Sendung gern sieht. Ist das nicht eher für ältere Kinder? Da bin ich mir bei den meisten Sendungen, die sie sich anschaut, nicht sicher.«

»*Teen Titans Go!?* Du fragst mich gerade ernsthaft nach *Teen Titans Go!?*« Gavin hebt die Hand hoch über den Kopf, bevor er den Löffel durch die Küche schmeißt. Er verpasst das Spülbecken; der Löffel scheppert mit einem scharfen, jähen Knall gegen den Granit, bevor er dann mit einem weniger aggressiven Klirren auf den Boden fällt.

»Gavin!«, keuche ich mit weit aufgerissenen Augen.

»Himmelherrgott, das ist nur eine Fernsehsendung, die ihr gefällt«, schimpft Gavin, als er sich hinhockt, um den Löffel aufzuheben. Nachdem er wieder aufgestanden ist, deutet er damit auf mich; seine Hand und der Löffel zittern. »Aber was ist mit dem Klavierunterricht? Und dem Schwimmunterricht und all den anderen Sachen, zu denen wir sie zwingen und die sie hasst? Wozu, Charlie? Hm? Warum zwingen wir sie dazu?«

»Gavin.« Ich schüttele den Kopf und habe Mühe, ruhig zu bleiben. »Was ist los?«

»Ich weiß es nicht. Ich weiß es nicht.« Gavin fährt sich mit den Händen durchs Gesicht und läuft fast blind zum Esstisch. Die beiden Tassen mit dem dampfenden Kaffee lässt er dabei hinter sich auf der Küchentheke stehen.

Ich springe auf und ziehe schnell den Stuhl neben mir unter dem Tisch heraus, als mir Gavins Lippen auffallen, die nach und nach jegliche Farbe verlieren. Er lässt sich auf den Stuhl fallen.

»Warum machen wir das, hast du eine Ahnung?«, fragt Gavin wieder. »Warum drängen wir sie dazu? Wir drängen sie zum Lernen. Wir drängen sie dazu, Leistung zu erbringen. Dabei sind es nur Kinder. Kinder! Sollten sie nicht einfach nur ihre Kindheit genießen?«

Ich stelle mich hinter meinen Ehemann und streichele ihm über die Schultern. »Rede mit mir. Ja? Bitte sag mir, was los ist.«

»Heather ist angerufen worden«, erwidert Gavin und wiegt seinen Kopf von einer Seite zur anderen, als ich ihm den schmerzenden Nacken massiere. »Von einem Arzt aus der Kinderklinik.« Gavin hält inne, um seine Gedanken zu sammeln und kurz durchzuatmen. »Das war nicht derjenige, bei dem Heather mit Kayla war. Ein anderer, hier aus Dublin.«

Ich presse meine Daumen in die unnachgiebigen Vertiefungen unter Gavins Schulterblättern und lasse sie kreisen. »Okay«, nicke ich und höre ihm zu. *Innerlich weiß ich bereits, dass das auf etwas zusteuert, was ich nicht hören will.*

»Heather hat heute einen Termin bei diesem Arzt«, fährt Gavin fort. »Es ist wichtig.«

Ich presse die Daumen fester in Gavins Schultern. Er regt sich nicht.

»Er will uns beide sehen.« Gavin atmet tief aus. »Der Arzt will sowohl mit Heather als auch mit mir reden.«

»Tatsächlich? Mit euch beiden?«, frage ich und verdrehe schon wieder die Augen. Ich kann mich nicht an ein einziges Mal erinnern, dass Gavin Molly und mich zum Kinderarzt hätte begleiten müssen. »Meinst du, dass Heather nur …« Ich halte inne und wähle meine Worte mit Bedacht. »Meinst du, dass Heather überreagiert? Kayla hat sich das Knie verletzt, mehr nicht. Zumindest nicht ungewöhnlich für jemanden, der Basketball spielt, oder?«

»Am Telefon war Heather völlig aufgelöst«, fährt Gavin fort, und allein schon an seinem sanften Tonfall kann ich erkennen, dass er ihrer Bitte nachgeben wird.

»Ich weiß, ich weiß«, antworte ich. »Aber Kayla hat bereits die letzten Spiele versäumt, und ihr Team hat darunter gelitten. Sie wird ihren Posten als Mannschaftskapitänin verlieren, wenn sie nicht bald wieder mitspielt. Das würde ihr das Herz brechen. Kannst du nicht einfach ein ernstes Wörtchen mit Heather reden?«

»So einfach ist das nicht«, entgegnet Gavin und fährt sich zittrig mit der Hand durchs Haar.

Du meine Güte! Wie ich das hasse! Ich hasse es, welche Wirkung ein einziger lausiger Anruf von Heather auf meinen Mann haben kann!

»Ich weiß«, nicke ich. »Ich verstehe schon.« Was eine blanke Lüge ist. Nichts habe ich verstanden. Ich habe keine Ahnung, wie es ist, der Elternteil eines Teenagers zu sein. Natürlich versuche ich stets, Gavin zu unterstützen, aber Kayla ist Heathers und Gavins Tochter. Die drei haben eine Verbundenheit, die ich nur von außen beobachten kann.

»Was hat denn Heather genau gesagt?«, frage ich, während ich bewusst den Druck mindere, den ich auf Gavins verhärtete Muskeln ausübe. »Ist etwas Ernstes passiert?«

Gavin greift nach hinten, nimmt meine Hände in die seinen und drückt sie ein wenig zu fest. Er tut mir weh. Ich zucke zusammen und will meine Hände zurückziehen.

»Das Krankenhaus in Cork hat Kaylas Untersuchungsergebnisse zum National Children's Hospital hier nach Dublin geschickt.« Gavin hält kurz inne und holt tief Luft, um sich zu fangen.

»Warum sollten sie das tun?«, frage ich verwirrt.

»Die Klinik sagt, dass Kayla in Dublin von Spezialisten behandelt werden muss«, erklärt Gavin. »Die Sache ist ernst, Charlie. Ich glaube, dass Kayla richtig, richtig schlimm krank ist. Ich habe Angst.«

Ich beende die Massage. Meine Hände fallen schlaff an meinen Seiten herunter. »Oh Gott.«

3.
Heather

Wie an jedem normalen Morgen fahre ich Kayla zur Schule. Als im Radio ein Song von Ed Sheeran gespielt wird, dreht sie das Radio lauter und singt völlig schief mit. Aus den Augenwinkeln sehe ich, wie sie mich mustert, und weiß gleich, dass sie enttäuscht ist, weil ich nicht mitsinge. Aber im Moment will mir der Songtext partout nicht einfallen. Meine Gedanken drehen sich einzig und allein darum, dass ich gleich Gavin treffe und wir einen Termin beim Arzt haben.

»Weißt du, eigentlich bin ich sogar ziemlich froh, nach dieser komischen Woche wieder in die Schule zu gehen. Ich will nie mehr ein Krankenhaus von innen sehen«, stellt Kayla fest und dreht nach dem Ende des Liedes das Radio wieder leiser. Für einen Morgenmuffel ist sie überraschend munter. »Es tut gut, wieder zur Normalität zurückzukehren, oder, Mum?«

Ich bringe es nicht übers Herz, ihr darauf zu antworten. Verzweifelt bin ich auf der Suche nach Worten, die sich nicht wie eine Lüge oder ein Verrat anfühlen, doch ich finde keine. Ich fahre weiter, starr und benommen, während uns die morgendliche Radiosendung Gesellschaft leistet.

Normalerweise hüpft Kayla ein paar Straßen von ihrer Schule entfernt aus dem Auto, wenn ich im Stau der Hauptverkehrszeit festsitze, doch heute schere ich ohne nachzudenken aus dem dichten Verkehr aus und biege auf die noch rappelvollere Seitenstraße ab, die zur Schule führt. Kayla erleidet fast einen Herzinfarkt, als ich durch das Schultor fahre und direkt vor der Eingangstür anhalte.

Als ich den Motor abstelle und nach dem Türöffner greife, reißt Kayla die Augen auf und lacht. »Oh mein Gott! Du willst mich aber jetzt nicht ernsthaft bis zur Tür begleiten, oder?«

Besorgt sehe ich sie an.

»Mir geht es gut. Wirklich«, versichert mir Kayla. »Bitte, Mum. Das wird mich auf ewig verfolgen, wenn meine Mutter mich hier wie eine Fünfjährige in die Schule bringt.«

»Okay«, nicke ich, als mir Aiden auffällt, der am Haupteingang auf Kayla wartet.

Ich winke ihm zu, woraufhin er strahlend lächelt und zurückwinkt.

»Dann geh schon«, seufze ich. »Ich wünsche dir einen schönen Tag. Und sei vorsichtig. Fall nicht mehr hin, ja?«

»Hab dich lieb!«, ruft Kayla, schlingt die Arme um meinen Hals und küsst mich auf die Wange. »Bis später!«

Kayla öffnet die Wagentür; ein Stoß eiskalter Luft weht herein und lässt uns beide zusammenzucken. Ich schaue

Kayla hinterher, wie sie mit einem ganz leichten Hinken die Schule betritt. Wüsste man es nicht, hätte man es wahrscheinlich übersehen. Kayla weiß, dass ich heute Abend erst spät nach Hause komme. Sie geht daher nach der Schule zu Aiden, was nicht ungewöhnlich ist. Ungewöhnlich ist jedoch die Art und Weise, wie sie an der Eingangstür stehen bleibt und über die Schulter hinweg zu mir zurückschaut. In ihrem Blick liegt ein Hauch von Unsicherheit. Als wüsste sie, dass ich ihr etwas verheimliche. Das bricht mir das Herz.

Nachdem Kayla und Aiden außer Sichtweite sind, krame ich mein Handy aus der Tasche hervor und überprüfe meine Nachrichten.

Es gibt ein paar E-Mails, die meine Arbeit betreffen, sowie einen verpassten Anruf von meinem Chef. Ich überspringe alles, bis ich auf Gavins Nachricht stoße.

Sehen uns später.
Versuch, Ruhe zu bewahren.
LG G.

Ich hole tief Luft, werfe das Handy auf den Beifahrersitz und mache mich auf den Weg zum Bahnhof. Normalerweise wäre ich mit dem Auto nach Dublin gefahren. Autobahnfahren mag ich ziemlich gern, aber nicht heute. Heute traue ich mir selbst nicht über den Weg, mich für eine solch lange Fahrt hinter dem Lenkrad lange genug konzentrieren zu können.

Im Zug ist es brechend voll, und die Fenster sind schon

beschlagen, bevor wir überhaupt den Bahnhof verlassen. Der ältere Herr neben mir unterhält sich nett mit mir, und dankbar für die Ablenkung lasse ich mich auf das Gespräch ein. Normalerweise hasse ich Small Talk, doch nachdem er etwa nach der Hälfte der Strecke ausgestiegen ist, kommt mir die Stille heute viel schlimmer vor.

Fast schon lächerlich oft werfe ich einen Blick aufs Handy. Irgendwie werde ich das Gefühl nicht los, dass Kaylas Schule jeden Moment anrufen wird. Und mir mitteilen wird, dass sie hingefallen ist. Oder ohnmächtig geworden ist. Oder gefallen und ohnmächtig geworden ist. Und dann würde ich mich wie eine noch viel schlimmere Rabenmutter fühlen, als ich es ohnehin schon tue.

Mir ist bewusst, dass der Arzt zuerst um ein Gespräch allein mit Gavin und mir gebeten hat, damit wir all die Fragen von Erwachsenen stellen können, die für Kayla vielleicht zu erschreckend sein könnten. Dennoch wünschte ich, Kayla wäre jetzt hier neben mir. Ich brauche eine lange, erdrückende Umarmung, wie ich sie von ihr immer bekommen habe, als sie noch klein war. Ganz gleich, wie schwierig es über die Jahre hinweg für uns wurde: Kaylas Umarmungen haben mir immer die Stärke verliehen, um weiterzumachen.

Die Zugfahrt scheint heute viel länger als sonst zu dauern. Ich zähle die Minuten, bis ich endlich vor den großen Eingangstüren der Kinderklinik stehe. Das letzte Mal war ich als Kind hier, als ich vom Fahrrad gefallen bin und mir den Ellbogenknochen gebrochen habe. In den letzten zwanzig Jahren hat sich hier nicht viel verändert. Das quadratische Klinikgebäude aus roten Backsteinen ist immer noch genauso Furcht einflößend wie früher.

Just in dem Moment, als ich durch die Eingangstür trete und von einem großen Schild empfangen werde, das die Nutzung von Mobiltelefonen strikt untersagt, klingelt mein Handy. Dennoch gehe ich ran.

»Hi! Wo bist du?«, erklingt Gavins heisere Stimme.

»Bin gleich da. Wo bist du?«, frage ich.

Am Empfang werde ich von einem Sicherheitswachmann abgefangen. Der Mann deutet erst auf das Schild, dann auf mein Handy.

»Im dritten Stock«, antwortet Gavin. »Dr. Pattersons Büro ist der zweite Raum auf der rechten Seite. Ich warte im Flur auf dich.«

»Okay, okay. Ich komme!«, erwidere ich und schaue zum Aufzug direkt vor mir und den Treppen daneben, um zu entscheiden, wie ich schneller nach oben gelangen werde.

»Miss, bitte!«, ermahnt mich der Mann vom Sicherheitsdienst und deutet erneut auf das Schild.

Ach, halt einfach den Rand, denke ich verärgert. Doch ich lächele ihn höflich an und entschuldige mich, während ich das Handy in meine Handtasche schiebe und mich schließlich für die Treppe entscheide.

Ich nehme immer zwei Stufen gleichzeitig und bin erleichtert, mich für flache Schuhe entschieden zu haben. Es überrascht mich, dass Kayla das gar nicht bemerkt hat. Denn sonst trage ich zur Arbeit immer hohe Absätze.

4.

Heather

Ich sitze am Fenster eines Cafés, das ich noch von früher kenne, und warte auf Gavin. Vor dem Krankenhaus habe ich ihn allein gelassen. Sobald wir den Haupteingang hinter uns gelassen haben, hat er Charlotte angerufen. Ich habe niemanden, den ich hätte anrufen können, deswegen bin ich einfach losgelaufen. Vielleicht hat Gavin gedacht, ich würde ihm ein wenig Freiraum geben. Vielleicht habe ich das auch tatsächlich getan. Ich glaube, ich habe aber selbst welchen gebraucht. Sobald ich im Café saß, habe ich ihm eine Nachricht geschrieben, und obwohl ich gar nicht damit gerechnet habe, dass er noch nachkommt, schrieb er sofort zurück, dass er gleich bei mir sei.

Meine Rückenlehne drückt fest gegen die Fensterscheibe, und ein kalter Luftzug kommt durch die Ritzen, wo das vergitterte Fenster nicht ganz passgenau in die Steinmauer eingesetzt ist. Die kühle Herbstluft scheint fest entschlossen zu sein, zwischen meinem Hals und dem Kragen meines Mantels hochzusteigen, mir zuzusetzen und mich so zu plagen, dass ich mich am liebsten woanders hinsetzen würde. Doch meine Beine zittern dermaßen, dass die Befürchtung, zu schwanken und hinzufallen, wenn ich jetzt aufstünde, sicherlich nicht übertrieben ist. Stattdessen schlage ich den Mantelkragen hoch und ziehe ihn fest um meinen Hals, verschränke die Arme auf dem Tisch und starre in den trüben Kaffee vor mir.

Jahrelang bin ich nicht mehr hier gewesen – genauer gesagt, seit Gavins und meiner Teenagerzeit nicht mehr. Ganz genau gesagt, seit Kaylas Geburt nicht mehr. Es sieht immer noch so aus wie früher, obwohl alles mittlerweile ein wenig veraltet und abgenutzt wirkt. Nicht zueinanderpassende Stühle stehen um ovale Mahagonitische herum. In der Mitte befindet sich ein neon-orangefarbenes Sofa vor dem einzigen rechteckigen Tisch im ganzen Laden. Ein paar Collegeschüler haben den Tisch und das Sofa in Beschlag genommen; sie sitzen dort, lachen und unterhalten sich. Das Ganze erinnert mich an eine frühe Folge von *Friends*, und mir drängt sich der Gedanke auf, wie sehr Kayla dieses Café gefallen würde.

»Darf ich Ihnen noch Kaffee nachschenken?«, fragt mich jemand hinter mir.

»Ähm …«, stottere ich, als sei die Frage besonders schwierig zu beantworten.

»Dann nehme ich den hier einfach mal weg, ja?« Ein Arm greift über meine Schulter hinweg und nimmt die Tasse mit dem kalten Milchkaffee mit.

»Hi!« Gavin taucht neben mir auf. »Ist der mit normaler Milch?«

»Nein. Sojamilch«, antworte ich. »Hier wird nur solche Milch benutzt.«

»Cool.« Gavin wickelt sich den dicken bunten Schal vom Hals – und ich erkenne ihn sofort wieder. Kayla hat ihn vor ein paar Jahren in der Schule gestrickt und ihn Gavin zu Weihnachten geschenkt. Ich bin überrascht, dass er ihn tatsächlich trägt.

»Wer hätte gedacht, dass dieser Laden so mit der Zeit geht?« Gavin schaut sich um und nickt der Bedienung zu. »Cool hier. Ziemlich cool sogar. Tut mir leid, dass es so lange gedauert hat. Ich habe keinen Parkplatz gefunden.« Gavin zieht die Arme aus seinem Mantel, hängt ihn dann über die Rückenlehne des Stuhls, der mir gegenübersteht, und setzt sich.

»Mir tut es leid«, seufze ich und mustere Gavins Gesicht, während er sich in der vertrauten Umgebung umschaut. »Ich wollte dich nicht allein stehen lassen. Aber ich musste da einfach raus, weißt du? Ich war nicht mal sicher, ob es das Café hier überhaupt noch gibt.«

»Schon gut«, entgegnet Gavin. »Alles in Ordnung.«

»Und ich wusste nicht, ob du dich daran erinnern kannst, wo das Café ist«, sprudelt es weiter aus mir hervor. Wir beide wissen daraufhin nicht, was wir sagen sollen.

»Ist doch gut hier. Alles ist gut, Heather«, versichert mir Gavin. »Und natürlich wusste ich noch, wie ich herkomme. Das Café ist was Besonderes!«

»Ja«, nicke ich und erinnere mich. »Das ist es.«

Unzählige Stunden haben Gavin und ich in diesem winzigen Café verbracht. Gavin hat immer große schwarze

Caffè Americano getrunken, während ich Cappuccinos geschlürft habe, von denen mir dann anschließend immer schlecht geworden ist, weil ich erst mit siebzehn erfahren habe, dass ich unter einer Laktoseintoleranz leide.

»Kaum zu fassen, dass es zum Verkauf steht«, stellt Gavin fest und klingt dabei gleichermaßen wehmütig wie enttäuscht.

»Tut es das?«

»Ja«, nickt er. »Ist dir das große ›Zu verkaufen‹-Schild draußen über der Tür nicht aufgefallen?«

Ich schüttele den Kopf. Weder kann ich mich daran erinnern, wie ich vom Krankenhaus hergekommen bin, geschweige denn, wie ich das Café betreten und mich hingesetzt habe. Und ganz bestimmt habe ich dabei nicht auf irgendwelche Schilder über der Tür geachtet.

»Was jetzt? Noch einen Kaffee?«, fragt mich die Bedienung ungeduldig, die weiterhin hinter mir steht, und starrt mich an.

»Ja«, antworte ich, als mir klar wird, dass ich sie ganz vergessen hatte.

Ich möchte wirklich, wirklich keinen weiteren Kaffee trinken, doch meine Hände wollen sich verzweifelt an etwas festhalten.

»Für mich bitte einen großen schwarzen doppelten Espresso«, bestellt Gavin.

»Sonst etwas?«, fragt die Bedienung.

Gavin und ich schauen zu der schmalen Glasvitrine hinüber, die neben der Kasse steht. Darin befinden sich Kuchen und Gebäck, die aussehen, als stammten sie noch aus unserer Collegezeit. Doch das ist mir egal. Obwohl ich seit gestern Abend nichts mehr gegessen habe, ist Essen das Letzte, was mich gerade beschäftigt.

»Das ist alles«, erwidert Gavin und dreht sich als Erster wieder um. »Nur den Kaffee bitte. Danke.«

Gavin und ich warten schweigend, bis die Bedienung wieder gegangen ist. Sie ist sogar längst schon wieder hinter die Theke zurückgekehrt, als ich endlich das Schweigen breche, das sich zwischen uns ausgebreitet hat.

»Danke, dass du mitgekommen bist«, sage ich. »Ich glaube nicht, dass ich das allein geschafft hätte.«

In Gavins Augen glitzern Tränen. »Das musst du nicht allein schaffen. Das stehen wir gemeinsam durch.«

»Ja«, nicke ich und weiß nicht, ob ich ihm glauben kann. »Du, Kayla und ich. Wir sind ein Team.«

Gavin schluckt schwer. »Wo ist Kayla heute? Ist sie ganz normal zur Schule gegangen?«

Normal. Ich schließe die Augen und wünsche mir inständig Normalität, während ich mir eine lose Haarsträhne hinters Ohr schiebe. Ich hole tief Luft und schlage die Augen wieder auf, obwohl ich Mühe habe, mich zusammenzureißen. »Im Moment ist sie noch in der Schule; später geht sie dann mit zu Aiden. Du kennst Aiden, oder?«

Gavin nickt. »Flüchtig. Netter Junge.«

»Das ist er«, erwidere ich. »Aidens Mutter holt die beiden nach der Schule ab und nimmt sie mit nach Hause. Sie weiß, dass ich heute Abend erst spät zu Hause bin.«

»Sie weiß es …?« Gavin reißt die Augen auf und starrt mich entsetzt an.

»Sie weiß, dass ich erst spät nach Hause komme«, wiederhole ich. »Mehr nicht. Sie weiß nichts. Wir haben eine Art Verabredung zwischen uns Müttern getroffen. Ich nehme Aiden mit, wenn sie spät dran ist oder er keinen Schlüssel hat, und sie nimmt Kayla zu sich, wenn ich bei der Arbeit festgehalten werde. Das klappt super. Und Kayla ist glücklich damit.«

»Gut. Sehr gut«, sagt Gavin, und ich spüre, dass er sich ausgeschlossen fühlt.

Unser Kaffee kommt, und die Bedienung stellt ihn wortlos vor uns ab. Ich bin überzeugt, dass sie die Stimmung bei uns am Tisch spüren kann und sie sich wünschte, weit weg zu sein.

Gott, das wäre ich auch gern. Hol mich bitte jemand hier raus!

»Danke«, nicke ich, woraufhin sie mir ein stummes Lächeln über die Schulter hinweg zuwirft, während sie zum nächsten Tisch weitergeht.

»Was hast du den Leuten gesagt?«, fragt Gavin und nimmt seine Tasse.

Meine lasse ich stehen.

»Was soll ich welchen Leuten gesagt haben?«, frage ich und schüttele den Kopf.

Gavin trinkt einen großen Schluck Kaffee und starrt mich währenddessen an. Der Kaffee ist zu heiß. Das sehe ich seiner Miene an, als er die Tasse wieder auf dem Tisch abstellt. »Kaylas Lehrern zum Beispiel. Die müssen Bescheid wissen, oder etwa nicht?«

»Doch«, erwidere ich. »Doch, die müssen Bescheid wissen.« Ich habe mir noch keine Gedanken darüber gemacht, wem ich Bescheid sagen müsste. Bislang hatte ich allein Kayla im Kopf.

»Hast du schon mit deinen Eltern gesprochen?«, fragt Gavin weiter.

Ich schüttele den Kopf.

»Und mit meinen? Du sprichst wahrscheinlich öfter mit ihnen als ich«, stellt Gavin fest.

»Mit *deinen* Eltern?« Meine Augen sind so groß wie Untertassen. »Oh Gott, nein!«, schnaube ich und lache qualvoll, doch es ist alles andere als lustig.

»Ja, okay, sorry«, entschuldigt sich Gavin und rutscht auf seinem Stuhl herum. Ich weiß, dass er am liebsten seinen superheißen Kaffee wieder in die Hand nehmen würde.

»Himmel, weißt du denn nicht mehr, wie deine Mum und dein Dad reagiert haben, als du ihnen gesagt hast, dass Kayla zur Welt gekommen ist?«, frage ich. »Dann stell dir bloß mal vor, wie sie durchdrehen werden, wenn wir ihnen sagen, dass Kayla sterben könnte. Ohne jeden Zweifel werden sie Möglichkeiten finden, um uns dafür verantwortlich zu machen.«

Gavin erstarrt und zieht dieselbe Grimasse wie jedes Mal, wenn ich ihn auf unsere Teenagerjahre anspreche.

»Tut mir leid«, entschuldige ich mich.

Doch Gavin rührt sich keinen Millimeter.

»Es tut mir leid«, wiederhole ich mit schlechtem Gewissen »Das war ein Schlag unter die Gürtellinie. Aber du hast deine Eltern ins Spiel gebracht, und ich bin immer noch davon überzeugt, dass sie mich nicht leiden können …«

»Sie könnte sterben?«, fragt Gavin.

»Nein. Nein, nein.« Ich schüttele den Kopf. »Habe ich das gesagt? Das wollte ich nicht. Ich habe nur Angst. Ich habe Angst und rede daher Unsinn. Mach dir keinen Kopf. Du weißt doch, dass ich nur dummes Zeug plappere, wenn ich nervös bin.«

Ich beobachte, wie stille Tränen über Gavins Wangen laufen.

Gavin. Gavin Doran. Der heiße Typ aus meiner Jahrgangsstufe. Der von allen gemocht wird. Selbst von Eltern. Meinem zeitweiligen Freund. Der jetzt glücklich verheiratet ist. *Nicht. Mit. Mir.*

Allerdings ist das nicht das erste Mal, dass ihm in diesem Café durch meine Worte die Tränen gekommen sind. Beim letzten Mal waren wir siebzehn, kurz vor unserem Abschlusszeugnis, als ich ihm gesagt habe, dass ich schwanger bin. Er ist zusammengebrochen und hat mir gesagt, dass seine Eltern ihn umbringen würden.

Gavins Eltern haben uns wirklich das Leben zur Hölle gemacht. Ich gebe ihnen immer noch die Schuld dafür, dass wir uns getrennt haben. Ihrer Meinung nach würden wir einen großen Fehler begehen, weil ein Baby unser Leben zerstören würde. Manchmal frage ich mich, wann genau Mr und Mrs Doran über die Jahre hinweg gemerkt haben, dass sie falschlagen. Denn Kayla ist das Beste, was Gavin und mir je passiert ist, und das wissen wir alle. Für Gavins Eltern mag ich vielleicht nicht gut genug gewesen sein, doch Kayla lieben sie abgöttisch.

»Es gibt Hoffnung. Die Ärzte sagen, dass noch Hoffnung besteht«, erkläre ich mit brüchiger Stimme. »Sie haben viel Positives gesagt, findest du nicht? Es gibt verschiedene Behandlungsmöglichkeiten. Sie haben was von …« Ich halte inne; plötzlich wird das kleine Café unglaublich groß. »Irgendetwas von …«

Oh Gott, ich habe keine Ahnung, was sie gesagt haben! Mich hat dermaßen die Angst gepackt, nachdem ich die Worte *Kayla* und *Krebs* in einem Satz gehört habe, dass alles, was der Arzt danach gesagt hat, komplett an mir vorbeigegangen ist. Und so, wie ich jetzt Gavin betrachte, wird mir klar, dass es ganz egal ist, ob ich mich daran erinnern kann oder nicht, denn alles, was ich sage, geht *jetzt* genauso an *ihm* vorbei.

Wie sind wir an diesen Punkt gelangt? Wie sind wir bloß an diesen Punkt gelangt? Gavin und ich, in einer solch unvorstellbaren Situation. Als ich Gavin gesagt habe, dass ich schwanger bin, habe ich ihm in die Augen geschaut und befürchtet, ihn gebrochen zu haben. Aber da habe ich falschgelegen. Richtig falschgelegen. Denn sein Gesichtsausdruck von damals ist nichts gegen die Art und Weise, wie er mich jetzt anschaut. Gavin zu sagen, dass Kayla in unser Leben treten wird, hat ihn keineswegs gebrochen. Aber Gavin zu sagen, dass Kayla uns vielleicht verlässt, hat ihn gebrochen. Wirklich.

»Operationen«, sagt Gavin schließlich. »Das ist der erste Schritt.«

Er nimmt seinen Kaffeebecher und setzt ihn an die Lippen, doch er trinkt keinen Schluck, bevor er ihn wieder absetzt.

Operationen, denke ich. Vielleicht? War von Operationen die Rede? Ich weiß es nicht. Im Krankenhaus ist so viel gesagt worden. So viele Begriffe, die ich nicht verstanden habe. Viele große Worte. Und ich habe Fragen gestellt. *Oder? Natürlich habe ich etwas gefragt.* Vielleicht habe ich aber auch nur dagesessen. Nutzlos und kaum in der Lage, mich zu bewegen – also ziemlich genau so wie jetzt.

Ich spule meine Erinnerungen zu dem Punkt zurück, als ich noch klar denken konnte: im Zug heute Morgen. Ich habe Fragen notiert – alles, was mir in den Sinn kam. Dabei habe ich dann einen Krampf im Arm bekommen, weil ich den Stift nicht schnell genug bewegen konnte, um mit all den Gedanken Schritt zu halten, die mir durch den Kopf gegangen sind. Aber habe ich die Antworten bei unserem Termin mitgeschrieben? Ich glaube schon. *Nein. Nein! Vielleicht habe ich das gar nicht getan!* Ich will in meiner Tasche nachsehen. Ich will jetzt sofort in meiner Tasche nachsehen. Vielleicht finde ich dort die Antworten.

Ich beuge mich vor und krame in meiner Michael-Kors-Tasche herum. Es ist eine affig überdimensionale Umhängetasche, aber sie ist echt. Vor ein paar Jahren habe ich sie mir bei einem Ausflug nach New York mit meinen Freundinnen von der Arbeit gekauft. Ich weiß gar nicht, was mir mehr gefallen hat – für mich etwas einzukaufen oder für Kayla. Obwohl Kaylas Liste sehr lang war und auf bloße fünfzig Millionen Pullis und dreißig Millionen Badekugeln reduziert werden musste, habe ich jede Minute dieser verrückten Jagd durch die Stadt gegen die Zeit genossen. Kayla ist während dieser Woche bei Gavin geblieben. Als ich wieder nach Hause kam, war ich der beste Elternteil der Welt.

»Heather«, ruft Gavin, während ich hektisch in meiner Tasche krame, halb in Panik und doch mit einem schiefen Lächeln im Gesicht, als ich an Kaylas Freude beim Anprobieren all ihrer neuen Designerklamotten zurückdenke.

»Heather. Heather! *Heather!*«, ruft Gavin lauter.

Mit leeren Händen schnelle ich empor.

»Werden wir sie verlieren?«, fragt mich Gavin, die Augen weit aufgerissen, fassungslos.

»Nein«, sage ich und schüttele den Kopf. »Auf keinen Fall.«

5.

Charlotte

Ich halte Molly an der Hand, als wir das Schultor passieren.

»Aua, Aua!«, protestiert sie.

»Tut mir leid, Süße«, entschuldige ich mich, lockere meinen Griff und werde langsamer, da ich Angst habe, dass sie nicht Schritt halten kann, weil ich für ihre kurzen Beine einfach zu schnell laufe.

Vor der Eingangstür treffen wir auf die Schuldirektorin. Ich lächele und gebe mir Mühe, mich normal zu verhalten. Durch den ganzen Aufruhr des Morgens habe ich ganz vergessen, in der Schule Bescheid zu sagen, dass wir einen Notfall in der Familie hatten.

»Guten Morgen, Molly«, grüßt die Direktorin. »Schön, dich zu sehen.«

»Hallo!«, erwidert Molly und windet sich aus meiner Hand. »Mummy sagt, dass wir heute Morgen zu spät kommen. Aber das glaube ich gar nicht, weil wir mit Mummys Auto gefahren sind und dann vom Parkplatz hierhergegangen sind. Wir sind gar nicht gelaufen.«

»Und dabei läufst du so gern, nicht wahr?«, fragt die Schuldirektorin. »Aber du weißt ja, dass in der Schule nicht gerannt werden darf. Nicht einmal an einem Morgen, an dem man zu spät kommt.«

Molly nickt.

Die Schulleiterin hält Molly die Hand hin. »Wollen wir zusammen zu deiner Klasse gehen? All deine Freunde werden sich freuen, dich zu sehen.«

Molly weicht einen Schritt zurück und versteckt sich hinter meinen Beinen. Das sieht ihr so gar nicht ähnlich. Sonst kann sie es doch in der Regel gar nicht abwarten und hüpft immer aufgeregt in die Schule.

»Schon okay, Molly«, stellt die Direktorin fest und bückt sich herunter, um mit Molly auf Augenhöhe zu sein. »Wenn es dir lieber ist, kann dich auch deine Mama in den Klassenraum bringen.«

Molly antwortet nicht, aber ich spüre, wie sich ihre Hand um meinen Oberschenkel legt, und weiß sofort, dass sie meine Begleitung braucht.

»Mrs Doran, ich hoffe, bei Ihnen ist alles in Ordnung?«, fragt die Direktorin und richtet sich auf. »Meine Tür steht Ihnen immer offen.«

»Vielen Dank«, erwidere ich und greife hinter mich, um Molly an die Hand zu nehmen.

Gemeinsam gehen Molly und ich den langen Schulkorridor entlang, der von bunten Kindergemälden gesäumt ist.

Als wir Mollys Klassenraum erreichen, höre ich Ms Martins Stimme. »Kommt schon, Jungs und Mädels, setzt euch. Schnell bitte. Schnell. Die Pause ist jetzt vorbei. Jetzt heißt es wieder zurück an die Arbeit!«

Ich klopfe an die offen stehende Tür und warte. Die Köpfe der Kinder fliegen zu uns herum; anstatt sich hinzusetzen, starren alle Molly und mich an. Ich spüre, wie Molly mich fester umklammert.

»Jungs und Mädels!«, ruft Ms Martin streng. »Auf eure Plätze! Sofort, bitte!«

Alle Kinder hasten zu ihren Plätzen, und mit einem Schlag wird es still.

»Entschuldigen Sie bitte, Ms Martin, hätten Sie einen Augenblick für mich Zeit?«, frage ich. Ich versuche, Molly loszulassen, aber sie scheint nicht von mir getrennt werden zu wollen.

Ms Martin kommt lächelnd zur Tür.

»Hallo, Molly!«, begrüßt sie sie und greift nach Mollys Hand, doch Molly klebt immer noch an mir. »Wir alle haben dich heute Morgen schon vermisst«, fährt sie fort. »Willst du nicht mit reinkommen?«

Mollys Freunde, die an einem Tisch zusammensitzen, winken ihr zu. Sie haben Steckbausteine vor sich liegen und bauen damit einen Turm. Molly liebt Bausteine.

»Los, geh, Süße«, muntere ich sie auf. »Das ist okay!«

Molly schüttelt den Kopf. »Aber Daddy hat gesagt, ich soll ein braves Mädchen sein und heute auf dich aufpassen.«

»Ah«, lächele ich und verstehe mit einem Mal, warum Molly so an mir hängt. Sie hat sich Gavins fürsorglichen Rat wirklich zu Herzen genommen. »Du hast deine Sache großartig gemacht und gut auf mich aufgepasst. Vielen Dank!«, sage ich. »Aber jetzt ist Unterricht!«

»Aber Daddy hat gesagt, dass …«

»Warum baust du nicht den höchsten, tollsten Turm mit diesen hübschen bunten Steinen? Dann kannst du Daddy nachher davon erzählen.«

Molly lässt mich endlich los, und ohne ein weiteres Wort eilt sie zum Tisch, an dem alle ihre Freunde eifrig bauen.

»Entschuldigen Sie bitte, dass Molly zu spät gekommen ist«, sage ich und beobachte, wie Molly sich einen blauen Baustein schnappt. »Wir haben leider ein paar überraschende Nachrichten erhalten und …«

»Blau ist doof! Braun ist die beste Farbe!«, schreit plötzlich ein Junge. »Ms Martin, Molly macht unseren Turm kaputt!«

»Entschuldigen Sie mich bitte.« Ms Martin wendet sich von mir ab und zeigt auf Molly und den Jungen.

»Sam!«, ermahnt sie streng. »Wage es ja nicht, einen Stein auch nur in die Nähe von Mollys Auge zu bringen!«

»Sam, du bist so gemein!«, schreit Molly. »So gemein!«

»Ich mag Braun«, brüllt Sam zurück und schubst Molly. »Braun, braun, braun!«

Ich keuche, als Molly auf den Po fällt und zu weinen anfängt. Ms Martin und ich eilen zum Tisch hinüber. Ms Martin spricht mit Sam, während ich Molly aufhelfe und sie umarme.

»Alles in Ordnung, Süße?«, frage ich.

»Er hat mich gehauen. Hast du gesehen?« Molly deutet auf Sam. »Ich habe ihm gesagt, dass Braun eklig ist!«

»Das war nicht nett von Sam«, entgegne ich, »aber du musst dir mehr Mühe geben, mit den anderen zu teilen, Molly. Der Turm gehört allen zusammen, und alle dürfen ihre Lieblingsfarbe auswählen.«

»Aber ich mag Blau und Grün«, protestiert Molly.

»Und offensichtlich mag Sam eben Braun«, entgegne ich.

»Aber Braun ist eklig!«

»Molly. Das reicht!«, unterbricht Ms Martin sie.

Die Kinder am Tisch sehen mit großen Augen diesem Tumult zu, und mein Gefühl, in Ms Martins Klassenzimmer zu stören, wird immer stärker.

»Du magst Blau, Sam mag Braun. Okay? Und wir sind jetzt alle wieder Freunde«, bestimmt Ms Martin.

Molly schaut mich an; ich nicke und lächele sie an, um sie zu beruhigen.

Ms Martin klatscht plötzlich in die Hände, woraufhin ihr alle Kinder ihre Aufmerksamkeit schenken.

»Okay, Jungs und Mädels, jetzt spielt schön und ohne Streit zusammen. Ich bin in einer Minute wieder da«, erklärt sie. »Ich stehe an der Tür und bekomme alles mit! Also macht keine Dummheiten!« Zuerst zeigt sie auf Sam, dann deutet sie auf Molly.

Ms Martin geleitet mich zur Tür; ich gehe neben ihr und fühle mich dabei wie eines ihrer Schulkinder.

»Termine mit Eltern finden normalerweise nach dem Unterricht statt«, erklärt sie, als wir auf den Schulflur hinaustreten. Ihr Blick schweift über mich hinweg, und in ihren Augen kann ich ihre Sorge erkennen. »Ist bei Ihnen alles in Ordnung?«

»Ähm, ich bin mir nicht sicher.« Ich schüttele den Kopf, während mir mit einem Mal klar wird, wie durcheinander und erschrocken ich tatsächlich bin.

6.
Charlotte

Toilettenwasser spritzt über den oberen Rand meiner leuchtend grünen Gummihandschuhe und läuft an der Innenseite hinunter, als ich mit der Bürste die Toilettenschüssel des großen Bades schrubbe. Anschließend stecke ich die Bürste in die wackelige Chromhalterung zurück und streife so schnell wie möglich die Gummihandschuhe ab. Verärgert pfeffere ich sie ins Becken, wasche mir die Hände und setze mich erschöpft hin.

Mindestens eine Stunde lang habe ich das Badezimmer geschrubbt. Durch den Gestank des chemischen Reinigungsmittels ist mir schwindelig geworden, aber ich habe keine Ahnung, was ich sonst tun sollte. Die Kommentare von Mollys Lehrerin von heute Morgen gehen mir immer und immer wieder durch den Kopf.

»Kinder sind emotional viel stärker, als wir glauben«, hat Ms Martin gesagt. »Molly ist ein kluges Mädchen. Sie wird es verstehen. Mit der Zeit wird sie es verstehen.«

Ms Martin hat es gut gemeint. Das bezweifele ich gar nicht. Dennoch haben mich ihre Worte tief getroffen. Danach bin ich ziemlich schnell gegangen. Ich wusste, dass ich mich nicht mehr länger zusammenreißen konnte, und wollte nicht, dass Molly mich zusammenbrechen sieht. Umringt von ihren Schulfreunden war sie nach dem anfänglichen Streit mit Sam so fröhlich. Als ich weggegangen bin, hat sie gekichert.

Aber jetzt, als ich alleine bin, kann ich nur an Molly denken. Und diese verdammte Aussage, *Molly wird es verstehen*. Denn Molly wird es *nicht* verstehen. Absolut nicht. Himmel, vor zwei Wochen hat sie noch einen unglaublichen Wutanfall bekommen, als ich ihr gesagt habe, dass nicht einmal Santa Claus ihr ein echtes, lebendiges Einhorn bringen könnte. Wie soll sie da verstehen, dass ihre große Schwester Krebs hat?

Nicht zu fassen, dass es mir nicht früher in den Sinn gekommen ist, welchen Einfluss das alles auf Molly haben wird. Mein erster Gedanke war, wie Gavin wohl die Nachricht verkraften würde (oder auch nicht). Kurz danach musste ich an Kayla denken. Arme Kayla. Wunderschöne, süße Kayla. Dann wanderten meine Gedanken zu Heather. Von einer Mutter zur anderen. Automatisch habe ich mich in ihre Lage versetzt. Es war unangenehm und entsetzlich, und voller Bestürzung habe ich diese Gedanken rasch abgeschüttelt. Aber Molly habe ich dabei vollkommen vergessen. Wie konnte ich nur meine eigene Tochter vergessen? Sie mag zwar erst vier Jahre alt sein, aber ihr Herz ist groß – und diese Nachricht wird es ihr brechen. Zum ersten Mal überhaupt habe ich keine Ahnung, wie ich mein Kind schützen kann.

Den ganzen Nachmittag über habe ich immer wieder einen Blick aufs Handy geworfen. Unzählige WhatsApp-Nachrichten sind seitdem von einer Gruppe eingegangen, zu der ich heute Morgen hinzugefügt worden bin, weil Molly zu einem Kindergeburtstag eingeladen wurde. Einer der Jungs aus ihrer Klasse wird am kommenden Wochenende fünf Jahre alt. Molly hat mir die ganze letzte Woche schon von seinen Partyplänen berichtet. Laut Molly werden sie erst einen Indoorspielplatz besuchen und anschließend Eis essen gehen. Die heutige Einladung hat Mollys Beschreibung bestätigt. Die Mütter aus ihrer Klasse haben den ganzen Morgen lang mit vielen Emojis geantwortet: mit Smileys, Geburtstagstorten und Ballons. Ich habe nicht geantwortet.

Andere Nachrichten habe ich nicht bekommen. Dabei hatte ich auf ein Update von Gavin gehofft. Er hat eben angerufen, aber er war so durcheinander, dass ich ihn am Telefon nicht mit all meinen Fragen bedrängen wollte. Ich habe ihm vorgeschlagen, sich einen Kaffee zu besorgen und mich dann in Ruhe zurückzurufen, doch jetzt habe ich schon seit Stunden nichts mehr von ihm gehört, und so langsam fange ich an durchzudrehen.

Ich habe Kopfschmerzen. Der Gestank der scharfen Reinigungsmittel hat mir zugesetzt; ich brauche unbedingt frische Luft. Obwohl es draußen nur wenige Grad über null sind, reiße ich das Fenster weit auf. Ein kräftiger, eisiger Wind reibt mir wie Schmirgelpapier übers Gesicht, doch darüber kann ich nur lachen, da es überraschend erfrischend ist.

Ich lasse den Blick über die anderen Häuser schweifen, die genau wie unseres aussehen und sich hufeisenförmig an unsere Sackgasse schmiegen. Der Morgentau ist den ganzen Tag über bis jetzt im Gras hängen geblieben, und ich bezweifele, dass auch nur irgendein Kind heute Nachmittag zum Spielen rausgeht, da es verdächtig nach Regen aussieht. Doch trotz des Grau in Grau sieht es draußen auf der Straße so warm und einladend aus wie immer. Gavin und ich haben der Bank gegenüber das Blaue vom Himmel heruntergelogen, um das Darlehen für das Haus zu bekommen, das wir uns eigentlich kaum leisten konnten. Gavin wurde lange Zeit von Zweifeln geplagt, doch ich hatte mich schrecklich in das das Haus verguckt. Schließlich konnte ich ihn überzeugen, dass sich die Strapazen lohnen würden, da wir eines Tages hier unsere Kinder großziehen würden.

Bei unserem Einzug war Kayla gerade sieben Jahre alt geworden. Sie liebte es, jedes Wochenende herzukommen. Und wir haben es sehr genossen, sie hier zu haben. Wir haben ein kleines Vermögen bei Ikea gelassen – Geld, das wir zu dem damaligen Zeitpunkt eigentlich gar nicht hatten – und haben ihr Kinderzimmer in einen rosafarbenen Palast verwandelt. Als sie neun war, wurde daraus Lila, und dann schließlich ein sehr schickes Elfenbein und Mintgrün mit elf Jahren. Ich hatte die ruhigen Pastellfarben für das Babyzimmer gewählt, als ich mit Molly schwanger war. Da wir nicht wussten, ob es ein Junge oder Mädchen wird, hatte ich mir neutrale Farben gewünscht. Kayla war so begeistert davon, große Schwester zu werden, dass ihr Zimmer genauso aussehen sollte wie das des Babys. Ich erinnere mich, insgeheim gehofft zu haben, ein Mädchen zu bekommen, damit wir drei später einmal zusammen shoppen gehen könnten, und ich habe mich darauf gefreut, mit den Mädels gemütliche Nachmittage zu verbringen und Kaffee mit ihnen trinken zu gehen, wenn sie groß wären.

Seitdem haben wir Mollys Zimmer bereits einmal neu gestrichen. Und ich habe auch Kayla angeboten, ihr Zimmer zu streichen, doch sie zuckt nur mit den Achseln, lächelt und scheint sich nicht daran zu stören. Aber wahrscheinlich liegt es daran, dass sie nicht mehr oft hier ist. Zuerst ist Kayla das ein oder andere Wochenende ferngeblieben, nachdem sie zur weiterführenden Schule gewechselt ist. Heather hat dann Gavin eine kurze SMS geschickt, manchmal auch erst unmittelbar vorher, und erklärt, dass Kayla bei Freunden übernachten würde. Nach und nach hat sich auf diese Weise jedes Wochenende zu jedem zweiten Wochenende verschoben, irgendwann zu einmal im Monat, und in letzter Zeit haben wir Kayla so gut wie gar nicht mehr gesehen. Ich verstehe das durchaus. Als Teenager hat sie viel zu tun, außerdem sind ihre Freunde und ihr gesamtes soziales Umfeld eben in Cork angesiedelt. Sie chattet noch oft mit Gavin und Molly über FaceTime, doch das ist nicht das Gleiche wie sich tatsächlich hier vor Ort von Angesicht zu Angesicht zu sehen. Ich weiß, dass die beiden sie sehr vermissen. Ich vermisse sie auch. Sehr sogar.

Als meine Kopfschmerzen nachgelassen haben und mein Gesicht vollkommen taub vor Kälte ist, ziehe ich den Kopf wieder nach drinnen, schließe das Fenster und gehe runter in die Küche. Dort beschließe ich, den Wasserkocher anzustellen und noch einen Kaffee zu trinken, bevor es schon wieder Zeit wird, Molly von der Schule abzuholen. Doch bevor ich die unterste Treppenstufe erreicht habe, klingelt es an der Tür, und ich stöhne innerlich auf. Mir steht heute absolut nicht der Sinn danach, mit einem unangemeldeten Besucher Small Talk zu betreiben. Bevor ich die Tür öffne, fahre ich mir mit der Hand kräftig durchs Gesicht, um mich ein wenig wacher zu machen. Obwohl ich Gummihandschuhe getragen habe, hat sich der Gestank des Reinigungsmittels an meinen Fingern festgesetzt und rüttelt mich kräftig wach, bevor ich die Tür öffne und ganz verwundert bin.

7.

Charlotte

»Gavin«, stottere ich verwirrt, als mir mein Ehemann auf der anderen Seite der Tür gegenübersteht.

Gavin sagt keinen Ton. Der oberste Knopf seines Hemdes steht offen. Die Krawatte hängt ihm immer noch um den Hals, aber sie sitzt so locker, dass sie fast nicht mehr zu sehen ist, weil sie unter den obersten Knopf seiner Jacke gerutscht ist. Sein Haar ist ganz zerzaust, so strähnig, als hätte er es tagelang nicht gewaschen. Im Gegensatz zu dem schicken, charmanten Mann, der das Haus heute Morgen verlassen hat, wirkt er wie ausgewechselt.

»Hey«, begrüße ich ihn. »Keinen Schlüssel dabei?«

Mein Blick schweift zuerst zu seinem Auto, das in der Einfahrt steht, dann zu den Schlüsseln, die er in der Hand hält.

»Schon okay«, sage ich. »Komm rein, ich wollte mir gerade einen Kaffee kochen. Du siehst aus, als könntest auch du eine Tasse vertragen.«

Ich strecke die Hand aus, schlinge meinen Arm um die Taille meines Mannes und geleite ihn nach drinnen. Doch als Gavins Beifahrertür sich mit einem Quietschen langsam öffnet, halte ich inne.

Kayla, denke ich hoffnungsvoll, aber mir stockt der Atem, als Heather aus dem Auto steigt. Auf der Suche nach einer Erklärung schießt mein Blick zu Gavin zurück. Doch er schaut nur beschützend zu Heather hinüber. Heather sieht schrecklich aus. Ihre Augen sind rot und geschwollen – das erkenne ich sogar aus der Ferne. Ihre normalerweise strahlende Haut wirkt grau und stumpf, und sie zittert. Gavin sieht nicht viel besser aus, und ich verstehe mit einem Schlag, warum er mir nicht geschrieben und Bescheid gesagt hat, dass er mit Heather hierher unterwegs ist. Keiner von beiden kann gerade auch nur einen einzigen klaren Gedanken fassen. *Oh Gott.*

Gavin windet sich aus meinem Arm heraus, eilt zum Auto zurück und läuft zu Heathers Seite. Dort legt er seinen Arm um ihre Schultern, als könne sie ohne Hilfe nicht gehen.

»Komm«, sagt er. »Ich bringe dich nach drinnen ins Warme.«

Heather schmiegt sich an ihn. Sie ist so schmal und zierlich wie immer, sodass Gavin mit seinen ein Meter neunzig wie ein Riese neben ihr wirkt. Er hält sie, als würde er sie gleich in seinen Armen tragen und ihr versprechen, sie für immer zu behüten. Ich kann mich gar nicht von diesem Anblick losreißen.

»Stell den Wasserkocher an, Charlie«, ruft Gavin, als sie an der Haustür angelangen, immer noch eng aneinandergekuschelt. Ich trete beiseite, um sie vorbeizulassen.

»Du hast vergessen, ›Bitte‹ zu sagen«, murmele ich, während ich die Tür schließe, mich umdrehe und beobachte, wie Gavin Heather auf der Wohnzimmercouch absetzt.

Ich wende mich ab, schüttele den Kopf und mache mich auf den Weg in die Küche.

»Entschuldige. Tut mir wirklich leid.« Gavin taucht hinter mir auf und legt mir seine Hand auf die Schulter. »Sie ist vollkommen durch den Wind. Sie war absolut nicht in der Lage, allein mit dem Zug nach Hause zu fahren. Und ich habe es nicht länger ausgehalten, in einem Café zu sitzen mit einer neugierigen Bedienung, die die ganze Zeit direkt hinter uns stand, um uns zu belauschen. Ich dachte, es sei eine gute Idee, kurz mit ihr herzukommen. Damit sie sich ein wenig beruhigt, weißt du?«

»Ja. Gute Idee«, erwidere ich. »Obwohl eine kurze Nachricht nett gewesen wäre. Als kleine Vorwarnung«, füge ich hinzu. Ich bin immer noch auf dem Weg in die Küche, wohin Gavin mir nun folgt.

Gavin schüttelt den Kopf. »Habe ich dir nicht geschrieben? Oh Gott, entschuldige bitte. Das wollte ich nicht. Es ist nur …«

»Schon gut«, unterbreche ich ihn schnell und komme mir richtig mies vor, weil eine SMS gerade wie das Unwichtigste auf der Welt wirkt. »Wird sie denn heute überhaupt allein mit dem Zug fahren können? Sie sieht gar nicht gut aus.«

»Eigentlich«, stottert Gavin, »ist das etwas, worüber ich mit dir reden wollte …«

»Entschuldigung«, ertönt Heathers Stimme hinter uns,

woraufhin wir uns beide wie auf Kommando umdrehen. »Kann ich mal kurz auf die Toilette?« Heather deutet nach oben, als wolle sie fragen, *muss ich nach oben?*

Ich lächele. »Das Gäste-WC befindet sich unter der Treppe, aber das benutzen wir normalerweise nicht. Das Badezimmer befindet sich oben. Die zweite Tür auf der rechten Seite.«

»Danke«, erwidert Heather.

Ich setze meinen Weg in die Küche fort und schütte einen Rest lauwarmes Wasser aus dem Wasserkocher, öffne den Deckel und halte die Kanne unter den Wasserhahn. Das kalte Wasser trifft kraftvoll auf den Boden der Kanne, spritzt bis auf meine Bluse zurück und lässt mich erstarren. Ich schaue zu Gavin hinüber und hoffe, dass er mir ein Handtuch reicht. Doch ihm ist das Missgeschick nicht einmal aufgefallen. Er lehnt mit dem Po an der Küchentheke, und die Arme hat er vor der Brust verschränkt, während er in die Luft starrt.

Schnell stelle ich den Wasserkocher an und hole mir das Handtuch, das am Griff des Ofens hängt. Dann lausche ich, ob ich Heather schon die Treppe herunterkommen höre, doch von ihr ist weit und breit noch nichts zu sehen. *Prima.* Ich bin dankbar für die Gelegenheit, kurz mit Gavin allein sprechen zu können.

»Wie ist es gelaufen?«, frage ich schließlich.

Gavin schüttelt den Kopf. Keine Ahnung, was das zu bedeuten hat.

»Was sagen die Ärzte denn?«, versuche ich, deutlicher zu werden.

Wieder schüttelt er den Kopf. Über uns erklingt die Toilettenspülung.

»Gavin, bitte«, flehe ich und beschleunige meine Worte. »Was haben die Ärzte gesagt? Ich habe den ganzen Tag lang auf Nachrichten von dir gewartet. Wird Kayla wieder gesund?«

Das Wasser im Kocher fängt an, laut zu brodeln, aber dennoch höre ich deutlich, wie Gavin seufzt. Er ist ein einziges Durcheinander. Mir will nicht in den Kopf, wie er für Heather eine so große, gefasste Kraftstütze sein, mir gegenüber jedoch keinen einzigen Satz rausbringen kann.

»Gavin, bitte. Antworte mir!«, flehe ich. »Steht es so schlecht um sie? Du machst mir Angst!«

»Es ist tatsächlich Krebs«, erklärt Heather und betritt die Küche.

Ich fahre zusammen. Durch den Lärm des rumpelnden Wasserkochers habe ich sie überhaupt nicht die Treppe herunterkommen gehört. Mit einem Mal habe ich einen Kloß im Hals, und Tränen vernebeln mir die Sicht. Ich schüttele den Kopf; ich kann einfach nicht weinen – nicht vor Gavin und Heather. Kayla ist ihr Kind, das weiß ich. Nichtsdestotrotz bricht mir diese Nachricht das Herz.

»Es ist ein Sarkom«, erklärt Heather.

»Ein Sarkom«, wiederhole ich das seltsame Wort, das ich noch nie zuvor gehört habe. »Aber ich dachte, sie hat sich das Knie verletzt. Sie ist Basketballspielerin. Herrgott, sie ist die Mannschaftskapitänin …«

»Ich glaube, dem Krebs ist es egal, in welchem Team sie spielt«, fällt mir Gavin ins Wort.

»Gavin. Entschuldige bitte. Ich wollte nicht …« Ich halte inne und schüttele den Kopf. »Ich verstehe es einfach nicht.«

»Der Krebs befindet sich im Weichgewebe rund um den Knochen, Charlie«, fährt Gavin fort. »Es nennt sich Ewing-Sarkom. Das hat ihr die ganze Zeit über wehgetan. Kayla hat einen Tumor im Knie.«

»Oh«, stottere ich schockiert und versuche, alles zu begreifen. Ich fühle mich, als würde mir die Luft wegbleiben.

»Ich habe davon auch noch nie etwas gehört«, stellt Heather fest, als könne sie meine Gedanken lesen. »Zumindest nicht bis heute Morgen.«

»Ein Tumor im Bein«, sage ich. »Das kann man doch behandeln, nicht wahr? Das ist doch nicht wie Blutkrebs oder irgendetwas in ihren Organen, oder?« Verzweifelt warte ich darauf, dass Gavin oder Heather mir sagt, dass ich recht habe. Ich warte darauf, dass jemand sagt, dass alles wieder in Ordnung kommt. Aber zwischen uns herrscht Schweigen, während der Wasserkocher im Hintergrund lautstark blubbert.

»Ein Sarkom bei einem Kind ist recht ungewöhnlich, außerdem kann es streuen«, antwortet Gavin irgendwann, wobei sich seine Stimme überschlägt.

»Aber wir wissen noch nichts Genaues«, fügt Heather hinzu. »Erst müssen weitere Untersuchungen gemacht werden, bevor sich die Ärzte für einen Behandlungsplan entscheiden.«

»Okay«, nicke ich, während mir eine Träne, gegen die ich angekämpft habe, seitlich an der Nase herunterläuft.

Schnell wische ich sie mit der Fingerspitze ab. »Und wann wird man mehr wissen?«

»Sie wollen sofort mit den Untersuchungen loslegen«, antwortet Heather.

»Und sie wollen die ganze Familie einbestellen und Bluttests machen«, erklärt Gavin. »Vielleicht ist ein geeigneter Spender dabei.«

Ich nicke, als würde ich alles verstehen.

»Sie haben morgen vorgeschlagen«, sagt Gavin.

»Morgen?«, wiederhole ich viel zu laut, als sich mit einem Mal der Wasserkocher abstellt, und reiße die Augen weit auf.

Ich schlucke und habe Mühe, mich zusammenzureißen. »Morgen schon? Das ist so schnell. Niemand hat bis dahin Zeit gehabt, sich die Sache durch den Kopf gehen zu lassen.«

»Die Ärzte wollen keine Zeit verlieren«, entgegnet Heather.

»Je nachdem, wie die Ergebnisse ausfallen, wird man dann auch Molly in Betracht ziehen«, fügt Gavin hinzu.

»Molly?« Verwirrt schüttele ich den Kopf.

»Ob sie als Spender infrage kommt«, erklärt Gavin.

»Molly?«, wiederhole ich erneut. »Warum sollten sie Molly einem Bluttest unterziehen? Sie ist doch erst vier.«

»Sie sind Schwestern«, erwidert Heather.

Mein Gehirn ist wie blockiert, ich bin verwirrt. Ich habe so viele Fragen an Gavin, aber mir ist klar, dass das jetzt nicht der geeignete Zeitpunkt ist. Ich stelle mir vor, dass Gavin und Heather in ihrem derzeitigen Gefühlschaos etwas falsch verstanden haben müssen. Molly ist doch noch fast ein Baby! Sie wird man bestimmt nicht brauchen.

Wie ferngesteuert öffne ich den Schrank über der Spüle und hole ein paar Tassen heraus. Dann öffne ich den Deckel der Dose mit dem löslichen Kaffee, die ich auf der Ablage stehen gelassen habe, und gebe ein paar Löffel in jede Tasse. Nachdem ich kochendes Wasser hinzugefügt habe, rühre ich um. Und halte plötzlich inne; meine Arme baumeln nutzlos an den Seiten herunter.

»Weiß Kayla schon Bescheid?«, frage ich, den Rücken Gavin und Heather zugewandt. Während ich auf ihre Antwort warte, bricht es mir vor Mitgefühl fast das Herz.

»Noch nicht«, erwidert Gavin. »Wir wollten erst mit dir darüber reden.«

»Mit mir?« Ich klopfe mir auf die Brust und drehe mich um.

»Ich halte es für das Beste, wenn Heather und ich es Kayla sagen.«

»Natürlich. Klar«, nicke ich und hole die Milch aus dem Kühlschrank. »Das ist eine gute Idee. Eine sehr gute Idee.«

»Heute Abend«, fährt Gavin fort.

»Na ja, klar. Wenn sie sich morgen all diesen Untersuchungen unterziehen muss, dann müsst ihr natürlich heute Abend noch mit ihr reden.«

»Ich habe eben schon bei der Arbeit Bescheid gesagt«, berichtet Gavin. »Ich habe erklärt, dass ich eine Weile nicht kommen kann. Alle hatten Verständnis.«

Ich nicke. Höre zu.

»Heather nimmt keine Milch«, erklärt Gavin, als ich die Milch in die erste Tasse kippen will.

»Ich vertrage Milch nicht«, entschuldigt sich Heather. »Tut mir leid.«

»Ich auch nicht«, erwidere ich und bin überrascht, dass Heather und ich etwas gemeinsam haben. Gavin hat mir nie davon erzählt.

»Also, was sagst du dazu?«, fragt Gavin und stößt mich an der Schulter, als er eine Tasse mit Milch und eine Tasse ohne Milch zum Küchentisch hinüberträgt.

Heather und Gavin setzen sich. Gavin schaut über seine Schulter hinweg zu mir und wartet darauf, dass ich mich zu ihnen geselle. Also nehme ich mir meine Tasse Kaffee und bringe sie zum Küchentisch.

»Was sage ich wozu?«, wiederhole ich und schiebe einen Stuhl zurück. Ich weiß absolut nicht, wie ich darüber denken soll. Ich bin nicht mal sicher, ob ich gerade überhaupt denken kann.

»Dass ich heute Abend mit nach Cork fahre?«

Ausdruckslos starre ich Gavin an. Es ist so viel, das es zu begreifen gilt. Ich werde gerade abgehängt.

»Kayla geht heute nach der Schule zu ihrem Freund Aiden nach Hause«, stellt Gavin fest.

»Okay«, nicke ich. Zwar kenne ich Aiden nicht, doch sein Name kommt mir bekannt vor. Kayla und Aiden sind schon seit Langem beste Freunde, und sie erzählt oft von ihm. Einmal habe ich gedacht, sie könnten mehr als nur Freunde sein, aber Kayla hat das sehr schnell richtiggestellt.

»Ich habe überlegt, heute Abend mit Heather runterzufahren«, sagt Gavin.

»Oh«, erwidere ich und muss mich sehr konzentrieren, um zu verstehen, was er sagt. »Ich dachte, du wolltest es ihr am Telefon sagen. Was habe ich mir dabei bloß gedacht? Du hast recht. Oh Gott, du hast recht. Das ist natürlich etwas, was du persönlich machen musst. Natürlich.«

Mein Blick wandert zu Heather. Sie schlürft ihren Kaffee, der noch viel zu heiß ist, und ist sehr still. Ich denke mir, dass sie wahrscheinlich mit der Situation vollkommen überfordert ist, aber ich wünschte, sie würde etwas sagen. Mich wissen lassen, was sie von diesem Plan hält. Ich frage mich, ob sie Gavin überhaupt bei sich haben will. Oder ob sie lieber Raum für sich haben würde, um auf ihre Art und Weise damit fertigzuwerden. Ich wünschte wirklich, es gäbe irgendeine Möglichkeit, um zu erfahren, wie man sich da korrekt verhält.

»Heather und ich werden Kayla bei Aiden abholen und direkt zu Heather fahren. Dort werden wir es Kayla gemeinsam sagen.« Gavins Stimme bricht.

»Ich will, dass sie zu Hause ist, wenn sie es erfährt«, sagt Heather bestimmt. »Vielleicht holen wir uns etwas zu essen. Sie liebt die Imbissbude. Ich halte es für wichtig, alles so normal wie möglich zu belassen.«

Ich frage mich wirklich, wie es jemals normal sein kann, einer Fünfzehnjährigen zu sagen, dass sie Krebs hat. Aber ich verstehe, was Heather meint.

»Dann kann sie anschließend ihre Sachen zusammenpacken, und ich fahre uns drei wieder hierher«, fügt Gavin hinzu.

»Hierher?«, frage ich.

Gavin nickt. »Zu uns.«

»Aber du hast doch gesagt, dass Kayla sich morgen Untersuchungen unterziehen muss?«, frage ich verwirrt.

»Die Untersuchungen finden hier im National Children's Hospital in Dublin statt«, erklärt Heather und stellt ihre Kaffeetasse ab. Als sich unsere Blicke treffen, zerreißt es mir fast das Herz. »In Cork gibt es einfach nicht die gleichen Möglichkeiten, die man hier hat. Und da Kayla erst fünfzehn ist …«

»Sie ist immer noch ein Kind«, sage ich leise.

Heather nickt und führt die Tasse mit zitternden Händen wieder an die Lippen.

»Wir kommen also heute Nacht wieder«, bestätigt Gavin. »Ich weiß nur nicht, wann genau. Kayla wird ein wenig Zeit brauchen, sich an die Vorstellung zu gewöhnen, eine Weile lang in Dublin zu bleiben. Sie wird länger von ihrer Schule und ihren Freunden getrennt sein. Das wird nicht leicht.«

Ich nicke. Das kann ich mir sehr gut vorstellen. »Lasst euch Zeit«, sage ich.

»Natürlich kann Kayla hier in ihrem eigenen Zimmer schlafen, aber wärst du so nett und bereitest das Bett im Gästezimmer für Heather vor?«, fragt Gavin.

Ich reiße die Augen weit auf. Die Vorstellung, dass Gavins Ex in unserem Gästezimmer übernachtet, ist seltsam. Dabei fühle ich mich unwohl, vielleicht bin ich sogar eifersüchtig. Und unter den gegebenen Umständen hasse ich mich dafür.

Ich reiße mich zusammen und nicke. »Okay. Natürlich.«

»Danke«, sagt Heather. »Mir ist klar, wie plötzlich und unerwartet das alles kommt, aber ich bin wirklich dankbar dafür, in der Nähe des Krankenhauses übernachten zu können.«

»Das ist wirklich überhaupt kein Problem«, erwidere ich.

Heathers Handy klingelt. Ich erschrecke mich und zucke schon wieder zusammen. *Gott, was bin ich heute schreckhaft!*

»Tut mir leid, entschuldige bitte«, sagt sie, kramt in der Tasche herum und holt ihr Handy heraus. Sie hält es ans Ohr und geht in den Flur hinaus. »Hallo. Hier ist Heather Prendergast …«

Gavin steht auf und räumt die Kaffeebecher vom Tisch ab. »Warte heute Nacht nicht auf mich, ja?«, sagt er und küsst mich auf die Stirn.

Ich will ihn gerade nach den Blutuntersuchungen und Molly fragen, doch ich höre, wie die Tassen aneinanderklirren, als er zur Spüle hinübergeht, um sie dort abzustellen – so stark zittert er. Ich beiße mir auf die Zunge.

»Du meine Güte, du bist ja leichenblass«, rufe ich, als Heather wieder in die Küche zurückkehrt. Ich springe auf und ziehe den Stuhl zurück, auf dem sie gesessen hat, und halte ihr meinen Arm hin, um ihr Halt zu geben.

»Das Krankenhaus hat angerufen«, erklärt Heather. »Sie haben gleich morgen früh ein Bett für Kayla bereit.«

»So schnell schon?«, fragt Gavin und dreht sich von der Spüle zu uns um. Sogleich fällt mir auf, dass er plötzlich genauso blass ist wie Heather.

Heather nickt. »Ja, sie soll parat sein, sobald ein Slot im OP frei wird. Sie hoffen, dass es spätestens in zwei oder drei Tagen so weit ist.«

»Eine Operation?«, frage ich.

Heather nickt.

Gavin faltet die Hände und presst sie sich oben auf den Kopf, während er tief Luft holt und dann ausatmet. »Oh Gott. Passiert das gerade wirklich? Das kann doch gar nicht wahr sein?«

»Hey, hey.« Ich eile zu ihm und schlinge meine Arme um seinen Hals.

Er hält mich fest und schmiegt seinen Kopf in meine Ellbogenbeuge. Sein Atem ist schwerfällig und warm, und ich spüre, dass ich ihn gar nicht nah und fest genug halten kann.

»Können wir jetzt fahren? Können wir losfahren?«, fragt Heather. »Ich will so schnell wie möglich nach Hause zu Kayla. Ja? Bitte?«

Gavin löst sich von mir und richtet sich auf.

»Ja«, nickt er. »Lass uns fahren. Wenn wir jetzt aufbrechen, schaffen wir es vielleicht noch vor Schulende.«

»Schulende! Oh Gott!«, rufe ich und drehe mich auf dem Stuhl, um einen Blick auf die Küchenuhr zu erhaschen. »Es ist zehn nach zwei. Molly! Ich habe vergessen, Molly abzuholen! Ich hätte sie schon vor zehn Minuten abholen sollen!«

8.

Kayla

Ich kann es nicht fassen, dass ich vor der gesamten Klasse weine. Und zwar nicht nur ein paar Tränchen; ich heule wie ein Schlosshund. Das wird mich ewig verfolgen.

»Mein Bein. Es tut so weh!«, schluchze ich, die Augen fest zusammengekniffen, als würde es bei den Schmerzen helfen, die anderen auszublenden. »Es tut richtig, richtig schlimm weh!«

Die halbe Klasse hat sich im Kreis um mich herum versammelt. Ich schlage die Augen wieder auf und schaue, auf dem Boden liegend, zu allen Köpfen hoch, die über mich gebeugt sind und mich anstarren. Ich weine immer noch. Und kann gar nicht mehr aufhören. Alle schauen mich so ernst an. Niemand lacht oder zeigt mit dem Finger auf mich – so, wie sie es normalerweise machen, wenn jemand im Sportunterricht hinfällt und eine Riesenshow daraus macht.

»Entschuldigt mich bitte. Entschuldigung!«, ruft Miss Hanlon, unsere Sportlehrerin, und versucht, sich einen Weg in die Mitte zu bahnen. »Leute, bewegt euch. Los!«

Der Kreis teilt sich, und Miss Hanlon kommt zu mir geeilt. Ihre Laufschuhe quietschen, als sie sich auf dem Hallenboden neben mich kniet.

»Was ist passiert, Kayla?«, fragt sie.

Ich schüttele den Kopf und versuche, zu Atem zu kommen. Mein Herz rast, ich zittere am ganzen Körper.

»Sie ist hingefallen«, erklärt Aiden, der plötzlich auf der anderen Seite neben mir in die Hocke geht, nachdem auch er sich einen Weg durch den Kreis gebahnt hat.

»Okay. Danke, Aiden. Ich denke, das sehen wir alle selbst. Aber hat denn jemand gesehen, wie das passiert ist?«, erkundigt sich Miss Hanlon.

Ausdruckslose Mienen starren sie an, und sogar in der normalerweise sehr lauten Turnhalle ist es mucksmäuschenstill, vom Echo meiner Schluchzer einmal abgesehen.

»Na ja, irgendetwas *muss* ja passiert sein«, stellt Miss Hanlon streng fest. »Da kehrt man euch einmal für zwei Minuten den Rücken zu, um ein paar Mannschaftswesten zu holen, und dann …«

Miss Hanlon ist wirklich sehr klein. Alle in meiner Jahrgangsstufe sind mindestens einen Kopf größer als sie, und den meisten Jungs reicht sie nicht einmal bis zur Schulter. Sie trägt immer Trainingsanzüge. Sehr schicke Trainingsanzüge, wohlgemerkt, und sie ist super schlank und durchtrainiert. Weil sie die ganze Zeit durch die Gegend läuft, schätze ich. Sie ist noch jung. Na ja, ganz so jung jetzt auch nicht mehr, vielleicht dreißig. Aber im Vergleich zu einigen Dinosauriern im Lehrerkollegium ist sie super jung. Hätte ich jemals ein Problem, oder würde sich jemand so richtig blöde verhalten oder mich mobben, wäre Miss Hanlon die Lehrerin, mit der ich reden würde. Ich glaube, Miss Hanlon ist tatsächlich die Lehrerin, mit der die gesamte Stufe reden würde. Sie hat eine Art an sich, dass sie die Sachen mit Ruhe angeht. Dadurch wirkt dann alles gar nicht mehr so schlimm, selbst wenn die Sache ernst ist. Wie jetzt.

»Sie ist einfach mit dem Ball gelaufen und wollte einen Korb werfen, als sie zu Boden gegangen ist«, erklärt Aiden.

»Kinder, das ist doch nur ein Spiel!«, stellt Miss Hanlon fest. »Es gibt gar keinen Grund, zu drängeln und zu schubsen. Seht euch bloß mal die arme Kayla an.«

Jetzt starren alle wieder mich an. Ich reiße mich zusammen, setze mich auf und flehe inständig, dass mein Gesicht nicht so rot ist, wie es sich anfühlt. Ich wette, ich könnte einer Tomate Konkurrenz machen. *Oh. Mein. Gott. Kann mich bitte jemand erschießen? Bitte?*

»Niemand hat sie geschubst, Miss«, entgegnet Aiden.

»Stimmt das, Kayla? Bist du ausgerutscht?«, fragt Miss Hanlon. Sie klingt alles andere als überzeugt.

»Sie ist nicht einmal ausgerutscht«, beschreibt Aiden. »Sie ist einfach hingefallen. Ohne Grund hingeknallt.«

Die anderen Kinder kichern und schnauben. *Na, super!* Als wäre die Situation nicht schon schlimm genug, klingt es bei Aiden, als wäre ich eine uralte Frau. Ich werde ihn später umbringen.

Langsam atmet Miss Hanlon aus. Ich rieche den Knoblauchduft ihres Mittagessens in ihrem Atem.

»Okay, Aiden, danke«, erklärt sie. »Aber Kayla kann wirklich für sich selbst sprechen.«

»Ich …Ich …«, stottere ich. Der Schmerz in meinem Bein hat sich von einem Stechen zu einem Pulsieren verändert, und ich wische mir die Tränen aus dem Gesicht. In der Turnhalle wird es wieder lauter, als meine Klassenkameraden Gott sei Dank allmählich das Interesse an mir verlieren und sich miteinander unterhalten.

Aiden starrt mich mit großen Augen an, und mir ist klar, dass er mich dazu drängen will, Miss Hanlon von den Untersuchungen zu erzählen, zu denen Mum mich geschleppt hat. Ich schüttele den Kopf, ziehe die Nase kraus und flehe ihn an, den Mund zu halten. Sollte Miss Hanlon glauben, dass ich eine chronische Verletzung habe, könnte sie dafür sorgen, dass ich den Rest der Saison nicht mehr zum Einsatz komme.

»Ich habe keine Ahnung, was passiert ist«, erwidere ich und unternehme einen Versuch aufzustehen. »Ich hatte gerade noch den Ball, im nächsten Augenblick lag ich auf dem Boden.«

»Warte kurz.« Sanft legt Miss Hanlon ihre Hand auf meine Schulter und bestärkt mich, sitzen zu bleiben. »Dann schauen wir uns das mal an, ja?«

Ich nicke.

»Knie, Knöchel oder beides?«, fragt Miss Hanlon.

»Ich … Ich … weiß es nicht. Das ganze Bein.«

In der Halle wird es lauter. Jemand dribbelt mit dem Basketball; ich spüre die Vibration über den Boden unter mir. Ich wünschte, derjenige würde damit aufhören.

»Okay, Kayla. Bitte, sag stopp, wenn es wehtut. Ich werde dir jetzt deinen Schuh und die Socke ausziehen und nachschauen, ob der Knöchel geschwollen ist.«

Wieder nicke ich. »Autsch! Autsch! Autsch!«, rufe ich, als Miss Hanlon mir die Schnürsenkel löst und den Turnschuh vom Fuß schiebt.

Gelächter ertönt, Finger zeigen auf mich. Siedend heiß fällt mir plötzlich wieder das große Loch in meiner Socke ein, das ich heute Morgen entdeckt habe. Ich habe mir nicht die Mühe gemacht, die Socken zu wechseln, weil ich nicht gedacht hätte, dass meine gesamte Klasse mir noch vor der Elf-Uhr-Pause auf den Fuß starren würde.

»Iiih, was stinkt denn hier so? Hier stinkt's nach Käse!«, brüllt einer der Idioten aus meiner Klasse. »Uaah. Das ist echt eklig. Ich glaube, mir wird schlecht!«

Natürlich ertönt daraufhin Gelächter, als sei dieser dämliche Kommentar lustig. Ich wünschte, die Erde würde sich auftun. Oder zumindest wünschte ich, so ziemlich jedes andere Sockenpaar zu tragen, das ich besitze. Zum Beispiel eines der Millionen Paare ohne blöde Löcher darin. *Kann der heutige Tag eigentlich noch schlimmer werden?*

Das markdurchdringende, hohe Kreischen von Miss Hanlons Pfeife beendet schlagartig alles Herumalbern und Gelächter.

»So. Das reicht jetzt.« Miss Hanlon lässt die Pfeife von ihren Lippen sinken. »Alle sofort in die Umkleidekabinen. Zieht euch bitte für die nächste Unterrichtsstunde um. Ohne Palaver. Ich bin nicht in Stimmung für Unsinn,

Leute. Absolut nicht!« Sie hebt den Zeigefinger und wackelt damit hin und her. »So. Ab mit euch. Los jetzt!«

Alle schlurfen durch die Hallentür in den Gang hinaus, mit ihnen der Lärm, das Gemurmel und, zweifellos, jede Menge Häme angesichts meiner löchrigen Socke.

»Du auch, Aiden«, ordnet Miss Hanlon an. »Geh schon. Du kommst zu spät zur nächsten Unterrichtsstunde.«

»Aber Kayla!« Aiden sieht mich mit mitleidigem Blick an, der, wie ich weiß, eher seinem verzweifelten Versuch geschuldet ist, den folgenden Unterricht zu schwänzen, als wirklichem Mitleid mit mir.

Dabei kann ich ihn durchaus verstehen. Irische Lyrik ist es tatsächlich beinahe wert, sich das Bein übel zuzurichten.

»Kayla ist bei mir in besten Händen«, lächelt Miss Hanlon. »Nicht wahr, Kayla?«

Ich verziehe das Gesicht. Irische Lyrik ist schlimm. Aber irische Lyrik ohne deinen besten Freund, der eine Stunde lang dafür sorgt, dass man nicht durchdreht, ist die reinste Tortur.

»Bitte, Miss, kann Aiden bleiben?«, flehe ich.

»Ha! Netter Versuch«, entgegnet Miss Hanlon. »Aber das hier ist keine Entschuldigung dafür, den Unterricht zu schwänzen, und ihr beide müsstet das auch eigentlich besser wissen, nicht wahr?«

»Ja, okay.« Aiden seufzt. »Aber einen Versuch war es wert.«

»Natürlich«, grinst Miss Hanlon. »Und jetzt ab mit dir. Beeil dich! Du bist spät dran, und ich will nicht, dass du mit dem nachfolgenden Lehrer Ärger bekommst.«

Aiden steht auf und schlurft so langsam zur Tür, dass man denken könnte, er sei derjenige mit einem verletzen Bein.

»Ich besorge dir auch die Hausaufgaben, Kayla«, zieht mich Aiden auf, als er sich an der Hallentür noch einmal zu mir umdreht. »Sieh später einfach auf Snapchat nach.«

»Oh, prima. Danke!«, stöhne ich.

Aiden streckt mir die Zunge heraus und schneidet eine lustige Grimasse, bevor er dann zum Unterricht eilt.

»Wird er dir später tatsächlich die Hausaufgaben mitteilen?«, fragt Miss Hanlon.

»Nope«, grinse ich. »Er hat nur einen Witz gemacht.«

»Es ist toll, einen solchen Freund zu haben«, stellt Miss Hanlon leise, fast flüsternd fest.

Ich warte darauf, dass sie mich fragt, ob wir zusammen sind – denn das denken die meisten Lehrer. Verständlich, wir verbringen schließlich viel Zeit miteinander, aber ich kenne Aiden schon seit dem Kindergarten. Das wäre wirklich total komisch.

»Du würdest mit Aiden darüber reden, wenn du ein Problem hättest, nicht wahr?«, fragt Miss Hanlon.

»Klar.« Verwirrt rümpfe ich die Nase und habe keine Ahnung, wohin dieses Gespräch führen soll, und wünschte mir, es lieber nicht zu führen, während ich hier mit nur einem Schuh am Fuß und einem gigantischen Loch in der Socke am anderen Fuß sitze.

»Mir ist nur aufgefallen, dass du in letzter Zeit nicht du selbst bist«, stellt Miss Hanlon fest und dreht sanft meinen Knöchel. »Tut das weh?«

Ich schüttele den Kopf.

»Gut. Sehr gut«, sagt sie und richtet ihre Aufmerksamkeit nach meinem Knöchel nun auf mein Knie, als sie dieses beugt. »Ist denn alles in Ordnung bei dir? Ist irgendwer gemein zu dir?«

»Autsch, autsch! Das tut weh!«, brülle ich.

»Entschuldigung.« Miss Hanlon lässt mein Knie los.

Ohne ein Wort zu sagen, greife ich nach meinem Turnschuh. Miss Hanlons komische Fragen haben mich verwirrt, und mein Knie bringt mich wirklich um, nachdem ich es bewegt habe. Mit einem Mal wäre der Irische-Lyrik-Unterricht gar nicht mal so schlecht.

»Kayla, du würdest doch mit jemandem reden, wenn dich etwas belasten würde, oder? Mit einem Freund vielleicht? Oder deiner Mum?«, fragt Miss Hanlon, steht auf und macht mir ein wenig Platz, damit ich meinen Turnschuh wieder anziehen kann.

»Es ist alles Ordnung, Miss, ich schwöre«, entgegne ich.

»Okay, okay.« Miss Hanlon hilft mir auf und führt mich zu einer der Holzbänke. »Du bist momentan einfach nicht du selbst, das ist alles.«

Miss Hanlon und ich sitzen schweigend und peinlich berührt nebeneinander auf der Bank. Ich wünschte, sie würde etwas sagen. Offensichtlich hat sie weitere Fragen, und immerhin ist die Lage nicht gerade so, dass ich aufstehen und gehen könnte. Gott, ich hätte nie für möglich gehalten, dass einmal der Tag kommen würde, an dem ich wünschte, im Kurs über irische Lyrik zu sein. Denn nichts kann das hier an Seltsamkeit überbieten.

»Kayla, isst du auch genug?«, fragt mich Miss Hanlon und dreht sich dabei zu mir um, wobei die Bank unter uns wie ein lauter Pups quietscht.

Ich würde am liebsten loslachen, doch Miss Hanlons Miene ist so erschreckend ernst, dass ich mich wirklich frage, wie sie das nur hören konnte und nicht einmal grinsen musste. Das sieht ihr so gar nicht ähnlich – normalerweise besitzt sie sehr viel Humor.

»Es ist nur ... Du hast in letzter Zeit viel Gewicht verloren. Außerdem bist du ziemlich blass, wenn ich ehrlich bin. Und du bist eindeutig ohnmächtig geworden, bevor du gefallen bist. Ich würde lügen, wenn ich behaupte, dass da keine Alarmglocken bei mir losschrillen, Kayla. Ich mache mir wirklich Sorgen um dich.«

»Es ist alles in Ordnung, versprochen. Ich liebe das Essen aus der Pommesbude, Popcorn und Schokolade. Wirklich! Schokolade! Darauf könnte ich niemals verzichten!«

»Ich stehe ja auf Cadbury's Rosine-Nuss-Schokolade«, erklärt Miss Hanlon.

»Bitte? Niemals. Schokolade und Obst gehen als Kombination gar nicht. Das ist eklig.« Ich verziehe das Gesicht. »Vollmilch. Das hört sich schon besser an.«

»Ah, Vollmilch. Du magst es schlicht und einfach. Das ist die richtige Einstellung!«

Ich lächele.

»Wie der Zufall so will, habe ich einen Vollmilchriegel in meiner Handtasche. Im Lehrerzimmer. Wir rufen jetzt kurz deine Mutter an und sagen ihr Bescheid, was passiert ist, danach besorge ich dir einen Tee und die Schokolade. Wie klingt das?«

Ich schüttele den Kopf. »Meine Mum hat den ganzen Tag über Meetings. Nach der Schule soll ich zu Aiden gehen.«

»Oh.« Miss Hanlon klingt enttäuscht, und ich wette, dass sie mit meiner Mutter nicht nur über mein Knie reden wollte. »Na ja, ich bin sicher, dass ich sie auf dem Handy erreichen kann. Dann klären wir alles.«

Mir fällt es schwer, nicht in Tränen auszubrechen. Ich habe keine Ahnung, warum, mir ist einfach komisch. Aiden ist wirklich lustig und seine Mutter unheimlich nett, aber mit einem Mal will ich nach der Schule nicht mehr mit zu ihm. Ich möchte nach Hause. Ich möchte wirklich sehr, sehr dringend nach Hause.

»Jetzt schau nicht so besorgt drein, Kayla. Ich tippe darauf, dass du dir das Bein nur verstaucht hast. Das ist nichts Ernstes, allerdings solltest du das dennoch röntgen lassen. Lass uns mal hören, was deine Mutter dazu sagt.«

»Okay«, nicke ich.

Miss Hanlon lächelt. »Und falls du es dir doch überlegen solltest und über was auch immer reden möchtest, dann weißt du, wo du mich findest. In Ordnung?«

»Ja«, nicke ich und bin mir im Klaren, dass sie es nicht darauf beruhen lassen wird. »Danke.«

9.

Kayla

»Tut es noch weh?«, fragt mich Aiden, als ich auf dem Sofa im Wohnzimmer seiner Eltern sitze, eine Packung Tiefkühlerbsen mit einem Geschirrtuch ums Knie gewickelt.

»Hm, nicht so richtig«, erwidere ich, während Aiden sich durch die Fernsehsender zappt.

»Hah! Ich wusste, dass du simuliert hast!«, lacht er.

Ich wünschte, es wäre so! Der Schmerz schießt mir in seltsamen Wellen durchs Bein; sie beginnen am Knie, wandern am Knochen entlang bis zum Knöchel und dann wieder nach oben zurück. Ich will Aiden gegenüber nichts sagen, sonst steckt er es wahrscheinlich seiner Mutter, die ohnehin genügend Wirbel um mich macht. Sie ist wirklich lieb, aber es ist echt peinlich. Mir reichte eben schon Aidens Schwester. »Du meine Güte, um mich hat sich Mum längst nicht so gekümmert, als ich mir den Arm gebrochen habe, oder, Mum?«, hat sie nach ihrer Rückkehr aus dem College gestöhnt.

»Ach, mach dich vom Acker«, hat Aidens Mutter geschimpft und gelacht, als sie ihre Tochter aus dem Zimmer gewedelt hat, als sei sie eine nervige Fliege. »Mach dir nichts draus, Kayla. Du ruhst dich schön aus, und ich schaue mal nach, ob wir noch Eis im Tiefkühler haben.«

Aiden meint, seine Schwester habe nur einen Witz gemacht, aber ich bin fest überzeugt, dass sie zumindest ein klein wenig beleidigt war.

»So, was willst du jetzt gucken?«, fragt Aiden und schaltet durch die verschiedenen Fernsehkanäle.

»Mir egal.« Ich zucke mit den Schultern.

»Wollen wir rauf in mein Zimmer gehen und Netflix gucken? Ich glaube, die neuen Folgen von *Riverdale* sind da.«

Ich werfe einen Blick auf mein Knie.

»Kannst du gehen?«, fragt mich Aiden. Natürlich ist er deutlich besorgter, als er vorgibt.

»Natürlich kann ich das«, lüge ich. »Aber können wir nicht einfach hier unten bleiben? Deine Mum reagiert bestimmt wieder komisch, wenn wir zusammen nach oben gehen. Dann denkt sie wieder, wir sind zusammen.«

Aiden rümpft die Nase. »Das stimmt«, nickt er. Sein Blick sinkt kurz auf mein Knie, und mir ist klar, dass er weiß, dass ich nur nach Ausreden suche, weil die Schmerzen in meinem Knie fast unerträglich sind.

»Außerdem hat meine Mum gerade geschrieben.« Mein Blick wandert zum Display meines Handys. »Sie sagt, sie ist in einer Viertelstunde hier. Sie macht heute früher Schluss.«

»Was? Ach Mann!«, beschwert sich Aiden und deutet auf den Fernseher. »*Friends* fängt gerade an. Es läuft die Folge, in der Joey sein Essen nicht teilt.«

»Joey teilt sein Essen nicht, verstehst du?«, zitiere ich lachend Joey. »Aber tut mir leid. Sie scheint es ziemlich eilig zu haben. Sie schrieb, ›sei dann bitte fertig‹ und hat eine ganze Armee von Ausrufezeichen hinzugefügt, aber keinen Kuss.«

»Oooooh«, scherzt Aiden. »Da droht jemandem Ärger! Was hast du ausgefressen, Kayla Prendergast Doran? Hm? Hm? Sprechen Sie lauter, junge Dame. Sprechen Sie lauter.«

Aiden ahmt unsere Schuldirektorin perfekt nach, und wie er da ihren albernen Schmollmund und die in die Seite gestemmte Hand imitiert, ist einfach göttlich. Ich gackere wie ein Huhn, bis seine Mutter ins Wohnzimmer kommt.

»Na, ihr zwei scheint ja Spaß zu haben!« Sie lächelt, während ich schon innerlich zusammenzucke und darauf warte, dass sie einen Witz über mich als künftige Schwiegertochter vom Stapel lässt, wie sie es für gewöhnlich tut. Doch Aiden wirft ihr einen warnenden Blick zu, woraufhin sie wissend nickt.

Oh. Mein. Gott! Wie bitte? Hat Aiden allen Ernstes seiner Mutter befohlen, keine Witze mehr darüber zu machen, dass wir ein Paar sind? Was zum Teufel soll denn das? Das ist ja wohl noch viel peinlicher als ihre Witze darüber, dass wir ein Paar seien. Ich werde ihn ein zweites Mal umbringen müssen.

»Ich habe gerade eine Pizza in den Ofen geschoben. Die ist in zehn Minuten fertig. Ich habe kein Eis mehr, deswegen flitze ich mal schnell in den Laden und hole etwas.

Wie geht es denn jetzt deinem Knie, Kayla? Besser?«, fragt Aidens Mutter.

Ich nicke. »Schon viel besser. Oh, Mary, meine Mutter hat gerade eben geschrieben. Sie ist gleich hier. Ich bin sicher, dass ich für Pizza gar keine Zeit mehr habe.«

»Jetzt sei nicht albern«, entgegnet Mary. »Nach dem hektischen Tag hat deine Mutter wahrscheinlich einen Bärenhunger. Ich schiebe schnell eine zweite Pizza rein, dann kann sie auch zum Abendessen bleiben.«

»Danke, Mary, aber ich glaube, sie ist wirklich in Eile, tut mir leid«, entschuldige ich mich und zucke zusammen, da es mir echt schwerfällt, höflich zu bleiben, obwohl ich eigentlich sagen will, *dass meine Mutter in ihrer Nachricht ziemlich angefressen klingt und ich bezweifeln möchte, dass sie für eine Tiefkühlpizza noch extra reinkommen will.*

»Ach, Quatsch.« Mary schüttelt den Kopf. »Wenn sie dich noch röntgen lassen will, verbringt ihr die halbe Nacht im Krankenhaus. Da wird sie sich über einen Happen zu essen freuen, keine Sorge. Außerdem habe ich deine Mutter eine halbe Ewigkeit nicht mehr gesehen. Ich freue mich, sie endlich wiederzusehen.«

»Okay«, erwidere ich, da es unhöflich wäre, ihr zu widersprechen. Mum kann für sich selbst sprechen, wenn sie da ist. Und vielleicht hat Mary ja auch recht. Wahrscheinlich wird Mum total ausgehungert sein. Die Pizza ist zwar meilenweit von dem Imbissessen entfernt, auf das ich für heute Abend gehofft habe, aber wenigstens kann ich dann hier solange noch *Friends* gucken.

Gelächter aus der Konserve hallt durchs Wohnzimmer,

als Aiden und ich zusehen, wie Joey und Phoebe auf dem Sofa im Central Perk sitzen und Joey zu erklären versucht, dass er sein Essen mit niemandem teilt.

»Das könnte ich sein«, stellt Aiden fest, spitzt die Lippen und schüttelt selbstbewusst den Kopf. »Aiden teilt auch kein Essen.«

Ich schnaube und breche in Gelächter aus. Vor Lachen schüttele ich mich. Auch das Knie, aber der Schmerz ist es wert, da Aiden gleichermaßen beleidigt wie witzig dreinschaut.

»Du isst nicht mal den Rand deiner Pizza!«, lache ich.

»Ach, sei still!« Aiden verschränkt beleidigt die Arme vor der Brust. »Die Kruste tut mir am Zahnfleisch weh. Da bleiben immer kleine, scharfkantige Stücke hängen. Manchmal bekomme ich davon sogar Zahnfleischbluten.«

Ich bekomme kaum Luft, so muss ich lachen, bis Aiden mit einem Kissen auf mich zielt, das mich dann mitten im Gesicht trifft.

»Aua!«, rufe ich, immer noch lachend. Er wirft mit einem zweiten Kissen nach mir, verfehlt mich jedoch. »Stopp!«, sage ich und hebe die Hand, um mich zu ergeben. »Riechst du das?«

»Pizzzzzzzzaaaaaa!« Aiden springt auf.

Just, als es an der Tür klingelt, zieht der Duft von geschmolzenem Käse und Peperoni von der Küche herüber.

»Shit, meine Mum«, meckere ich. »Was hat sie für ein miserables Timing!«

»Ich gehe schon«, sagt Aiden, hebt die beiden Kissen wieder auf und legt sie exakt so aufs Sofa zurück, wie sie vorher lagen, damit ihm seine Mutter nicht gleich die Hölle heißmacht. »Ich würde sagen, warte hier, aber das brauche ich ja gar nicht, du faule Nuss.«

Aiden verlässt das Wohnzimmer und betritt den Flur.

»Hi, Heather«, grüßt er, und fast unmittelbar darauf spüre ich den kalten Lufthauch, der durch die offene Haustür hereindringt. »Kayla sitzt auf dem Sofa. Sie ist wirklich eine schreckliche Patientin. Beschwert sich den ganzen Tag lang.«

»Ist deine Mutter da?«, fragt Mum, und sie klingt irgendwie seltsam, fast griesgrämig.

»Ähm, ja«, antwortet Aiden, und an seiner Reaktion merke ich schon, dass ihm ihre Laune nicht entgangen ist. »Sie macht gerade Pizza. Sie hat auch für euch eine in den Backofen geschoben.«

Es folgt ein Moment der Stille, und ich frage mich, ob sie einfach nichts sagen oder ob sie sich nur wirklich sehr leise unterhalten.

»Ich kann nicht bleiben«, sagt Mum.

»Oh. Ja, klar.« Jetzt klingt Aiden ziemlich seltsam, als wüsste er nicht, was er jetzt tun oder sagen sollte.

»Kann ich kurz mit deiner Mutter reden?«, fragt Mum. »Ich möchte mich nur kurz für heute bedanken.«

»Klar. Okay. Komm rein. Mum ist in der Küche, geh ruhig rein zu ihr.«

Ich höre, wie die Haustür geschlossen wird, danach klackern die Absätze meiner Mutter über den Flurboden. Anders als ich es erwartet habe, steckt sie den Kopf nicht zum Wohnzimmer herein, um mich zu begrüßen. Stattdessen taucht Aidens Kopf im Türspalt auf. Mit weit aufgerissenen Augen starrt er mich an; er wirkt wie im Schockzustand.

»Okay. Deine Mutter hat die schlechteste Laune aller Zeiten«, flüstert Aiden. »Das war gerade vielleicht seltsam.«

»Im Ernst?«, frage ich verwirrt. Mum mag Aiden sehr. Was ihn betrifft, ist sie normalerweise vollkommen cool. Sie kommen sogar so gut miteinander aus, dass ich mich immer über sie lustig mache und scherze, dass eigentlich sie diejenigen sind, die beste Freunde sind.

»Hat die Schule ihr irgendwas gesagt, als man sie heute angerufen hat?«, fragt Aiden. »Miss Hanlon war ja ziemlich komisch zu dir, oder? Was hat sie denn gesagt?«

»Nichts.« Ich schüttele den Kopf, als sich das Gespräch mit Miss Hanlon in meiner Erinnerung noch einmal abspielt.

Jede Wette, dass Aiden recht hat. Miss Hanlon muss meiner Mutter irgendwas übers Essen gesagt haben, sodass Mum jetzt völlig aus dem Häuschen ist. Das würde ihre kurze, bissige Textnachricht erklären. *Na super.* Jetzt werd ich mir den ganzen Abend über eine Standpauke zum Thema Körperbild anhören müssen. *Na, vielen Dank auch, Miss Hanlon!*

Aiden stellt den Fernseher auf lautlos, sodass wir unsere Mütter belauschen können, als beide den Flur betreten und sich dort unterhalten.

»Entschuldige bitte, Mary«, sagt meine Mum gerade. »Jetzt hast du dir all die Mühe gegeben. Dabei liebt Kayla

Pizza. Aber ich möchte einfach ins Krankenhaus, damit man sich endlich um ihr Knie kümmert.«

»Du musst dich nicht entschuldigen, Heather«, entgegnet Mary. »Wir treffen uns einfach ein anderes Mal. Und so, wie ich Aiden und seine Schwester kenne, wird die Pizza hier nicht schlecht werden. Ich bekomme den Jungen einfach nicht satt. Hätte er die Chance, würde er sogar die Tischbeine verschlingen.«

»Ich bin dir sehr dankbar für heute«, erklärt Mum. »Dabei musstest du die Kinder auch noch früher abholen. Das war sehr lieb von dir, Mary. Beim nächsten Mal gebe ich einen Kaffee aus, ja?«

Mum klingt total seltsam. Das macht mich wahnsinnig.

»Ach, jetzt hör schon auf. Du würdest das Gleiche für mich tun«, entgegnet Mary. »Und ein Kaffee irgendwann mal wäre toll.«

Jetzt endlich öffnet sich die Wohnzimmertür ganz, und Mum tritt lächelnd ein, doch sie sieht schrecklich aus.

»Hey, du«, grüßt mich Mum, und ich befürchte fast, dass sie in Tränen ausbricht.

Ich gehe jede Wette ein, dass Mamas Chef böse geworden ist, weil sie früher gehen musste. Mum sagt, er sei ein Mistkerl. *Das tut mir so leid.* All die Aufregung. Und mein Knie ist auch fast schon wieder in Ordnung. Ich wünschte wirklich, Miss Hanlon hätte meine Mutter nicht angerufen.

Aiden steht auf, als meine Mutter hereinkommt. Mary folgt meiner Mutter auf dem Fuße. Alle außer mir stehen. Das ist furchtbar ungemütlich.

»Schlimm gestürzt?«, fragt meine Mutter.

»Es geht.« Ich schüttele den Kopf. »Ich bin vielmehr sauer, dass ich gefallen bin, bevor ich den entscheidenden Korb machen konnte, um das Spiel zu gewinnen.«

»Ha, großspurig kannst du«, versucht Aiden zu witzeln und erinnert mich daran, dass er im gegnerischen Team war, doch als niemand lacht, wird er rot.

»Na gut, meine Liebe.« Mum lächelt erneut, aber ihre Augen werden wieder glasig. Es ist fast, als würde sie jedes Mal, wenn sie vorgibt, cool und fröhlich zu sein, in Wirklichkeit am liebsten weinen. »Dann lass uns mal gehen.«

»Okay«, erwidere ich. Langsam schiebe ich die Beine von der Couch, nachdem ich diese wie ein Bett benutzt habe, und setze mich aufrecht hin.

»Dein Dad trägt dich zum Auto, ja?«, sagt Mum.

»Dad!«, kreische ich, und erst nachdem mich alle anstarren, merke ich, dass meine Reaktion viel zu dramatisch war. Aber mal im Ernst … »Was macht Dad denn hier?«

»Hi, Liebes!«, begrüßt mich Dad.

»Heeeeyyyy!« Ich werde rot und werde stiller, als er hereinkommt.

»So, komm.« Seine Stimme klingt so tief, ruhig und normal. Ganz anders als Mums. »Dann wollen wir dich mal ins Auto verfrachten.«

Dad nickt, als er an Mary vorbeiläuft. Erst da wird mir bewusst, wie unangenehm die Situation für beide sein muss, da sie sich noch nie zuvor begegnet sind. Dad bleibt vor mir stehen und beugt sich zu mir herunter.

»Okay, dann leg mal deine Arme um meinen Hals, ich hebe dich hoch«, erklärt er.

»Ernsthaft jetzt?« Ich verziehe das Gesicht.

»Im Ernst«, erwidert er.

»Okay. Prima. Ganz, wie ihr wollt.«

Ich schlinge meine Arme um Dads Schultern, während er seine unter mich schiebt. Er zählt nicht erst bis drei, sondern hebt mich einfach hoch, und ich rutsche in seinen Armen hinunter, bis ich an seine Brust gepresst bin, den Duft des mir vertrauten Aftershaves rieche, das ich total mag und das sehr würzig und nach Kräutern duftet, und muss weinen. Keine Ahnung, warum. Das ist so unfassbar peinlich; ich versuche, es unter Kontrolle zu halten, sodass mir nur die Tränen übers Gesicht laufen, ohne dass ich dabei schluchzen muss. Mir wäre es jedoch sehr lieb, wenn Dad sich beeilen und mich zum Auto raustragen würde, bevor Aiden oder Mary etwas mitbekommen.

»Schon gut, Kay«, beschwichtigt mich mein Dad, als er es bemerkt. »Ich habe dich sicher.«

Was zum Teufel soll das, Dad? Willst du es schlimmer machen?, denke ich, weil diese tröstenden Worte es mir noch schwerer machen, mich zusammenzureißen.

»Wir rufen euch an«, sagt Mum, als Dad mich durch die Tür trägt. »Und noch einmal vielen Dank, Mary. Danke, Aiden!«

»Der untere Knopf«, sagt mein Vater, da meine Mutter den Autoschlüssel in der Hand hält und ihn auf die Fahrertür richtet, ohne dass etwas passiert. »Du musst doppelt draufdrücken«, erklärt er.

Dads Audi spielt eine feierliche Melodie ab, als Mum endlich den richtigen Knopf gedrückt hat, und ich frage mich, wie es wohl für Molly ist, jeden Tag auf dem Weg zur Schule in diesem Nobelschlitten zu sitzen. Und ich frage mich, wie es wohl für Dad sein muss, zwei Kinder zu lieben, die ein so unterschiedliches Leben führen.

10.

Kayla

»Wollen wir auf dem Weg etwas zu essen mitnehmen?«, fragt Mum, als Dad von Aidens Grundstück herunterfährt und Richtung Stadt abbiegt. »An der Hauptstraße gibt es eine tolle Pizzeria, nicht wahr, Kayla?«

»Ja, ist okay«, erwidere ich und frage mich, wann einer von den beiden mir wohl endlich sagt, was zur Hölle los ist.

»Oder zum Chinesen?«, fährt Mum fort. »Isst du immer noch so gern Chinesisch, Gavin?«

Doch Mum lässt Dad gar keine Zeit, zu antworten, bevor sie weiterredet. »Ich habe die Nummer.« Sie sucht in ihrer Handtasche herum und holt das Handy heraus. »Ich könnte unser Essen im Voraus bestellen, dann können wir es in zehn Minuten abholen.«

»Für mich geht das alles in Ordnung«, antwortet Dad. »Ich habe eigentlich gar keinen Hunger.«

Mum lässt das Handy wieder in ihrer Tasche verschwinden. »Okay, vielleicht mache ich uns zu Hause schnell ein paar Sandwiches …«

»Okay!«, entgegne ich, verschränke die Arme noch ein

wenig fester vor der Brust und setze mich kerzengerade auf. »Was ist hier los? Warum verhaltet ihr euch so komisch? Warum ist Dad hier? Warum seid ihr zusammen hier? Und wenn wir jetzt Pizza bestellen, warum sind wir nicht einfach bei Aiden geblieben und haben dort Pizza mitgegessen?«

»Du hast recht«, erwidert Mum, lockert ihren Anschnallgurt, sodass sie sich zu mir umdrehen kann. »Pizza ist die beste Idee. Ich rufe jetzt kurz an und lasse sie liefern. Dann ist sie bestimmt genau da, wenn wir heimkommen.«

Ich lasse den Kopf in den Nacken fallen und starre an die Decke. Offenbar stecke ich in echten Schwierigkeiten, sonst wären Mum und Dad nicht gemeinsam hier. Wie es aussieht, wird es zum Abendessen also Pizza und Standpauke geben. *Super!*

Wieder zu Hause, trägt mich Dad übervorsichtig auf das Sofa, während Mum nach oben läuft. Sie kommt mit der petrolfarbenen Fleecedecke von meinem Bett zurück, obwohl es überhaupt nicht kalt ist.

»Hier«, sagt meine Mum und legt die Decke um mich, was überraschend gemütlich ist.

Es klopft an der Haustür, und Dad hat schon sein Portemonnaie gezückt, bevor er überhaupt das Wohnzimmer verlassen hat. »Ich mach das«, sagt er und eilt hinaus, als könne etwas passieren, sollte er zu lange den Raum verlassen.

Während er fort ist, sagt Mum kein Wort. Sie starrt mich mit tränenden Augen an; einzig und allein ist das Gemurmel von Dad zu hören, der sich mit dem Pizzaboten an der Haustür unterhält.

»Okay. Was ist los?«, frage ich und stemme die Hände in die Seiten.

»Lass uns auf Dad warten«, erwidert Mum.

Einen kurzen Moment lang bin ich abgelenkt von dem köstlichen Duft, als Dad zwei große Pizzakartons hereinträgt. Bevor er überhaupt einen Karton öffnet, weiß ich schon, dass das Peperonipizza ist. Doch ganz gleich, wie laut mein Magen auch knurrt, so muss er noch warten, da ich diese seltsame Situation nicht mehr länger ertrage.

»Könnte mir jetzt bitte, bitte, bitte einer von euch beiden sagen, was los ist? Habe ich etwas falsch gemacht oder …«

»Kayla, nein. Oh Gott, nein!«, entgegnet Dad schnell. »Du hast nichts falsch gemacht, Liebes. Nichts davon ist deine Schuld.«

»Nichts wovon?«, frage ich noch verwirrter als zuvor.

»Ich … Ich …«, stottert Mum und schaut zu Dad hinüber. »Gavin.«

»Deine Untersuchungsergebnisse sind da, Kayla«, erklärt Dad, und ich beobachte ihn, wie er dabei fast die Pizzakartons fallen lässt.

»Und?«, frage ich, während sich mir der Magen umdreht.

»Sie sind nicht gut«, fährt Dad fort. Seine Miene verzieht sich ganz seltsam, als sei er erstarrt.

Ich atme aus und schüttele den Kopf. »Aber ich kann immer noch Basketball spielen, oder? Also, egal, was es ist, das kann man doch heilen.«

»Kayla«, sagt Mum, setzt sich neben mich auf die Couch und nimmt meine Hand, wie es die Leute in den Kinofilmen immer machen, wenn sie jemandem schlimme Nachrichten überbringen müssen. »Dein Vater und ich haben uns heute in Dublin mit einem Arzt unterhalten und …«

»Und?«, unterbreche ich sie. »Kann ich immer noch Basketball spielen? In sechs Wochen stehen die County-Finals an. Da muss ich spielen, Mum. Bitte, ja? Danach werde ich alles langsamer angehen. Ich mache eine Pause bis Weihnachten, was du willst. Aber ich muss bei den Finals spielen. Bitte, du weißt doch, wie wichtig die Spiele für uns sind.«

»Kayla, du bist sehr krank«, stellt Dad fest und setzt die Pizzakartons endlich auf dem Wohnzimmertisch ab.

Ich atme so scharf aus, dass mir schwindelig wird. *Das ist doch nicht fair! Jetzt verbünden sie sich auch noch gegen mich!*

»Kayla, Süße«, sagt Mum und streicht mir immer wieder mit dem Daumen über meine Hand, vor und zurück. »Der Arzt sagt, du hast Krebs.«

Was? Ich hole tief Luft und schließe die Augen. *Krebs. Was soll der Scheiß? Nein. Einfach. Nein!*

»Kayla?«, ruft mich Mum.

Ich antworte nicht. Dad kommt, setzt sich neben mich auf die Couch und küsst mich auf den Kopf, wie er es gemacht hat, als ich noch klein war.

»Kayla, es tut mir leid«, sagt Mum, »aber wir werden zu den besten Ärzten im besten Krankenhaus gehen und …«

»Das heißt also, ich kann nicht mehr Basketball spielen«, sage ich schließlich. »Das war's dann also. Alles, wofür ich so hart gearbeitet habe. Einfach futsch. Was für eine riesengroße Zeitverschwendung.«

»Kayla, es tut mir so unglaublich leid, Süße. Es tut mir leid«, wiederholt Mum.

Mum und Dad reden weiter, aber ich höre gar nicht mehr zu. Mum entschuldigt sich immer wieder, als sei irgendwas hiervon ihre Schuld, während Dad einen auf Mister Superpositiv macht, was mir schon deutlich zeigt, wie viel Angst er in Wirklichkeit hat. Als ich die Augen wieder aufmache, starre ich auf Mums Lieblingsfoto, das über dem Kamin hängt. Mein Gesicht ist darauf ganz rot und verschwitzt, und ich strahle übers ganze Gesicht, nachdem ich stundenlang mit Dad und Charlotte Körbe geworfen habe. Mir fehlen meine zwei Schneidezähne, ich muss also etwa sechs Jahre alt gewesen sein. Ich weiß noch genau, wie ich es kaum erwarten konnte, größer zu werden und in einer richtigen Basketballmannschaft zu spielen. Ich habe aber nicht gemerkt, dass ich dabei mein Leben außer Acht gelassen habe. Aber das habe ich wohl. *Das ist doch nicht fair!*

Ich schließe die Augen und habe große Mühe, nicht zu weinen. Mit einem Mal ist Basketballspielen nicht mehr das Wichtigste auf der Welt. Sondern am Leben zu bleiben.

11.

Charlotte

Im Haus ist es geradezu gespenstisch still, wenn man vom leisen Bollern der Rohre irgendwo auf dem Dachboden einmal absieht. Seit einer Ewigkeit liege ich schon im Bett und starre im Dunkeln die Decke an. Mir ist kalt, und ich kann nicht schlafen, daher taste ich auf dem Nachttisch nach meinem Handy, bis mein Ehering gegen das Chromcover des Handys klirrt. Ich ziehe es zu mir ins Bett, woraufhin das Display verdammt hell aufleuchtet und das halbe Schlafzimmer in ein nebliges Blau taucht.

»Zehn nach zwei«, sage ich laut, als würde mir jemand zuhören. »Und immer noch keine Nachricht von Gavin.«

Ich habe ihn ein paarmal angeschrieben. Und einmal sogar angerufen, als ich im Auto gesessen und gewartet habe, während Molly beim Klavierunterricht war. Ich habe es über WhatsApp und den Facebook-Messenger versucht, aber auch da sehe ich, dass er nicht einmal mehr die Nachrichten geöffnet hat.

Ich schiebe das Handy unters Kopfkissen und wälze mich hin und her, um wenigstens irgendwie gemütlich zu liegen. Verzweifelt sehne ich mich nach Schlaf, doch meine Gedanken überschlagen sich. Ich muss unaufhörlich an Kayla und all unsere Gespräche über ihre Zukunft denken – ein Studium der Physiotherapie und Basketballspielen in der Universitätsmannschaft.

Ich schließe die Augen und zähle von hundert rückwärts. Ich schaffe es bis null, bin danach aber wacher als zuvor. Wieder versuche ich es. Endlose Zählrunden folgen, bis ich endlich höre, wie ein Schlüssel ins Haustürschloss gesteckt und gedreht wird.

Gedämpfte Stimmen dringen die Treppe hinauf, und ich fühle mich fast so, als würden sie vorschlagen, ich solle aufstehen und mich dazugesellen. Ich greife nach meinem Morgenmantel. Doch dann entscheide ich mich dagegen. Kayla hat einen schrecklichen Tag hinter sich, und da ist ein weiterer Erwachsener, der Mühe hat, sich am Riemen zu reißen, wahrscheinlich so ziemlich das Letzte, was sie brauchen kann. Außerdem muss ich dringend mit Gavin sprechen, und da wäre es besser, wenn wir unter vier Augen sind. Ich habe ein paar Fragen, nicht nur zu Molly sondern auch zur Blutuntersuchung. Nachdem Gavin sich auf dem Weg nach Cork mit Heather unterhalten hat, wird er jetzt sicherlich mehr Informationen parat haben.

Ich höre Schritte auf der Treppe, und wenige Sekunden später öffnet sich Kaylas Zimmertür, bevor sie sich gleich wieder schließt. Es kostet mich Mühe, gegen den Drang anzukämpfen, sofort in ihr Zimmer zu stürzen, sie fest in die Arme zu schließen und ihr zu sagen, dass ich sie lieb habe. »Ich hole dir was, damit du schlafen kannst«, höre ich mit großer Anstrengung Gavin sagen, als ich seine Schritte auf dem Treppenabsatz höre und der Wäscheschrank geöffnet und geschlossen wird.

Heather murmelt etwas, was ich aber nicht verstehen kann. Dann ertönt wieder Gavins Stimme, gefolgt von weiteren Schritten – woraus ich schließe, dass Gavin jetzt zu Bett geht. Ich warte darauf, dass sich die Schlafzimmertür, die einen Spaltbreit offen steht, weit öffnet.

Die Sekunden dehnen sich wie in Zeitlupe, bis ich erneut Gavin auf der Treppe höre; er geht wieder nach unten. Seine tiefe Stimme flüstert etwas, und ich höre, dass Heather etwas antwortet, aber ich kann nicht heraushören, was genau sie sagen. In der Küche werden Schränke leise geöffnet und wieder geschlossen, der Wasserkocher angestellt. Es wird immer lauter, und ich hoffe inständig, dass Molly davon nicht aufgeweckt wird.

Ich schwinge die Beine über den Bettrand; sobald ich stehe, kriecht die Kälte der Holzdielen an meinen Zehen empor. Gerade, als ich meinen Morgenmantel anziehe, kommt Gavin ins Schlafzimmer.

»Hey«, sagt er, als sei er erschrocken, mich in unserem Schlafzimmer vorzufinden. »Was hast du vor? Es ist schon spät. Haben wir dich aufgeweckt? Tut mir leid.«

Ich schüttele den Kopf und lasse mich auf den Bettrand sinken. »Ich konnte nicht einschlafen.«

»Ja«, nickt Gavin. »Was ist mit Molly?«

»Sie schläft. Sie ist ganz normal ins Bett gegangen«, erwidere ich. »Nach ihrem Klavierunterricht war sie ziemlich erledigt.«

»Ist mit ihr alles in Ordnung?«

»Ja. Sie hat natürlich nach dir gefragt. Und sie war enttäuscht, dass nicht du ihr die Gutenachtgeschichte vorgelesen hast, sondern ich. Aber sonst hat sie nichts mitbekommen.«

Gavin schluckt und nickt. »Sie mag es, wenn ich mit verstellter Stimme vorlese.«

»Ja. Das mag sie sehr.«

Ich würde ihn gern nach Kayla fragen. Aber ich finde irgendwie nicht die richtigen Worte, außerdem wirkt Gavin so erschöpft, dass ich nicht sicher bin, ob er die richtigen Antworten finden kann. »Geht es Kayla gut?«, frage ich darum nur knapp.

»Keine Ahnung«, seufzt Gavin. »Sie ist im Auto eingeschlafen und kann nicht gut laufen, deswegen habe ich sie ins Bett getragen ...«

Unten ertönt ein lautes Poltern und ein Knall, der mich zusammenzucken lässt. »Was war das?«

»Heather«, erwidert Gavin und zieht sich aus.

»Ist sie noch unten?«, frage ich verwundert.

»Sie backt Kekse, Brownies oder irgendwas.« Gavin lässt sich auf seine Bettseite fallen und schlüpft unter die Bettdecke, die er sich bis zum Kinn hochzieht.

»Sie backt?« Ich reiße die Augen weit auf und greife dann nach meinem Handy, um einen Blick auf die Uhr zu werfen. »Um halb drei in der Frühe backt sie?«

»Sie backt, wenn sie gestresst ist.«

»Klar«, erwidere ich und schlüpfe ebenfalls unter die Bettdecke.

Ich drehe Gavin den Rücken zu, schließe die Augen und finde sofort meinen Platz. Gavin legt seinen Arm um meine Taille und zieht mich an sich heran. Seine Körperwärme hüllt mich wie eine Decke ein, und ich schmiege mich an ihn. Und versuche dabei zu ignorieren, dass seine Ex sich gerade unten in meiner Küche aufhält.

Meine Augen fliegen wieder auf, als Mollys Schluchzer aus ihrem Zimmer herüberdringen und mich hochschrecken lassen.

»Daaadddyyy«, weint Molly.

»Gavin«, flüstere ich. »Könntest du nach ihr sehen?«

»Daaadddyyy!« Mollys Schluchzer werden lauter und intensiver.

»Hmmm?«, murmelt Gavin, eindeutig schon im Halbschlaf.

»Molly«, erwidere ich und drehe mich zu ihm um. Seine Augen sind fest geschlossen. »Sie hat dich beim Zubettgehen vermisst. Vielleicht könntest du ihr jetzt einen Gutenachtkuss geben?«

»Bin müde, Charlie«, murmelt Gavin. »Kannst du das übernehmen? Sorry.«

»Klar«, schnaube ich und puste dabei meinem Mann warmen Atem ins Gesicht.

Ich stehe auf, schlüpfe in meinen Morgenmantel und überquere den Treppenabsatz bis zum Kinderzimmer meiner Tochter.

»Schschsch, schschsch, Süße«, tröste ich sie. »Da bin ich. Mummy ist da.«

12.

Kayla

Ich sitze in einem Ledersessel im Büro des Arztes. Dabei gebe ich mir wirklich große Mühe, mich zu konzentrieren, aber nach der letzten Nacht bin ich unendlich müde. Hier ist es ganz anders, als ich es erwartet habe; man kommt sich gar nicht so vor, als sei man in einem Krankenhaus. Es gleicht nämlich eher dem Büro eines Schuldirektors, nur ist hier alles viel schicker. Die Wände sind cremefarben, auf dem Boden liegt ein weicher, wenn auch farblich ziemlich fieser braun-rosafarbener Teppich. In der Ecke befindet sich ein Aktenschrank, daneben ein Wasserspender. Der Arzt hat einen sehr beeindruckenden, ultraflachen Computermonitor auf seinem Schreibtisch stehen, und an den Wänden hinter ihm hängen diverse gerahmte Zertifikate. Für jemanden in den Dreißigern oder Vierzigern sieht der Arzt gut aus. Mum starrt ihn immer wieder an, deswegen denke ich, dass sie auf ihn steht. Dad ist das bis jetzt nicht aufgefallen.

»So, Kayla. Hast du Fragen an mich?«, fragt mich Dr. Patterson nach seiner ausführlichen Erklärung, was ein Ewing-Sarkom ist und dass es nicht an mir liegt – so etwas passiere eben manchmal.

»Muss ich sterben?«, frage ich.

Mum und Dad keuchen, als würde meine Frage sie schockieren, aber aus Mums Miene kann ich schließen, dass auch sie die Antwort erfahren will. Mum sitzt auf dem Stuhl neben mir. Sie hat die Beine übereinandergeschlagen. Andauernd verändert sie ihre Position und wechselt das Bein, das oben ist. Es gibt keinen weiteren Stuhl, sodass Dad hinter mir steht und mit den Händen meine Stuhllehne gepackt hält. Ich wünschte, er würde loslassen, da er zittert und mein Stuhl dadurch wackelt, was mich ziemlich nervös macht.

Einen Augenblick lang sagt niemand ein Wort.

»Also. Werde ich sterben?«, wiederhole ich meine Frage.

»Kayla, ich weiß, dass dir das alles Angst macht«, antwortet Dr. Patterson. »Aber wir würden mit deiner Behandlung gern so schnell wie möglich beginnen, okay?«

Ich nicke, und mir wird klar, dass ich während seiner Erklärung, wie die Behandlung aussehen wird, ab einem bestimmten Punkt abgeschaltet habe. Mein Blick wandert zu Mum, deren Blick ganz verschleiert ist. Ihr gelingt es ganz und gar nicht, so zu tun, als sei alles okay. Und meine Gedanken kreisen unaufhörlich um die Frage, warum er mir nicht geantwortet hat.

»Ich *werde* also sterben«, stelle ich fest.

»Kayla! Nein! Das wirst du nicht«, entgegnet Dad.

»Kayla, es gibt viele verschiedene Behandlungsmöglichkeiten«, erklärt Dr. Patterson. »Ich möchte nicht, dass du dir Sorgen machst oder dass du Angst hast. Du bist hier in besten Händen. Und jeder Einzelne hier, alle Krankenschwestern und alle Ärzte und natürlich auch ich, wollen dir helfen, damit es dir besser geht.«

»Ich bin erst fünfzehn«, entgegne ich. »Das ist doch nicht fair! Ich bin topfit und gesund. Klar, ich esse eine Menge Schokolade, aber ich bin Kapitänin unserer Schul-Basketballmannschaft. Ich habe wirklich gedacht, damit auf der sicheren Seite zu sein.«

»Deine Fitness wird dir auf jeden Fall helfen«, erwidert Dr. Patterson, steht auf und geht zum Wasserspender. Dort schenkt er zwei Gläser Wasser ein. Eines davon gibt er Mum, eines Dad. Ob er wohl zurückgeht und auch mir eines einschenkt? Ich bin nämlich ziemlich durstig. Als er am Wasserspender vorbeigeht und zu seinem Schreibtisch zurückkehrt, kann ich es mir nicht verkneifen: Ich bin enttäuscht, dass er als Kinderarzt wohl zu denken scheint, dass Erwachsene wichtiger sind als Kinder. Doch er setzt sich nicht gleich hin, sondern öffnet zuerst noch eine Schublade im Aktenschrank, aus der er eine Dose Cola und einen KitKat-Riegel hervorholt. Danach kommt er zurück, umrundet den Schreibtisch und reicht mir beides.

»Ich mag auch Schokolade«, sagt er mit einem Augenzwinkern.

Ich grinse und frage mich, ob es wohl okay ist, die Dose in seinem Büro zu öffnen.

»Hör zu, Kayla. Ich will dich nicht bevormunden«, stellt er fest und bleibt neben mir stehen. »Aber das hier wird kein Ponyhof. Du bist hier, um einen gewaltigen Kampf zu kämpfen, okay?«

Ich nicke und höre ihm zu.

»Aber als Mannschaftskapitänin weißt du besser als jeder andere, dass, wenn es hart auf hart kommt, du eben einfach ein wenig härter als die anderen sein musst.«

Wieder nicke ich. Er klingt wie Miss Hanlon. Sie treibt uns immer damit an, dass man alles erreichen kann, wenn man nur alles dafür macht und tut.

»Kann ich mich also auf dich verlassen, dass du dem Krebs den Kampf ansagst?«, fragt er mich.

»Yeah«, erwidere ich.

»Prima«, lächelt er, kehrt hinter seinen Schreibtisch zurück und setzt sich hin. »Machst du jetzt das KitKat auf? Und könnte ich ein Stückchen abbekommen, bitte?«

13.
Kayla

»Das war ziemlich seltsam, oder?«, fragt Aiden, als ich mir das Telefon ans Ohr halte.

»Was denn?«, frage ich und wechsele das Ohr. So telefoniere ich sonst nie. Es fühlt sich ganz seltsam an, aber ich will mich nicht per Videoanruf bei ihm melden. Nicht jetzt. Ich will keinesfalls, dass Aiden den riesigen, leuchtend grünen Peter Pan sieht, der auf die Krankenhauswand hinter mir gemalt ist, vor der ich auf einem durchgelegenen Krankenhausbett im Schneidersitz hocke. Ich glaube, dass auch Wendy einmal an die Wand gemalt worden ist, allerdings ist sie abgeblättert, und alles, was von ihr noch geblieben ist, ist die Hälfte ihres Kleides und ein Teil eines Schuhs. Im Grunde ziemlich gruselig.

»Na, dass dein Dad bei mir zu Hause aufgetaucht ist?«, antwortet Aiden.

Ich seufze. »Ja. Ein wenig unerwartet.«

»So, und jetzt raus mit der Sprache. Was ist los?«, fragt Aiden.

»Eigentlich nichts«, lüge ich.

»Kayla Prendergast Doran, du könntest nicht mal lügen, wenn dein Leben auf dem Spiel stünde, das weißt du doch.«

Ich grinse. Aiden hat recht. Wenn ich lüge, werde ich ganz piepsig und klinge wie Molly. Als hätte ich im Voraus schon Angst, erwischt zu werden, woraufhin ich dann in Panik gerate.

»Ein paar Familienangelegenheiten, das ist alles«, seufze ich und tröste mich, damit zumindest technisch die Wahrheit zu sagen.

»Wo bist du?«, fragt Aiden. »Das hallt so bei dir.«

»In Dublin.«

»Haha, du Schlaumeier«, lacht Aiden. »Wo denn in Dublin? Bei deinem Dad bist zu jedenfalls nicht.«

»Und das weißt du *woher* so genau?«

»Weil du eben gesagt hast, dass der WiFi-Empfang Mist ist und wir uns deshalb wie so alte Leute am Telefon unterhalten müssen. Und ich weiß zufällig, dass das Signal bei deinem Vater nämlich super ist, weil du immer damit prahlst, wie schnell du Netflix bei ihm zu Hause streamen kannst.«

»Oh ja, stimmt«, erwidere ich und merke, dass das ein weiterer Grund ist, warum ich nicht lüge. Ich kann mich nie daran erinnern, was ich vor wenigen Sekunden noch gesagt habe, und bringe mich damit selbst zu Fall.

»Okay, Kayla.« Aiden wird mit einem Mal ernst und klingt so erwachsen wie mein Dad. »Was ist in Wirklichkeit los? Bring mich nicht dazu, deine Mum anrufen zu müssen. Denn das mache ich sonst gleich, und das weißt du auch.«

Das würde er wirklich tun, denke ich.

»Okay, okay«, erwidere ich schließlich. »Aber du darfst nicht durchdrehen …«

»Kayla, was meinst du damit, ich soll nicht durchdrehen? Jetzt drehe ich erst recht durch!«

»Aiden! Ich meine es ernst!«, warne ich ihn. »Alle anderen verhalten sich schon so seltsam, da kann ich es wirklich nicht gebrauchen, wenn du jetzt auch noch komisch wirst.«

Es folgt ein Moment der Stille, und ich bin sicher, dass er nachdenkt.

»Ja. Okay. Ich verspreche dir, nicht durchzudrehen«, erwidert Aiden ruhig. »Und jetzt sag!«

Ich hole tief Luft, während ich Mogli aus dem Dschungelbuch anstarre, der auf die gegenüberliegende Wand gemalt ist, und schüttele den Kopf. Ich suche nach Tinkerbell, doch sie ist auf keiner der Wände zu finden. *Mal im Ernst, was soll das eigentlich hier?*

»Kayla«, knurrt Aiden. »Jetzt sag schon. Bitte!«

Ich schließe die Augen und verbanne Mogli aus meinem Kopf. »Ich habe Krebs«, platze ich dann heraus und setze dabei schnell Wort an Wort, um es aussprechen zu können, falls mir die einzelnen Wörter im Mund explodieren und sie eklig schmecken.

»Was?«, fragt Aiden, und ich schwöre, ich kann hören, wie er ungläubig die Augen aufreißt.

»Du hast versprochen, nicht durchzudrehen«, warne ich ihn.

»Nein, ich habe dich nicht verstanden. Was hast du gesagt? Du hast so schnell gesprochen, dass ich dich nicht verstanden habe.«

»Oh.« Ich lächele. »Ich habe gesagt …« Erneut hole ich Luft, dieses Mal jedoch nicht so tief wie beim letzten Mal. »Ich habe gesagt, dass ich Krebs habe.«

»Nein, jetzt mal im Ernst«, entgegnet Aiden, der offenbar die Geduld verliert. »Was hast du wirklich gesagt?«

»Ich habe Krebs«, wiederhole ich, ohne tief Luft zu holen, ohne hastig zu sprechen, nur drei Worte, mit Gewissheit ausgesprochen.

»Kayla, das ist nicht witzig.« Jetzt ist Aiden derjenige, der tief Luft holt.

»Ich mache keine Witze.«

»Du hast Krebs«, stellt Aiden langsam fest.

»Ja.«

Es folgt Stille, und ich will ihn fast schon an sein Versprechen erinnern, nicht durchzudrehen. Doch ich bremse mich und lasse die Stille einfach so stehen, während die Realität dessen, was ich gesagt habe, uns beiden erst nach und nach richtig bewusst zu werden scheint.

Irgendwann bin ich bereit, ihm alles zu erklären. »Darum war mein Dad gestern mit bei euch. Meine Mum war gar nicht arbeiten. Sie war in der Kinderklinik und hatte Termine mit meinen Ärzten. Dad ist dann gestern mit ihr zusammen nach Cork gefahren, damit sie es mir gemeinsam sagen konnten.«

»Scheiße«, sagt Aiden schließlich.

»Ich weiß.«

»Du bist doch erst fünfzehn. Können Fünfzehnjährige

überhaupt Krebs bekommen?«, fragt Aiden. Jetzt ist er es, der piepsig klingt.

Ich seufze. Er kommt seiner Aufgabe, nicht durchzudrehen, nicht gut nach.

»Du weißt, dass das passieren kann«, erwidere ich.

»Ja, ja.« Er schnaubt. »Aber nicht bei Fünfzehnjährigen wie uns. Oder bei Leuten, die wir kennen.«

»Ha.« Ich lächele, da sein Einwand süß ist. Dumm. Aber süß. »Ich glaube nicht, dass das den Krebs interessiert.«

Wieder herrscht Stille. Ich lausche den Schritten auf dem Flur. In der Ferne klirren Teetassen, der Duft von leicht verbranntem Toast liegt in der Luft. Ich frage mich unwillkürlich, ob dies die Geräusche und Gerüche sind, an die ich mich ab jetzt gewöhnen muss. *Ich will mich nicht daran gewöhnen müssen*, denke ich und verfluche den blöden Mogli, wie er mich da mit großen braunen Augen und seinem fröhlichen Grinsen anstarrt.

»Wen oder was zum Teufel grinst du da an?«, blaffe ich.

»Bitte?«, fragt Aiden verwundert. »Ich grinse nicht.«

»Nicht du.« Ich werde rot und bin froh, dass er mich nicht sehen kann. »Mogli.«

»Wer?«

»Mogli«, wiederhole ich. »Du weißt, der aus dem *Dschungelbuch*.«

»Okay. Haben sie dich schon unter Drogen gesetzt?«, erkundigt sich Aiden.

Ich lache. »Er ist hier auf die Krankenhauswand gemalt. Das ist irgend so eine Kinder-Zeichentrickhelden-Themensache.«

»Das gefällt dir doch bestimmt.«

»Ist okay.« Ich zucke mit den Schultern, wobei die eine Schulter gegen mein Handy knallt, das wiederum an mein Ohr prallt. Ich zucke zusammen. »Allerdings sind einige kopflos, deswegen weiß ich nicht, wer sie sein sollen.«

»Geköpfte Zeichentrickfiguren?« Aiden lacht. »Du meine Güte, Kayla, in welcher Kinderklinik bist du da gelandet?«

Jetzt muss auch ich lachen. »Die sind nicht geköpft, du Vogel. Die sind nur uralt, und dadurch ist die Farbe abgeblättert. Sieht aber ziemlich grotesk aus.«

»Alle Krankenhäuser sind grotesk«, versichert mir Aiden. »Hast du wenigstens ein Zimmer für dich allein?«

»Ja«, nicke ich; mein Blick schweift zu der geschlossenen Zimmertür. Man kommt sich hier doch recht einsam vor. »Aber ich glaube, weil ich ansteckend bin oder so.«

»Krebs ist nicht ansteckend«, entgegnet Aiden. »Das ist wahrscheinlich nur aus Vorsicht, damit du dir nicht den Norovirus zuziehst, oder irgendwas Fieses wie Krätze.«

»Na gut, ich muss auflegen«, sage ich plötzlich.

»Ach, Kayla. Ich habe doch nur Witze gemacht, was die Krätze betrifft. Ich weiß nicht einmal, was Krätze ist«, gesteht Aiden.

Ich kichere. »Meine Mum steht vor der Tür. Ich höre, wie sie mit einem Arzt spricht. Ich lege nicht auf, weil du mir mit Krätze gedroht hast.«

»Oh, okay«, seufzt Aiden erleichtert. »Es ist nur …«

»Ehrlich«, flüstere ich jetzt. »Ich muss jetzt auflegen. Ich will so tun, als würde ich schlafen, wenn sie reinkommen, damit sie mich nicht wieder mit dem ganzen Behandlungsquatsch volllabern. Bye!«

Ich lege auf, stopfe das Handy unter mein Kissen, lege mich hin und schließe die Augen.

»Hey, du!« Mums Stimme plätschert über mich hinweg, nachdem sich die Tür mit einem Quietschen geöffnet hat.

Für den bestmöglichen Effekt atme ich tief und gleichmäßig.

»Kayla«, sagt meine Mutter leise.

Ich atme weiter. Ein wenig lauter.

»Ich weiß, dass du nicht schläfst«, sagt meine Mutter trocken. »Ich habe gehört, wie du gerade noch mit Aiden telefoniert hast.«

Verdammt, Aiden! Ich muss grinsen, öffne widerwillig die Augen und habe Mühe, nicht zu lachen.

14.

Heather

»Ich habe dir ein paar Kuschelsocken mitgebracht«, erkläre ich, krame in der großen Papiertüte herum und zeige Kayla die flauschigen blau-rosa gestreiften Socken.

Kayla lächelt.

»Außerdem habe ich einen Pyjama und Schokolade, aber die sind noch im Auto. Die bringe ich dir später vorbei.«

»Du warst shoppen?«, fragt Kayla mit glasigem Blick.

Ich nicke. »Ich war kurz um die Ecke einkaufen und habe nur die wichtigsten Sachen besorgt. Ich war nicht bei Penneys – ich würde mich hüten, da ohne dich hinzugehen!« Ich grinse tölpelhaft und hasse es, wie aufgesetzt das wirkt.

»Liebt nicht jeder Penneys?«, fragt die Schwester, die hinter mir das Zimmer betritt. »Haben Sie die Pu-der-Bär-Schlafanzüge gesehen, die sie letzte Woche im Angebot hatten?«

Ich nicke. Die habe ich tatsächlich gesehen. Die waren süß. Kayla lächelt nicht, obwohl sie *Pu der Bär* liebt. Zu

Hause hat sie sogar einen Pu-Bär, den sie schon von klein auf besitzt. Er hat nur noch ein Auge, und Teile seines Pelzes sind abgekuschelt, aber sie würde ihn niemals wegwerfen. Ich frage mich, ob ich ihn wohl finden würde. Es wäre doch schön für Kayla, wenn sie etwas Besonderes hier hätte.

Kayla starrt die Zeichentrickfiguren an der Wand an, und ich würde nur zu gern wissen, was sie denkt. Ich frage mich, ob alle Zimmer wohl so aussehen, oder ob Kayla in ein Zimmer umziehen muss, das eher ihrem Alter entspricht, wenn sie später aus dem OP kommt. Ich nehme mir vor, danach zu fragen. Aber nicht im Beisein von Kayla; solche Dinge sind ihr immer peinlich, und sie hat schon genug um die Ohren. Da braucht sie nicht obendrein noch eine Mutter, die sich über die Zimmerausstattung beschwert.

»Ich werde die karierten Pyjamas mit den Honigtöpfen auf den Beinen für meine Nichten kaufen«, stellt die Krankenschwester fest und lenkt damit meine Aufmerksamkeit wieder auf sich. »Die lege ich dann für Weihnachten weg.«

»Gute Idee«, lobe ich und lasse zögerlich den Blick zur Schwester schweifen. *Hat sie gerade ernsthaft Weihnachten erwähnt?*

»Vielleicht kaufe ich auch noch die Pantoffeln«, fährt die Schwester fort. »Wissen Sie, die mit dem Kopf von I-Aah als Bommel. I-Aah ist meine Lieblingsfigur.«

»Hm«, nicke ich. »Ich mag Tigger sehr gern.«

Warum klinge ich so seltsam?, geht mir durch den Kopf. Meine Stimme ist so heiser, als hätte ich die ganze Nacht durchgefeiert und jetzt einen Kater. Dieser Small Talk ist eine echte Qual. Aus den Augenwinkeln heraus merke ich, wie Kayla mich schräg von der Seite ansieht und die Stirn in Falten legt, als wolle sie sagen: Was zum Teufel redest du da, Mum?

»Kann ich dir ein wenig Blut abnehmen, Kayla?«, fragt die Schwester, während sie zu einem Schubladenschrank hinübergeht, der an der Seite steht und mir bislang gar nicht aufgefallen ist.

Kaylas Hals wird immer länger, und ihr Gesichtsausdruck wandelt sich drastisch. Ich versuche, sie mit einem strahlenden Lächeln zu beruhigen, dabei komme ich mir jedoch wie ein Schwindler vor. Ich bin genauso überrascht wie sie. Ich wünschte, sie würden meine Venen mit einer Nadel malträtieren.

»Mum?«, flüstert Kayla.

»In Cork ist ihr in der letzten Woche noch Blut abgenommen worden«, erkläre ich.

»Es tut mir leid, Kayla«, entschuldigt sich die Schwester, und ihr Bedauern scheint aufrichtig zu sein. »Vor der OP muss ich dir leider erneut Blut abnehmen.«

»Es ist auch nur ein kurzer Piks«, füge ich hinzu und schaue in Kaylas wunderschöne blaue Augen, denen die Unsicherheit anzusehen ist. »Ein kurzer Piks, und schon ist es wieder vorbei, bevor du überhaupt etwas merkst.«

»Soll sich deine Mum solange neben dich setzen, Kayla?«, fragt die Schwester, während sie in einer der Schubladen herumkramt.

»Ja«, nickt Kayla.

Mir kommen die Tränen. *Warum habe ich daran nicht gedacht?* Natürlich sollte ich neben ihr sitzen. Natürlich sollte ich das.

Ich gehe zum Krankenhausbett hinüber, das viel größer ist als ein normales Bett. Kayla macht die Beine gerade und rutscht zur Seite, bis sie fest an die Zimmerwand gepresst sitzt. Mir ist klar, dass es bei dieser unbequemen Position eher darum geht, sich so weit wie möglich von der Krankenschwester zu entfernen, als Platz für mich zu machen.

Die Schwester mustert erst Kayla, dann mich. Ich signalisiere ihr mit meinem Blick, dass sie uns noch einen Augenblick geben soll, woraufhin sie mich wissend anschaut und so tut, als sei sie mit etwas in der Schublade schwer beschäftigt. Mir dämmert, dass sie dies wahrscheinlich tagtäglich erlebt – Eltern, die ihre verängstigten Kinder überreden müssen, von der Wand wegzurücken –, aber ich frage mich ernsthaft, ob die Schwester weiß, dass die Eltern mindestens genauso viel Angst haben. Bis zu diesem Augenblick war mir nicht bewusst, wie verdammt beängstigend etwas so Simples wie eine Blutprobe sein kann. Natürlich ist es nicht die Nadel, und ich weiß auch genau, dass Kayla kein Problem mit ihr hat. Vielmehr ist es das, wofür die Nadel steht. Sie bedeutet den Beginn einer Reise, die keiner von uns antreten will. Hineinstoßen und Stochern und Behandlungsmöglichkeiten und Nächte im Krankenhaus.

»Komm schon, Kayla«, sage ich, strecke den Arm aus und warte darauf, dass sie meine Hand nimmt. »Es ist einfacher, wenn du dich aufrecht hinsetzt.«

Kayla schüttelt den Kopf, und ich habe mit einem Mal ein Druckgefühl in der Brust, als würde eine tonnenschwere Last auf meinem Herzen ruhen und mich zerquetschen.

»Vertrau mir«, sage ich.

Kayla rührt sich nicht. Die Schwester schließt die Schublade, und ich hoffe inständig, dass sie nichts sagt. Noch nicht. Ich möchte, dass Kayla diesen Schritt für sich selbst macht, und nicht etwa, weil sie sich dazu gedrängt fühlt. Ich empfinde schon weiß Gott genug Druck für uns beide.

»Weißt du was, Kayla?«, meldet sich die Schwester zu Wort. »Das kommt alles ein wenig plötzlich, oder? Ich glaube, ich sollte dir und deiner Mutter ein wenig Zeit zu zweit lassen. Vielleicht wäre es nicht schlecht, diese wunderbar kuscheligen Socken anzuziehen. Ich komme einfach später noch einmal wieder.«

»Danke«, erwidere ich und starre auf die bequemen Socken in meinen Händen. Mir ist gar nicht bewusst gewesen, dass ich sie so fest gedrückt habe, dass meine Knöchel weiß hervortreten.

»Nein«, widerspricht Kayla, richtet sich auf und rutscht zum Bettende hinüber, während sie sich den Ärmel hochkrempelt. »Lassen Sie uns das hinter uns bringen.«

Ich nicke und lächele Kayla stolz an. Und vielleicht auch ein wenig verwirrt. Dann nicke ich der Krankenschwester zu. Sie nickt zurück. Ich hatte ja keine Ahnung, dass so viel Kopfnicken dazugehören würde, wenn Kayla ins Krankenhaus kommt. Ich frage mich ernsthaft, ob einem solche

Gesten vielleicht leichter fallen als Worte, wenn das Leben gerade auf den Kopf gestellt wird. Aber da ich wackelige Knie habe und mein Magen kurz davor ist, sich in den hellgelben Mülleimer hinter der Tür zu entleeren, wird mir eines klar: Nichts ist leicht, wenn dein Kind *so* krank ist. Gesten. Worte. Essen. Funktionieren. Das kann man alles getrost vergessen.

»Bist du bereit, Mum?«, fragt Kayla, deren weit aufgerissene Augen in meinem Blick nach Antworten suchen, die ich nicht habe.

»Ja«, erwidere ich und richte mich gerade auf, als hätte ich die Zuversicht Goliaths gepachtet. »Lass es uns tun.«

Als ich mich neben Kayla aufs Bett setze, lege ich meinen Arm um sie. Das Bett federt mehr als erwartet, sodass Kayla kichern muss, als ich fast vom Bett falle. Im letzten Moment finde ich mein Gleichgewicht, grinse und küsse Kayla auf die Stirn. Der Duft von Kokosnussshampoo steigt mir schlagartig in die Nase.

»Du riechst lecker, Süße«, stelle ich fest und schlucke Tränen hinunter.

»Ich dufte nach Urlaub«, erwidert Kayla, und sofort werden Erinnerungen an die Kokosnuss-Sonnencreme wach, mit der wir uns geradezu manisch einschmieren, wenn wir im Ausland sind. Lichtschutzfaktor 50 Millionen, da unsere blasse irische Haut so schnell verbrennt und die Krebswarnungen überall in den Nachrichten sind und in der Radiowerbung auftauchen. »Gebräunte Haut ist verletzte Haut«, wird gewarnt. Aber niemand hat uns hiervor gewarnt.

Zur Hölle mit der Sonnencreme, denke ich und starre auf Balu, der auf die Wand gegenüber von Kayla gemalt ist. Du meine Güte, sieht der angsteinflößend aus! Seine Zähne sind riesig im Gegensatz zu den restlichen Proportionen des Körpers. Ich bezweifele, dass es Kayla stört, aber ein kleineres Kind könnte durchaus Angst haben vor einem großen grauen Bär, der jederzeit von der Wand herunterspringen und das Kind fressen könnte, während es schläft. Vielleicht sollte ich etwas sagen?

»Tapferes Mädchen, Kayla!«, nickt die Schwester, bevor sie vor lauter Konzentration die Zunge zwischen die Zähne klemmt und die Augen zusammenkneift. »Das machst du super!«

Ich halte die Luft an und wünschte mir, die Schwester würde mir die Nadel in den Arm rammen. Und als Kayla keucht und ihren Kopf in meine Halsbeuge schmiegt, wie sie es schon als Baby getan hat, fühlt sich mein Herz an, als würde es jeden Augenblick von meiner Brust in den Bauch sacken, um mir bleischwer im Magen zu liegen.

Aus der Befürchtung heraus, dass Kayla meine Angst spüren könnte, reiße ich mich jedoch schnell wieder zusammen. Ich beobachte, wie die Schwester purpurfarbenes Blut in eine Ampulle laufen lässt. Kayla rührt sich nicht.

»Hatte Aiden Neuigkeiten für dich?«, frage ich und streiche Kayla mit den Fingerspitzen übers Haar.

Kayla hebt den Kopf von meiner Schulter und dreht sich zu mir um. Dann schüttelt sie den Kopf. »Nein. Ich bin ziemlich sicher, dass eher ich diejenige mit den Neuigkeiten bin.« Sie kneift dabei die Augen zusammen und fügt sarkastisch mit der freien Hand ein paar Gänsefüßchen hinzu. Mir ist klar, dass ihre Bissigkeit nicht an mich adressiert ist, dennoch trifft sie mich.

»Du hast es Aiden gesagt?«, frage ich.

»Ja.«

»Und?«

»Und was?«, blafft sie erneut.

»Und? Was hat er gesagt?«

Kayla zuckt mit den Schultern.

»Okay, wir sind fertig«, verkündet die Krankenschwester und befestigt einen Wattebausch mit chirurgischem Klebeband an Kaylas Arm.

»Im Ernst?« Kayla grinst.

»Siehst du? War gar nicht so schlimm, oder?«, lächelt die Krankenschwester.

Danach kehrt die Schwester wieder zu dem Schubladenschrank zurück. Mein Blick fällt auf die Ampullen mit dunkelrotem Blut, die auf einem Metalltablett liegen und mit einem kleinen mintfarbenen OP-Tuch bedeckt sind.

»Der hier ist für dich«, sagt die Schwester und holt einen leuchtend violetten Lolli aus einer der Schubladen, in denen anscheinend alles vorrätig ist. »Ich weiß, dass du wahrscheinlich schon zu groß bist für Lollis, aber diese Schwarze-Johannisbeere-Lollis sind köstlich. Außerdem sorgt der Zucker nach einer Blutabnahme dafür, dass du mir nicht ohnmächtig wirst.«

Unsicher mustert Kayla den Lolli, und ich befürchte fast, dass sie weinen könnte.

»Oder magst du lieber Zitrone?«, fährt die Schwester fort. »Eigentlich hätte ich noch Erdbeerlollis gehabt, aber die sind leider schon alle weg.«

»Schwarze Johannisbeere ist super«, antwortet Kayla, reißt sich zusammen und nimmt den Lolli entgegen. »Vielen Dank.«

»Du warst sehr tapfer, Kayla«, sage ich. »Gut gemacht!«

Kayla öffnet die Verpackung des Lollis. »Tut mir leid, dass ich dich angefahren habe«, entschuldigt sie sich, bevor sie sich den Lolli in den Mund steckt.

Ich schweige, gebe ihr aber einen beruhigenden Kuss auf den Kopf.

»Die hier schicke ich dann jetzt ins Labor«, erklärt die Schwester und nimmt das Tablett. »Der Doktor kommt gleich noch rein.«

Die Krankenschwester hat recht, denn als sie zur Tür hinausgeht, kommt Dr. Patterson auch schon. Mitten in der Tür bleiben beide stehen und tauschen sich kurz aus, wonach die Schwester ihren Weg nach draußen fortsetzt und der Arzt zu uns hereinkommt. Alles scheint sich wie in Zeitlupe abzuspielen.

»Kayla. Heather.« Der Arzt nickt uns beiden der Reihe nach zu. »Wie geht es Ihnen?«

Kayla schaut weg, während ich innerlich aufstöhne. Ich frage mich, ob das wohl seine Frage beantwortet.

»Habe ich dir eigentlich schon erzählt, dass ich in jungen Jahren selbst auch mal Basketball gespielt habe?«, fragt er und setzt sich auf den unbequem wirkenden Plastikstuhl neben Kaylas Bett.

»Nichts ist so cool, wie in der Schulmannschaft zu spielen. Tatsächlich war ich gar nicht gut«, gesteht er. »Aber ich habe es wenigstens versucht. Und das ist schließlich alles, was zählt, oder?«

Ich habe keine Ahnung, welche Reaktion er jetzt von Kayla darauf erwartet, aber ich sehe sie lächeln, während sie ihre Beine überschlägt, um bequemer zu sitzen. Erleichtert atme ich auf.

»Ja, es ist wichtig, dass man es überhaupt versucht«, erwidert Kayla. »Als Kind war ich nicht sonderlich gut. Aber ich habe immer weitergeübt und bin letztes Jahr dann Kapitänin der Mannschaft geworden.«

Kayla und der Arzt unterhalten sich mühelos über das Werfen von Körben, übers Dribbling sowie über ihre Lieblingsspieler. Ich setze mich wieder aufs Bett, lausche den beiden und beteilige mich nur ganz gelegentlich mal an ihrem Gespräch, da es einfach schön ist, Kayla über etwas reden zu hören, ohne dass da dieses ängstliche Zittern in ihrer Stimme ist, das sie letzte Nacht hatte, als Gavin und ich ihr erklären mussten, wie krank sie ist.

Während wir drei uns unterhalten, vergeht die Zeit wie im Fluge. Nach einer halben Stunde, vielleicht auch mehr, frage ich mich allerdings schon, wann Doktor Patterson plötzlich wieder ernst werden und über die OP sowie Medikamente, die sie nehmen muss, sprechen wird. Ich werde allmählich unruhig, starre die Zeichentrickfiguren an den Wänden an und frage mich, ob irgendwer, irgendwann einmal Wendy einen neuen Kopf malen wird. Der Klang von Kaylas mädchenhaftem Gekicher erregt meine Aufmerksamkeit. Der Arzt lacht ebenfalls. Was wohl so witzig ist? Ich wünschte, ich hätte zugehört.

»Na gut«, sagt der Arzt schließlich und schaut beim Aufstehen auf seine Uhr. »Dann mache ich mich jetzt besser mal auf den Weg. Meine Mittagspause ist schon seit zehn Minuten beendet.«

»Sie haben Mittagspause?«, frage ich.

»Ich hatte Mittagspause«, grinst er. »Mittlerweile sollte ich eigentlich wieder unten sein, aber ich habe es einfach zu sehr genossen, über meine glorreiche Zeit zu reden.«

»Kommen Sie später noch einmal vorbei?«, erkundigt sich Kayla.

Er nickt. »Das werde ich. Ich werde später nach deinen Blutproben schauen und prüfen, was sie uns sagen. Ich weiß jetzt also schon, dass du eine wahnsinnig gute Basketballerin bist. Dann lass mich mal schauen, was ich sonst noch über dich herausfinden kann.«

»Vielen Dank«, sage ich.

Ich kann es kaum glauben, dass er bei uns gesessen hat, obwohl er eigentlich mit seinen Kollegen in der Cafeteria sein Mittagessen hätte genießen können. Mir wird klar, dass nicht das, was Dr. Patterson mit seinem Stethoskop oder seinem Blutdruckmessgerät untersucht, ihn zu einem guten Arzt macht. Vielmehr ist es seine Art und Weise, wie er seine Patienten beruhigt. *Er ist so ein toller Mensch*, schwärme ich und werde rot, als mir bewusst wird, wie ich ihn und seine wunderschönen haselnussbraunen Augen anstarre.

»Bye, Kayla«, sagt er und zwinkert ihr zu. »Pass gut auf deine Mum auf. Wir drei sehen uns später!«

»Bye!« Kayla grinst. »Bis später!«

»Auf Wiedersehen, Heather«, sagt er und legt seine Hand sanft auf meine Schulter.

15.

Heather

»Oh mein Gott«, lacht Kayla, sobald der Arzt das Zimmer verlassen hat. »Noch auffälliger ging es nicht, oder?«

»Was meinst du?«, frage ich und weiß dabei eigentlich genau, worauf Kayla hinauswill. Ich befehle meinen schamroten Wangen, sich abzukühlen. Mein Gesicht brennt richtig.

»Dabei kann ich dir das nicht mal vorwerfen.« Kayla grinst. »Er ist wirklich süß, nicht wahr?«

»Kayla!« Ich tue, als sei ich schockiert.

»Ach, komm! Ich habe gesehen, wie du ihn angestarrt hast.«

»Ich habe ihn angesehen, weil er dein Arzt ist. Ich weiß die Zeit, die er sich nimmt, zu schätzen.« Ich nicke. »Das ist alles.«

»Oh. Mein. Gott. Erzähl mir doch nichts!« Kayla lacht so laut, dass sie prustet, was sie noch mehr zum Lachen bringt. Dabei fällt es sehr schwer, eine ernste Miene zu machen. »Du hast ihn angesehen, als wolltest du ihm an die Wäsche. Das willst du doch, oder?«

»Kayla!«, warne ich.

»Ach, komm schon, Mum. Gib es einfach zu. Du hast was für meinen Arzt übrig!«

»Zugegeben, er sieht gut aus, aber …«

»Nichts aber. Er ist echt heiß, und du stehst auf ihn. Wow! Ich habe nie zuvor erlebt, dass du auf jemanden abgefahren bist!«, stellt Kayla belustigt fest. Ich verziehe das Gesicht, als mir klar wird, dass sie recht hat; ich frage mich, ob das eine gute Sache ist oder eher ein wenig deprimierend. »Du weißt schon, dass du knallrot geworden bist, als du mit ihm geredet hast, oder?«, fragt mich Kayla.

»Hier drinnen ist es ziemlich heiß«, erkläre ich.

»Klar. Du meinst wohl heiß wie der heiße Doktor.« Kayla überkreuzt die Hände auf der Brust und macht theatralisch einen Kussmund.

»Okay. Das reicht jetzt.« Meine Wangen brennen heftiger denn je.

»Ach, Mum«, erwidert Kayla und klingt enttäuscht. »Ich mache doch nur Spaß.«

»Ich weiß, Süße.« Ich lächele. »Ich weiß.«

Ich gehe in Richtung des Fensters und wünschte, es wäre offen, sodass ein wenig frische Luft hereinkäme. Trotzdem hole ich tief Luft, woraufhin der unnatürliche Krankenhausgeruch meine Lunge füllt.

Ich drehe mich um und schaue Kayla an. Mit einem breiten Grinsen sitzt sie im Schneidersitz auf dem Bett, die Augen funkeln vor Sorglosigkeit. Sie sieht überhaupt nicht krank aus. Sie sieht eben wie Kayla aus. Meine wunderschöne Kayla, voller Spaß, Leben und Albernheit. Es fällt schwer zu glauben, dass sie eine Krankheit in sich trägt, die so großen Schaden anzurichten versucht.

»Wo hast du den Lolli hingetan?«, frage ich. »Wir wollen doch nicht, dass du ihn nachher noch im Haar kleben hast.«

Ich zucke zusammen, als Kayla sich mit der Hand durch die Haare fährt, und ich frage mich insgeheim, ob sie wohl darüber nachdenkt, wann sie ihr ausfallen werden. Denn genau darüber denke ich nach. Ich muss dringend lernen, darauf zu achten, was ich sage. *Mann, das ist echt schwer.*

»Der hat fies geschmeckt und klebte höllisch, deswegen habe ich ihn in Papier gewickelt, und Dr. Patterson hat ihn dann für mich in den Mülleimer geworfen.«

»Hat er das?«

»Ja.« Kayla kneift die Augen zusammen. »Ist dir das nicht aufgefallen? Der Mülleimer steht direkt hinter dir.«

Ich schüttele den Kopf, fühle mich völlig überfordert.

»Und? Fragst du ihn, ob ihr mal zusammen ausgeht?«, bohrt Kayla weiter.

»Bitte?« Ich reiße die Augen weit auf. »Nein. Oh Gott. Nein!«

»Warum nicht?«, fragt Kayla weiter. »Kein Grund, nervös zu werden.«

»Ich bin nicht nervös. Er ist dein Arzt.«

»Ja, und …«

»Und das wäre äußerst unangemessen«, fahre ich fort. »Okay. Ich meine das jetzt ernst: Können wir bitte über etwas anderes reden?«

Kayla verschränkt die Arme vor der Brust. »Na gut. Aber ich finde, du bist ein richtiger Feigling.«

»Du darfst gern deine eigene Meinung haben, aber …«

Es klopft leise an der Tür, die sich langsam und quietschend öffnet. »Tut mir leid«, entschuldigt sich Dr. Patterson und steckt den Kopf zur Tür herein. »Ich habe mein Handy hier liegen gelassen.«

Mein Blick schweift zu dem Stuhl hinüber, auf dem er gesessen hat, wo sein Handy mit dem Display nach unten auf der Sitzfläche liegt. Verlegenes Schweigen breitet sich zwischen uns aus, während ich Kayla anstarre und zu Gott bete, dass er uns nicht belauscht hat.

Er nimmt sein Handy, stopft es in die Innentasche seines makellos weißen Arztkittels und lächelt. »Du bist plötzlich so still geworden, Kayla«, stellt er fest. »Ist alles in Ordnung?«

Oh Gott. Oh Gott. Oh Gott! Ich halte die Luft an und bete inständig, dass Kayla es nicht plötzlich witzig finden könnte, ihm etwas zu verraten.

»Ja. Alles gut«, erwidert Kayla. »Dürfen wir hier drinnen Handys benutzen? Im Flur hängt ein Verbotsschild, deswegen war ich ein wenig unsicher.«

»Ein Schild, das hier jeder ignoriert«, antwortet der Arzt. »Natürlich kannst du dich mit deinen Freunden unterhalten, Kayla. Sonst würde man hier ja vollkommen durchdrehen, oder?«

Kayla nickt.

»Möchtest du Aiden zurückrufen?«, frage ich. Wieder nickt Kayla.

»Okay«, erwidere ich. »Dann lasse ich dich mal in Ruhe telefonieren. Ich werde mal deinen Vater anrufen und dir deinen Schlafanzug und die Schokolade aus dem Auto holen, solange du beschäftigt bist.«

»Heather«, unterbricht mich Dr. Patterson. »Könnte ich Sie bitte kurz sprechen, bevor Sie telefonieren?«

»Klar«, antworte ich.

»Auf dem Flur«, fügt er hinzu und nickt zur Tür.

Aus Angst vor dem, was auch immer Dr. Patterson mir zu sagen hat, hole ich tief Luft – immerhin will er es nicht in Kaylas Beisein äußern. Ich bezweifele, dass ich noch weitere schlechte Nachrichten verkraften kann.

»Ich bin direkt vor der Tür«, versichere ich Kayla, als Dr. Patterson einen Schritt zurückweicht, um mir den Vortritt zu lassen.

»Hm-mmm«, nickt Kayla, die ihre Aufmerksamkeit schon längst auf ihr Handydisplay gerichtet hat.

Doctor Patterson schließt Kaylas Zimmertür hinter uns und deutet auf ein paar Stühle, die dort an der Wand stehen.

»Wollen wir uns setzen?«, schlägt er vor.

Ich nicke; da mir die Knie zittern, bin ich ihm für diesen Vorschlag sehr dankbar.

16.

Heather

Die Metallstühle sind eiskalt, und die Kälte dringt durch meine Beine hindurch, während ich zur Seite gelehnt dasitze und mehr auf meiner Hüfte balanciere als auf dem Po sitze. Ich frage mich wirklich, warum die meisten Stühle im Krankenhaus-Wartebereich mit unzähligen kleinen Löchern auf der Sitzfläche sowie der Rückenlehne versehen sind, die gegen die Pobacken drücken, so wie sich eine Käsereibe in einen Cheddarblock fräst. Zweifellos werde ich einen Abdruck auf Rücken und Po haben, der stundenlang bleiben wird.

Dr. Patterson hat auf ähnliche Weise Platz genommen. Er hat sich zu mir gedreht, und seine nachdenkliche Miene verrät mir, dass er nur noch den geeigneten Moment abwartet, um mir etwas zu sagen.

»Na?«, sagt er schließlich. »Wie geht's denn so?«

»Bitte?« Ich lasse mich mit vollem Gewicht auf den kalten Metallstuhl nieder. *»Na, wie geht's denn so?«*, wiederhole ich kopfschüttelnd.

Dr. Patterson schaut mich verständnislos an.

Die Serie *Friends* spielt sich so lebendig in meinem Kopf ab, dass ich die Figuren beinahe wirklich reden hören kann. *»Na, wie geht's denn so?«*, höre ich Joey seine typische Begrüßung sagen. Ich kann es kaum abwarten, Kayla zu erzählen, dass Dr. Patterson den schlechtesten Anmachspruch aller Zeiten aus der Serie benutzt hat. Ich bezweifele, dass sie ihn danach immer noch für so cool hält, aber es sollte sie wenigstens zum Lachen bringen.

»Mir geht es gut, vielen Dank. Und Ihnen?«, frage ich ihn.

Du meine Güte, ist das peinlich!

Dr. Patterson schüttelt den Kopf. »Nein. Ich meinte, wie es Ihnen *wirklich* geht. Wie verkraften Sie das alles?«

»Oh«, sage ich, während mein Lächeln verblasst. »Ich ... Ich ... Ich ...«

Dr. Patterson legt die Hand auf mein Knie. Mein Blick fällt auf seine Finger, doch ich rühre mich nicht.

»Das ist alles so schnell passiert. Da muss Ihnen ordentlich der Kopf rauchen.«

»Ja, das tut er allerdings«, gebe ich zu. »Aber das ist Kayla, wissen Sie?« Mir kommen die Tränen, und ich flehe inständig, nicht zu weinen. »Sie wird nie krank. Jedenfalls nicht ernsthaft.«

»Es war gerade ein Vergnügen, mich mit ihr zu unterhalten«, stellt Dr. Patterson fest und zieht die Hand von meinem Knie zurück. Sofort vermisse ich die Wärme. »Ich fand es schön, von ihrer Liebe zum Basketball zu erfahren. Und es war gut, von ihr in ihren eigenen Worten und in ihrem Tempo zu hören, wie die Schmerzen ihr Spiel beeinflusst haben.«

»Oh«, erwidere ich und begreife alles. »Sie haben Kayla nach allen Einzelheiten aus ihrem Leben ausgefragt, um etwas über ihren Krebs herauszufinden. Sehr geschickt!«

»Ich wollte Kayla nicht hereinlegen«, erklärt Dr. Patterson. »Kinder …«, er hält inne und verlagert sein Gewicht, sodass er ein wenig aufrechter sitzt, »… und insbesondere Teenager sind aufgeweckter, als wir oftmals denken. Wenn wir sie so geradeheraus mit medizinischen Fragen bombardieren, dann mauern sie und bringen uns mit Schmerzen und Leid in Verbindung und schließen uns aus.«

Verständnisvoll nicke ich.

»Und ich kann es ihnen nicht einmal verübeln. Ich würde mich auch nicht mit einem Typen mit einem Klemmbrett und einem schicken Doktortitel unterhalten wollen, nur weil er einen weißen Kittel trägt.«

»Sie wollen also, dass sie denkt, Sie seien ein Freund«, schließe ich.

»Nein«, schüttelt er den Kopf. »Ich will tatsächlich ihr Freund sein. Ich möchte ihr helfen, so gut ich kann.«

»Das ist schön.« Ich habe mit einem Mal einen Kloß im Hals, der so groß ist, dass ich kaum Luft bekomme.

»Ich mag Freunde«, fährt Dr. Patterson fort.

Freunde. *Friends*. Ich grinse fast lächerlich breit, woraufhin er mich anschaut, als hätte ich den Verstand verloren.

»Kennen Sie *Friends*?«, frage ich.

»Chandler, Monica, Ross, Rachel, Phoebe und Joey. Wer kennt die Serie *Friends* nicht?«

Mein Mund öffnet sich, doch mir kommt kein Ton über die Lippen.

»Auf Ihrem T-Shirt steht *Vorübergehend getrennt.*« Er deutet auf meine Brust.

»Oh. Ja. Stimmt.« Ich werde rot und erinnere mich plötzlich an das alte T-Shirt, das Gavin mir gestern Abend gegeben hat, als ich ihm gestanden habe, dass ich dermaßen damit beschäftigt gewesen war, für Kayla zu packen, dass ich vollkommen vergessen hatte, auch für mich selbst zu packen.

»Kayla und ich streiten uns andauernd deswegen.« Ich grinse, als ich daran zurückdenken muss.

»Was sagen Sie dazu?«, fragt er.

»Zu *Friends*?«

»Ja.«

»Sie waren wirklich vorübergehend getrennt.« Ich zucke mit den Schultern. »Rachel hat es selbst gesagt. Ich bin für Team Ross.«

»Team Ross.« Er schüttelt den Kopf.

»Ja, Team Ross«, wiederhole ich und kneife die Augen zusammen. »Warum? Für welches Team sind Sie?«

»Team Rachel«, erwidert er so selbstsicher, als seien Ross und Rachel echte Menschen, die wir persönlich kennen.

»Ha!«, schnaube ich. »Kayla wird Sie dafür lieben, Partei für sie ergriffen zu haben.«

»Hier geht es doch nicht darum, für jemanden Partei zu ergreifen.« Dr. Patterson lächelt. »Das ist meine ehrliche Meinung. Ich stimme da Kayla vollkommen zu. Sie haben unrecht.«

Ich gebe mir Mühe, nicht zu kichern, als ich die Arme vor der Brust verschränke. Ich versage jedoch auf ganzer

Linie und muss lachen. Einen Moment lang, einen ganz kurzen Moment lang, fühle ich mich leichter; als würde ich über dem Albtraum der letzten vierundzwanzig Stunden schweben.

»Sie haben meine Frage noch nicht beantwortet. Jedenfalls nicht ernsthaft.« Der kurze Moment ist vorüber, und ich pralle mit einem schmerzhaften Schlag auf den Boden der Realität. »Wie geht es Ihnen?«

Beschissen! Mir geht es beschissen, würde ich am liebsten zugeben. Stattdessen lächele ich jedoch und halte mich tapfer, woraufhin er wissend mit dem Kopf nickt. Ist er wirklich so gut darin, die Eltern seiner kleinen Patienten zu durchschauen, oder darf ich mich für etwas Besonderes halten, weil ich für ihn wie ein offenes Buch bin?

Ich schaue ihm in die Augen und schüttele den Kopf. Er lässt mir Zeit.

Erschöpft, völlig kaputt und mit dem Gedanken, *in einem anderen Leben und unter anderen Bedingungen wären wir wahrscheinlich Freunde*, lasse ich meine Maske fallen.

»Mir geht es nicht gut«, höre ich mich sagen.

»Kayla macht sich Sorgen um Sie, wissen Sie das?«, sagt er und legt seine Hand wieder auf mein Knie.

»Um mich? Nein. Kayla ist diejenige, die krank ist. Nicht ich.«

»Sie weiß, dass das auch für Sie sehr schwer ist«, erklärt Dr. Patterson. »Wie ich schon gesagt habe, wissen die Kinder oft Dinge, die wir ihnen nicht zugetraut hätten. Es ist immer besser, sowohl ihnen als auch sich selbst gegenüber ehrlich zu sein.«

»Kayla ist mein Ein und Alles«, erwidere ich.

Er lächelt. »Sie ist ein tolles Kind.«

»Ich habe einen Job, den ich hasse, ein Haus, das ich mir kaum leisten kann, ich bin mit dreiunddreißig Jahren alleinstehend – und das ist alles vollkommen in Ordnung, weil ich Kayla habe«, fahre ich fort. Die Worte sprudeln nur so aus mir heraus, ich kann sie nicht stoppen.

Wir sitzen einander schweigend gegenüber, was aber nicht so unangenehm ist, wie es sein sollte, und ich glaube, dass er dieses Freundsein echt gut draufhat. Und damit meine ich nicht nur, dass er die Namen aller Figuren der Serie kennt.

»Bei der Arbeit ist mir gesagt worden, dass ich mir, solange Kayla krank ist, so viel Zeit nehmen kann, wie ich brauche«, erkläre ich.

»Das ist toll.«

»Unbezahlt«, füge ich hinzu.

»Oh.«

»Ich weiß. Ziemlich mies, oder? Immerhin reiße ich mir den Arsch für diese Mistkerle auf. Verzeihen Sie bitte meine Ausdrucksweise. Aber jetzt mal im Ernst …«

»Sie würden staunen, welche Geschichten ich von Eltern höre, die sich in der gleichen Situation befinden wie Sie.« Er schüttelt den Kopf. »Da bin ich richtig froh, dass ich für den Staat arbeite. Na ja, nicht so richtig. Bitte nehmen Sie mich nicht beim Wort.«

»Es ist einfach nur sehr schwer gerade«, schimpfe ich weiter. »Kaylas Dad ist reich. Er hat ein eigenes Unternehmen. Seine Eltern sind sehr stolz auf ihn.« Ich ziehe den

Kopf zurück, bis ich ein doppeltes Doppelkinn habe, und verstelle die Stimme, um wie Gavins Dad zu klingen – als hätte ich den Kopf so weit in den Hintern gesteckt, dass ich im Dünndarm lande. »*Oh Gavin hat ein Baby bekommen und hat dennoch etwas aus sich gemacht.* Das haben sie mir jedes verdammte Mal vorgehalten. Na ja, genauer betrachtet habe ich das Baby bekommen und es großgezogen, es geliebt und viel Zeit mit ihm verbracht, du voreingenommener Mistkerl.«

Eine ältere Krankenschwester kommt vorbei und wirft mir einen missbilligenden Blick zu.

»Ups«, entfährt es mir.

»Machen Sie sich keine Sorgen«, erwidert Dr. Patterson. »Sie ist, ähm, wie Ihre Schwiegereltern, die gar nicht Ihre echten Schwiegereltern sind, oder?«

»Verbrecher sind das«, schnaube ich.

»Kayla hat mir verraten, dass Sie gern backen«, berichtet er zu meiner Überraschung.

»Ich kann kaum glauben, dass Kayla Ihnen von meiner Backleidenschaft erzählt hat. Sonst redet sie mit kaum jemandem darüber. Normalerweise ist es ihr eher peinlich.«

»Na, sie war jedenfalls sehr stolz, als sie mir von Ihren Backkünsten erzählt hat.«

Ich werde rot.

Er fährt sich ein wenig verlegen mit der Hand durchs Haar. »Hören Sie, verstehen Sie mich bitte nicht falsch. Aber die Cafeteria sucht eine Teilzeitkraft für Backwaren. Das ist zwar leider nichts Spannendes, nur Scones und Muffins, aber …«

»Aber ich bin dafür gar nicht qualifiziert«, unterbreche ich ihn. »Also, ich habe nie eine Ausbildung gemacht, es ist ein reines Hobby …«

»Wenn Ihre Muffins so sensationell sind, wie Kayla behauptet, dann werde ich mal meine Verbindungen spielen lassen.«

Ich lächele.

»Natürlich kann ich nichts versprechen. Aber ich weiß, dass man dort schon seit einer ganzen Weile jemanden sucht, da außerhalb der normalen Arbeitszeit gearbeitet werden soll. Also wenn Sie interessiert sind …?«

»Ja! Auf jeden Fall. Das wäre toll.«

»Und ich glaube, dass Kayla ziemlich schnell sehr beliebt wäre, wenn sie einen Korb mit Brownies für den Spieleraum der Kinderstation mitbringen würde.«

»Könnte ihr das helfen, hier Freunde zu finden?«, frage ich.

»Ganz sicher. Die Kinder lieben Brownies, und wenn Ihre Brownies tatsächlich die besten in ganz Irland sind, dann …«

»Das hat Kayla gesagt?«, frage ich und werde rot. »Das habe ich gar nicht gehört.«

»Aber nur, weil Sie diesen Schubladenschrank neben Kaylas Bett nicht aus den Augen lassen konnten.«

»Wie bitte?«, frage ich.

»Sie wissen, dass ich Ihnen einen Lolli besorgen kann, wenn Sie so dringend einen brauchen«, scherzt er.

Ich schüttele den Kopf und lächele wieder.

»Die Lollis sind zwar normalerweise nur für unsere

Patienten, aber ich könnte da was organisieren. Ich habe Beziehungen.«

Ich werde lockerer. So bemüht seine Neckerei ist, es hilft. Ich bin wirklich froh, dass er Kaylas Arzt ist. Seine Fähigkeit, selbst in den schrecklichsten Momenten noch witzige Aspekte zu finden, ist genau das, was Kayla braucht.

»Was den Lolli angeht, verzichte ich lieber, vielen Dank«, erwidere ich. »Wenn Sie allerdings ein Glas Wein im Angebot hätten …«

Er grinst. »Leider reichen meine Verbindungen doch nicht *so* weit. Aber meine Empfehlung aus ärztlicher Sicht lautet: An der Ecke befindet sich ein Weinladen, gleich hinter dem Parkplatz. Dort gibt es einen fantastischen französischen Chablis, der im Augenblick sogar im Angebot ist. Zwei Gläser vor dem Zubettgehen, dann schauen wir mal, ob das hilft.«

Der Metallstuhl unter mir quietscht, als ich aufstehe. Bevor ich wieder zu Kayla hineingehe, fahre ich mir einmal mit der Hand durchs Gesicht, um mich zu sammeln. Als ich nach der Klinke von Kaylas Zimmer greife und diese herunterdrücke, wende ich ihm kurz den Rücken zu.

»Danke«, flüstere ich tonlos.

Er zieht die Nase kraus. »Gerne«, erwidert er genauso leise.

17.

Charlotte

Heathers Auto parkt in unserer Einfahrt gleich hinter Gavin, weshalb ich an den Bordstein ranfahre, dort halte und hoffe, dass mein streitsüchtiger Nachbar von Nummer zehn nicht schon wieder schimpft und tobt, weil Leute im Falle eines Feuers den Weg blockieren.

»Okay, Süße«, sage ich und drehe mich so plötzlich um, dass mir der Gurt in den Hals schneidet. »Verdammter Mist, aua!«

Molly keucht. Innerlich stöhne ich auf, während ich den Gurt lockere und mir über den Hals reibe. Natürlich wird irgendwann in den nächsten ein oder zwei Tagen meine Tochter diese Schimpfworte wiederholen, und wenn ich dann versuche, sie zu verbessern, wird sie mir stolz erklären: »Aber du hast es doch auch gesagt, Mummy!«

»Wir sind zu Hause!«, erkläre ich und schaue Molly an, die jetzt kichert und sich zweifellos alles eingeprägt hat.

Ich atme aus, schnalle mich ab und öffne die Autotür. Als ich die Beine nach draußen schwinge und aussteige, wird mir bewusst, wie müde ich bin. Ich beuge mich über

Molly und löse ihren Gurt. »Okay, Süße, hol deine Tasche aus dem Kofferraum und dann schnell nach drinnen! Ich sterbe vor Hunger – du auch?«

»Ich habe soooo großen Hunger!«, erwidert Molly.

Molly hat immer Kohldampf, wenn wir vom Schwimmen heimkehren. Der Schwimmlehrer hat dieses Mal wieder richtig Tempo gemacht, und ich glaube, dass Mollys kleine Ärmchen ein oder zwei zusätzliche Bahnen geschwommen sind. Ich habe Lasagne zum Auftauen auf der Spüle stehen lassen und hoffe, dass Gavin meinen Zettel gefunden und die Lasagne in den Ofen geschoben hat. Wenn nicht, schnippele ich Molly schnell ein paar Möhrchen und stelle ihr Kinderfernsehen an, um sie abzulenken, bis das Essen fertig ist.

Heathers Auto steht schief in der Einfahrt, und man kommt nicht vorbei, ohne aufs Gras zu treten. Darum nehme ich Molly und ihre absurd riesige Schwimmtasche auf den Arm und überquere hüpfend das Gras, damit nur ich schmutzige Schuhe bekomme.

Als ich die Flurtür öffne, kommt mir ein Hitzeschwall entgegen, gefolgt von einem köstlichen Duft.

»Oh, lecker! Was riecht denn hier so gut?«, fragt Molly und kickt sofort ihre Schuhe in die Ecke, nachdem ich sie abgesetzt habe.

»Jedenfalls nicht die Lasagne«, erwidere ich verwirrt.

Molly lässt ihre Tasche vor der Treppe fallen und stürmt in die Küche.

»Daddy!«, höre ich sie vor Freude quietschen, dass er zu Hause ist. Normalerweise ist er nur selten daheim, wenn wir vom Schwimmen zurückkommen. Es ist wirklich schön, dass er so früh schon da ist, aber ich wünschte, die Umstände wären andere und der Grund läge nicht darin, dass Kayla krank ist.

Ich hebe Mollys Schwimmtasche auf, damit niemand auf dem Weg nach oben darüber fällt und sich auf der Treppe den Hals bricht, und gehe danach in die Küche. *Du meine Güte, duftet das köstlich*, denke ich, während mein Magen knurrt.

»Oh, hallo!«, sage ich überrascht, als ich Heather und Gavin an unserem kleinen Küchentisch vorfinde, wo sie gemeinsam essen.

Gavin quetscht gerade Mollys Kinderstuhl in die Lücke, die er und Heather für Molly geschaffen haben.

»Heather hat gekocht«, stellt Gavin fest.

»Hmmm«, nicke ich. Die Schwimmtasche schneidet mir allmählich in die Schulter, während ich das Szenario des häuslichen Glücks, das sich mir hier bietet, anstarre.

Auf dem Tisch liegt eine weiße Spitzendecke. Sie gehörte meiner Großmutter, und ich benutze sie nur ganz selten, da sie leicht verschmutzt und von Hand gewaschen werden muss. Zuletzt habe ich sie Weihnachten benutzt, davor an Gavins Geburtstag. Eine offene Flasche Rotwein steht mitten auf dem Tisch. Das Etikett ist nobel, cremefarben mit einer geschwungenen Schrift darauf, und ich habe keinerlei Zweifel, dass die Flasche teuer war, aber ganz bestimmt nicht Bioqualität entspricht. Gavin wird sich auf jeden Fall später über Kopfschmerzen beschweren, wie er es immer tut, da er auf Sulfite allergisch reagiert. Beim Anblick der dicken, saftigen Steaks auf ihren Tellern läuft mir das Wasser im Mund zusammen. Dazu essen sie verschiedenes Gemüse sowie irgendein raffiniertes Kartoffelgericht.

»Was ist das?«, fragt Molly und streckt die Zunge heraus. Sie ist sichtlich unbeeindruckt von der Kartoffelmasse. Ich habe Mühe, mein Lachen zu unterdrücken.

»Das ist Kartoffelgratin.« Heather lächelt. »Aber keine Sorge, Molly, das ist nur für die Erwachsenen.«

Ich will ihr gerade erklären, dass wir in diesem Haus alle das gleiche Essen zu uns nehmen; es wird kein Unterschied gemacht zwischen Essen für Erwachsene und Essen für Kinder. Doch Heather redet einfach weiter.

»Dein Daddy hat mir verraten, dass du Chicken Nuggets liebst«, stellt Heather fest.

Mollys Miene leuchtet auf. Meine Hand krallt sich fest um den Riemen von Mollys Schwimmtasche, und ich schwöre, wenn Heather jetzt ein Happy Meal von McDonald's aus dem Nichts herzaubert, dann schreie ich. Unzählige Male habe ich Gavin gesagt, dass ich nicht möchte, dass Molly dieses Dreckszeug isst.

Heather steht auf und streift sich Ofenhandschuhe über.

»Die hat Heather selbst gemacht. Nur für dich«, lächelt Gavin.

Heather holt ein Blech mit zweifellos von Hand zerkleinerten Hähnchenbruststücken und dick geschnittenen Pommes frites aus dem Ofen. Ich hasse mich für den Gedanken, dass das sogar noch köstlicher duftet als das Steak.

»Lecker!«, quietscht Molly vor Freude. »Heather! Du bist die Beste!«

Da meine Schulter höllisch brennt, lasse ich die Schwimmtasche fallen. Der sanfte Knall lässt Gavin aufmerken.

»Isst du nicht mit uns?«, fragt er.

Heather stellt einen bunten Plastikteller voller Nuggets und Pommes vor Molly auf den Tisch und warnt sie, dass alles noch sehr heiß ist, bevor sie sich selbst wieder hinsetzt.

Ich starre auf den bereits übervollen Tisch, der nur drei Stühle hat, und mache mir erst gar nicht die Mühe, die überflüssige Frage zu stellen, wo ich denn bitte sitzen soll.

»Danke, ich habe keinen Hunger«, entgegne ich.

»Doch, hast du«, korrigiert mich Molly. »Hast du gesagt. Im Auto. Du hast gesagt, dass du verhungerst.«

»Jetzt habe ich jedenfalls keinen Hunger mehr«, erwidere ich nachdrücklich.

Heathers Blick schießt zu mir. Ich starre zurück. »Es ist genug da, Charlotte. Ich kann dein Steak jetzt schnell in die Pfanne werfen. Das dauert fünf Minuten. Drei, wenn du es blutig magst.«

Ich blicke zur Küchentheke hinüber, wo ein einzelnes Stück Steak auf einem braunen Papier liegt.

»Charlotte isst kein Fleisch«, erklärt Gavin mit weit aufgerissenen Augen. »Ich hätte eben etwas sagen sollen, aber angesichts dessen, was gerade alles passiert, habe ich das einfach vergessen.«

Heather zuckt zusammen. Und ich glaube, es ist ihr peinlich. »Tut mir leid«, entschuldigt sie sich. »Das wusste ich nicht.«

»Das Gemüse ist köstlich, Charlie«, fährt Gavin fort.

»Und die Kartoffeln sind ohne Milch, die könntest du also essen.«

»Du bist Veganerin?«, fragt Heather.

Ich nicke.

»Charlie hat seit zwanzig Jahren kein Fleisch mehr gegessen, aber seit etwa fünf Jahren lebt sie erst vegan«, sagt Gavin.

»Seit sechs«, korrigiere ich ihn und bücke mich, um die Schwimmtasche aufzuheben. »Ich gehe dann mal und stecke das hier in die Waschmaschine. Genießt ihr euer Essen.«

»Charlotte, es tut mir sehr leid. Aber ich habe ein Rezept für einen tollen veganen Eintopf. Den mache ich beim nächsten Mal, okay?«

Beim nächsten Mal?

»Klar«, erwidere ich, öffne die Tür zum Hauswirtschaftsraum und gehe.

»Warum hast du mir nicht gesagt, dass sie Veganerin ist?«, höre ich Heather in einem ähnlichen Tonfall sagen, den ich Gavin gegenüber anschlage, wenn er etwas vermasselt hat.

Ihr Tonfall klingt für meinen Geschmack viel zu vertraut und eindeutig zu ungezwungen. Ich reiße die Tür der Waschmaschine auf und stopfe den gesamten Inhalt von Mollys Schwimmtasche hinein, wahrscheinlich inklusive ihrer Taucherbrille, doch ich bin zu erschöpft, um nachzusehen. Ich schlage die Tür zu, werfe die leere Tasche oben auf die Waschmaschine und marschiere in die Küche zurück.

»Wisst ihr was?«, sage ich. »Ich habe zwar keinen Hunger, aber ich würde alles für ein Glas Wein geben. Ich denke, ich geselle mich zu euch.«

»Schön!«, erwidert Gavin und springt auf.

Er holt ein Glas, stellt es auf den Tisch und füllt es fast bis zum Rand.

»Setz dich auf meinen Stuhl«, sagt er und schiebt seinen Teller beiseite, um stattdessen das Glas dort zu platzieren. »Ich nehme mir einen der Klappstühle. Liegen die immer noch unter der Treppe?«

»Ja, ich glaube schon«, nicke ich.

Während Gavin in den Flur eilt, lasse ich mich nieder. Heather und ich sitzen einander gegenüber. Sie hat aufgehört zu essen, obwohl drei Viertel des Essens unangetastet auf ihrem Teller liegen. Zweifellos fühlt sie sich genauso unbehaglich wie ich.

Mein Blick schweift zu Molly hinüber, in der Hoffnung, dass sie mich anschaut, damit sie irgendetwas erzählt, aber dafür ist sie viel zu beschäftigt mit ihren köstlichen Nuggets.

»Gefunden! Ich habe einen Klappstuhl«, verkündet Gavin bei seiner Rückkehr.

Er hat sich so beeilt, dass er fast außer Atem ist – ihm ist also bewusst, wie unangenehm die ganze Situation ist. Er klappt den Stuhl auseinander und setzt sich neben mich. Weil er viel tiefer als der Rest von uns sitzt, muss Molly lachen. Heather stimmt mit ein, und schließlich muss auch ich kichern, weil ich dankbar bin, dass irgendetwas die Situation ein wenig auflockert.

Ich reiche Gavin seinen Teller, woraufhin er genüsslich zuschlägt. Einen Augenblick lang beobachte ich, wie alle essen, und hoffe inständig, dass mein Magen nicht so laut knurrt, dass alle es mitbekommen.

»Hat Heather dir schon die tollen Nachrichten erzählt?«, fragt Gavin, greift nach der Weinflasche und schenkt erst Heather, dann sich nach.

»Nein.« Ich ziehe eine Augenbraue hoch. Einerseits bin ich erleichtert, dass es ausnahmsweise einmal gute Neuigkeiten gibt, andererseits bin ich unsicher, ob wir vor Molly über Kayla diskutieren sollten.

»Es ist keine große Sache.« Heather wird rot. »Und in trockenen Tüchern ist es auch noch nicht.«

»Jetzt tu mal nicht so bescheiden«, scherzt Gavin und kaut auf einem Stück Steak herum.

Heather schüttelt den Kopf. Ich bekomme Magenschmerzen, nicht nur vor Hunger, sondern auch wegen der Neckereien zwischen meinem Ehemann und seiner Ex. Ich trinke einen großen Schluck Wein und warte darauf, dass sie mir ihr Geheimnis mitteilen. Ich hatte damit gerechnet, dass Gavin und Heather sich über Dinge unterhalten, in die ich normalerweise nicht eingeweiht werde. Sie müssen sich schließlich über Kaylas Behandlung unterhalten und Entscheidungen fällen. Das verstehe ich. Allerdings war ich nicht darauf vorbereitet, wie seltsam ich mich dabei fühlen werde zuzuschauen, wie sich ihre Beziehung weiterentwickelt.

»Heather hat sich mal eben so einen neuen Job geangelt«, erklärt Gavin.

»Einen neuen Job.« Ich setze das Weinglas an meine Lippen und trinke. »Und was ist mit Kayla?«

»Der Job ist im Krankenhaus«, erwidert Gavin. »Es könnte alles nicht besser passen.«

»Bitte?« Ich lasse das Glas sinken, bevor ich noch Wein verschütte. »Was ist los?«

»Bei der Arbeit hat man mir so viel Zeit gegeben, wie ich für Kayla brauche«, erklärt Heather. »Allerdings unbezahlt.«

»Oh.« Ich habe ein schlechtes Gewissen, dass mir das vorher nicht klar gewesen ist.

»Dr. Patterson sagte, dass die Cafeteria jemanden sucht, der backt. Scones, Croissants, Muffins. Solche Sachen.«

Ich schüttele den Kopf. »Aber kostet das nicht viel Zeit, die du eigentlich für Kayla brauchst?«

»Ich habe Heather vorgeschlagen, dass sie hier backen kann. Außerdem bringt sie den Kindern von der Krankenstation Muffins mit«, fährt Gavin fort.

»Du willst *hier* backen?«, frage ich und lasse meinen Blick durch die Küche wandern.

»Wenn das für dich in Ordnung ist«, nickt Heather.

Ich antworte nicht. Stattdessen greife ich wieder nach meinem Weinglas.

»Ich kaufe alles, was ich an Lebensmitteln brauche, selbst, und ich werde niemandem im Weg sein. Ich kann warten, bis alle im Bett sind, damit ich die Küche nicht in Beschlag nehme.«

»Na, das klingt ja, als sei der Plan schon in trockenen Tüchern«, stelle ich fest und trinke den letzten Schluck aus meinem Glas.

»Ich könnte auch noch ein paar Brownies für Molly für die Schule backen«, schlägt Heather vor.

»Ich liebe Brownies!«, schwärmt Molly, den Mund voller Pommes.

»Süßigkeiten sind in der Schule nicht erlaubt«, entgegne ich. Mir ist bereits schwindelig vom Wein.

»Kann ich jetzt einen Brownie haben? Bitte? Bitte?«, bettelt Molly und stopft sich das letzte Nugget am Stück in den Mund.

»Wir haben keine Brownies, Molly«, entgegne ich.

»Im Kühlschrank«, unterbricht mich Heather, »könnte eine kleine Überraschung für dich stehen.«

»Brownies!«, jubelt Molly, springt von ihrem Stuhl und läuft zum Kühlschrank hinüber.

»Aber nur, wenn es für deine Mummy in Ordnung geht«, sagt Heather, als Molly die Kühlschranktür so weit aufreißt, dass sie gegen die Wand dahinter knallt.

Molly wirbelt auf der Stelle herum und starrt mich mit großen Augen und flehentlichem Blick an.

»Was soll ich da sagen?« Ich zucke mit den Schultern.

»Ich habe das Abendbrot aufgegesst.« Molly deutet auf ihren leeren Teller.

»Okay, Molly.« Ich lächele. »Aber nur einen, ja?«

»Für uns sind auch noch welche da«, sagt Heather, »falls jemand Lust auf einen Nachtisch hat.«

»Oh, lecker!«, schwärmt Gavin, der allein schon bei der Erwähnung von Zucker und Schokolade große Augen bekommen hat.

Gavin steht auf und holt den Teller mit den Brownies

aus dem Kühlschrank, damit Molly sich einen Brownie aussuchen kann. Auch er nimmt sich einen und lässt dann den Teller auf der Küchentheke neben dem Herd stehen.

»Komm, Molly«, sagt er, nachdem er abgebissen hat. »Wir gucken vor dem Zubettgehen noch ein wenig Fernsehen.«

»*Teen Titans Go!?*«, fragt Molly und beißt in ihren Brownie.

»Auf jeden Fall!« Gavin bückt sich, schnappt sich eine freudig quietschende Molly und trägt sie auf dem Arm ins Wohnzimmer. »Lassen wir Mummy und Heather mal eine Weile allein.«

»Erwachsenengespräche«, sagt Molly, als sie die Küche verlassen.

Gavin wirft einen Blick über seine Schulter zurück zu Heather, und mir entgeht nicht, wie sie sein Lächeln erwidert. *Was zum Teufel geht denn hier ab?*

»Mehr Wein?«, fragt Heather und greift nach der Weinflasche.

»Nein«, schüttele ich den Kopf. »Danke.«

Heather zieht ihre Hand von der Flasche zurück und schenkt sich selbst auch nichts mehr nach. Ich recke den Hals in Richtung des Hauswirtschaftsraumes und des dumpfen *Klack-Klocks*, das aus der Waschmaschine ertönt. Zweifellos ist Mollys Taucherbrille in der Waschmaschine gelandet und wird jetzt wild umhergewirbelt. Wahrscheinlich muss ich ihr jetzt eine neue Taucherbrille kaufen. *Auch das noch!*

Heather räuspert sich und stochert mit der Gabel im

Essen auf ihrem Teller herum. Ich will gerade aufstehen und mich entschuldigen, als ihr Blick den meinen sucht. Sofort fallen mir die dunklen Ringe unter ihren Augen auf, außerdem ist ihre sonst so frische Haut ganz blass.

»Danke«, sagt sie. In ihrer Stimme schwingt ein unüberhörbares Zittern.

Ich schiele zur Weinflasche und wünschte, ich hätte zugelassen, dass Heather mir noch ein Glas einschenkt.

»Ich kann mir vorstellen, dass die Situation für dich nicht leicht ist«, stellt Heather fest.

Ich erstarre und habe keine Ahnung, worauf das hinauslaufen soll. Ich schnappe mir den Wein und schenke mir den Rest in mein Glas ein.

»Für keinen von uns ist es leicht«, erwidere ich, bevor ich einen Schluck trinke.

»Ich weiß. Aber ich komme mir vor, als wäre ich hier eingefallen und hätte dein Zuhause in Beschlag genommen …«

»Du hast mein Zuhause nicht in Beschlag genommen«, erwidere ich, und mir wird bewusst, dass es bei mir eher nach einer Warnung als nach einer höflichen Beteuerung klingt.

Heather nickt, und ich merke, dass auch ihr das nicht entgangen ist.

»Mit dem Backen ist es nur so«, fährt sie fort. »Ich weiß, dass das hier deine Küche ist, und ich würde normalerweise nie …«

»Heather«, unterbreche ich sie, da ich vermute, dass sie kurz davor ist, zu weinen – und mir geht es nicht anders.

»Es ist nur ein Backofen und ein wenig Platz auf der Küchentheke. Die Hauptsache ist Kayla. Und wenn das hilft, ist das doch prima.«

»Danke«, flüstert Heather tonlos. Die Tränen, die sie bis jetzt so tapfer zurückgehalten hat, laufen ihr jetzt über die Wangen.

18.

Charlotte

Ich bin völlig erschöpft, als ich mich endlich auf mein Bett fallen lasse. Molly in den Schlaf zu begleiten war heute harte Arbeit. Nach dem Schwimmen war sie übermüdet, aber sie wollte einfach nicht liegen bleiben und die Augen schließen. Ich habe ihr zwei Geschichten vorgelesen. Gavin hat ihr eine weitere vorgelesen, bis wir schließlich beide wütend geworden sind und ihr mit Fernsehverbot für morgen drohen mussten, wenn sie nicht aufhören würde, immer wieder aufzustehen und aus ihrem Zimmer zu laufen.

»Was zum Teufel war in diesen Brownies?«, frage ich und schlinge die Decke fest um mich.

Gavin steckt den Kopf aus dem angeschlossenen Badezimmer und nimmt die Zahnbürste aus dem Mund. »Keine Ahnung«, nuschelt er. »Aber sie waren köstlich.«

»Das war eine Riesenladung Zucker«, widerspreche ich ihm. »Das ist der Grund, warum Molly so aufgedreht war. Ich habe ernsthaft gedacht, dass wir sie niemals zum Schlafen bekommen.«

Ich höre, wie Gavin ins Becken spuckt und das Wasser laufen lässt. Dann öffnet er weit die Tür; das plötzliche Licht aus dem Badezimmer scheint mir direkt ins Gesicht. Schnell kneife ich die Augen zusammen.

»Sie freut sich doch nur, Kayla bald sehen zu dürfen«, antwortet Gavin und macht das Licht aus. Als er die Badezimmertür schließt, befinden wir uns in absoluter Dunkelheit.

»Huh. Bitte entschuldige, was hast du gesagt?«, frage ich und setze mich theatralisch trotz der Finsternis um uns herum auf.

»Im Krankenhaus«, erwidert Gavin, und ich merke, wie er sich neben mich ins Bett legt. »Du weißt doch, dass bald Kaylas OP ansteht.«

»Ja, natürlich«, antworte ich und bemühe mich, Gavin nicht die Sorge in meiner Stimme hören zu lassen.

»Na ja, Heather meint, es würde Kayla wirklich aufmuntern, Molly zu sehen. Wenn Kayla einmal mit der Chemo angefangen hat, weiß man nicht, was das mit ihrem Immunsystem anstellt. Jetzt ist die beste Zeit für einen Besuch.«

»Wann wolltest du mir davon erzählen?«, frage ich.

»Aber Charlie, wir haben doch darüber gesprochen.« Gavin seufzt; die Erschöpfung in seiner Stimme entgeht mir nicht. »Erst kommt die OP, dann die Chemo.«

»Ich meinte Mollys Besuch im Krankenhaus.« Ich atme tief ein. Mir fällt es schwer, meine Gefühle nicht zu verraten.

»Oh. Na ja, wir reden jetzt darüber, oder?«

»Nein.« Ich atme aus, tiefer und länger, als ich es eigentlich wollte. »Du hast einen Plan mit Heather geschmiedet und informierst mich, nachdem alles entschieden ist. Du hast mit Heather darüber gesprochen. Nicht mit mir. Mit Heather.«

»Charlie, es tut mir leid«, entschuldigt sich Gavin, doch seinem Tonfall kann ich nicht entnehmen, ob er enttäuscht oder verärgert ist. Die Dunkelheit hilft auch nicht gerade. Das Bett wackelt, und ich weiß, dass Gavin mir den Rücken zugedreht hat. »Mir geht gerade so viel durch den Kopf, da habe ich wahrscheinlich einfach vergessen, es früher zu erwähnen. Aber du wusstest doch, dass wir Molly irgendwann zu Kayla mitnehmen würden.«

»Gavin«, sage ich und schwinge die Beine zur Seite über die Bettkante, um aufzustehen.

»Mmm«, murmelt er schläfrig.

Mit ausgestreckten Armen durchquere ich wie ein Zombie das Schlafzimmer und taste nach dem Lichtschalter. Ich mache das Licht an.

»Gavin!«, wiederhole ich, dieses Mal jedoch lauter. »Jetzt mal im Ernst! Das ist nicht in Ordnung. Ich verstehe ja, dass ihr gerade die Hölle durchmacht. Aber Molly ist unser Kind! Unseres. Du triffst diese Entscheidungen nicht ohne mich. Können wir darüber bitte sprechen?«

»Charlie, das haben wir gerade getan.« Gavin dreht sich um, wird vom Licht geblendet und kneift die Augen zu.

»Und?«

»Und was?« Gavin reibt sich die Augen.

Verletzt und wütend starre ich meinen Ehemann an.

»Kayla wird bald operiert, und Heather und ich haben gedacht, dass die Mädchen sich treffen sollen, solange sich Kayla noch gut fühlt. Vielleicht am Wochenende«, sagt Gavin. »Ist das für dich in Ordnung?«

»Heather und du. Ihr habt das also gedacht.« Ich stemme die Hände in die Seiten. »Heather. Und. Du. Habt. Gedacht. Oh, na ja, dann ist das natürlich super, nicht wahr? Denn wenn Heather das so denkt, ist es ja scheißegal, was Charlotte denkt, nicht wahr?«

»Charlie, was ist los?«, fragt Gavin und setzt sich auf. »Du weißt doch, dass Molly schon nach Kayla fragt.«

»Was los ist?«, wiederhole ich. »Du fragst *mich*, was los ist?«

Gavin schüttelt den Kopf und sieht mich verwirrt an. Was mich noch mehr auf die Palme bringt, während sich ein dicker Kloß in meinem Hals bildet.

»Ich will, dass du mit *mir* sprichst, Gavin. Das ist los. Sprich mit mir. Bitte. Mit mir!« Ich schlage mir auf die Brust. »*Ich* bin deine Frau. Nicht Heather!«

»Charlie …«, setzt Gavin an, doch er verstummt, ohne etwas zu sagen.

»Ich verstehe ja, wie schrecklich das alles ist. Wirklich«, versichere ich halb weinend, halb entschuldigend. »Wie schrecklich das für Kayla ist. Wie schrecklich das für dich und Heather als Eltern ist. Aber für mich ist das ebenfalls schrecklich.«

»Ich weiß, wie sehr du dich um Kayla sorgst«, ergreift Gavin das Wort. »Und ich weiß auch, wie sehr du sie liebst.«

Mir ist klar, dass er das Gespräch in die falsche Richtung lenken wird, sodass es um Medizin, Operationen und Ängste geht, deswegen unterbreche ich ihn.

»Es ist schrecklich, weil du mich ausschließt. Und ich meine damit nicht Kaylas Behandlung. Mir ist klar, dass diese Entscheidungen allein von dir und Heather getroffen werden. Ich meine damit, dass du mich als deine Ehefrau ausschließt.«

Gavin schüttelt den Kopf. »Es tut mir leid. Das war nie meine Absicht.«

»Seitdem du die Nachricht von Kaylas Krebs erfahren hast, habe ich dich kaum zu Gesicht bekommen. Heute Abend hast du sogar vergessen, dass ich kein Fleisch esse«, stelle ich fest. »Und wenn ich dich dann mal sehe, ist Heather bei dir. Ich kann nicht mit dir reden, wenn sie dabei ist. Um Himmels willen, ich kann dich nicht einmal mehr fragen, ob es dir gut geht!«

»Doch, das kannst du.« Gavin schüttelt den Kopf. »Das kannst du mich immer fragen, Charlie. Immer.«

»Nein. Nein, das kann ich nicht«, entgegne ich. »Ich fühle mich so nicht wohl. Und jetzt wohnt sie auch noch hier. Ich meine, ich verstehe das. Wirklich! Ich freue mich, dass es hilft, wenn Heather hier in Dublin bleibt. Ehrlich, ich möchte helfen. Ich möchte, dass sie nah bei Kayla ist – damit sie sie jederzeit sehen kann. Ich will nur …« Ich halte inne, um Luft zu holen. Gavin starrt mich so intensiv an, dass ich das Gefühl habe, in zwei Hälften zu zerspringen. »Ich … Ich bin einfach überfordert. Ich bin heute Abend hier reingekommen und habe euch beide bei einem romantischen Dinner zu zweit überrascht, meine Güte.«

»Also wirklich, Charlie. Jetzt komm schon.« Gavin wird ganz ernst. »Ich kann nicht fassen, dass du das gerade gesagt hast. Das war das Abendessen überhaupt nicht. Du musst doch verstehen, dass Heather sich über den Job gefreut hat. Sie war so angespannt aufgrund der Geldsituation. Das war ein Geschenk des Himmels. Ich habe mich einfach für sie gefreut, Himmelherrgott!«

Ich hole tief Luft und versuche, mich zu beruhigen. Mir klopft das Herz bis zum Hals, und mir fällt wieder ein, dass ich vergessen habe, etwas zu Abend zu essen. Ich bereue die Gläser Wein jetzt zutiefst, da sich in meinem Kopf alles dreht und ich drohe umzukippen.

»Ich möchte nicht, dass Molly ins Krankenhaus geht«, erkläre ich und verschränke die Arme vor der Brust. »Tut mir leid, aber das will ich nicht.«

»Wie bitte? Warum nicht?« Gavins Blick verdüstert sich vor Enttäuschung.

»Das ist nicht gut für sie. Molly ist noch zu jung, um das alles zu verstehen.«

»Aber ich habe Heather gesagt, dass ich Molly mitbringe«, protestiert Gavin.

»Das hättest du dann vielleicht nicht sagen sollen. Zumindest nicht, ohne das vorher mit mir abzusprechen.«

»Ich spreche es doch jetzt mit dir ab«, knurrt Gavin, der immer wütender wird.

»Und ich sage Nein!«

»Charlotte, sie sind Schwestern.«

»Halbschwestern«, korrigiere ich ihn und hasse mich unweigerlich dafür, dieses Argument angebracht zu haben. Das habe ich noch nie getan.

Gavin schlägt die Bettdecke zurück, steht auf und steht mir nur mit seinen Boxershorts bekleidet gegenüber. »Sie. Sind. Schwestern.«

Ich antworte nicht.

»Kayla ist krank, Charlie, und sie wünscht sich nichts sehnlicher, als ihre kleine Schwester zu sehen.« Gavin schwankt, gebrochen. »Mich interessiert es nicht, ob sie Halbschwestern sind oder nicht oder wessen Gefühle verletzt werden könnten. Ich nehme mein kleines Mädchen mit, damit es seine große Schwester besuchen kann. Sie sind beide meine Töchter.«

»Gavin … Ich …« Ich verstumme. Es gibt nichts mehr zu sagen. Ich wollte nicht, dass das Gespräch diesen Verlauf nimmt. Ich bin wütend auf Gavin und Heather, viel zu besorgt im Hinblick auf Molly und habe zu viel Angst, was Kayla betrifft, um auch nur zu versuchen, das alles im Ansatz zu verstehen.

»Wo gehst du hin?«, frage ich, als Gavin sich einen Jogginganzug überstreift.

»Ich fahre eine Runde«, erwidert Gavin.

»Heathers Auto steht hinter deinem. Du bist zugeparkt.«

»Dann nehme ich dein Auto.« Gavin starrt mich mit blutunterlaufenen Augen an. Sein Blick ist wütend und verquollen vor Schmerz. »Es sei denn, dass ich auch dafür um Erlaubnis bitten muss?«

»Gavin, komm schon«, ermahne ich ihn. »Das ist unfair.«

Gavin schüttelt den Kopf, läuft an mir vorbei, ohne mich noch eines Blickes zu würdigen, und greift nach der Türklinke. Ich weiß, dass er Heather nicht bitten wird, ihr Auto umzuparken, damit er seinen Wagen nehmen kann. So verletzt er auch ist: So sehr würde er mich nicht im Stich lassen. Aber ich bezweifele nicht, dass er stattdessen zu Fuß rausgehen würde. Er ist vollkommen in Schwarz gekleidet, und die Straßen hier in der Stadt sind um diese Uhrzeit herum nicht gerade die sichersten. Er ist jedoch zu wütend und aufgebracht, als dass ich ihm vorschlagen könnte, wieder ins Bett zu kommen – und wenn ich ehrlich bin, bin auch ich zu verärgert und aufgebracht, um ihn um mich zu haben.

»Die Schlüssel liegen auf dem Tischchen im Flur. Fahr vorsichtig«, sage ich. »Es ist schon spät.«

19.

Heather

Der Morgen, an dem Kaylas OP stattfinden soll, scheint sich an mich heranzuschleichen, und nun, da er gekommen ist, kommt es mir vor, als würde er sich um meinen Hals winden und versuchen, mich zu erwürgen. Um vier Uhr in der Frühe stehe ich in der Küche von Gavins schickem, teurem Haus und backe Muffins. Von einer Küche wie dieser kann ich nur träumen. Von einem Haus wie diesem. Einem Leben wie diesem. Die Muffins duften köstlich, doch das Gefühl in meinem Bauch ist entsetzlich. Letzte Woche um diese Zeit war meine größte Sorge, als ich zu dieser behämmerten Uhrzeit wach geworden bin, wie ich meinen Chef am besten um einen freien Tag bitte, um zu einem Konzert von Ariana Grande zu gehen. Vor Monaten schon hatte ich Tickets für Kayla und mich gekauft und sie dann vergessen. Wenn ich mir keine Erinnerung auf dem Handy erstellt hätte, hätte ich das Konzert wahrscheinlich verpasst. Jetzt kann ich an nichts anderes denken, als dass wir es in jedem Fall verpassen, und ich wünschte mir inständig, der einzige Grund dafür sei mein schlechtes Zeitmanagement.

Der Duft von Kokosnuss wabert von einem Schwung Himbeer-Kokosnuss-Muffins herüber, die auf dem Gitterrost neben der Spüle stehen. Außerdem stehen dort noch ein Blech mit Zimt-Apfel-Muffins sowie eines mit ein paar Orangen-Schoko-Muffins. Das sind Kaylas Lieblingsmuffins. Sie liebt Schokolade. Ich starre durch das Glas in der Ofentür, hinter der gerade ein vierter Schwung Muffins backt. Ich bezweifele, dass die Krankenhauscafeteria so viele verkaufen wird. Aber die paar Dutzend Muffins von gestern haben nicht ausgereicht, und die Leiterin der Cafeteria sagte, sie brauche mehr. Dabei hat sie jedoch nicht genau gesagt, wie viel mehr »mehr« ist. Daher habe ich mir die Freiheit genommen, dreimal so viele Muffins zu backen. Wenn die Cafeteria sie nicht verkaufen kann, bringe ich sie nach oben auf Kaylas Station. Die Muffins neulich haben nicht nur die Kinder, sondern auch die Mitarbeiter geliebt. Es ist nicht mit der Leiterin abgesprochen, dass ich zu Hause backe, aber mit Kaylas OP gleich zu Beginn brauche ich diesen Vorsprung.

Der Küchentimer piept, und ich stelle ihn sofort ab, damit oben niemand wach wird. Dann streife ich Charlottes neue Ofenhandschuhe über, die sie ganz bestimmt noch nie benutzt hat, da es fast unmöglich ist, irgendetwas damit anzupacken, und ziehe damit ein Backblech voller goldbrauner Muffins aus dem Ofen. Ich stelle sie neben all den anderen Muffins auf der Küchentheke ab und schalte den Ofen aus. Erschöpft lasse ich mich auf den Boden sinken. Die Kälte der Porzellanfliesen dringt durch meine Jeans, aber ich rühre mich gar nicht. Stattdessen ziehe ich die

Knie an die Brust und mache mir nicht die Mühe, Charlottes Ofenhandschuhe ausziehen, als ich die Arme um die Knie schlinge und mich mit dem Kinn auf den Knien abstütze. Sollte ich heute Nacht noch einschlafen, bin ich ziemlich überzeugt, dass das hier der Ort dafür ist.

Meine Augen sind geschlossen, und ich drifte irgendwo zwischen Zimt, Äpfeln und Schokolade umher, als ich Schritte höre. Mühsam komme ich auf die Beine und tue so, als würde ich etwas sauber machen, als hinter mir die Küchentür geöffnet wird.

»Heather«, flüstert jemand leise.

Als ich mich umdrehe, steht Molly barfuß und mit verquollenen Augen in ihrem *Mein-Kleines-Pony*-Schlafanzug vor mir.

»Hier riecht es lecker«, stellt sie fest.

Ich muss schwer schlucken, als das hübsche kleine Mädchen mit seinen großen blauen Augen zu mir hochschaut. Kayla hat mich mit genau den gleichen Augen angeschaut, als sie noch klein war. Außerdem besitzen Kayla und Molly nicht nur die gleichen Wangenknochen, sondern auch die gleiche Nase. Molly kommt mit ihrem Lächeln jedoch ganz nach ihrer Mutter, ebenso mit ihrem neugierigen Wesen.

»Was machst du da?«, fragt Molly.

»Ich backe«, erwidere ich. »Die Muffins hier verkaufe ich morgen im Krankenhaus.«

»Im Tantenhaus, in dem Kayla schläft?«, fragt Molly und reibt sich die noch müden Augen.

»Ja«, nicke ich.

»Warum schläft Kayla im Tantenhaus?«, fragt Molly.

Ich hole tief Luft und betrachte das kleine Mädchen, das mich so sehr an vergangene Zeiten erinnert. Ich frage mich, was Gavin ihr über Kaylas Krankheit erzählt hat. Oder was Charlotte ihr gegenüber erwähnt hat. Ich weiß nicht, was ich Molly sagen soll.

Ich atme tief aus und lächele dann. »Kayla geht es nicht gut.«

»Hat sie Bauchweh?«

Ich hole tief Luft. Ich hatte schon ganz vergessen, wie simpel das Leben mit vier Jahren sein kann. Es ist schön, sich daran zu erinnern. Hart, aber schön. »Es ist nicht der Bauch, Molly, der ihr wehtut«, erwidere ich. »Kayla hat Probleme mit ihrem Knie.«

»Ist sie hingefallen?«, fragt Molly und reibt sich die Augen.

Ich merke, dass ihre kleinen Beine müde werden. Ich bücke mich und halte lächelnd inne. Molly hebt die Arme und wartet darauf, dass ich sie hochhebe. Ich nehme sie auf den Arm und setze sie auf die Küchentheke.

»Ja, Molly.« Tränen brennen mir in den Augenwinkeln. »Kayla ist hingefallen. In der Schule.«

»Oh nein!«, ruft Molly und reißt die Augen sorgenvoll auf. »Musste sie weinen? Ich weine immer, wenn ich hinfalle.«

Ich hole tief Luft und habe Mühe, mich zusammenzureißen.

»Ich weiß, dass du Kayla schon für erwachsen hältst«, antworte ich. »Aber im Grunde ist sie auch noch ein Kind – so wie du.«

Molly schüttelt den Kopf und lacht.

»Doch, ist sie«, nicke ich nachdrücklich. Voller Angst, erklären zu müssen. »Sie ist immer noch ein Kind. Und manchmal fallen Kinder eben oder werden krank, und dann machen sich die Erwachsenen schreckliche Sorgen um die Kinder.«

»Machst du dir Sorgen um Kayla?«, fragt Molly, und ich frage mich unweigerlich, ob sie die Frage wirklich verstanden hat.

»Mir gefällt es gar nicht, dass sie krank ist, Molly«, versuche ich ihr so gut es geht zu erklären.

»Muss sie Fiebersaft trinken?« Molly deutet auf den Schrank über dem Kühlschrank. »Mummy gibt mir immer Fiebersaft, wenn ich krank bin. Der ist lecker.«

»Das ist eine gute Idee, Molly«, lächele ich. »Aber ich glaube, dass ihr dieses Mal der Fiebersaft nicht helfen kann. Die Ärzte haben andere Medizin für Kayla.«

Molly nickt.

»Verstehst du das, Molly?«, frage ich.

»Ja«, nickt Molly erneut und lächelt zufrieden. »Kann ich jetzt einen Muffin essen?«

»Um diese Uhrzeit am frühen Morgen sicherlich nicht«, stellt Charlotte streng fest.

Ich zucke zusammen. Ich habe gar nicht gehört, dass Charlotte hinter uns in die Küche gekommen ist. Wie lange sie da wohl schon steht? Seit wann hört sie Mollys Fragen und meinen Antwortbemühungen zu?

»Molly Doran, was meinst du, wo du um diese Uhrzeit sein solltest?«, fragt Charlotte.

»Im Bett«, flüstert Molly.

»Genau! Im Bett!«, wiederholt Charlotte, die Hände streng in die Seiten gestemmt. »Komm schon. Aber zackig, bitte sehr!«

Mollys Augen werden ganz dunkel, und ich bin sicher, dass sie jeden Moment losweint. Schnell lege ich meine Hände an ihre Hüften, nicke ihr kurz zu, damit sie bereit ist, und hebe sie von der Küchentheke herunter.

»Deine Mama hat recht, Molly«, sagte ich. »Es ist ein wenig spät für einen Muffin, aber wie wäre es, wenn du stattdessen morgen früh einen mit in die Schule nimmst?«

»Wirklich?« Mollys Augen leuchten auf.

»Wenn deine Mum das erlaubt.« Ich schaue zu Charlotte hinüber, da ich mir bewusst bin, dass ich mich hier auf sehr dünnes Eis begebe.

»Leider verfolgt die Schule eine sehr strikte Politik, was gesundes Essen anbelangt«, erklärt Charlotte streng. Die Erklärung ist eindeutig an mich und nicht an Molly gerichtet. »Außer an Freitagen sind keine Süßigkeiten erlaubt.«

»Oh.« Ich schlucke und erinnere mich wieder.

Molly seufzt und schleppt sich lustlos zur Küchentür.

»Aber …« Charlotte atmet laut aus. »Vielleicht gehst du morgen gar nicht zur Schule.«

Molly wirbelt herum, mit einem Schlag wach und voller Aufregung.

»Okay, junge Dame«, fährt Charlotte fort. »Das reicht jetzt an Aufregung für diese Nacht. Wir reden morgen früh darüber.«

»Aber ich muss nicht in die Schule gehen?« Molly hüpft auf der Stelle auf und ab.

»Nein.« Charlotte schüttelt den Kopf.

»Kann ich dann einen Muffin essen?« Molly grinst.

»Ja«, erwidert Charlotte lächelnd.

»Und kann ich Kayla sehen?«, fährt Molly fort.

Mir klopft das Herz bis zum Hals.

»Molly!«, ermahnt Charlotte jetzt wieder ernst und streng. »Jetzt ist Schlafenszeit! Ich habe gesagt, wir reden morgen früh darüber. Nicht heute Nacht. Morgen früh.«

»Also *darf* ich Kayla sehen?« Zusätzlich zu ihrem Hüpfen nickt Molly jetzt auch noch mit dem Kopf.

»Molly! Ab ins Bett!« Charlotte seufzt.

»Aber ich habe Angst allein«, sagt Molly sehr leise.

»Okay«, erwidert Charlotte. »Geh rauf und leg dich zu Daddy ins Bett. Er schläft, also pass bitte auf, dass du ihn nicht aufweckst. Ich komme gleich nach.«

»Okay«, erwidert Molly wieder munter, als hätte jemand bei ihr einen Schalter für gute Laune umgelegt.

Ich hole tief Luft, als Charlotte und ich Molly dabei zusehen, wie sie die Küche verlässt und dabei versäumt, die Tür hinter sich zu schließen.

»Daddy«, ruft Molly laut, als sie oben ankommt. »Daddy, ich komme. Daddy!«

Ich unterdrücke ein Lachen angesichts von Mollys Fähigkeit, Charlottes Anweisung, leise zu sein, so vollkommen misszuverstehen. Ich warte nun meinerseits darauf, dass Charlotte sich zu mir umdreht und mir zu der ganzen Muffinsache deutlich ihre Meinung sagt.

Charlotte wartet, bis wir oben Stimmen hören, schließt dann die Küchentür und dreht sich zu mir um. Wortlos mustert sie mich von Kopf bis Fuß und geht zum Küchentisch.

»Tut mir leid«, entschuldige ich mich. »Ich hatte die strikte Lebensmittelpolitik der Schule ganz vergessen. Ich hätte sonst niemals ...« Ich verstumme, weil ich bezweifele, dass Charlotte mir überhaupt zuhört.

Charlotte zieht einen Stuhl vom Tisch zurück und schafft es, kein einziges Geräusch dabei zu machen. Sie setzt sich hin.

Lange herrscht beharrliches Schweigen zwischen uns, und ich frage mich schon, ob ich die Muffins einpacken soll, damit ich ihre Küche aufräumen kann, oder ob ich mich zu ihr an den Tisch setzen oder mich vielleicht doch lieber komplett aus der Küche verziehen soll.

»Kann ich jetzt einen Muffin haben oder nicht?«, fragt Charlotte schließlich.

»Einen Muffin«, keuche ich und hasse mich dafür, wie erschrocken ich klinge.

»Gibt es welche mit Zimt? Ich rieche doch Zimt, oder?«, Charlotte reckt den Hals und schnuppert.

»Ja. Ja, klar. Apfel-Zimt, genauer gesagt.«

»Isst du auch einen?«, fragt Charlotte. »Ich will hier nicht wie so ein Trampel dasitzen und allein einen Muffin futtern.«

»Ähm, ja. Normalerweise esse ich nichts, wenn ich backe. Ich habe immer Angst, dass ich mich nicht mehr bremsen kann, wenn ich einmal angefangen habe. Aber klar. Warum nicht? Soll ich auch Wasser kochen? Für einen Kaffee?«

»Ja.« Charlotte nickt. »Aber für mich bitte einen Tee. Wenn ich jetzt einen Kaffee trinke, bekomme ich gleich kein Auge mehr zu.«

»Alles klar«, lächele ich. »Also Tee und Muffins um 4 Uhr in der Frühe.«

Wieder breitet sich Stille aus. Es ist unbehaglich, aber zu ertragen. Der Wasserkocher rappelt und blubbert, als das Wasser allmählich zu kochen beginnt, während ich einen immer noch heißen Apfel-Zimt-Muffin auf einen Teller sowie einen Himbeer-Kokosnuss-Muffin auf einen zweiten Teller lege. Ich öffne die Schublade neben dem Herd und hole ein paar Messer heraus. Dann mache ich sowohl einen Tee als auch einen Kaffee, schüttele den Kopf und frage mich, was zum Teufel ich hier bloß mache. Charlotte schaut nicht zu mir rüber, obwohl ich die Kontrolle über ihre Küche übernommen habe. Hinter dem Messerblock habe ich ein Tablett gefunden, auf das ich alles stelle und das ich zum Tisch hinübertrage.

»Muffins.« Ich schlucke und setzte das Tablett mitten auf den Tisch.

Als ich nach ihrer Tasse Tee greife, schaut mich Charlotte endlich an.

»Setz dich, Heather«, sagt sie, und ich frage mich, ob es wohl absichtlich wie ein Befehl klingt.

Ich setze mich.

Charlotte verteilt alles. Kaffee und Muffin für mich. Tee und Muffin für sie. Die Muffins unterscheidet sie sogar richtig. Und dann setzt sie sich, beobachtet mich und verschränkt die Arme. *Gott, das ist schrecklich!* Ich bin froh, dass Molly Gavin geweckt hat; ich hoffe, er kommt gleich die Treppe herunter, um mich zu retten.

»So, wie läuft denn das Geschäft mit dem Backen?«

»Ganz gut, danke.« Ich nicke begeistert. »Neulich hatten sie nicht genug Muffins, also habe ich noch mehr gebacken.«

»Das sehe ich«, erwidert Charlotte und schaut über die Schulter zurück auf die Küchentheke, die mit Blechen voller Muffins übersät ist, die gerade abkühlen.

»Möglicherweise habe ich es ein wenig übertrieben«, gebe ich zu.

»Hmmm.« Charlotte lächelt mich verständnisvoll an, und wenn da nicht dieser Ausdruck in ihren Augen gewesen wäre, der sagt: *Ich wünschte, du würdest dich hier vom Acker machen*, hätte ich mich vielleicht sogar entspannt.

Wieder breitet sich Stille aus, die jedoch von Gavins tiefer Stimme und Mollys fröhlichem Gekicher durchbrochen wird, die gedämpft durch die Holzdielen über uns dringen.

»Molly wird also nicht zur Schule gehen?«, frage ich und schneide meinen Muffin durch.

»Nein«, erwidert Charlotte steif.

Ich stopfe mir ein Stück Muffin in den Mund und wundere mich, warum ich die Einzige bin, die hier isst, da dieses ganze Muffins-mitten-in-der-Nacht-Gelage ja eigentlich Charlottes Idee war.

»Die Schule hat heute angerufen«, erklärt Charlotte und hebt die Tasse an die Lippen.

»Mollys Schule?«, frage ich und merke, dass die Muffins einen Hauch zu trocken sind, da sie mir an den Zähnen hängen bleiben.

»Hm-hmmm.« Charlotte trinkt einen Schluck Tee. »Offenbar hat ein Junge aus ihrer Klasse sie wegen Kayla aufgezogen.«

»Wegen Kayla«, wiederhole ich ungläubig.

»Ja.« Charlotte nickt. »Dieses Kind ist im besten Fall noch als Rotzlöffel zu bezeichnen. Der Junge hat Molly schon mit Legosteinen beworfen und sie geschubst, aber das hier ist ein neuer Tiefpunkt.«

»Was hat er gesagt?«, erkundige ich mich.

Charlotte setzt die Tasse ab, und mir entgehen die Tränen in ihren Augen nicht. »Nichts. Nichts Besonderes. Er ist eben einfach ein gemeiner Kerl. Und wenn er merkt, dass er Molly damit treffen kann, wird er es gegen sie verwenden.«

Ich weiß genau, dass Charlotte lügt. Es ist sogar die gleiche Art von Lüge, die ich Kayla neulich aufgetischt habe, als sie mich gefragt hat, ob alles wieder in Ordnung käme, und ich mit einem eindeutigen *Ja* geantwortet habe.

»Du hast Bedenken, dass Molly den Unsinn dieses kleinen Jungen glauben könnte, wenn sie Kayla besucht?«, wird mir mit einem Mal klar.

Charlotte nickt.

Ich nicke ebenfalls. Ich starre auf den Muffin auf meinem Teller. Bei dem Gedanken an einen weiteren Bissen davon wird mir schlecht.

»Weiß Molly Bescheid?«, frage ich. »Darüber, wie krank Kayla wirklich ist?«

»Sie ist vier«, entgegnet Charlotte.

»Aber sie weiß, dass Kayla im Krankenhaus ist«, widerspreche ich ihr. »Das hat sie mir gesagt. Gerade eben.«

»Sie weiß nicht einmal, was ein Krankenhaus genau ist.« Charlotte schneidet ihren Muffin durch, wobei ihr Messer mit einem frustrierten Quietschen über den Teller kratzt.

Eiskalt läuft es mir den Rücken hinunter.

»Kayla fragt immer wieder nach ihr«, stelle ich fest.

Charlotte nickt. »Ich weiß.«

»Gavin hat es dir erzählt.«

»Ja, das hat er.«

»Und?«

Charlotte zuckt mit den Schultern. »Wenn du an meiner Stelle wärst: Was würdest du dann tun?«, fragt sie mich. »Was würdest du machen?«

Ich nehme meine Kaffeetasse, und der warme, vertraute Duft tröstet mich. »Ganz ehrlich?«, frage ich, bevor ich einen großen Schluck trinke. »Ich habe keine Ahnung.«

Charlotte seufzt.

»Aber«, fahre ich fort, setze die Tasse ab und schiebe mir ein weiteres großes Muffinstück in den Mund, bei dem mir bewusst wird, dass ich zum ersten Mal seit heute Morgen etwas esse. »Wir denken wie Erwachsene darüber nach. Wie Mütter eben. Und wir versuchen eben beide nur, unser Kind so gut wie möglich zu schützen.«

»Ja, genau.« Charlottes Blick wird sanfter. »Das tun wir.«

»Kayla und Molly sind beide noch Kinder«, fahre ich fort. »Kinder, die einander sehen wollen. Wahrscheinlich würden wir anders denken, wenn wir die Sache von ihrer Seite aus betrachten würden.«

»Ja«, nickt Charlotte und isst zum ersten Mal ein Stückchen von ihrem Muffin. »Das hat Gavin auch gesagt. Die beiden sind Schwestern.«

»Das sind sie«, nicke ich.

»Oh. Mein. Gott«, schwärmt Charlotte plötzlich. Sie hat den Muffin probiert und macht nun große Augen. »Der ist köstlich! Der schmeckt wirklich fantastisch!«

»Vielen Dank!«, lächele ich.

Charlotte beißt ein weiteres Mal ab. Und noch einmal.

»Molly geht morgen nicht zur Schule.« Charlotte kaut und zuckt mit den Schultern. »Sie wird ihre Schwester nach der OP besuchen.«

»Vielen Dank. Mir ist klar, dass das nicht einfach für dich ist, Charlotte, aber ich möchte ...«, fange ich an, doch Charlotte schüttelt den Kopf, woraufhin ich verstumme.

»Hier geht es um Kayla und Molly«, erklärt Charlotte und verputzt die letzten Krümel des Muffins. »Um zwei Schwestern. Das ist alles. Ich tue das nicht für Gavin. Oder für dich. Nicht mal für mich. Allein für die Mädchen.«

»So sollte es sein«, erwidere ich und blicke auf Charlottes leeren Teller. »Möchtest du noch einen Muffin?«

»Ja«, nickt Charlotte. »Ja, bitte.«

20.

Charlotte

Ich öffne die Tür und drücke auf den Knopf an Mollys Kindersitz.

»Das kann sie schon allein«, stellt Gavin fest. »Nicht wahr, Molly?«

»Ja-ha.« Molly grinst stolz.

»Tatsächlich?«, frage ich und wundere mich, wie Gavin es nur für eine gute Idee halten kann, Molly beizubringen, wie sie sich selbst abschnallt. Was, wenn sie es einmal während der Fahrt macht?

»Ich glaube nicht, dass Mummy weiß, wie groß du schon bist, Molly«, erklärt Gavin.

Mir dreht sich der Magen um. Mir ist klar, dass Gavin nur versucht, die Stimmung aufzuheitern, doch Molly ist kaum mehr als ein Baby. *Mein Baby.* Just als ich Molly aus dem Auto hebe, klingelt Gavins Handy.

»Wir mussten auf dem Ausweichparkplatz parken. Wo ist Kayla?«, fragt Gavin. »Okay. Wir sind in einer Minute da.«

»Wo sind sie?«, frage ich, während meine Handflächen

schwitzig werden. »Molly, lauf nicht weg. Die Autos setzen hier rückwärts raus. Du musst aufpassen!«

Molly verzieht das Gesicht. »Ich habe nur geguckt, wo das Tantenhaus ist«, erklärt sie, die Hände in die Seiten gestemmt.

»Kayla ist schon wieder zurück auf ihrer Station. Ihr geht es gut«, erklärt Gavin.

»Gott sei Dank.« Erleichtert atme ich auf, als mir bewusst wird, dass ich die Luft angehalten habe. »Dann lass uns zu ihr gehen.«

Ich nehme Mollys Hand, und sie hüpft fröhlich weiter.

»Klick-klack. Klick-klack«, ruft sie und imitiert den Klang meiner Absätze auf dem Boden.

»Molly, bitte hör damit auf«, ermahne ich sie. »Ich kann sonst keinen klaren Gedanken fassen!«

»Klick-klack. Klick-klack«, flüstert Molly. »Klick-klack. Klick-klack.«

»Molly, jetzt reicht es aber!«, blaffe ich, da mir der Kopf dröhnt. »Ich habe gesagt, du sollst damit aufhören!«

Molly kommen die Tränen, und ihre Unterlippe zittert. Ich fühle mich schrecklich.

»Tut mir leid, Süße«, entschuldige ich mich und bleibe stehen, damit ich mich zu ihr hinunterbeugen und sie drücken kann. »Ich wollte dich nicht anmeckern. Du musst nur heute ein braves Mädchen sein, ja? Okay?«

»Ich bin ein braves Mädchen«, erklärt Molly.

»Ja. Stimmt, das bist du«, sagt Gavin und legt mir seine Hand auf den Rücken. Ich spüre, dass er zittert. »Du bist ein richtig braves Mädchen, Molly.«

Ich richte mich auf und schaue kurz weg, um durchzuatmen. Ich will nicht, dass Gavin mitbekommt, wie sehr ich durch den Wind bin. Er hat selbst genug durchzumachen. Ich muss stark bleiben.

»Komm schon, Charlie. Alles ist gut«, sagt er und streicht mir über den Rücken. »Molly versteht das noch nicht.«

»Ich weiß, ich weiß.« Ich nicke und hasse dieses Gefühl. Ich habe einfach kein Recht, meine Angst und Sorgen an Molly auszulassen – insbesondere, wenn sie diejenige ist, um die ich mich sorge. »Tut mir leid, Molly.«

Der Ausweichparkplatz ist unglaublich weit vom Hauptgebäude entfernt, und ich bin sicher, dass Mollys Beine schon müde werden. Gavin hat bestimmt den gleichen Gedanken, denn genau, als ich mich zu ihr hinunterbücken will, um sie zu tragen, schlingt er die Arme um sie, hebt sie hoch und küsst sie auf die Wange.

»Gleich sind wir da«, sagt er.

»Ich habe Hunger«, klagt Molly.

»Ich weiß.« Gavin seufzt. »Ich auch. Wir gehen etwas zu Mittag essen, nachdem wir mit dem Arzt gesprochen haben, abgemacht?«

»Ich verstehe immer noch nicht, warum sie seit Mitternacht nichts mehr essen durfte.« Ich habe Mühe, meine Verärgerung vor Molly zu verbergen. »Das ist doch verrückt, von einem so kleinen Kind zu erwarten, das zu verstehen. Man hätte uns besser einen Termin am Morgen gegeben.«

»So, da sind wir«, stellt Gavin fest. »Du bist so weit, Molly, nicht wahr?«

»Ja«, nickt Molly nachdrücklich, und mir wird das Herz schwer, zu wissen, dass sie in Wahrheit keine Ahnung hat, was passiert.

»Du wirst heute ein großes, braves Mädchen sein, nicht wahr?« Gavin schluckt schwer, und ich sehe ihm an, wie sehr er mit sich zu kämpfen hat. Ich kann mir nur ansatzweise vorstellen, wie schwer es für ihn sein muss.

Molly legt ihre rundlichen Arme um Gavin und streichelt ihm über die Schultern, wie sie es mich unzählige Male hat tun sehen. »So. Jetzt besser?«, sagt sie und zitiert meine Worte.

»Ach, Molly«, flüstert Gavin und hat Mühe, Worte zu finden. »Was würde ich nur ohne dich tun?«

»Daddy, drück mich nicht so feste. Du kratzt!«, protestiert Molly und deutet auf Gavins Wollpullover. Und zum ersten Mal seit einer ganzen Weile höre ich Gavin lachen.

»Komm schon, Charlie. Wir schaffen das«, muntert mich Gavin auf und legt einen Arm um meine Schultern, während er Molly auf dem anderen Arm trägt. »Wir müssen nur zusammenhalten.«

»Genau, Daddy«, stellt Molly fest. »Zusammenhalten.«

Wieder lacht Gavin. Dieses Mal sogar laut. Und ich lache auch. Doch Molly schüttelt nur den Kopf und verzieht völlig unbeeindruckt das Gesicht.

Gavin setzt Molly ab, als wir den Haupteingang erreichen. Mit einem Mal scheint unser kleines Mädchen alle Energiereserven wieder aufgeladen zu haben, als es mit neugierigem Blick das große alte Gebäude inspiziert.

»Das ist ja hier größer als meine Schule«, verkündet sie.

»Und Zaubertüren gibt es hier auch. Wie in den Läden.«

»Zaubertüren?«, fragt Gavin verwirrt.

»Automatische Türen«, erwidere ich schnell. »Erinnerst du dich noch daran, dass Molly Angst vor den Türen im Supermarkt hatte?«

»Weil sie mich fressen könnten«, fügt Molly hinzu, tastet nach meiner Hand und ist plötzlich gar nicht mehr so begeistert über das große Gebäude.

»Die Türen wollen dich doch nicht fressen«, beruhige ich sie. »Zaubertüren sind nichts Schlimmes. Die öffnen sich nur von allein, damit wir hineingehen können.«

»Weil es Zaubertüren sind«, wiederholt Molly, und ich bin nicht sicher, ob sie es Gavin erklärt oder es sich selbst in Erinnerung ruft.

»Ah, verstehe.« Gavin nickt. »Zaubertüren also. Soll ich als Erster durchgehen?«

Molly nickt und drückt fest meine Hand, als wir Gavin folgen.

»Hier stinkt's«, ruft sie und rümpft die Nase. Der scharfe Geruch von Desinfektionsmitteln schlägt uns entgegen, sobald wir das Innere des Krankenhauses betreten. »Das Tantenhaus stinkt eklig.«

»Molly, pssst!«, ermahne ich sie, als Gavin uns zum Empfang führt. »Nicht unhöflich werden!«

Wir laufen an einer völlig überfüllten Wartezone vorbei, in der Kinder und ihre Eltern vor der Notaufnahme warten. Viele Teenager gibt es hier nicht. Mir fällt lediglich ein Junge etwa in Kaylas Alter auf, der sich auf einem Stuhl fläzt. Er scrollt auf seinem Handy, während er ein blutiges

Tuch an seinen Ellbogen presst. Ich nehme an, der Schnitt ist tief. Wahrscheinlich muss das arme Kind genäht werden. Danach jedoch wird es ihm gut gehen. Ich kann mich kaum von seinem Anblick losreißen und wünschte, Kayla wäre in seiner Lage. Ich wünschte, Kayla hätte bloß eine schlimme Sportverletzung, sodass sie eines Tages wieder so gut wie neu wäre.

»Mummy, sieh mal!«, ruft Molly und deutet auf den Teenager. »Der ist ja ganz blutig!«

»Molly, hör auf damit! Es ist unhöflich, mit dem Finger auf andere Leute zu zeigen!«, schimpfe ich und hoffe, der Junge hat nichts mitbekommen.

»Aber guck doch mal!« Molly zupft mir am Ärmel. »Sein Arm ist ganz blutig! Er wird sterben.«

»Molly, er wird nicht sterben«, flüstere ich, nehme sie an die Hand und gehe mit ihr zur Seite. »Viele Leute kommen ins Krankenhaus, damit es ihnen bald wieder besser geht.« Ich zwinge mich zu einem beruhigenden Lächeln.

»Wie Kayla«, nickt Molly.

Mir stockt der Atem, und ich ringe für einen Moment um Fassung, bevor ich ihr antworten kann. »Ja«, nicke ich, nehme Molly in den Arm und spüre die Wärme ihres kleinen Körpers an mir. »Wie Kayla. Hier arbeiten ganz, ganz viele Ärzte und Krankenschwestern. Sie haben die Aufgabe, Kayla zu helfen. Sieh mal, dort ist ein Arzt. Der sieht aus, als ob er sehr hilfsbereit ist, findest du nicht?«

Ich deute auf einen Arzt, der einen weißen Kittel trägt.

»Es ist unhöflich, mit dem Finger auf Leute zu zeigen!«, erinnert mich Molly.

»Ach, Molly!«

»Warum trägt er denn einen Schlafanzug?«, fragt Molly weiter und kneift die Augen zusammen, um besser sehen zu können. »Ich mag den blauen Schlafanzug, aber meinen Einhorn-Schlafi mag ich lieber.«

Mollys Arglosigkeit heitert mich auf. »Komm«, sage ich und führe Molly zur Rezeption zurück. »Lass uns mal nachschauen, ob Daddy schon fertig ist.«

»Sag denen, dass Kayla meine Schwester ist«, ruft Molly und hüpft auf und ab, um die Empfangsdame hinter der hohen Theke zu sehen.

»Molly, pssst!« Ich hebe den Zeigefinger an die Lippe. »Daddy unterhält sich!«

»Wir gehen also einfach durch die Türen dort?« Gavin deutet auf die Türen.

»Man zeigt nicht mit dem Finger«, beschwert sich Molly, die immer noch auf und ab hüpft.

»Molly, bitte!«, ermahne ich sie und lege ihr meine Hand auf die Schulter, damit sie still stehen bleibt. »Das ist wichtig.«

»Ja. Und danach links runter. Dann befinden sich die Aufzüge auf der rechten Seite«, erklärt die Empfangsdame; ihre Richtungsbeschreibungen lasse ich über mich ergehen, ohne dass sie für mich einen Sinn ergeben. »Dort wird jemand auf Sie warten und Sie durch die Untersuchung begleiten.«

»Vielen Dank«, sagt Gavin.

»Bye, Süße«, sagt die Dame und winkt Molly zu. »Du bist ein wirklich tapferes Mädchen.«

»Ich kann es kaum abwarten, Kayla zu sehen«, stellt Molly fest. »Dann erzähle ich ihr, wie ich *Twinkle Twinkle* ohne Fehler auf dem Tavier gelernt hab.«

»Das ist toll, Molly«, erwidert Gavin und schaut nach oben, wo er über unseren Köpfen Schilder liest, während wir unseren Weg suchen. »Ich bin sicher, dass sich Kayla über all die Neuigkeiten freuen wird. Aber zuerst müssen wir mit dem Arzt sprechen, erinnerst du dich daran?«

»Den Doktor, der einen Schlafanzug anhat«, kichert Molly.

»So, da sind wir«, erklärt Gavin und drückt an einer großen Doppeltür auf eine Klingel. »Dahinter muss es sein.«

»Das ist ja doof.« Molly schüttelt den Kopf. »Türklingeln sind draußen, nicht drinnen!«

»Hallo?«, ertönt eine Stimme über die Gegensprechanlage.

»Hallo! Mein Name ist Gavin Doran. Ich bin mit meiner Tochter Molly hier.«

Es summt, und Molly muss lachen, als sich die Türen öffnen. »Zaubertüren«, quietscht sie aufgeregt, und erneut wird mir das Herz ganz schwer, als ich mir wünsche, es würde wirklich so etwas wie Zauber und Magie geben.

21.

Heather

In den Händen halte ich einen Pappbecher mit Kaffee, während ich auf den unbequemen Stühlen vor Kaylas Zimmer sitze. Ich habe keine Ahnung, wie ich an den Kaffee in meinen Händen gekommen bin oder ob ich davon getrunken habe. Mittlerweile ist er kalt, und ich sollte ihn eigentlich in den Müll werfen, aber ich bezweifele, dass meine Beine mich tragen würden, sollte ich jetzt aufstehen.

»Hey«, ertönt eine männliche Stimme über mir.

Ich schaue auf und lächele. »Dr. Patterson.«

»Darf ich mich zu Ihnen setzen?«, fragt er und deutet auf den leeren Stuhl neben mir.

Ich nicke. »Ja, klar.«

Der Metallstuhl quietscht und ächzt, als er sich hinsetzt. Dr. Patterson sieht genauso erschöpft aus, wie ich mich fühle.

»Wenn ich Sie wäre, würde ich dieses Zeug nicht trinken«, sagt er. »Ich habe gesehen, wie diese Maschinen gereinigt werden. Das war nicht schön.«

Ich hebe den Kaffeebecher hoch und neige ihn in seine Richtung. »Das hier?«, frage ich. »Ich glaube nicht, dass ich den Kaffee überhaupt probiert habe. Ich kann mich nicht einmal daran erinnern, wie ich überhaupt daran gekommen bin. Vielleicht hat ihn mir jemand besorgt.«

Dr. Patterson nimmt mir den Becher aus den zitternden Händen und wirft ihn in den Mülleimer neben sich. »So, dann wollen wir Ihnen mal etwas zu essen und einen anständigen Kaffee besorgen, bevor ich nachher noch zwei Patienten zu betreuen habe.«

»Ich … Ich …«

Er wirft mir einen so lieben, verständnisvollen Blick zu, dass ich mir inständig wünschte, ich könnte mit ihm tatsächlich einen Kaffee trinken gehen.

»Ich kann Kayla nicht allein lassen«, entgegne ich.

Dr. Pattersons Blick wandert zu Kaylas Zimmertür. Sie ist geschlossen, doch Mollys aufgeregtes Gekicher dringt immer wieder nach draußen.

»Waren das Kaylas Dad und ihre kleine Schwester, die eben zu ihr reingegangen sind?«, fragt er.

»Ja. Molly. Sie ist ein echter Schatz.«

»Ah, das dachte ich mir. Ich konnte Gavins Gesicht nicht sehen, aber ein sehr aufgeregtes kleines Mädchen mit Kaylas Augen hat einen Mann an der Hand hinter sich hergezogen und darauf bestanden, dass er sich beeilt. Da habe ich dann eins und eins zusammengezählt.«

»Oh ja.« Ich grinse. »Das klingt sehr nach Molly.«

»Kayla freut sich sicherlich über den Besuch«, erwidert Dr. Patterson.

Ich nicke. »Das tut sie.«

»Und Sie sitzen jetzt hier draußen, um allen da drinnen ein wenig Zeit für sich zu lassen?«, fragt er, doch mir ist klar, dass ich darauf gar nicht antworten muss.

»Mollys Mutter ist auch hier«, erkläre ich. »Charlotte.«

»Oh.« Sofort frage ich mich, ob Charlotte überhaupt hier auf die Station darf oder ob dies nur den direkten, allernächsten Familienmitgliedern erlaubt ist. Auf die Idee bin ich bislang gar nicht gekommen.

»Kayla und Charlotte – kommen die beiden, ähm, miteinander …« Er rutscht auf seinem Sitz herum, und ich kann nicht genau sagen, ob der Metallsitz unter ihm unbequem ist oder ob es vielmehr daran liegt, was er sagen will.

»Sie kommen prima miteinander klar«, unterbreche ich ihn und hoffe, dass ich seiner Frage korrekt vorausgegriffen habe. Doch sein Gesichtsausdruck verrät mir sofort, dass ich ihn aus seiner misslichen Lage befreit habe. »Charlotte ist ein Teil von Kaylas Leben, seit sie drei Jahre alt ist. Ich bezweifele, dass sich Kayla überhaupt an eine Zeit vor Charlotte erinnern kann. Die beiden sind sich sehr nahe.«

»Das ist schön«, erwidert Dr. Patterson.

»Das stimmt.« Trotz meiner jahrelangen Eifersucht bin ich heilfroh, dass Kayla und Charlotte so gut miteinander auskommen. Kayla kann sich glücklich schätzen, eine Stiefmutter zu haben, die enttäuscht ist, wenn Kayla am Wochenende nicht vorbeikommt, statt irgendeine Tussi zu haben, die eine Stieftochter im Teenageralter hasst.

»Eigentlich wollte ich kurz zu Kayla reingehen und nach ihr sehen, aber dann ist es jetzt das Beste, sie ihre Familienzeit genießen zu lassen«, stellt Dr. Patterson fest. »Ich schaue in etwa einer halben Stunde noch einmal vorbei.«

»Okay.«

»Darf ich Sie in der Zwischenzeit bitte auf einen Kaffee einladen? Sie sind geradezu beängstigend blass.«

»Oh«, erwidere ich überrascht.

»Entschuldigung. Entschuldigung«, fährt er fort. »Berufskrankheit. Ich neige dazu, anhand des Hauttons Rückschlüsse auf das Wohlbefinden der Menschen zu ziehen. Blass, kreidebleich, errötet, gelblich, die Liste könnte ich endlos fortsetzen. Ich habe weitere, wenig schmeichelhafte und nicht gerade hilfreiche Methoden, mir den Mund zu verbrennen, wenn ich doch eigentlich nur sagen will: *Ich mache mir ein wenig Sorgen um Sie.*«

»Sie sorgen sich um mich?«, frage ich und werfe einen Blick auf Kaylas Zimmertür.

»Es passiert schließlich nicht jeden Tag, dass das eigene Kind einer größeren OP unterzogen wird, Heather«, stellt Dr. Patterson fest. »Kayla benötigt Zeit, um sich davon zu erholen. Sie aber auch.«

»Es war wirklich beängstigend.« Ich schlucke. »Die ganzen Stunden, die sie im OP war. Und ich konnte nur hier sitzen. Und abwarten.«

»Hier zu sitzen und zu warten, bereit zu sein, um Kaylas Hand zu halten, wenn sie aufwacht, war unheimlich wichtig«, fährt er fort. »Nachdem sie aufgewacht ist, hat sie als Erstes nach Ihnen gefragt.«

»Aber warum komme ich mir dann so nutzlos vor?«

»Der erste Mensch zu sein, den Kayla am liebsten auf der ganzen Welt sehen will, ist eine größere Hilfe, als Sie sich vorstellen können. Wenn der Kampf zu schwer für Kayla wird, werden Sie für Ihre Tochter kämpfen und dafür sorgen, dass sie weiterkämpft. Sie haben die wichtigste Aufgabe, die es nur geben kann, Heather. Ihre Aufgabe ist es, Mutter zu sein.«

Ich schüttele den Kopf und konzentriere mich darauf, dass meine Stimme nicht bebt. »Ich hätte nicht gedacht, dass das so schwer sein würde.«

»Niemand würde das je für möglich halten. Aber es bedeutet nicht, dass Sie Ihre Aufgabe nicht hervorragend erledigen.«

»Gestern bin ich die ganze Nacht aufgeblieben und habe Muffins gebacken«, erkläre ich, obwohl ich gar nicht weiß, warum ich das sage.

Er erwidert meinen Blick, sagt aber keinen Ton.

»Ich habe rund achtzig Stück gebacken.« Ich schüttele den Kopf.

»Heather, das tut mir schrecklich leid. Ich hatte keine Ahnung, dass die Cafeteria Sie so unter Druck setzen würde, solche Mengen zu backen. Haben Sie dort nicht gesagt, dass Kayla heute operiert wurde? Ich rede mal mit denen.«

»Nein, nein!« Ich schüttele den Kopf. »Das lag nicht an der Cafeteria. Ich bin völlig durchgedreht. Ich habe ein Mehlpaket nach dem anderen geleert, gesiebt, mit dem Rührbesen geschlagen und … und …«

»Heather, Sie wissen schon, dass, wenn es nicht die Muffins wären, es etwas anderes wäre, oder? Ich erlebe hier immer wieder, wie Eltern anfangen zu stricken. Diese übercoolen Mütter mit Pfennigabsätzen und ihren Designerhandtaschen, aus denen dann dicke bunte Wollknäuel herausschauen.«

»Stricken?« Ich muss grinsen.

»Yep. Oder nähen, wenn Sie Wolle nicht mögen. Malen, Töpfern, Korbflechten.«

»Korbflechten? Im Ernst?«

»Man sollte nie etwas schon schlechtmachen, bevor man es nicht ausprobiert hat.« Er grinst.

»Haha, nein.« Ich entspanne mich ein wenig. »Vielen Dank. Da bleibe ich lieber bei meinen Muffins.«

»Mir ist wichtig, dass Sie nicht so hart zu sich selbst sind. Es ist nur eine Ablenkung. Und bei Ihnen auch noch eine äußert köstliche obendrein. Ich habe heute Morgen einen Ihrer Himbeer-Muffins mit diesen weißen Flocken gegessen.«

»Kokosnuss«, erkläre ich.

Er mustert mich ein wenig unsicher.

»Die weißen Flocken. Das sind Kokosnussraspeln.«

»Ah. Ja. Also Kokosnuss. Die waren jedenfalls sehr lecker. Unter den Angestellten gelten Sie jetzt schon als legendär. Bis jetzt konnte man das Gebäck in der Cafeteria nicht essen, aber ab sofort ist also wieder für Betrieb auf der Diabetesstation gesorgt.«

Ich muss lachen. Nur einen kurzen Moment, bis mir wieder einfällt, wo ich bin, warum ich hier bin und warum wir dieses Gespräch führen. Aber der Augenblick war wunderbar – für den Bruchteil einer Sekunde, den er gedauert hat. Plötzlich fühle ich mich viel leichter.

»Mir ist zu Ohren gekommen, dass Sie sogar auf der Kinderstation Muffins vorbeigebracht haben«, stellt Dr. Patterson fest.

»Ich habe Ihren Vorschlag beherzt«, erwidere ich. »Ich habe dort ein paar Körbe mit Muffins abgegeben. Wahrscheinlich hat jedes Kind zwei Muffins oder mehr bekommen …« Mitten im Satz unterbreche ich mich und muss plötzlich an Mollys Schulpolitik des gesunden Frühstücks denken. »Es tut mir leid, das war wahrscheinlich viel zu viel.«

»Was denn? Warum?«, fragt er.

»Gibt es hier Regeln bezüglich des Zuckers?« Ich zucke zusammen.

»Nein. Überhaupt nicht.« Dr. Patterson zieht die Nase kraus. »Das mit der Diabetesstation war auch nur ein Witz. Die Kinder lieben Muffins. Ebenso die Ärzte und Krankenschwestern. Das war wirklich lieb von Ihnen, Heather. Das weiß ich sehr zu schätzen.«

Ich hole tief Luft, aber es fällt mir schwer, wieder auszuatmen, da ich das Gefühl habe, dass sich riesengroße Hände um meinen Brustkorb legen und zudrücken. »Gott sei Dank«, antworte ich. »Ich weiß nicht, ob ich es verkraftet hätte, ein Kind mit zu viel Zucker zu vergiften.«

Er schaut mich mit zusammengekniffenen Augen an, und mir fällt auf, dass ich meinen Kommentar wohl besser erklären sollte, insbesondere, da die Hälfte der Ärzte im

Krankenhaus heute Morgen einen meiner Muffins gegessen hat.

»Tut mir leid. Das klingt so theatralisch. Ich habe leider ein paar Probleme mit Charlotte.«

»Kaylas Stiefmutter?«, hakt er nach.

»Gavins Ehefrau, genau«, nicke ich.

»Aber Sie sagten doch eben, dass Kayla und Charlotte sich prima miteinander verstehen.«

»Das tun sie auch.«

»Oh«, sagt er wissend. »Aber Sie beide nicht.«

»Daran liegt es nicht. Charlotte ist nett. Oder zumindest so nett, wie jemand sein kann, wenn die Ex-Freundin des Ehemanns bei einem einzieht.«

Ich warte darauf, dass er kurz innehält oder zumindest eine Augenbraue verwundert hochzieht, doch er zuckt mit keiner Wimper.

»Ach so«, stelle ich fest. »Kayla hat es Ihnen gesagt, nicht wahr?«

»Sie hat erwähnt, dass Sie von Dublin hergezogen sind und nun bei Kaylas Dad wohnen. Den Rest habe ich mir zusammengereimt.«

»Es ist verdammt schwierig«, erkläre ich. »Ich glaube, es war okay für sie, dass ich bei ihnen wohne. Na ja, irgendwie jedenfalls. Weniger okay war es, dass ich mich in ihrer Küche ausgebreitet habe. Aber gar nicht okay scheint diese ganze Molly-Sache zu sein.«

»Die Molly-Sache?«

»Charlotte war es gar nicht recht, dass Molly Kayla im Krankenhaus besuchen kommt. Aber wir haben miteinander gesprochen, und ich dachte wirklich, es sei danach besser gewesen. Aber jetzt scheint Mollys Blutuntersuchung dafür gesorgt zu haben, dass sie ausflippt.«

»Aha.« Jetzt hält er inne.

Ich warte darauf, dass er eine Erklärung liefert, wie die Schwestern arbeiten und wie die Fachkräfte, die fürs Blutabnehmen zuständig sind, arbeiten, dass das nur eine simple Maßnahme war, nicht-invasiv, nichts Großes also, bla, bla, bla. Aber das macht er nicht. Er sitzt einfach nur schweigend da, als würde er darauf warten, dass ich weiterrede. Obwohl ich gar nicht mehr sagen will, sprudeln die Worte unkontrolliert aus mir heraus.

»Sie sagt, sie will Molly nur schützen. Aber warum begreift sie nicht, dass ich dasselbe tue? Nur eben will ich Kayla schützen. Wenn Molly als Spenderin infrage kommt, könnte sie helfen.«

»Verstehe«, nickt er.

»Gavin musste erst ein Machtwort sprechen.«

»Einen Moment«, unterbricht mich Dr. Patterson. »Hat Charlotte nicht eingewilligt? Sie musste doch sicherlich eine Einverständniserklärung unterschreiben.«

»Das hat sie auch«, versichere ich. »Aber zunächst wollte sie es nicht. Das ist das, was ich nicht verstehe. Ich weiß, dass sie Kayla von ganzem Herzen liebt. Warum hat sie dann so viel Angst vor einer Blutuntersuchung?«

»Und wenn es andersherum wäre?«, fragt Dr. Patterson mich. »Wenn Molly krank wäre?«

Ich unterbreche ihn, bevor er die Gelegenheit hat, noch ein weiteres Wort zu sagen. »Sofort«, erwidere ich. »Und es wäre nicht einmal *meine* Entscheidung. Kayla würde ihrer Schwester helfen wollen – sofort und egal, wie.«

»Ja.« Er nickt. »Aber Kayla ist fünfzehn. Sie ist alt genug, um alles zu begreifen. Molly dagegen ist erst drei. Sie hat keine Ahnung, was los ist.«

»Molly ist vier Jahre alt«, verbessere ich ihn, als würde dieses eine Jahr einen großen Unterschied ausmachen.

»Charlotte muss für Molly die Entscheidungen treffen, während sie mit ihrem eigenen Gewissen zu kämpfen hat.«

»Nicht zu fassen, dass Sie sich auf ihre Seite stellen!«

»Hier gibt es keine Seiten«, erwidert Dr. Patterson.

»Es war ein ganz einfacher Test«, entgegne ich. »Er hat zwei Minuten gedauert.«

»Es sei denn, es gibt eine Übereinstimmung«, gibt er zu bedenken. »Wenn sie als Spenderin infrage kommt …«

»Wenn sie als Spenderin infrage kommt, danke ich Gott.« Ich schlucke meine Tränen hinunter. Als ich aufstehe, quietscht der blöde Metallstuhl unter mir wieder. »Entschuldigen Sie bitte«, sage ich. »Ich muss wieder zu meinem Kind zurück.«

»Heather, warten Sie, ich wollte nicht …«, stammelt er.

Ich drehe ihm den Rücken zu, als ich die Zimmertür öffne und eintrete.

22.

Kayla

Mum ist leichenblass, als sie wieder hereinkommt, aber zumindest hat sie nicht mehr diesen Pappbecher mit Kaffee in der Hand, an den sie sich während der letzten Stunden geklammert hat. Eine der Schwestern hatte ihn ihr gegeben. Wahrscheinlich hatten sie Angst, dass sie in Ohnmacht fallen würde. Aber ehrlich gesagt kann ich es ihnen nicht einmal verübeln. Sie sah schrecklich aus. Obwohl ich befürchte, dass sie den Kaffee gar nicht getrunken hat, da sie jetzt noch viel schlimmer aussieht.

»Und dann hat es piks gemacht«, erzählt Molly gerade. Ich reiße mich von Mums Anblick los und schaue auf Mollys Arm hinunter. Sie deutet auf ein leuchtend buntes Pflaster an der Innenseite ihres Ellbogens. »Das hat wehgetan.«

»Ich bin auch gepikst worden«, erwidere ich und zeige Molly den Zugang auf meinem Handrücken.

»Oh. Iiih«, ruft sie. »So was will ich nicht!«

Ich muss lachen. Auch Dad lacht. Mum ist die Einzige, die nicht lacht. Sie steht stocksteif da, den Rücken an die

Tür gepresst. *Sie lächelt zwar, aber gedanklich ist sie gar nicht hier,* denke ich und beobachte, wie sie in die Luft starrt. Ich wünschte, sie würde Kaffee trinken.

Neben meinem Bett stehen zwei Stühle. Beide aus schwarzem Plastik, beide mit wackeligen Metallbeinen. Ganz genau die gleichen haben wir in der Schule. Dad sitzt auf dem einen, Molly auf dem anderen Stuhl. Na ja, wenn ich sitzen sage, meine ich, sie klettert auf den Stuhl, klettert hinunter und rennt drum herum, aber sie hat Gefallen daran gefunden und bezeichnet ihn als *ihren* Stuhl.

»Molly, nicht so wild«, mahnt Dad, obwohl er das bereits mehrfach gesagt hat.

»Die haben ihr unten einen Lolli gegeben«, erklärt er. »Darum ist sie so aufgedreht.«

Ich zucke mit den Schultern. »Die verschenken hier oft und gern Lollis.«

»Meiner war braun«, erklärt Molly und lässt sich auf die Sitzfläche fallen, wodurch der Stuhl mit einem ohrenbetäubenden Kreischen über die Bodenfliesen nach hinten rutscht.

Dad fängt den Stuhl und Molly auf, bevor beide umkippen. Ohne das bemerkt zu haben, springt Molly schon wieder auf. Mir fällt es schwer, nicht in Gelächter auszubrechen, da Dad kurz davor ist, in die Luft zu gehen.

»Ich mag keine braunen Lollis«, fährt Molly fort. »Aber der war lecker, also mag ich ab jetzt braune.«

»So einfach ist das, nicht wahr?«, stelle ich fest.

Molly quasselt und quasselt. Sie erzählt mir eine Geschichte über einen Legoturm, über die verärgerte Stimme ihrer Lehrerin und irgendwas über einen Jungen aus ihrer Klasse, der ein echter Fiesling ist. Aber sie stellt mir auch Fragen über die Schule und meine Freunde. Mit Molly ist alles so wie immer. Sie sieht mich nicht anders an als vorher. Ganz im Gegenteil zu Dad, der ein Totalversager darin ist, sich zusammenzureißen. Seitdem er hier reingekommen ist, hat er zweimal schon fast angefangen zu weinen. Und Charlotte ist es gar nicht erst gelungen, hierzubleiben. Sie hat mich umarmt und dann behauptet, aufs Klo zu müssen. Das war vor einer halben Ewigkeit. Sollte sie nicht das ganz große Geschäft erledigen, was sie niemals auf einer öffentlichen Toilette tun würde, geht sie mir also aus dem Weg.

Und Mum. Ihr Zustand. Also eigentlich bin ich ja diejenige, deren Knie halb herausgemeißelt wurde, aber Mum sieht aus, als hätte man gleichzeitig ihr die Hälfte der Seele rausgestemmt. Ich finde es ganz schlimm, was das alles hier mit ihr anstellt. Wie eine Oma steht sie da, ganz krumm und schlaff. Dieser beschissene Krebs verwandelt meine Mutter in eine alte Frau. Ich hasse ihn!

Ich versuche, auf dem Bett zur Seite zu rutschen. Dabei stütze ich mich auf beiden Seiten mit den Händen auf der Matratze ab; das Bett bebt richtig, als ich mit dem Po zur Seite rutsche. Zuerst bewege ich das gesunde Bein, denn das ist deutlich leichter als das kranke Bein zu bewegen. Jetzt, nach der OP, ist das Bein ziemlich schwer, da man mir einen monsterdicken Gips verpasst hat. Der ist hinten ganz hart und vorne weich; rund um das Knie herum befindet sich eine Tonne an Polsterung, sodass ich es nicht knicken kann. Daher muss ich meine Hüfte und den Fuß gleichzeitig bewegen und darauf hoffen, dass sich mein Bein dabei mitbewegt. Das tut es, und überraschenderweise tut es nicht weh.

»Alles in Ordnung, Süße?«, fragt Dad und merkt, wie ich zu kämpfen habe. »Sitzt du bequem? Kann ich dir helfen?«

Mum schaut zu mir herüber; die Sorge in ihrem Blick fällt mir sofort auf.

»Alles gut«, erwidere ich. »Ich habe nur Platz gemacht, damit sich Mum neben mich setzen kann.«

Ich klopfe neben mir auf die Matratze und lächele Mum zu. Sie erwidert mein Lächeln und löst sich von der Tür.

»Bist du sicher?«, fragt Mum und betrachtet den Platz, den ich ihr frei gemacht habe. »Ich will nicht das Bett zum Schwingen bringen, sodass es dir wehtut.«

»Bitte! Ich würde mich über eine Umarmung sehr freuen.«

»Okay«, nickt Mum.

Dann setzt sie sich so vorsichtig auf das Bett, dass Molly ihr ihre Hilfe beim Setzen anbietet.

»Ist das Bett zu hoch für dich, Heather?«, erkundigt sich Molly.

»Es ist schon recht hoch«, gibt Mum zu.

»Daddy kann dich hochheben«, bietet Molly an. »Nicht wahr, Daddy?«

»Ich ... Ich ...« Daddy wird rot.

»Daddy hebt mich oft ins Bett«, fährt Molly fort. »Und manchmal hebt er auch Mummy hoch, wenn er ihr einen Kuss für Erwachsene gibt.«

»Oh«, sagt Mum, die jetzt endlich auf dem Bett neben mir sitzt. Das Bett wackelt ein wenig, sodass Mum kurz aufkeucht, aber mir tut nichts weh, und ich halte Mums Hand, um ihr zu versichern, dass alles gut ist.

»Molly, ich hebe doch Mummy nicht andauernd hoch«, beschwert sich Daddy.

Das Bett wackelt wieder, und mir ist klar, dass Mum Mühe hat, nicht loszuprusten.

»Was denn?« Daddy starrt Mum und mich an. »Das tue ich nicht. Ehrlich!«

Ich kann nicht mehr. Ich breche in lautes, glucksendes Gelächter aus, und Mum stimmt mit ein.

»Ach, ihr schon wieder!« Dad wirft die Hände resignierend in die Luft, und ich sehe ihm an, dass auch er kaum ernst bleiben kann. »Mit euch kann man einfach nicht reden, wenn ihr euch einmal etwas in den Kopf gesetzt habt.«

»Wo wir gerade von Charlotte sprechen …«, sagt Mum, während sie mir einen Arm um die Schulter legt und ich mich an sie kuschele, wie ich es früher gemacht habe, als ich noch klein war. »Wo ist sie überhaupt?«

Mum ist ganz warm und kuschelig und duftet angenehm. Ich glaube, sie trägt das Bodyspray von Victoria's Secret, das ich ihr zu Weihnachten geschenkt habe. Es duftet toll. Ich muss es mir unbedingt von ihr ausleihen.

»Sie ist zur Besuchertoilette gegangen«, erklärt Gavin.

»Ja, aber vor einer Million Jahren«, entgegne ich.

»Vielleicht ist sie danach auch noch auf einen Kaffee in die Cafeteria geflüchtet«, fährt Dad fort, holt das Handy aus seiner Tasche und wirft einen Blick aufs Display. »Hier, eine Nachricht von ihr. Sie ist in der Cafeteria; sie schreibt, vor ihr ist eine irre lange Schlange. Möchtet ihr etwas haben?«

Ich will gerade um einen heißen Kakao bitten, als Dad wieder das Wort ergreift. »Oh, wartet mal. Die Nachricht wurde vor zehn Minuten geschickt. Wahrscheinlich ist sie gerade schon auf dem Weg hierher.«

»Wegen mir hätte sie nicht gehen müssen«, sagt Mum.

»Du warst auch nicht der Grund«, entgegnet Daddy recht bissig.

»Okay«, antwortet Mum sanft.

»Sie brauchte nur ein wenig frische Luft«, erklärt Dad. »Molly war nach der Blutabnahme ein wenig durch den Wind. Ich glaube nicht, dass Charlotte darauf vorbereitet war.«

Mum schnaubt; ihr Atem tanzt über meinen Kopf hinweg.

»Was heißt durch den Wind?«, fragt Molly.

»Aufgeregt.«

»Ich war gar nicht aufgeregt!« Mollys Miene verfinstert sich.

»Schon gut, Molly«, erwidere ich, mache mich gerade und beuge mich vor, sodass ich meine kleine Schwester gut sehen kann. »Nadeln sind angsteinflößend. Das verstehe ich. Ich habe auch Angst vor ihnen.«

»Die machen mir gar keine Angst!« Molly verschränkt die Arme vor der Brust und schüttelt den Kopf. »Sie tun nur ein wenig weh.« Molly deutet auf das Pflaster auf ihrem Arm, und wieder zittert ihre Unterlippe.

»Stimmt, Molly«, nicke ich, und auch meine Unterlippe beginnt zu zittern. »Ich weiß, wie sehr Nadeln wehtun können. Aber das musst du nie wieder machen, okay?«

»Kayla!«, kreischt meine Mutter und starrt Dad an. Und Dad starrt zurück – ebenso verärgert über meine Enthüllung.

»Kayla, sag ihr so was doch nicht!«, fordert mich Dad auf. »Versprich ihr nichts, was du nicht halten kannst.«

Ich schüttele den Kopf und richte mich auf, um gerader zu sitzen. Dabei bewege ich mich jedoch zu schnell, sodass ein stechender Schmerz von meinem Knie bis zu den Zehen hinunterjagt und es sich anfühlt, als stünde mein ganzes Bein in Flammen. Mum bemerkt es sofort und springt vom Bett herunter.

»Oh Gott, Kayla!«, ruft sie. »Was ist? Was tut dir weh? Ist es dein Knie?«

Ich hole tief Luft und schlucke ein paar Tränen hinunter. »Schon gut«, lüge ich. »Mir geht's gut.«

»Vielleicht sollten wir lieber gehen«, schlägt Dad vor, dessen Stimme noch zittriger klingt, nachdem er aufgestanden ist. »Du solltest dich besser ausruhen. War ein anstrengender Tag für dich.«

»Ich stimme deinem Vater voll und ganz zu.« Mum schüttelt die Kissen in meinem Rücken auf, was aber nur dazu führt, dass ich mich unwohl fühle. »Du solltest dich wirklich besser ausruhen.«

»Aber ich will nicht gehen«, protestiert Molly. »Mir gefällt es hier bei Kayla.«

»Komm her, Molly.« Ich klopfe auf den Platz, den meine

Mutter auf dem Bett frei gemacht hat. »Willst du neben mir sitzen? Ich habe ein neues Spiel auf dem Handy. Ich glaube, das wird dir gut gefallen.«

»*Sneaky Snake?*«, kreischt Molly begeistert.

»Klar.« Obwohl ich keine Ahnung habe, nicke ich; wahrscheinlich brauche ich zweihundert Jahre, um das Spiel über das bescheidene Breitbandnetz des Krankenhauses herunterzuladen.

Molly kommt zum Bett, und es ist schon echt witzig, wie sie sich abmüht, daran hochzuklettern. Um sich festzuhalten, packt sie die Bettlaken, ist dabei aber so erfolgreich wie bei einer Besteigung des Mount Everest.

»Dad«, sage ich. »Wie wäre es mit ein wenig Hilfe?«

»Ach, Kayla. Ich bin wirklich nicht sicher, ob das …«

»Dad! Bitte. Jetzt zeig mal, dass du dieses Talent fürs Hochheben auch für gute Zwecke einsetzen kannst.«

»Gavin«, warnt meine Mutter und wirft ihm einen unsicheren Blick zu.

»Leute!« Damit sichere ich mir sowohl Dads als auch Mums Aufmerksamkeit. »Mir geht es gut! Molly geht es gut! Wir wollen einfach nur beisammensitzen und ganz normal ein Spiel auf meinem Handy spielen. Können wir das bitte tun?«

Mum und Dad schauen einander an und schütteln den Kopf. Ich würde am liebsten schreien. Molly macht weiter und zerrt an den Bettlaken; entweder wird sie nach hinten fallen und sich den Kopf anschlagen oder mich mit einem Ruck aus dem Bett befördern, während die beiden hin und her überlegen.

»Okay, Molly«, beschließt Dad endlich und schiebt seine Hände unter ihre Arme, um sie hochzuheben. »Aber du musst sehr, sehr vorsichtig sein. Kayla tut das Bein weh, und du darfst sie nicht verletzen«, warnt er.

»So wie meine Aua-Stelle.« Molly deutet wieder auf ihr Pflaster, woraufhin ich grinsen muss.

»Ja«, nickt Dad, als er sie auf dem Bett neben mir absetzt. Molly schmiegt sich an mich, und sofort kommen mir die Tränen. Wenn ich blinzele, werden sie mir über die Wangen laufen, und Mum und Dad werden vor Sorge ausflippen.

Ich drücke Molly mein Handy in die Hand und vergrabe mein Gesicht in ihrem Haar, das einen köstlichen Apfelduft verströmt. Mum und Dad stecken in der Zimmerecke die Köpfe zusammen und flüstern, als würde ich nicht mitbekommen, dass sie über mich reden, wenn sie nur leise genug sprechen.

»Du hast ja gar nicht das Spiel *Sneaky Snake*«, stellt Molly enttäuscht fest.

»Oh, tut mir leid.« Ich hebe den Kopf, um das Handy zurückzunehmen und ihr ein anderes Spiel anzubieten.

»Schon gut«, erwidert sie. »Es lädt gerade herunter.«

»Molly, du bist eine Heldin. Weißt du das?« Ich kichere.

»Sei nicht albern, Kayla«, beschwert sich Molly. »Ich kann doch gar nicht fliegen!«

23.
Kayla

Quietschend öffnet sich die Tür, und Charlotte schaut herein.

»Mummy!«, brüllt Molly, was nicht nur für den kleinen Raum zu laut ist, sondern auch für mein Ohr, das sich direkt neben ihr befindet. »Ich spiele gerade *Sneaky Snake* auf Kaylas Handy. Willst du mal sehen, wie lang meine Schlange ist? Die ist superlang, oder, Kayla?«

»Und wie lang die ist!«, lobe ich.

»Sofort«, vertröstet sie Charlotte, als sie die Tür weiter öffnet, aber nicht eintritt.

Der Geruch von Kartoffelpüree und Desinfektionsmittel weht herein. Es ist widerlich. Molly und ich schauen einander an, rümpfen die Nase und strecken die Zunge heraus. Doch anstatt die Tür schnell hinter sich zu schließen, bleibt Charlotte voller Unbehagen in der Tür stehen, die Hände hinter dem Rücken. Man könnte meinen, sie wartet darauf, dass jemand ihr das Okay gibt einzutreten.

Ich schaue zu Mum und Dad, die immer noch im Flüsterton in ihr Gespräch vertieft sind. Dad sieht Mum an und nickt zustimmend. Währenddessen starrt Mum Charlotte genau so an, wie ich Roisin Kelly einen Monat lang angestarrt habe, nachdem sie mir letztes Jahr im Naturwissenschaftsunterricht Kaugummi ins Haar geklebt hatte.

»Mummy, schnell, mach die Tür zu!«, ruft Molly, als sei der Flur eine dunkle Pforte und mein Zimmer eine andere Dimension, in der man sicher ist. »Draußen stinkt's!«

»Stimmt.« Dad schaut auf und verzieht das Gesicht. »Das stinkt wirklich schrecklich da draußen. Was ist das?«

»Mittagessen«, erwidere ich.

»Du meine Güte! Nicht dein Ernst!«

»Na ja, Krankenhäuser sind eben nicht unbedingt für ihr köstliches Essen bekannt, Dad.«

»Da weiß ich ja nicht, was schlimmer ist, dein armes Bein oder die Tatsache, dass du diesen Mist essen musst«, scherzt Dad, woraufhin ich lachen muss.

»Gavin!«, schimpft Mum verärgert.

»Was denn?« Dad zuckt mit den Schultern. »Komm schon, Heather, irgendwie muss man sich ja mal aufheitern. Ich fand's komisch.«

»Das war es«, bestätige ich.

»Mir ist klar, dass du Schmerzen im Knie hast, Kayla«, fährt Dad fort. »Ich habe nur versucht, dich zum Lachen zu bringen, das ist alles.«

»Ich weiß«, erwidere ich.

»Ich weiß aber auch, dass ich dir morgen etwas Anständiges zum Essen mitbringe«, fügt Dad noch hinzu. »Wie klingt McDonald's?«

»Ich liebe McDonald's!«, schreit Molly und hüpft auf dem Bett auf und ab.

»Molly, Molly, beruhig dich!«, warnt Charlotte und kommt zum Bett geeilt.

Hinter ihr fällt die Tür mit einem lauten Knall ins Schloss und lässt uns alle aufschrecken. Ich muss lachen. Molly auch. Meine Eltern und Charlotte sind jedoch todernst.

»Ich glaube nicht, dass du Essen von außerhalb ins Krankenhaus mitbringen kannst«, stellt Mum fest.

»Bitte?« Dad verschränkt die Arme vor der Brust. »Warum nicht?«

»Keine Ahnung«, erwidert Mum. »Aus Gesundheits- und Sicherheitsgründen, nehme ich an.«

»Quatsch«, erwidert Dad. »Wenn man Muffins mitbringen kann, die zu Hause gebacken wurden, kann ich auch Burger und Pommes mitbringen. Und wenn nicht, schmuggele ich es einfach unter meinem Mantel herein. Niemand wird es je erfahren.«

»Dad.« Ich grinse. »Du bist ein echter Rebell!«

»Wo wir gerade über das Hereinschmuggeln sprechen«, erklärt Charlotte und zeigt endlich, was sie hinter ihrem Rücken versteckt hat.

»Was ist das?«, fragt Molly und deutet auf den Pappbecher, den Charlotte in der Hand hält.

»Oh mein Gott! Ist das ein heißer Kakao?«, frage ich hoffnungsvoll.

Der große golden- und cremefarbene Becher stammt nicht aus der Cafeteria im Untergeschoss. Ich erkenne das

Logo vom Laden um die Ecke, von dem Mum mir berichtet hat.

»Mit extra Marshmallows«, verkündet Charlotte stolz.

»Jaaaa!«, jubele ich.

»Ich mag auch heißen Kakao«, sagt Molly traurig, weil es nur einen Becher gibt.

»Wir können ihn uns teilen«, schlage ich schnell vor.

»Du, junge Dame, musst erst einmal zu Mittag essen«, erklärt Charlotte Molly. »Unten gibt es eine leckere Tomatensuppe. Komm, wir holen uns eine.«

Molly schüttelt den Kopf. »Ich hasse Suppe!«

Dad hebt Molly hoch, woraufhin sie ihre Beine um seine Hüfte und die Arme um seinen Hals schlingt.

»Ich mag McDonald's und heißen Kakao!«, beschwert sich Molly. »Das ist unfair!«

»Komm schon, meine Kleine.« Dad lächelt geduldig. »Du weißt doch, dass Mummy es nicht mag, wenn du diesen Fastfoodkram isst.«

Wortlos reicht Charlotte mir die heiße Schokolade und zwinkert mir zu. Dann dreht sie mir den Rücken zu und geht zur Tür.

»Komm«, sagt sie und öffnet die Tür. »Jetzt wollen wir dir mal eine Suppe besorgen, Molly.«

»Charlotte«, rufe ich. »Kannst du bleiben? Wenigstens einen Augenblick?«

Charlotte dreht sich um und schaut mich mit großen Augen und unsicherem Blick an.

»Ich habe dich seit einer Ewigkeit nicht mehr gesehen. Es wäre schön, noch ein wenig mit dir zu quatschen.«

Charlotte lächelt, und mir entgeht nicht, dass sie nach den passenden Worten sucht.

»Ich bin sicher, dass Dad Molly eine Suppe besorgen kann, nicht wahr, Dad?«, schlage ich vor.

Dad nickt.

»Kannst du also bleiben?«, frage ich.

Charlotte blickt zu Mum hinüber; keine von ihnen zuckt auch nur mit der Wimper. Du meine Güte, das ist mit den beiden ja schlimmer als jeder Streit, den ich je mit Roisin Kelly hatte!

»Ach, Mum – vielleicht könntest du Dad runter in die Cafeteria begleiten«, schlage ich vor. »Ich weiß, dass du heute noch keine Gelegenheit hattest, etwas zu essen. Und nimm es mir bitte nicht übel, aber du siehst schrecklich aus.«

Mum schnaubt und zwingt sich zu einem Lachen. »Ha ha ha. Na vielen Dank auch, Kayla.«

»Du weißt, was ich meine«, lächele ich. »Aber im Ernst: Bitte geh und hol dir wenigstens einen Kaffee. Ich werd nicht den Löffel abgeben, bis du wiederkommst.«

»Kayla!« Mum schüttelt entsetzt den Kopf, und ich wünschte, ich hätte es anders formuliert.

Scherzhaft zeige ich auf die Tür. »Los. Geh schon.«

Mum sieht zu Charlotte hinüber. »Wenn es dir nichts ausmacht?«

»Natürlich nicht«, erwidert Charlotte. »Ich bleibe solange bei ihr.«

»Okay. Danke. Dauert auch nicht lange.«

»Können wir zu McDonald's gehen, Heather?«, fragt

Molly und beugt sich von Dads Armen aus zu Mum hinüber.

Dad setzt Molly auf den Boden; Mum nimmt sie an die Hand.

»Weißt du was, Molly?«, fragt Mum. »Das ist eine richtig gute Idee.«

24.

Charlotte

Ich sitze auf dem Plastikstuhl neben dem Krankenhausbett, während Kayla den heißen Kakao trinkt. Alle paar Sekunden schlürft es laut neben mir, gefolgt von einem Kichern. Dabei blickt mich Kayla mit ihren großen blauen Augen über den Rand des Bechers hinweg an.

Kayla ist längst nicht so blass oder schwach, wie ich es erwartet habe. Hätte sie nicht auf dem Handrücken einen Zugang, könnte man meinen, sie würde einfach im Bett liegen und sich einen gemütlichen faulen Freitagnachmittag machen.

»Wie fühlst du dich?« Endlich fasse ich mir ein Herz und stelle ihr diese Frage.

Kayla lässt den Becher sinken und schaut mich ernst an. Mir dreht sich der Magen um.

»Voll vor allem«, erwidert Kayla. »Der Kakao war riesig!«

Ich nehme ihr den leeren Kakaobecher ab, drehe mich auf meinem Stuhl um und werfe ihn in den kleinen Metalleimer hinter mir. Als der Becher in der Mitte des Eimers landet, scheppert es deutlich lauter als angenommen.

»Treffer!«, jubelt Kayla und reißt die Hände hoch.

»Ähm, nicht so ganz«, stammele ich und stehe auf, als mir auffällt, dass der Becher doch nicht ganz leer gewesen ist. Schokoladenmilch ist sowohl am Eimer heruntergelaufen als auch auf den Boden getropft. Schnell hole ich ein paar Feuchttücher aus der Tasche und mache alles sauber. »Mit einer Vierjährigen im Schlepptau kann man gar nicht genug Feuchttücher dabeihaben.«

Der Witz ist lahm, das ist mir klar, aber ich habe gehofft, damit zumindest ein mitfühlendes Lächeln von Kayla zu ernten, offenbar ist sie jedoch mit ihren Gedanken ganz woanders. Scheinbar gibt es etwas, was sie mit mir besprechen möchte. Und das unter vier Augen, da es ihr wichtig war, ihre Mutter loszuwerden. Aber ich habe nicht die geringste Ahnung, was das sein könnte, und die Warterei macht mich nervös. Ich kann ihr nicht mit Gewalt die Dinge aus der Nase ziehen, aber wenn es um etwas Wichtiges geht, brauchen wir sicherlich Zeit, um darüber zu reden – doch ich bezweifele, dass Heather lange wegbleiben wird. Selbst wenn sie einen Ausflug zum verhassten McDonald's machen sollten.

»Tut es weh?«, frage ich schließlich, werfe die dreckigen Feuchttücher weg und wische mir noch schnell die Hände ab. Dann kehre ich zu meinem Stuhl zurück.

»Eigentlich nicht«, antwortet Kayla, als ich wieder Platz nehme. »Eigentlich ist es eher nervig. Es ist langweilig, hier rumzusitzen und nicht einmal in der Lage zu sein, runter in den Spieleraum zu gehen. Obwohl der ziemlich ätzend ist. Sämtliche Puzzles sind kaputt, die Malbücher bereits halb ausgemalt. Aber wenigstens gibt es dort einen Fernseher und einen Billardtisch.«

Ich mustere Kaylas leuchtende Augen und den genervten Gesichtsausdruck. Ich kann mich noch gut daran erinnern, dass ich mich in den ersten Tagen nach meinem Kaiserschnitt überhaupt nicht bewegen konnte. Es hat mehrere Wochen gedauert, bis ich mich wieder halbwegs normal gefühlt habe. Kayla sprüht vor Energie, da fällt es schwer zu glauben, dass sie sich tatsächlich gerade von einer Vollnarkose erholt. Aber wahrscheinlich ist das der Unterschied zwischen einer OP mit fünfzehn und einer OP mit dreißig.

»Aber das hier tut weh.« Kayla hebt den Arm; mein Blick fällt auf eine Kanüle, die halb so groß wie ihre Hand ist. »Die hier sticht richtig fies. Letzte Nacht habe ich vergessen, dass ich den Zugang habe, und mich auf die Hand gedreht. Oh. Mein. Gott! Das hat höllisch wehgetan.«

»Das glaube ich. Ich kann Nadeln nicht ausstehen.«

»Molly mag auch keine Nadeln, oder?«, stellt Kayla fest.

»Nein«, gebe ich zu. »Und ich kann es ihr nicht mal verübeln.«

»Dad sagte, sie ist ausgeflippt, als sie versucht haben, ihr eben Blut abzunehmen.«

Ich hole tief Luft und frage mich, was zum Teufel Gavin bloß erzählt hat.

»Sie versteht das noch nicht, Kayla«, erkläre ich sanft. »Sie ist erst vier. Und um ehrlich zu sein: Selbst wenn ich versucht hätte, es ihr zu erklären, wäre es sinnlos gewesen.«

»Ich finde auch, dass das keinen Sinn hat«, stellt Kayla fest und wirkt plötzlich müde.

»Was denn, Süße?«, frage ich nach.

»Warum habt ihr das bei ihr zugelassen?« Kayla schüttelt den Kopf. »Sie ist doch nicht krank. *Ich* bin diejenige. Man sollte sie nicht mit einer Nadel stechen und damit dann in ihr herumstochern.«

»Es war nur eine Blutabnahme, Kayla«, entgegne ich ruhig. Mit einem Mal klinge ich exakt wie Gavin, als er versucht hat, mich zu überzeugen. »Das hat ihr ganz kurz wehgetan, aber jetzt ist alles wieder in Ordnung. Ihr geht es wieder gut.«

Verglichen mit dem, was Kayla durchmachen muss, wirkt eine schlichte Blutuntersuchung mit einem Mal eher unwichtig. Aber damit lässt sich eine aufgebrachte Vierjährige natürlich nicht trösten. Es ist wirklich lieb von Kayla, sich so um ihre kleine Schwester zu sorgen. Ich lächele und bin wirklich stolz auf sie.

»Wozu die Blutuntersuchung?«, fragt Kayla. »Mum und Dad haben auch Blut abgenommen bekommen. Aber niemand hat mir genau gesagt, warum überhaupt. Besteht bei uns allen das Risiko, Krebs zu bekommen?« Kayla holt tief Luft, bis sie entsetzt das Gesicht verzieht. »*Oh mein Gott!* Könnte Molly Krebs bekommen? Könnte sie ebenfalls krank werden?«

»Nein, nein, nein.« Ich muss schlucken, stehe auf und wende Kayla einen Moment lang den Rücken zu, weil ich mich wie eine miese Heuchlerin fühle. Natürlich war einer meiner ersten Gedanken, ob auch Molly erkranken könnte. Es könnte an einem Gen liegen. Irgendetwas, was Gavin an seine Kinder weitergegeben hat. Ich würde lügen, wenn ich behauptete, mir nicht immer noch Sorgen zu machen. Aber ich kann nicht zulassen, dass Kayla das mitbekommt. »Mit den Blutabnahmen können wir prüfen, ob es eine Übereinstimmung mit deinen Werten gibt. Niemand ist krank, okay?«

»Was für eine Übereinstimmung? Wofür?«

»Ich weiß es nicht, Kayla«, erwidere ich und laufe im Zimmer auf und ab. »Für weitere Optionen, denke ich. Man will sich alle Möglichkeiten offenhalten.«

»Ist das der Grund, warum ihr – du und Mum – euch streitet?«

Ich schüttele den Kopf. »Wir streiten uns nicht.«

»Ach komm, Charlotte. Du und Mum, ihr habt eben kaum mehr als zwei Worte miteinander gewechselt.«

»Es ist kompliziert.«

»Nein, eigentlich nicht«, zuckt Kayla mit den Schultern. »Du bist Mollys Mutter, Mum ist meine Mutter, und Dad steht genau dazwischen, weil Molly und ich seine Kinder sind. Ich verstehe schon, warum ihr euch gegenseitig an die Gurgel geht.«

»Tun wir gar nicht«, widerspreche ich, und es klingt deutlich schärfer als beabsichtigt.

»Mum wohnt bei euch im Haus«, fährt Kayla fort. »Das ist schon mal unangenehm.«

»Na ja.«

»Und dann ist da Dad, der permanent versucht, den Frieden zu bewahren.«

Kann man so nicht sagen, denke ich und merke, wie bitter ich klinge, weil ich merke, wie er sich Heather immer mehr nähert, während er mich gleichzeitig von sich stößt.

»Und dann ist da noch Molly. Die arme Molly. Sie hat keine Ahnung, was los ist«, stellt Kayla fest. Ich will gerade erneut auf Mollys Alter und ihre Arglosigkeit hinweisen, als Kayla unbeirrt weiterredet. »Und ich. Dann bin ich noch da. Und alles ist meine Schuld.«

»Kayla, nein«, beharre ich – verzweifelt, weil sie so empfindet. Schnell schiebe ich den Stuhl aus dem Weg und setze mich neben sie aufs Bett. »Nichts davon ist deine Schuld. Nichts. Du hast es doch nicht selbst in der Hand, ob du krank wirst.«

»Mein Knie hat mir eine halbe Ewigkeit lang wehgetan. Richtig schlimm. Und es ist immer schlimmer geworden.«

»Ach, Süße.« Ich schlinge die Arme um sie und drücke sie fest.

»Ich habe das Mum schließlich nicht mehr gesagt«, schnieft Kayla. »Beim letzten Mal, als ich es ihr gesagt habe, hat sie nur gemeint, ich würde es übertreiben. Dass ich zu hart trainiere, zu viele Spiele absolviere. Ich dachte, wenn ich ihr sage, wie schlimm mir das Knie tatsächlich wehtut, würde sie dafür sorgen, dass ich nie mehr Basketball spiele.«

»Und du liebst Basketball, nicht wahr?«

Kayla nickt, und ich spüre, wie ihre Schultern sich heben und wieder senken, als sanfte Schluchzer ihren Körper zittern lassen.

»Basketball ist mein Leben. Es ist das Einzige, was ich gut kann.«

»Das stimmt doch nicht, Kayla. Es gibt so viele Dinge, die du gut kannst.«

»Nein, gibt es nicht. Mum ist künstlerisch begabt und backt diese tollen Kuchen, die alle lieben. Ich dagegen schaffe in Hauswirtschaft nicht mal eine mittelmäßige Note. Dad mit seinem Mathehirn ist superintelligent. Ich hasse Mathe. Und selbst mit ihren kurzen Fingerchen ist Molly schon so gut am Klavier. Ich habe nur Basketball. Bei allem anderen bin ich eine Niete. Und jetzt bleibt mir nicht einmal mehr Basketball.«

»Kayla, Süße, das braucht eben Zeit. Gib allem einfach ein wenig Zeit.«

»Nein.« Kayla schießt nach vorn, setzt sich aufrecht hin und dreht sich zu mir um. »Das tut weh, Charlotte. Richtig, richtig schlimm weh.«

»Dein Knie?«, frage ich.

»Ich hätte es Mum sagen müssen«, weint Kayla. »Ich hätte es ihr einfach sagen sollen. Wenn ich ihr letztes Jahr davon erzählt hätte, wäre nichts von dem hier so geschehen. Verstehst du? Glaubst du mir jetzt? Es *ist* alles meine Schuld.«

Ich halte mich nicht mit Worten auf. Es gibt nichts, was ich sagen könnte, was ihr jetzt helfen würde. Also sitze ich da und halte sie im Arm, als lange, wütende Schluchzer ihren Körper schütteln. Ich hole langsam und tief Luft und weiß, dass der Schmerz in meiner Brust daher rührt, dass mir gerade das Herz bricht.

25.

Kayla

Oktober

Ich liege im Bett und habe die Decke bis zum Kinn hochgezogen. Irgendwann muss mich jemand zugedeckt haben. *Sicher Mum.* Ich schwitze. Im Krankenhaus ist es immer wahnsinnig heiß. Aber obwohl ich unter der Decke glühe, bewege ich mich nicht. Das wäre viel zu anstrengend. Ich bin wach, aber meine Augen sind noch geschlossen. Es ist früh. Vor sieben. Das weiß ich, ohne einen Blick auf mein Handy zu werfen. Denn um sieben geht der Frühstücksbetrieb los. Müslischälchen und Saftgläser rappeln auf Wagen, die über die Flure geschoben werden. Und ganz gleich, wie schlecht ich geschlafen habe, wie erschöpft oder krank ich bin – nach sieben wird hier nicht mehr geschlafen. Heute Morgen macht mir das nichts aus, denn ich bin seit einer halben Ewigkeit wach. Vielleicht schon seit Stunden. Ich freue mich richtig darauf, dass endlich alles erwacht. Außerdem habe ich zum ersten Mal seit Tagen Hunger. Ich denke, ich werde einen Toast probieren. Die nette Frau vom Frühstücksdienst wird sich freuen. Denn sie hat die ganze Woche über versucht, mich zum Essen zu überreden. Jedes Mal, wenn ich abgelehnt habe – meistens, weil ich damit beschäftigt war, mich aufgrund der Chemo zu übergeben –, wirkte sie enttäuscht.

Ich mache die Augen auf, weil es leise an der Tür klopft. Mir läuft das Wasser im Munde zusammen, als ich an den heißen Toast mit geschmolzener Butter und ein Glas Orangensaft denke. Ich kichere – ich hätte nicht gedacht, einmal derart begeistert auf Toast zu reagieren.

Wieder klopft es, aber die Tür öffnet sich nicht wie gewohnt.

»Ähm … herein«, sage ich, und es klingt, als hätte ich wirklich schlimmes Halsweh.

Die Tür geht immer noch nicht auf. *Oh Mann!* Mühsam setze ich mich auf. Meine Arme sind zittrig, und die Anstrengung macht mich fertig. Ich räuspere mich; mein Hals ist übel verschleimt. *Nicht krank werden! Nicht krank werden! Bitte nicht krank werden!* Ich schaue nach, ob auf dem Schrank neben meinem Bett ein Spucknapf steht – nur für alle Fälle. Ich hole tief Luft, was mir hilft. Mein Magen beruhigt sich wieder. Den heutigen Tag werde ich nicht damit beginnen, mich zu übergeben. *Ein Fortschritt.*

Wieder klopft es.

»Oh Mann, jetzt kommen Sie doch endlich rein!«, rufe ich und bin selbst ganz überrascht, wie laut ich sein kann, selbst wenn ich so müde bin.

Endlich öffnet sich die Tür mit einem Quietschen.

»Hey!«, begrüßt mich Aiden, der aussieht, als sei er nicht

sicher gewesen, das richtige Zimmer erwischt zu haben, bis er sich schließlich ein Herz gefasst und die Tür geöffnet hat, um mich dann ans Bett gefesselt zu sehen.

»Oh mein Gott!«, rufe ich und kann es kaum glauben, dass er es wirklich ist.

»Kann ich reinkommen?«, fragt er.

»Bitte?« Aiden zu sehen, ist toll, doch ich mache langsam wieder schlapp; wahrscheinlich war ich so begeistert, dass ich bereits jetzt all meine morgendliche Energie aufgebraucht habe. Außerdem will ich wirklich einen Toast haben. »Musst du das ernsthaft fragen? Natürlich kannst du reinkommen!«

Aiden stößt die Tür so weit auf, dass sie an die Wand knallt. Nachdem er hereingekommen ist, lässt er sie einfach offen stehen. Ich denke kurz darüber nach, ihn zu bitten, sie doch zu schließen. Ich mag es ganz und gar nicht, wenn die Tür offen ist und ich alles mitbekomme, was auf der Station passiert; wenn zum Beispiel eines der kleineren Kinder weint, weil es nach Hause gehen möchte, oder sich jemand die Seele aus dem Leib kotzt. Aber Aiden wirkt so nervös, dass er wahrscheinlich total panisch wird, wenn ich ihn bitte, die Tür zu schließen.

»Okay, versteh mich bitte nicht falsch«, antwortet Aiden, »aber du siehst schlimm aus. Also so richtig, richtig schlimm.«

»Danke.« Ich lächele.

Aiden lächelt ebenfalls und schiebt sich ein wenig weiter ins Zimmer herein. »Sei ehrlich, Kayla«, bittet er mich dann. »Wie geht's denn so?«

Aidens Imitation von Joey von *Friends* ist so gruselig, dass ich den Kopf schüttele.

»So gut also«, stellt er fest.

»Was machst du eigentlich hier?« Ich reibe mir die Augen und werde ein wenig wacher. »Die Besuchszeit hat noch lange nicht angefangen.«

Aiden zieht die Nase kraus. »Kayla, es ist fünf nach eins.«

»Nachmittags?« Ich reiße die Augen weit auf.

»Nein. Am Morgen«, lacht Aiden und neigt den Kopf zur Seite. »Natürlich am Nachmittag, du Spaßvogel. Ich war bereits früher hier, aber deine Mutter meinte, du schläfst noch, und wollte mich nicht reinlassen.«

»Du bist schon länger hier?«

»Ich bin mit dem Zug hergekommen. Meine Mutter ist zwar in die Luft gegangen von wegen allein in die Hauptstadt fahren, bla bla bla, Hauptverkehrszeit, bla bla bla. Aber ich habe es hergeschafft. Und Dublin ist mega. Obwohl es hier ziemlich stinkt. Stinkt der Liffey immer so?«

Ich nicke.

»Egal. Jedenfalls bin ich jetzt hier, und ich freue mich, dich zu sehen«, stellt er fest.

»Ich kann's echt nicht glauben, dass du deine Mutter dazu überredet hast, dich allein mit dem Zug fahren zu lassen. Normalerweise bist du so ein … ein …«

»Angsthase«, beendet Aiden den Satz für mich.

»Sei bloß vorsichtig.« Meine Augen schließen sich, ohne dass ich es ihnen befohlen habe. »Du bist in Gefahr, erwachsen zu werden.«

Mir fällt es sehr schwer, wach zu bleiben. Ich freue mich aufrichtig, Aiden zu sehen, aber ein Teil von mir wünschte sich, er wäre nicht hier, damit ich weiterschlafen kann.

»Ist es wirklich 13 Uhr?«

»Ja. Und du meine Güte, was kannst du schnarchen! Ich habe wirklich gedacht, hier drinnen steht ein Esel. I-ah, i-ah«, neckt mich Aiden.

»Ich schnarche nicht!« Ich stemme die Hände in die Seiten und tue, als habe er mich tief getroffen. »Autsch!« Ich zucke zusammen, als mir der verdammte Zugang an meiner Hand wehtut.

»Alles gut?«, fragt Aiden mit weit aufgerissenen Augen, und mir wird bewusst, dass ich ihm Angst gemacht habe.

»Ja. Es ist nur dieses dämliche Ding hier.« Ich deute auf die Nadel in meiner Hand. Das Pflaster rundum löst sich allmählich, hat einen dunklen Schmutzrand bekommen, und darauf und darunter befindet sich ekliges getrocknetes Blut.

»Wow, Kayla. Das sieht entzündet aus.«

»Es ist die Hölle.« Ich atme ein. »Aber im Ernst. Das Ding ist für mich der schlimmste Teil dieses ganzen schrecklichen Albtraums. Es tut richtig schlimm weh. Ich dachte, ich würde mich daran gewöhnen, aber ich hasse es und wünschte mir, sie würden es einfach rausnehmen.«

»Hast du sie schon gefragt?«

»Ja, mehrfach. Ich müsste ein anderes an der anderen Hand bekommen, das ist echt kein Spaß.«

»So sieht es auch aus.« Allein beim Anblick des Zugangs wird Aiden ganz blass.

»Mann. Du solltest dich lieber hinsetzen.«

Aiden nickt und geht zu den Stühlen neben meinem Bett. Er lässt sich auf denjenigen fallen, der am weitesten von mir entfernt steht – keine Ahnung, warum, aber es verletzt mich. Als wolle er mir nicht zu nahe kommen. Er weiß, dass ich nicht ansteckend bin, daher verstehe ich es nicht.

»Alle fragen nach dir«, erklärt er und setzt sich gerade auf.

»In der Schule?«

»Ja. Miss Hanlon hat im Sportunterricht alle eine Karte unterschreiben lassen. Hier ...« Aiden streift sich die Schultasche, die mir bis jetzt gar nicht aufgefallen ist, vom Rücken, setzt sie auf seinem Schoß ab und kramt darin herum. Dann faltet er eine riesengroße Karte auseinander und reicht sie mir.

»Danke«, stammele ich, da mir die Worte fehlen. Vorne drauf ist ein großer, grauer, zerfledderter Teddybär abgebildet. Sein Blick ist traurig, und er trägt eine Kopfbandage; in einer geschwungenen, lilafarbenen Schrift steht darüber: Werd schnell wieder gesund, Champion!

»Champion?«, frage ich und fahre mit dem Finger die Buchstaben nach.

»Miss Hanlon fand das passend für die Kapitänin der Basketballmannschaft.«

Ich starre auf mein gepolstertes, bandagiertes Knie hinunter und habe Mühe, vor Aiden zu verbergen, wie gerührt ich bin. »Stimmt«, nicke ich. »Das ist sehr freundlich von ihr.«

»Also: Wie sieht's bei dir aus?«, fragt Aiden und setzt sich gerade hin, nachdem er sich offensichtlich von seinem kleinen Schwächeanfall erholt hat. »Wann geht es dir wieder besser? Die Mannschaft spielt ohne dich echt beschissen. Wir haben die letzten beiden Spiele verloren, Kayla.«

»Ich … Ich …«

»Wegen dir hatten wir sogar eine Schulversammlung«, unterbricht Aiden mein Gestotter.

»Ihr hattet *was*?« Ich reiße die Augen auf und schiebe ungläubig den Kopf vor.

»Yep.« Aiden grinst, und ich weiß, wie sehr er diesen Moment genießt. »Die Direktorin. Konrektorin. Jahrgangsstufenleiter – alle waren da. Es wurde gebetet, Gedichte wurden vorgetragen, und alles war mega komisch. Das hätte dir verdammt gefallen. Wahrscheinlich hättest du dir vor Lachen in die Hose gemacht.«

Wütend schüttele ich den Kopf. »Was ist los, Aiden? Das ist nicht witzig.«

Aidens dämliches Lächeln erlischt, und er wird mit einem Mal sehr ernst. Genauso ernst, wie er wird, wenn ein Lehrer ihn ausschimpft.

»Glauben die in der Schule etwa alle, dass ich sterben werde?«

»Was? Nein!«

»Na, was sollen denn dann all die Gebete und der ganze Kram?«

Aiden antwortet nicht. Die Stille, die sich ausbreitet, ist seltsam und unangenehm. Ich weiß nicht, ob ich noch will, dass er hier ist. Ich weiß nicht, ob ich will, dass gerade überhaupt irgendwer hier ist.

»Ich vermisse dich«, sagt er schließlich. »Ohne dich ist es in der Schule todlangweilig.«

»Schule ist immer langweilig«, berichtige ich ihn.

»Stimmt, ohne dich ist es eben besonders langweilig.«

Ich hole tief Luft und lasse den Blick über die vier Wände schweifen, die ich allmählich hasse, über das Fenster, das hell, fröhlich und beruhigend wirken soll, aber auf den Parkplatz hinausgeht, sowie über die Tür, die sich mit einem Quietschen auch nachts öffnet und schließt, wenn Nachtschwestern hereinkommen, mich piksen, meinen Blutdruck kontrollieren oder mir Medikamente verabreichen.

»Ich hätte nie für möglich gehalten, das einmal zu sagen«, gebe ich zu, »aber ich vermisse tatsächlich die Schule.«

Aiden schaut weg. Ich höre, wie er tief ausatmet.

»Mann, Aiden! Du versagst echt auf ganzer Linie, mich zu beruhigen«, sage ich, um ihn zu necken. Ich gebe mir echt Mühe, das alles hier – für uns beide – leichter zu machen.

»Hast du Lust, in den Spieleraum zu gehen?«, fragt Aiden, ohne sich zu mir umzudrehen.

Ich habe keine Lust. Keine Energie. »Klar«, antworte ich dennoch. »Er befindet sich am Ende des Flurs.«

Aiden dreht sich endlich wieder zu mir um, und mir fällt auf, dass der alte Schwachkopf Tränen in den Augen hat. »Brauchst du Hilfe dabei … Du weißt schon … um aus dem Bett rauszukommen oder so?«

»Nope«, lüge ich. »Alles gut.«

Lange bevor ich bereit bin, steht Aiden auf und geht zur Tür. Er starrt mich an, als mein gutes Bein zittert, nachdem ich es über den Bettrand geschwungen habe. Ich manövriere meine Hüfte in die richtige Position und bin überzeugt, eine seltsam konzentrierte Miene dabei zu machen, als ich mein krankes Bein folgen lasse. Ich schiebe die Füße in Hausschuhe in Form eines riesengroßen Winnie-Puuh-Kopfes. Als ich aufstehe, ist mir so schwindelig, dass ich ziemlich sicher bin, gleich umzukippen. In meinem Kopf ertönt immer wieder die Stimme von Dr. Patterson: »Hör auf deinen Körper, Kayla. Er wird dir sagen, wann du so weit bist, dass du aufstehen und umherlaufen kannst.«

»Fertig?«, fragt Aiden, dem die Erleichterung, mein Zimmer zu verlassen, deutlich anzusehen ist.

»So fertig ich nur sein kann«, erwidere ich, und es kostet mich fast meine komplette Energie, vom Bett zur Tür zu gelangen.

26.

Kayla

Bis wir endlich den Spieleraum erreichten, dauerte es gefühlt zweihundert Jahre. Alle paar Schritte musste ich stehen bleiben, um tief einzuatmen – als hätte ich seit meiner Geburt wie ein Schlot geraucht. Gelegentlich hat mir Aiden über den Rücken gestrichen. Es war ein wenig seltsam und hat auch nicht geholfen, aber ich wollte ihn nicht vor den Kopf stoßen und ihn bitten, damit aufzuhören, da er sich doch so große Mühe gab.

Allerdings war Aidens Reaktion, als wir im Spieleraum ankamen, ebenfalls recht seltsam.

»Oh mein Gott!«, rief er. »Das ist ja echt super hier!«

Es ist nicht super. Also, tatsächlich ist es alles, alles, alles andere als super. Aber um gerecht zu sein: Im Vergleich zu meinem sterbenslangweiligen Zimmer ist das hier natürlich um Klassen besser.

In der Mitte des Raumes steht ein Billardtisch, an der Wand dahinter hängen ein paar Queues, und auf der Ecke des Tisches liegt ein winziges, abgenutztes Stück blaue Kreide. Außerdem gibt es eine Spielküche sowie ein Bücherregal mit endlos vielen Märchenbüchern für kleine Kinder. Und an der Wand hängt ein nicht ganz so heruntergekommener riesengroßer Fernseher. Meist läuft hier *Peppa Wutz* oder *Paw Patrol*. Wenn jedoch die kleinen Kinder abends im Bett liegen und schlafen, kommen ein paar von uns regelmäßig zusammen und schauen *Friends*.

»Lust auf eine Runde Billard?«, fragt Aiden und läuft voll nervöser Energie in das Zimmer.

Innerlich stöhne ich auf. Mit der gespreizten Hand stütze ich mich an der Wand draußen vor der Tür ab – bizarrerweise direkt auf Aladdins Schritt –, und ich weiß genau, dass ich das noch ewig zu hören bekommen werde, sollte Aiden jetzt gerade zu mir herüberschauen. Aber es ist zu anstrengend, mich zu bewegen.

»Kayla, komm schon. Du liebst doch Billard, oder?«

Keine Ahnung, wer ihm diesen Floh ins Ohr gesetzt hat. Denn krank oder nicht, ich hasse Billard.

»Ja, ja«, antworte ich und frage mich, warum zum Teufel ich nicht meine Krücke mitgenommen habe. Sie stand direkt neben meinem Bett. Und es wäre auch nur eine gewesen, deswegen wäre es nicht allzu offensichtlich gewesen, dass ich mich so sehr darauf abstütze.

Aiden schnappt sich einen Queue von der Wand und reibt dessen Spitze mit Kreide ein, als wäre er ein Billardchampion, der genau weiß, was er da tut.

»Kayla, jetzt komm. Du musst den Queue mit Kreide einreiben.«

»Muss man das?« Ich verziehe das Gesicht und frage mich ernsthaft, warum man das tun sollte.

»Natürlich«, erwidert Aiden, als sei dies eine einleuchtende Erklärung. Ich habe Mühe, mein Grinsen zu verbergen, da ich weiß, dass auch er keine Ahnung hat.

Ich löse mich von der Wand und humpele ins Zimmer hinein, als würde ich beim nächsten Geburtstag hundert Jahre alt.

»8-Ball«, sagt jemand. Es klingt wie ein Raunen am Fenster, wenn man nicht einschlafen kann.

»Wer ist da?«, frage ich und recke den Hals, um den augenscheinlich leeren Raum abzusuchen.

Der Sitzsack vor dem Fernseher raschelt, und der Junge, der sonst immer eins mit dem Sitzsack zu sein scheint, steht auf. Ich habe ihn schon einmal gesehen. Er klebt abends geradezu an dem Sitzsack, bevor ich für meine Folge *Friends* herkomme, und bleibt auch immer noch dort, wenn ich wieder gehe. Ich bin echt erschüttert, ihn aufstehen zu sehen. Irgendwie hatte ich angenommen, dass mit seinen Beinen etwas nicht stimmt, doch er hat sich mühelos erhoben, was mich irgendwie irritiert. Warum ist er überhaupt hier?

»Wer ist als Erstes an der Reihe?«, fragt er und schaut mich an.

»Aiden«, erwidere ich und deute auf ihn, da er den Queue schon in der Hand hält und ich es erst noch bis zur Wand schaffen muss, um mir meinen zu holen.

»Gut«, wendet sich der Sitzsackjunge an Aiden. »Du lochst zuerst ein. Triffst du eine halbe Kugel, dann sind die Halben deine. Triffst du eine Volle, sind das deine Kugeln. Verstanden?«

Aiden nickt, doch sein Blick ist nicht auf den Sitzsackjungen gerichtet, sondern auf mich.

»Brauchst du Hilfe, Kayla?«, fragt mich Aiden.

»Geht schon«, entgegne ich und schließe kurz die Augen, bevor ich vorwärtshoppele. Ich nehme den übrig gebliebenen Queue von der Wand und halte ihn mir vor die Brust wie ein kampfbereiter Krieger.

»Du bist dran«, erklärt der Sitzsackjunge.

»Du siehst aus, als würdest du viel lieber spielen als ich«, stelle ich fest und biete ihm meinen Queue an.

»Nope, unser gesundes Bürschlein hier denkt, er kann es mit dir aufnehmen. Ich würde sagen: Zeig's ihm!«

»Gesundes Bürschlein?« Aiden schnaubt leise, als er unter dem Billardtisch nach etwas sucht.

»Wie heißt du?«, frage ich.

»Sean«, antwortet der Sitzsackjunge mit einem Lispeln, und mir fällt auf, dass sein Kiefer sich nicht richtig öffnet und schießt, wenn er spricht.

Ich hasse mich dafür, dass ich ihn so anstarre. Immerhin fehlt mir ein halbes Bein, Herrgott – ich sollte also nicht so leicht zu schockieren sein. Sean wirkt nur so normal, so unberührt. Sein Kampf erwischt mich unvorbereitet.

»Gefunden!«, triumphiert Aiden, richtet sich wieder auf und reckt ein Plastikdreieck über den Kopf.

»Es ist Mundhöhlenkrebs«, erklärt Sean und ignoriert Aidens Verkündung. »Und bevor du irgendetwas sagen willst: Weder trinke noch rauche ich, ich bin vierzehn, ja? Aber ja, es ist scheiße. Und ja, ich bin im Arsch.«

»Knie«, erwidere ich und deute auf die Polsterung und

den Gips. »Na ja, irgendwie jedenfalls. Eher die Teile rund ums Knie herum, aber mein Knie ist dennoch im Eimer.«

»Autsch«, antwortet Sean. »Und du, gesundes Bürschlein, was ist deine Entschuldigung?« Sean grinst und lässt seinen Blick zu Aiden schweifen. »Warum bist du hier?«

»Ich bin zu Besuch. Nur zu Besuch«, entgegnet Aiden.

»Aha«, schnaubt Sean. »Schön für dich.«

»Aiden ist mein Kumpel aus der Schule«, erkläre ich.

»Also nur ein Freund?«, hakt Sean nach.

Ich muss lachen, wahrscheinlich ein wenig lauter als nötig. »Oh Gott, ja. Wir sind nicht zusammen. Das wird nie passieren. Nicht in einer Million Jahren.«

»Okay, Kayla«, knurrt Aiden, nachdem er die Kugeln in das Plastikdreieck sortiert hat und das dann auf der Mitte des Tisches platziert hat. »Ich glaube, er hat es verstanden. Wir sind nur Kumpels.«

»Hast du denn einen Freund?«, bohrt Sean weiter nach.

Ich schiele auf meinen Gips und frage mich, ob er gerade mit mir flirtet. *Und falls ja, warum? Sieh mich doch bloß mal an. Wer würde mit mir in diesem Zustand flirten wollen?*

Ich höre, wie die Kugeln aneinanderprallen, schaue auf und bin erleichtert, dass Aiden das Spiel begonnen hat. Vielleicht können wir ja wieder zu unserem Gespräch über Billard zurückkehren, damit die Situation hier dank Sean nicht weiterhin so unangenehm ist.

»Guter Anstoß, gesundes Bürschlein«, sagt Sean. »Du hast die halben Kugeln.«

»Hör auf, mich so zu nennen!«, schimpft Aiden.

»Gesundes Bürschlein, gesundes Bürschlein!«, singt Sean.

»Jetzt mal im Ernst, Junge: Wie alt bist du? Sechs oder was? Komm mal lieber zur Vernunft!«, meckert Aiden und knallt den Queue auf den Tisch. Ein paar der Kugeln wackeln und kullern beiseite. Die blaue Kugel verschwindet in der mittleren Tasche.

»Komm schon«, beschwichtige ich Aiden und lege meine Hand auf seine Schulter. »Lass uns einfach weiterspielen.«

»Du kannst nicht mehr weiterspielen«, faucht Sean. »Das gesunde Bürschlein hier pfuscht!« Sean zeigt mit dem Finger auf Aiden und verzieht das Gesicht. »Betrüger! Betrüger! Betrüger!«

»Okay.« Vor lauter Frust macht Aiden große Augen; er schüttelt meine Hand von seiner Schulter ab. »Du bist so ein Schwachkopf, weißt du das? Wärst du nicht schon krank, würde ich dich krankenhausreif schlagen!«

»Aiden!«, rufe ich entsetzt.

»Was denn?«, blafft Aiden. »Du hast doch gehört, was er gesagt hat!«

Ich schüttele den Kopf.

»Oh, muss das gesunde Bürschlein jetzt schmollen, weil seine bessere Hälfte mit ihm geschimpft hat?«, hänselt Sean ihn.

»Okay, das reicht«, stelle ich fest. »Du bist unverschämt! Wir gehen jetzt. Komm, Aiden. Lass uns gehen. Außerdem mag ich gar kein Billard.«

»Ach, ernsthaft?« Sean klingt enttäuscht. »Geht noch nicht! Ich habe doch nur Spaß gemacht.«

»Es hat keiner gelacht«, entgegne ich.

Sean hebt resignierend die Hände über den Kopf und runzelt die Stirn. »Hört zu, es tut mir leid. Ich habe nur herumgealbert, ich wollte euch nicht auf den Sack gehen. Bleibt und spielt. Gleich kommt mich ohnehin meine Großmutter besuchen. Ich muss los.«

Ich höre, wie Aiden lautstark ausatmet und Kugeln einsammelt; ich nehme an, dass er den Billardtisch neu aufbaut, um von vorn anzufangen. Doch meine Blicke kleben an Sean, als er mit hängenden Schultern und gesenktem Kopf Richtung Tür geht. Ihm scheint es wirklich leidzutun, dass er uns so verärgert hat. Ich glaube ja, dass dieses Cooler-Typ-Gehabe in Wirklichkeit alles nur Show ist. Und ich verstehe das total. Vielleicht ist es einfacher, so zu tun, als sei man etwas, was man gar nicht ist, als der Wahrheit ins Gesicht zu schauen, dass man niemals wieder so wird, wie man einmal war.

»Hey!«, rufe ich ihm hinterher, als er gerade zur Tür rausgehen will. »Wir sehen uns gleich, wenn *Friends* läuft, ja?«

Er bleibt stehen und schaut über die Schulter zu mir zurück. »Klar.«

Ich glaube wirklich, dass Sean hier einen Freund brauchen könnte. Und ich auch.

27.

Heather

Ich bin unten im Keller in der Cafeteria und versuche, die Chefin dort zur Vernunft zu bringen, als mein Telefon klingelt. Ich ignoriere es. Jemand hat sich über zu viele Blaubeeren in seinem Muffin beschwert, und die Chefin hat mich beiseitegenommen, um ein ernstes Wörtchen mit mir zu reden. Das war vor mehr als fünf Minuten, dabei habe ich es eilig, schnell wieder nach oben zu Kayla zu kommen. Ich habe sie vor über einer Stunde allein auf der Station gelassen und ihr gesagt, dass ich nicht lange wegbleiben würde.

»Das ist jetzt schon die dritte Beschwerde«, erklärt mir die Cafeteriachefin, die Arme in die Seiten gestemmt.

»Jedes Mal beschwert sich der gleiche Patient«, entgegne ich. »Wenn derjenige keine Blaubeeren mag, dann soll er doch einfach einen Muffin ohne alles nehmen.«

»Wir nehmen Beschwerden sehr ernst, Heather.«

»Und das sollten Sie auch«, nicke ich, während das Handy wütend in meiner Tasche brummt. »Aber das hier ist wirklich schwachsinnig.«

»Heather!« Die Chefin reißt die Augenbrauen hoch. »Ich bin sehr enttäuscht, Sie so etwas sagen zu hören. Wir rühmen uns sehr guter Kundenbewertungen und würden niemals einen unserer Kunden als schwachsinnig bezeichnen.«

Mein Handy hört auf zu klingeln.

»Jemand hat gestern ein Haar in seiner Tomatensuppe gefunden«, erkläre ich und werde zunehmend ungeduldig angesichts dieser lächerlichen Unterhaltung. »Und ich habe nie behauptet, dass die Kunden schwachsinnig sind. Ich sagte, es ist schwachsinnig, sich über zu viel Obst in einem Obstmuffin zu beschweren. Und dabei bleibe ich auch.«

»Backen Sie die Dinger künftig einfach nicht mehr so blaubeerlastig, verstanden?«

Ich bin gerade im Begriff, mit der Frage zu kontern, wie ich im Hinblick auf Himbeeren und Schokostückchen bei Himbeer- und Schokomuffins demnächst verfahren soll, doch die Atempause, die mir das verstummte Handy verschafft hat, ist nur von kurzer Dauer. Es brummt erneut.

»In Zukunft weniger Blaubeeren. Alles klar«, erwidere ich mit zusammengebissenen Zähnen, während ich in meine Tasche greife und das vibrierende Handy heraushole. »Wenn Sie mich jetzt bitte entschuldigen würden, ich muss da ran.«

»Hallo!«, sage ich und presse mir das Handy ans Ohr, während ich meine Finger ans andere Ohr drücke, um den Lärm von den Menschengruppen auszublenden, die um mich herum essen und trinken.

»Heather?«, fragt eine Männerstimme.

»Ja.« Ich eile durch die Flügeltür der Cafeteria und werde sofort von der plötzlichen Stille des Flurs empfangen, während ich zum Aufzug laufe.

»Heather, hier ist Jack. Jack Patterson.«

»Dr. Patterson«, erwidere ich überrascht, dass *er* derjenige ist, der mich unaufhörlich angerufen hat. Die Aufzugtüren öffnen sich, und die Frau, die vor mir den Aufzug betritt, hält die Türen blockiert, doch meine Füße sind wie angewurzelt. Ich winke ab, woraufhin sie die Hand zurückzieht und die Türen sich schließen. »Was ist passiert? Gibt es weitere Untersuchungsergebnisse? Sieht es schlecht aus?«

»Wo sind Sie?«, erkundigt sich Jack.

»Ähm.« Ich schlucke und werfe einen Blick über die Schulter zurück zur Cafeteriatür. »Ich bin auf dem Weg zur Station.«

»Okay. Gut. Dann treffen wir uns dort in ein paar Minuten.«

»Was ist los? Sie machen mir Angst, Jack!«

»Nichts«, erwidert er in diesem beruhigenden Tonfall, den ich inzwischen so gut kennengelernt habe, dass ich weiß, dass da gleich irgendein »Aber« folgt.

Ich haue auf den Knopf an der Wand und hole panisch den Aufzug zurück. *Pling!* Die Fahrstuhltür teilt sich, und ich kann es kaum abwarten, dass der Mann im Inneren endlich rauskommt, bevor ich in den Aufzug stürme.

»Jack, sagen Sie's einfach«, fordere ich und schlage auf den Knopf, mit dem ich in die dritte Etage gelange. Der Aufzug quietscht und ächzt und fährt gehorsam in die Höhe. »Jack?«, rufe ich, doch die Verbindung ist unterbrochen.

Ich lasse das Handy sinken und starre aufs Display. Ich hätte wissen sollen, dass ich im Aufzug keine Verbindung mehr habe. Ich zähle mit der Digitalanzeige über der Tür die Etagen mit. Erste Etage … zweite … Mist! Verdammt. Wir halten erst noch auf der zweiten Etage an.

»Fahren Sie runter?«, fragt eine junge Frau, nachdem sich die Fahrstuhltüren geöffnet haben.

»Nach oben.« Ich deute nach oben, bereit, auf den Knopf zu drücken, mit dem sich die Türen wieder schließen.

»Reeeeeeeein! Reeeeeeeein!«, kreischt das Kleinkind auf ihrem Arm.

Sie packt ein zweites, älteres Kind an der Hand, und ich trete beiseite, als sie den Aufzug betreten. Die Türen ächzen und quietschen und scheinen eine Ewigkeit zu brauchen, bis sie sich endlich schließen. Das Kleinkind und das ältere Kind strecken sich gegenseitig die Zungen raus, schreien und brüllen und stecken offensichtlich mitten in einem Geschwisterkrieg. Ihre Mutter wirft ihnen einen Blick zu, der sie warnt, gleich mächtig Ärger zu bekommen, sobald ich aus dem Fahrstuhl raus bin.

Pling!

»Wie könnt ihr nur, alle beide?«, höre ich sie knurren, bevor sich die Türen hinter mir gänzlich schließen. »Ich bin sicher, die Dame gerade war schockiert. Ich bin entsetzt über euer Verhalten!«

Ich hole tief Luft und schüttele den Kopf. Ich kann mich gut daran erinnern, dass ich Kayla auf die gleiche Art und Weise ausgeschimpft habe, als sie noch klein war. Mit etwa zwei Jahren hatte sie einen Trotzanfall mitten in der Süßigkeitenabteilung von Tesco, weil ich ihr keine riesengroße Toblerone kaufen wollte; und es auch nicht konnte, weil ich es mir nicht leisten konnte. Ich habe mich geschämt, als Fremde dabei zugesehen haben, wie sie mit Armen und Beinen um sich geschlagen und getreten und dazu laut geschrien hat. Ich erinnere mich gut, wie mein Gesicht brannte und meine Laune in den Keller sackte, und ich dachte, dass es zu schwer sei und zu viel Kraft kosten würde, Mutter zu sein. Ich kann mich jedoch nicht mehr daran erinnern, wer die Leute waren, die mich angestarrt haben. Ich weiß nicht mehr, ob sie jung oder alt waren. Ob es Männer, Frauen oder beides waren. Ich erinnere mich nur noch an dieses bange Gefühl: *Ich schaffe das nicht.*

Dieses Gefühl packt mich jetzt wieder, als ich vor der Sicherheitstür von Kaylas Station stehe. Mir zittern die Knie, meine Handflächen sind verschwitzt. Ich will in das Zimmer eilen und Kayla ganz fest umarmen. Ich möchte mich dafür entschuldigen, dass ich ihr damals die Toblerone nicht gekauft habe, und ihr am liebsten so viel Schokolade kaufen, wie sie nur essen kann. Aber meine Beine wollen sich einfach nicht fortbewegen. Jack wartet hinter dieser Tür auf mich, und ich weiß, dass ich das, was er mir zu sagen hat, gar nicht hören will.

»Gehen Sie rein, Liebes?« Ich schrecke auf, als eine der Stationsschwestern plötzlich hinter mir auftaucht.

Ich nicke, da mir die Worte fehlen.

Sie legt mir eine Hand auf die Schulter. »Sie sind nicht der erste Elternteil, der von diesen Türen überfordert ist.«

»Es ist nur …«

»Haben Sie einen Sohn oder eine Tochter bei uns auf der Station liegen?«, fragt sie, als sie ihren Sicherheitsausweis durch das kleine Kästchen neben der Tür zieht. Daraufhin ertönt erst ein Summen, dann ein Klicken, bevor sich die Tür schließlich öffnet.

»Meine Tochter. Kayla.«

»Ach, Kayla!«, nickt die Schwester, während wir die Station betreten. »Sie ist ein tolles Mädchen. Obwohl ich fürchte, dass sie nicht gut auf mich zu sprechen ist. Ich habe ihr heute Morgen vorgeschlagen, den Zugang an ihrer Hand zu erneuern. Sie hat nichts gesagt, aber …«

»Wenn Blicke töten könnten, oder?«, sage ich und muss an Kaylas bitterbösen Blick denken. »Oh Gott, das habe ich so nicht gemeint«, fahre ich schnell fort und versuche, zurückzurudern. Ich wünschte, ich hätte nichts gesagt.

»Ach, machen Sie sich keine Sorgen«, entgegnet die Schwester. »Da habe ich schon Schlimmeres gehört.«

»Tut mir leid«, entschuldige ich mich.

»Hören Sie«, sagt die Schwester, nimmt meine Hände und drückt sie sanft. »Sie müssen nicht jedes Ihrer Worte auf die Goldwaage legen. Denn wenn Sie damit anfangen, sind Sie nicht mehr Sie selbst, und das wird Kayla erst recht merken. Die krebskranken Kinder sind immer noch Kinder, und sie brauchen Eltern, die einfach Eltern sind. Seien Sie nicht so hart zu sich selbst. Sie machen genug mit.«

»Danke«, sage ich. »Ich werde versuchen, daran zu denken.«

»So, und jetzt kehre ich am besten wieder zu meiner

Arbeit zurück«, sagt sie und drückt ein letztes Mal meine Hände. Ich wünschte, sie hätte das nicht getan, da sie so schwitzig sind, dass es schon eklig ist. »Schön, Sie kennengelernt zu haben.«

»Ja, ebenfalls«, erwidere ich.

Widerwillig setze ich einen Fuß vor den anderen und nähere mich Kaylas Zimmer am Ende des Flures. Je näher ich komme, desto lauter höre ich vertraute Stimmen und Gelächter. Das bange Gefühl lässt allmählich nach, und ich lasse den Gedanken zu, dass ich Jacks Anruf vielleicht überbewertet habe. Möglicherweise wollte er nur Kaylas Aufzeichnungen mit mir durchgehen oder mich auf den neuesten Stand bringen. Ich muss wirklich aufhören, immer gleich das Schlimmste anzunehmen, sonst wird Kayla das merken, wie die Schwester eben gesagt hat.

»Hey, Mum«, begrüßt mich Kayla, die im Bett sitzt, als ich ihr Zimmer betrete.

»Hey, du!«, sage ich.

»Du warst eine halbe Ewigkeit weg. Ist alles in Ordnung?«

»Ja, ja. Es gab nur eine alberne Muffinkrise. Hallo, Jack!«, begrüße ich den Rücken des weißen Kittelträgers an Kaylas Bettende.

»Hi, Heather«, erwidert Dr. Patterson und ist zu sehr damit beschäftigt, Kaylas Bein zu untersuchen, um sich zu mir umzudrehen.

»Hallo, Aiden«, fahre ich fort.

Aiden tritt beiseite, damit ich an ihm vorbei und näher zu Kayla kann. Ich setze meine Tasche auf dem Stuhl neben ihrem Bett ab und beuge mich über Kayla, um ihr einen Kuss auf die Stirn zu geben. Dies scheint zur Angewohnheit geworden zu sein, wenn ich ihr Zimmer betrete oder verlasse.

»Habt ihr euch ein wenig unterhalten können?«, frage ich und schaue zuerst Kayla an, dann Aiden.

»Ja, haben wir«, nickt Kayla. »Das war schön.«

Ich lächele. Mein Blick ruht auf Aiden. Er ist ungewöhnlich still und obendrein noch recht blass. So blass wie einige der Kinder hier auf der Station.

»Prima. Ich freue mich, dass ihr die Gelegenheit hattet, euch auszutauschen und …« Mir stockt der Atem, als ich einen Blick auf Kaylas Verband erhasche und dunkelrote Flecken sehe, die da vorher nicht gewesen sind. Ich zeige darauf. »Du meine Güte, was ist passiert?«

»Mum, flipp nicht aus!«, erwidert Kayla.

Weitere blutige Verbandsteile landen in einer Nierenschale auf Kaylas Bett. Jack sitzt daneben und wickelt einen frischen weißen Verband um Kaylas Knie.

»Kayla ist im Spieleraum ohnmächtig geworden. Sie ist hingefallen«, erklärt Jack.

»Geht es ihr gut?« Auf der Suche nach einer Antwort mustere ich Jacks Miene, doch er schaut nicht zu mir auf. Mein Blick wandert zu Kayla. »Alles in Ordnung mit dir?«

»Ihr geht es gut«, erwidert Jack. »So etwas passiert. Es ist nicht ideal, aber ab jetzt passen wir besser auf, dass so etwas nicht noch einmal passiert. Nicht wahr, Kayla?«

Kayla nickt.

»Aber Sie sollten sich jetzt nicht beunruhigen oder sich Sorgen machen, Heather«, fährt Jack fort. »Es ist nichts passiert, und wir hätten den Verband sowieso bald gewechselt.«

»Haben Sie mich deswegen angerufen?«, frage ich.

»Ja.« Jack lächelt. »Ich dachte, Kayla könnte jetzt eine Umarmung brauchen. Sie war sehr tapfer.«

»Oder ziemlich dumm«, blaffe ich. »Kayla, was um alles in der Welt hast du dir bloß dabei gedacht? Du weißt doch, dass du nicht aufstehen sollst, wenn dir schwindelig ist. Wie oft muss ich dir das noch sagen?«

»Mir war langweilig.« Kayla verschränkt die Arme vor der Brust und kneift die Augen zusammen. »Es ist sterbenslangweilig hier. Es ist ja wohl kein Verbrechen, mal einen Tapetenwechsel zu wollen!«

»Aiden, was hast du dir bloß dabei gedacht, so mit ihr hier im Krankenhaus durch die Gegend zu ziehen? Ihr geht es nicht gut. Warum verstehst du das nicht?«

»E–E–Es tut mir leid«, stottert Aiden.

»Es ist nicht Aidens Schuld«, protestiert Kayla. »Der Spieleraum war meine Idee.«

Mein Blick wandert zur Wand. Dort steht noch Kaylas Krücke exakt am selben Platz wie eben, als ich nach unten gegangen bin. »Hast du daran gedacht, die Krücke mitzunehmen?«

»Die habe ich vergessen.« Kayla zuckt mit den Schultern.

»Du hast sie vergessen«, wiederhole ich fassungslos. Ich schüttele den Kopf, die Lippen fest aufeinandergepresst.

»Es ist ja nichts Schlimmes passiert«, gibt Jack zu bedenken.

Ich atme so scharf aus, dass mir schwindelig wird. »Vielleicht dieses Mal nicht, Gott sei Dank. Aber Kayla, wir müssen dringend reden.«

»Na, prima«, stöhnt Kayla.

»Aiden, würde es dir etwas ausmachen …?«

»Kein Problem«, erwidert Aiden. »Ich warte dann draußen.«

»Ich denke, es wird Zeit heimzugehen, Aiden«, entgegne ich und schüttele den Kopf. »Der Tag war lang genug.«

»Muuuummm!«, mault Kayla. »Das ist unfair! Aiden ist den ganzen Weg hier raufgefahren, um mich zu besuchen.«

»Schon gut, Kayla«, beschwichtigt mich Aiden.

»Aiden, es tut mir *wirklich* leid«, fahre ich fort, »aber Kayla muss sich jetzt ausruhen.«

»Alles gut, Heather. Ich verstehe das. Außerdem hat meine Mum gesagt, dass ich vor sechs Uhr zu Hause sein soll. Sie will nicht, dass ich noch im Zug sitze, wenn es schon dunkel wird.«

»Bist du sicher, dass es für deine Mutter okay ist, dass du allein mit dem Zug fährst, Aiden?«, frage ich und hege insgeheim die Vermutung, dass er einfach die Schule geschwänzt hat und auf eigene Faust nach Dublin gekommen ist, ohne dass seine Eltern davon wissen. Ich frage mich, ob ich Mary eine Nachricht schicken sollte, aber ich will Aiden nicht in Schwierigkeiten bringen.

Aiden nickt, die Augen weit aufgerissen. »Klar, das geht in Ordnung für sie«, erwidert er mit Nachdruck.

»Alles klar. Aber schreib uns kurz, wenn du zu Hause angekommen bist, ja?«, bitte ich und gehe mit meinem Gewissen diesen Kompromiss ein. »Damit wir wissen, dass du sicher zu Hause angekommen bist.«

»Mache ich«, nickt Aiden. »Oh, das hätte ich beinahe vergessen.« Er bückt sich und kramt in seiner Schultasche herum, bis er schließlich eine große Toblerone herauszieht. »Deine Lieblingsschokolade, Kayla.«

»Oh mein Gott! Mit weißer Schokolade?«, fragt Kayla und richtet sich ein wenig gerader auf.

»Yep.«

»Du bist ein Held!«

Aiden überreicht ihr die riesengroße Toblerone, und Kayla zieht ihn zu sich und umarmt ihn. Weil sie ihn damit überrascht, gerät er ins Wanken. Ich halte die Luft an und habe kurz Panik, dass er das Gleichgewicht verlieren und auf sie fallen könnte.

»Vielleicht kannst du mich ja bald wieder besuchen«, schlägt Kayla vor.

»Ja.« Aiden macht den Schulrucksack zu und schiebt sich einen Träger über die Schulter. »Aber dann muss es am Wochenende sein. Wenn ich dafür noch einen Schultag schwänze, bringt Mum mich um.«

Ich starre Aiden an und warte darauf, dass er merkt, was er da gerade zugegeben hat.

Es dauert ein wenig, bis der Groschen fällt, dann wendet er sich kleinlaut an mich. »Oh, Heather. Du sagst meiner Mutter doch nichts, oder?«

»Dieses Mal nicht, nein«, versichere ich ihm. »Aber das

kannst du nicht noch einmal machen, Aiden. Das bringt mich nämlich in eine blöde Lage. Außerdem habe ich jetzt zusätzlich die Sorge, ob du heil zu Hause ankommst. Ich mache mir schon Sorgen genug um Kayla, da brauche ich nicht noch mehr Dinge, über die ich mir den Kopf zerbrechen muss. Weißt du überhaupt, welchen Bus du nehmen musst, um zum Bahnhof zurückzugelangen?«

»Ähm …«, murmelt Aiden unsicher.

»Oh, Aiden!«

»Meine Schicht ist bereits seit vierzig Minuten zu Ende«, ergreift Jack das Wort, steht auf und nimmt die Schale mit Kaylas blutigen Verbänden weg. »Ich fahre nach Hause, sobald mit Kayla alles in Ordnung ist. Auf dem Weg fahre ich durch die Stadt. Ich könnte Aiden mitnehmen, wenn das hilft.«

»Oh.« Unsicher zucke ich zusammen. *Meine Güte, ich könnte Aiden dafür erwürgen, dass er sich hinter dem Rücken seiner Mutter aus dem Staub gemacht und uns alle in eine so unangenehme Lage gebracht hat!*

»Das wäre total cool. Danke!«, erwidert Aiden und schiebt den anderen Arm in den zweiten Trageriemen seines Rucksacks.

»Wirklich eine große Hilfe, Jack. Vielen Dank!«, bedanke ich mich.

»Ach, wir waren doch alle mal Teenager und haben dumme Sachen angestellt. Aber das nächste Mal, junger Herr, wenn ich dich hier auf der Station sehe, will ich sicher sein, dass deine Eltern darüber Bescheid wissen.«

»Ja. Versprochen«, erwidert Aiden. Seine Wangen sind

knallrot, und ich bin sicher, dass er seine Lektion gelernt hat.

»Vielen Dank«, flüstere ich Jack zu, woraufhin er mich mit seinen großen, wunderschönen haselnussbraunen Augen anschaut und lächelt.

»Bye, Kayla!«, verabschiedet sich Aiden.

»Jetzt geh, du Dummkopf«, erwidert Kayla, packt die Toblerone aus und beißt ab. »Aber komm bald wieder, ja?«

»Ja, versprochen.«

»Komm schon, junger Herr«, sagt Jack und legt seinen Arm um Aidens Schulter. »Dann wollen wir dich mal zum Zug bringen.«

28.

Charlotte

Molly hüpft die Treppe zwischen dem Erdgeschoss und der dritten Etage hinauf. Zwar hätte ich gern den Aufzug genommen, doch Molly wollte unbedingt alle Filmfiguren sehen, die auf dem Weg nach oben auf die Wände gemalt sind.

»Das hier ist Jetztmin«, sagt Molly und zeigt aufgeregt auf die Figur.

»Jasmin«, verbessere ich sie.

»Und hier Alading«, fährt Molly fort.

»Aladdin, Molly.« Ich atme aus. »Aladdin. Wir haben den Film doch schon zwanzigmal gesehen.«

»Ich kann's gar nicht abwarten, Kayla zu sehen«, stellt Molly fest. Ihre Hand in meiner schwingt vor und zurück.

»Ich auch.«

»Oh, schau mal!«, ruft Molly, als wir den ersten halben Treppenabsatz erreicht haben. »Da ist Mobile.«

»Du meine Güte, Molly«, grinse ich. »Das ist *Mogli*. Mogli aus dem *Dschungelbuch*.«

»Ich mag das Dschungelbuch.« Molly hüpft weiter. »Mir

gefällt besonders, dass der Elefant da immer höher und höher fliegt.«

»Molly«, sage ich, als wir den nächsten Treppenabsatz erreichen. »Das ist *Dumbo.*«

»Nein!« Molly verzieht das Gesicht und wirft das Haar theatralisch über die Schulter nach hinten, um noch einmal zur Wand zu schauen, an der wir gerade vorbeigegangen sind. »Das ist Mobile.«

»Nein, ich meine den fliegenden Elefanten. Der heißt *Dumbo.*« Ich schüttele den Kopf und bin jetzt schon erschöpft. »Weißt du was? Das spielt gar keine Rolle.«

Mollys Hand zerrt an meiner, und ich weiß, ohne hinsehen zu müssen, dass sie versucht, näher an die Gemälde im Flur heranzukommen, während wir die Treppe hinauflaufen.

»Ich bin müde«, verkündet Molly, als wir den nächsten Treppenabsatz erreichen.

»Es war deine Idee, junge Dame, die Treppe zu nehmen. Komm. Wir haben es nicht mehr weit. Kayla wartet auf uns.«

»Und Lollis. Kayla hat Lollis.«

Ich halte wie vom Blitz getroffen inne, sodass Mollys Hand an mir reißt, als sie versucht weiterzulaufen.

»Molly, es wird nicht jedes Mal Lollis geben, wenn wir Kayla besuchen. Das weißt du, oder?«

Mollys Unterlippe sackt herunter, und sie schüttelt den Kopf.

»Süße, hat dir Daddy das nicht erklärt?«

Molly starrt mich ausdruckslos an. Für ein Kind, das fast unaufhörlich redet, ist Molly jetzt eine stumme Statue. Ich wende mich ab und verdrehe die Augen. Gestern Abend hatte ich Gavin extra gebeten, mit Molly zu sprechen; sie sanft darauf vorzubereiten, was uns erwarten wird.

»Was *hat* Daddy dir denn gesagt?«

»Dass wir nach der Schule Kayla besuchen …«

»Und …?«

»Und dass wir Alading und Mobile sehen.«

»Und?«

»Das ist alles«, erwidert Molly herzig und lächelt, während sie an meiner Hand zupft, um weiterzugehen.

Sanft ziehe ich sie zurück. »Hat Daddy dir gesagt, dass es Kayla vielleicht nicht gut gehen könnte?«

Molly schüttelt den Kopf. »Hat Kayla wieder Bauchweh?«

»Na, prima. Vielen Dank auch, Gavin«, stöhne ich leise.

»Was ist prima, Mummy?«, fragt Molly.

»Nichts. Nichts«, entgegne ich und wünschte mir, mein Kind hätte nicht gerade die Ohren einer Fledermaus. »Jetzt komm, wir besuchen Kayla, ja?«

»Hurra«, jubelt Molly, hüpft wieder die Stufen hinauf und hat dabei offenbar ganz vergessen, dass sie sich vor zwei Minuten noch über ihre müden Beine beschwert hat.

Kurz darauf beschwert sich Molly dann jedoch wieder und muss in der zweiten Etage kurz aufs Klo, bevor wir endlich auf Kaylas Station ankommen. Hier scheinen Bleichmittel und Desinfektionsmittel geradezu von den Wänden zu tropfen. In diesem Teil des Krankenhauses ist der Geruch um ein Vielfaches stärker als anderswo. Ich frage mich, ob es nur an meiner Einbildung liegt oder ob hier alles einfach steriler sein muss, weil die Kinder so krank sind. In meinem Hals bildet sich ein Kloß, und ich versuche, nicht darüber nachzudenken.

Nachdem sich Mollys Finger aus meinen gewunden haben, stürmt sie mit neuer Energie in Kaylas Zimmer. Ich eile hinterher und wünschte, ich hätte sie daran erinnert, nicht auf Kaylas Bett zu springen. Ich habe es ihr zwar im Auto gesagt, aber in ihrer Aufregung könnte sie es vielleicht vergessen.

»Pssst!« Heather sitzt auf dem Stuhl neben Kaylas Bett und legt einen Finger an die Lippen. »Kayla schläft, Molly.«

»Aber es ist doch Tag!« Molly zeigt zum Fenster, wo die Herbstsonne durch die Scheiben der vergitterten Fenster scheint und kleine Rechtecke auf den Fliesen bildet, die wie eine Patchworkdecke aus Licht aussehen.

»Sie ist sehr müde«, erklärt Heather.

Ich versuche, meinen Schock darüber, wie bleich und dünn Kayla da im Bett liegt, nicht offen zu zeigen. Die Chemo hat ihr nicht nur die Farbe von den Wangen geraubt, sondern auch den Glanz ihres Haars. *Arme Kayla.* Aber Heather sieht ebenfalls schrecklich aus. Ihr Haar ist ganz durcheinander, es sieht aus, als hätte sie es heute noch nicht gekämmt. Unter den Augen hat sie große dunkle Ringe, und ihre Haut ist fast so grau wie ihr Pulli.

»Wie geht es ihr?«, frage ich und neige den Kopf in Richtung des Betts.

»Sie ist vorhin hingefallen«, schildert Heather mit zittriger Stimme.

»Sie ist hingefallen? Du meine Güte!«

»Ich bin in der Schule hingefallen«, erklärt Molly und zieht das Bein ihrer schuleigenen Trainingshose hoch, um eine Schorfkruste auf dem Knie zu zeigen, die mindestens schon eine Woche alt ist.

»Geht es ihr gut?«, frage ich. »Also, sie hat sich dabei nicht wehgetan, oder?«

»Oh doch, es hat wehgetan.« Heather nickt. »Sie haben ihr Morphium gegeben, das ist wahrscheinlich auch der Grund, warum sie so schläfrig ist. Gott sei Dank ist aber nichts Schlimmes dabei passiert. Es hat nur ziemlich geblutet.«

»Gott sei Dank. Aber wie konnte das passieren?«

»Sie hat im Spieleraum Billard gespielt.« Heather verdreht die Augen. »Dabei mag sie nicht mal Billard.«

»Hier gibt es einen Spieleraum?« Molly hüpft aufgeregt auf und ab. »Ich will in den Spieleraum. Bitte, Mummy. Biiittteee!«

»Molly, wir sind jetzt hier, um Kayla zu besuchen«, entgegne ich.

Doch Heather schüttelt den Kopf. »Ich glaube nicht, dass Kayla heute noch Besuch empfangen kann, Molly. Tut mir leid. Sie schläft tief und fest.«

»Wir können also nicht spielen?« Molly macht ein langes Gesicht.

»Heute leider nicht, Molly«, erwidert Heather.

»Aber ich will spielen!«, schreit Molly, woraufhin sich Kayla bewegt.

»Schschscht! Schschscht!«, macht Heather und beugt sich vor, um Kayla übers Haar zu streichen.

Ich bücke mich, um mit Molly auf Augenhöhe zu sein. »Molly, wir müssen flüstern, wenn jemand schläft. Das weißt du doch.«

Heather schaut mich verärgert an, als ich mich wieder aufrichte. Dann starrt sie Molly finster an. Ich weiß nicht, was ich ihrer Meinung nach noch sagen soll.

»Es tut mir wirklich leid.« Heather seufzt, steht auf und geleitet uns in Richtung der Tür. »Ihr seid leider vergebens gekommen. Aber Kayla geht es heute einfach zu schlecht. Vielleicht kommt ihr besser ein anderes Mal wieder.«

»Aber ich will nicht nach Hause!« Molly weint.

Ich nehme Molly auf den Arm, woraufhin sie ihr Gesicht an meinen Hals schmiegt. »Ich will mit Kayla spielen«, schluchzt sie.

»Wir kommen wieder, Heather«, erkläre ich. Ich meine das gar nicht so bedrohlich, wie es klingt – ich hatte mich einfach nur sehr darauf gefreut, Kayla zu sehen.

»Okay. Vielen Dank.« Heather lächelt und schließt hinter uns die Tür.

Ich taumele ein wenig, als ich Molly absetze und ihre kleinen, rundlichen Fingerchen sich um meine Hand schließen.

»Es tut mir unheimlich leid, Süße. Ich weiß, wie gern du Zeit mit Kayla verbracht hättest.«

Molly antwortet nicht. Sie schnieft und fährt sich mit dem Ärmel ihres Mantels unter der Nase entlang.

»Ich weiß zufällig«, sage ich und bemühe mich, dabei munter zu klingen, »dass es unten ein Geschäft gibt. Hast du das gesehen, als wir ins Krankenhaus gekommen sind?«

Molly nickt.

»Jede Wette, dass die Lollis verkaufen.« Ich verziehe albern das Gesicht und hoffe, meiner Tochter damit ein Lächeln zu entlocken.

Es funktioniert. Molly grinst. »Edbär?«

»Schauen wir uns das doch mal an.« Ich schwinge Mollys Hand vor und zurück, während wir uns gemeinsam zum Kiosk begeben.

29.

Charlotte

Dank des Feierabendverkehrs dauert es ewig, bis wir nach Hause kommen. Als ich endlich auf unsere Einfahrt abbiege, ist Molly auf dem Rücksitz eingeschlafen.

Ich stelle den Motor ab und lehne den Kopf nach hinten an die Kopfstütze. Ich habe die Augen gerade mal eine Sekunde lang geschlossen, als es an meine Autoscheibe klopft.

Ich öffne die Augen und richte mich gerade auf. Meine neugierige Nachbarin! Innerlich stöhne ich auf, während ich widerwillig die Scheibe herunterkurbele.

»Hallo, Trish.«

»Hey, Charlotte! Ich hoffe, der Moment ist günstig.«

»Günstig wofür?«

»Für einen kurzen Plausch«, antwortet Trish mit einem Grinsen, das mir schon verrät, dass sie sehr genau weiß, dass der Moment niemals günstig ist für ihr nerviges, übergriffiges Geplapper.

Ich werfe einen Blick über die Schulter zur Rückbank. »Eigentlich, Trish … Molly ist eingeschlafen, deswegen …«

»Ach, prima, dann können wir ja kurz reden, während sie schläft«, sagt Trish.

»Na ja, ich sollte sie besser nach drinnen und ins Bett bringen«, entgegne ich, drehe mich wieder um und knalle fast gegen Trish, die ihren Kopf durch mein Autofenster geschoben hat, um einen Blick auf Molly zu erhaschen.

»Ich halte dich schon nicht lange auf«, antwortet Trish. »Ich dachte nur, du solltest wissen, dass ich ein Auge auf euer Haus habe und …«

»Auf unser Haus?« Überrascht reiße ich die Augen auf.

»Nachbarschaftswache«, erwidert Trish. »Aber … du meine Güte, ich weiß gar nicht, wie ich es sagen soll …« Trish pocht mit der Hand auf ihre Brust, als müsse sie ihr Herz schützen. »Ich habe Gavin mit einer anderen Frau gesehen.«

Ich hasse mich selbst dafür, dass sich mein Gesicht zuerst zu einer *Oh-mein-Gott-Miene* verzieht, bevor mein Verstand nachzieht. »Heather. Das ist seine Ex.«

»Oh. Oh!«, stammelt Trish.

Oh Gott, stöhne ich innerlich. *Warum habe ich das bloß gesagt? Das muss doch bei Weitem noch schlimmer klingen als das, was Trish gedacht hat!*

»Ihre gemeinsame Tochter, meine Stieftochter, ist krank«, erkläre ich daher schnell. »Heather wohnt eine Weile bei uns.«

Oh mein Gott, Charlotte, halt bloß den Mund, denke ich, während Trishs Lippen zucken, als sie sich dieses kleine Goldjuwel von pikantem Gerücht auf der Zunge zergehen lässt.

»Die kleine Kayla?«, fragt Trish.

»Sie ist gar nicht mehr so klein«, entgegne ich. »Kayla ist mittlerweile fünfzehn.«

»Du meine Güte, wie die Zeit vergeht …«

Ich nicke und frage mich, wann Trish wohl ihre Nase aus meinen Angelegenheiten ziehen und endlich nach Hause verschwinden wird.

»Bleibt Kaylas Mum denn länger? Also hier?« Trish deutet auf mein Haus, als bräuchte ich Klarheit, wo ich wohne.

»Ich habe keine Ahnung«, antworte ich, während mir klar wird, dass ich *wirklich* keinen blassen Schimmer habe, wie lange ich mein Haus mit der Frau teilen werde, mit der mein Mann früher geschlafen hat.

»Das bedeutet aber doch ein zusätzliches Auto, das hier parken muss, dabei ist die Sackgasse ohnehin überfüllt. Die Nachbarn beschweren sich schon«, verkündet Trish.

»Ach, tatsächlich?« Ich greife nach dem Türöffner und mache die Tür auf, ohne mich darum zu kümmern, ob Trish vorher noch ihren Kopf durchs Fenster zurückzieht oder nicht. Ich richte mich auf und überrage meine deutlich kleinere Nachbarin. »Wenn jemand damit ein Problem haben sollte, kann er sich gern an mich wenden.«

»Du weißt ja, wie die Leute hier sind.« Trish strafft die Schultern, um sich größer zu machen. »Man erwartet von mir, das Reden zu übernehmen. Manchmal wünschte ich mir, die Leute würden nicht so viel erwarten.«

Ich ignoriere Trish, als ich die hintere Autotür auf der Fahrerseite öffne und mich hineinbeuge, um Molly abzuschnallen. Molly murmelt etwas und stöhnt, als ich sie auf den Arm nehme. Gebückt weiche ich zurück und habe mit dem schlaffen Körper meiner Tochter zu kämpfen. Auf einem Bein balancierend, schließe ich die Autotür mit dem anderen Fuß.

»Wenn euer Gast also das Auto irgendwo um die Ecke parken könnte, wo mehr Platz ist, wären hier alle sehr dankbar, so viel ist sicher«, schwadroniert Trish weiter.

»Schschsch, schschsch, Süße«, sage ich beruhigend und streichele Molly übers Haar, als sie sich regt. Trishs Geplapper weckt sie auf.

»Ich vermisse Kayla«, murmelt Molly im Schlaf.

»Ich auch«, flüstere ich, »ich auch.«

Ich glaube, dass Trish immer noch redet, als ich den Schlüssel in die Haustür stecke. Auf der obersten Stufe drehe ich mich um und schaue meine Nachbarin an, deren Mund sich weiterhin bewegt, doch ich bin so müde, dass ich nicht mal die einzelnen Worte verstehe, die ihr über die Lippen kommen.

»Bye, Trish«, sage ich, drehe mich um, betrete das Haus und knalle die Tür so fest zu, dass der gesamte Türrahmen wackelt.

Als ich Molly auf das Sofa im Wohnzimmer lege, zittere ich. Ich ziehe ihr die Schuhe aus, nehme den Überwurf von der Rückenlehne des Sofas und breite ihn über ihr aus.

»Hab dich lieb, Mummy«, stammelt Molly und schmiegt sich an die weiche Decke.

»Ich habe dich auch lieb, meine kleine Prinzessin.«

Danach schalte ich *CBeebies* an, den Kinderkanal, und denke kurz über die Flasche Rotwein nach, die im Kühlschrank steht. Es klingelt an der Tür, doch ich ignoriere es. Ich bin sicher, dass es wieder Trish ist, der noch etwas eingefallen ist, weswegen sie mich anmeckern will.

Ich hole das Handy aus der Tasche und rufe auf dem Weg in die Küche Gavin an.

»Hey, du«, ertönt nach nur einem Mal Klingeln die Stimme meines Mannes.

»Das war aber schnell«, stelle ich verblüfft fest.

»Ich hatte gerade mein Handy in der Hand und habe eine Nachricht gelesen, als dein Anruf kam.«

Allein schon Gavins Stimme zu hören, empfinde ich als tröstlich und beruhigend. »Ich wollte mir gerade einen Rotwein aufmachen und dann mit dem Abendessen loslegen. Wie wären Fajitas?«

»Ähm, vielleicht machst du besser nur was für Molly und dich«, erwidert Gavin. »Ich bringe mir später etwas aus der Imbissbude mit.«

»Was? Wo bist du denn?«, frage ich. »Ich dachte, du seist jetzt auf dem Heimweg?«

»Das war ich auch. Aber dann hat Heather angerufen. Kayla ist heute gestürzt.«

»Ich weiß. Die Arme.«

»Heather hat mich gebeten, herzukommen«, fährt Gavin fort.

»Oh. Ist Kayla denn wach?«

Gavin hält inne; vermutlich ist ihm die Überraschung in meiner Stimme nicht entgangen.

»Molly und ich waren eben im Krankenhaus, aber Kayla hat geschlafen.«

»Ach, wie schade.« Gavin seufzt. »Kayla wird enttäuscht sein, dass sie Molly verpasst hat.«

»Molly war auch ganz traurig«, erwidere ich. »Ich musste sie mit einem Lolli bestechen.«

Gavin gluckst. »Mollys Antwort auf alles lautet Zucker.«

»Wenn Kayla immer noch schläft, warum bist du dann da? Wäre es nicht besser, bis morgen zu warten, wenn sie tatsächlich mitbekommt, dass du da bist?«

»Um ehrlich zu sein, glaube ich, dass Heather ein wenig Unterstützung braucht«, entgegnet Gavin. »Sie ist vollkommen fertig.«

Ich sage nichts mehr. Denn auch ich könnte ein wenig Unterstützung brauchen. Auch ich bin völlig fertig. Gavin habe ich in den letzten Wochen kaum zu Gesicht bekommen. Molly hat ihn überhaupt nicht mehr gesehen, da er morgens das Haus verlässt, bevor sie aufwacht, und sie schon längst wieder im Bett ist, wenn er nach Hause kommt.

»Charlie, bist du noch da?«, fragt Gavin.

»Ja«, erwidere ich.

»Wir sehen uns später, okay?«

»Okay.«

»Liebe dich«, flüstert Gavin.

Ich lege auf und werfe das Handy auf die Küchentheke. Dann schnappe ich mir ein Glas aus dem Schrank, öffne die Weinflasche und schenke mir Wein ein, bis das Glas fast überläuft. Ich trinke einen großen Schluck, gefolgt von noch einem und noch einem. Als das Glas leer ist, setze ich es auf der Küchentheke ab und beschließe, besser erst das Abendessen zuzubereiten, bevor ich mir ein weiteres Glas einschenke und ich danach dann zu betrunken dafür bin. Mir ist jetzt schon schwindelig.

Ich öffne die Kühlschranktür und ziehe das Gemüsefach heraus, als im Wohnzimmer ein dumpfer Schlag ertönt, gefolgt von einem hohen, lauten Schrei und Schluchzern. Als ich ins Wohnzimmer stürze, sehe ich, dass Molly vom Sofa gerollt ist.

30.

Heather

Ich drehe den Schlüssel um, doch die Tür bewegt sich keinen Zentimeter. Daran zu rütteln hilft nicht, außerdem habe ich Angst, dass der Schlüssel nachher nur abbricht, wenn ich es zu fest versuche. Darum trete ich von der Haustür zurück und lasse den Blick übers Haus schweifen. Alles ist still, im Erdgeschoss liegt alles im Dunkeln. Im Treppenhaus ist noch Licht zu sehen, aber auch in den Schlafzimmern scheint es dunkel zu sein.

Aus Angst, Charlotte und Molly aufzuwecken, möchte ich auf gar keinen Fall klingeln. Also ziehe ich den Schlüssel aus dem Schloss und überlege gerade schon, in meinem Auto zu übernachten, als es an der Tür von innen klirrt, bevor sich die Tür leise knarzend öffnet.

»Da bist du ja«, ruft Charlotte, als sie die Tür weit öffnet. »Oh.« Sie macht ein langes Gesicht und zieht ihren ohnehin schon geschlossenen Morgenmantel an der Brust noch weiter zu. »Du bist das.«

Meine Wangen brennen. Mir ist das alles bereits unangenehm, da ich befürchte, sie aufgeweckt zu haben, aber sie zeigt ihre Enttäuschung darüber, dass ich nicht Gavin bin, derart offen, dass ich keine Ahnung habe, was ich sagen soll.

»Tut mir leid. Ich hoffe, ich habe dich nicht aufgeweckt. Mein Schlüssel hat nicht funktioniert.«

Charlotte schüttelt zwar den Kopf, doch ihr Blick ist ganz schläfrig – und selbst wenn sie noch nicht oben im Bett war, habe ich sie ganz offensichtlich beim Schlummern auf dem Sofa gestört.

»Du hast einen Hausschlüssel?«, fragt sie.

»Gavin hat ihn mir vor ein paar Tagen gegeben. Hat er dir nichts gesagt?«, frage ich und könnte mich sofort ohrfeigen, das zur Sprache gebracht zu haben. Denn zweifellos hat Gavin vergessen, es ihr zu sagen, und jetzt ist Charlotte stocksauer. Sollte ich anbieten, den Schlüssel zurückzugeben? Eigentlich brauche ich ihn nicht; ich bin nur dann hier, wenn auch entweder Gavin oder Charlotte zu Hause ist.

Wir beide schauen zum Himmel hinauf, als es genau über uns plötzlich laut donnert.

»Wie geht es Kayla?«, fragt Charlotte und tritt beiseite, um mich einzulassen, da der stürmische Himmel jederzeit seine Schleusen öffnen könnte.

»Nicht gut«, erwidere ich und zittere, da der kühle Nachtwind mir in die Knochen gekrochen ist. Ich wünschte, ich hätte einen dickeren Mantel statt der dünnen Motorradjacke aus Leder, die ich mir geschnappt habe, als ich Cork panikartig verlassen habe.

»Oh.« Charlotte wirkt überrascht; ich dachte, sie hätte vorhin schon begriffen, dass es Kayla heute nicht gut geht.

»Sie war wach und hat sich mit Gavin unterhalten, als ich gefahren bin, aber sie hat ihr Abendessen nicht angerührt. An ihrer Miene konnte ich ablesen, dass sie Schmerzen hat, selbst wenn sie zu stur ist, es zuzugeben.«

Charlotte schüttelt den Kopf und macht große Augen. »Molly und ich haben heute Abend Fajitas gegessen. Im Kühlschrank sind noch Reste.«

Prompt knurrt mir der Magen, als sie das Essen erwähnt.

»Sie sind natürlich vegan«, warnt mich Charlotte und nickt entschieden. »Ich habe sie nach einem neuen Rezept gemacht, das ich online gefunden habe. Du darfst dich gern bedienen.« Unsicher zuckt sie zusammen. »Das heißt, wenn du Hunger hast.«

»Tatsächlich?«, frage ich. »Das wäre toll. Ich verhungere.«

»Hast du denn im Krankenhaus nichts zu essen bekommen?«, fragt Charlotte.

Ich schüttele den Kopf. »Dazu hatte ich keine Gelegenheit. Ich war zwar mal kurz in der Cafeteria, aber ich war so mit meinen Muffins und der schrecklichen Chefin beschäftigt – da habe ich es irgendwie vergessen … und dann ist Kayla hingefallen und …«

»Was will denn die Cafeteriachefin?«, erkundigt sich Charlotte und tauscht mit mir die Plätze, als ich das Haus betrete.

»Oh, das ist eine lange Geschichte«, erwidere ich, weil ich keine Lust habe, näher darauf einzugehen.

Charlotte bleibt ein paar Sekunden auf der Fußmatte vor dem Haus stehen und dreht den Kopf erst nach links, dann nach rechts, bevor sie ihn wieder nach links dreht. Es folgt ein zweiter Donnerschlag, dieses Mal nur lauter und viel heftiger als zuvor, und dieser lässt den Himmel erzittern. Charlotte zuckt zusammen.

»Ähm, alles in Ordnung?«, frage ich vorsichtig.

»Wo hast du geparkt?«, fragt Charlotte mich seltsamerweise.

»Ähm …« Ich deute auf den Anfang der Sackgasse. »Um die Ecke. Ist das ein Problem? Ich kann auch noch mal umparken.«

»Nein, nein, nein. Alles gut.«

»Oookay!?«, erwidere ich zögerlich.

Charlotte ist so was von komisch, denke ich. *Gavins Mutter muss sie lieben.*

Nach einer ganzen Weile, während der ich nicht sicher bin, ob ich in die Küche gehen und die Fajitas in die Mikrowelle schmeißen oder auf Charlotte warten soll, dass sie vorgeht, schließt sie endlich mit einem lauten Knall die Tür. Sofort spitze ich die Ohren und lausche, was Molly oben macht. Sie regt sich nicht, und ich merke erst, dass ich die Luft angehalten habe, als Charlotte neben mir im Flur steht.

»Fajitas.« Sie schnipst mit den Fingern, und obwohl dies hier ihr Haus ist, zeigt sie mir unabsichtlich, dass sie sich genauso seltsam fühlt wie ich.

»Danke«, sage ich und folge ihr in die Küche.

Ich ziehe einen Stuhl unter dem Tisch hervor, halte jedoch auf halbem Wege zwischen dem Tisch und mir inne. Ich überlege, ob ich ihr Hilfe anbieten sollte – obwohl natürlich nicht viel dabei ist, die Fajitas aufzuwärmen.

Vielleicht sollte ich mich aber auch einfach nur hinsetzen und warten, bis sie das Essen auftischt. Was davon ist ihr wohl angenehmer?

»Ähm, ich nehme nicht an, dass du noch einen Kaffee trinken möchtest?«, erkundige ich mich vorsichtig.

»Nein.« Charlotte führt dies nicht weiter aus, und wenn ich mich vorher schon unbehaglich gefühlt habe, so wird es jetzt erst richtig unangenehm.

Charlotte stellt einen Teller mit Fajitas in die Mikrowelle. Draußen zuckt plötzlich ein Blitz über den Himmel und lässt für den Bruchteil einer Sekunde den gesamten Garten aufleuchten. Auch das Licht in der Küche flackert kurz, als würde es vor Angst zittern.

»Oh Gott, ich hoffe nicht, dass der Strom ausfällt«, fleht Charlotte und stellt die Mikrowelle an, als sei es ein Wettrennen. »Molly hat Angst im Dunkeln.«

»Habt ihr normalerweise bei einem Unwetter immer einen Stromausfall?«, frage ich und bin bemüht, beiläufig zu klingen, während ich innerlich in Panik gerate, wie um alles auf der Welt ich ein paar Dutzend Brownies und Muffins ohne Ofen backen soll.

»Kommt darauf an, wie schlimm das Unwetter ist.« Charlotte zuckt mit den Schultern, blickt aus dem Fenster und sucht nach Hinweisen darauf, wie sich das Wetter wohl entwickeln wird.

Die Mikrowelle piept, verlangt nach Aufmerksamkeit, doch sowohl Charlotte als auch ich starren aus dem Fenster auf den sintflutartigen Regen, der herunterprasselt und mit großen, wütenden Tropfen auf die Terrasse hämmert.

»Alkohol?«, fragt Charlotte plötzlich und reißt mich aus meinen besorgten Grübeleien.

»Das wäre prima, danke!«

»Rot oder weiß?«

»Wein?«, frage ich, als Erschöpfung und Hunger mich einholen. »Ist mir eigentlich egal.«

»Okay.«

Charlotte schenkt den Rest einer Rotweinflasche in ein Glas, bevor sie die Mikrowelle öffnet und den Teller herausholt, der viel zu heiß zum Festhalten ist, wie ich ihrer Miene ansehen kann. Sie stellt den Teller auf die Küchentheke und holt eine weitere Weinflasche vom Flaschengestell über dem Kühlschrank.

»Ich habe nur Rotwein«, verkündet Charlotte in einem Tonfall, als würde sie gerade versagen.

»Ich mag Rotwein«, erwidere ich und frage mich sogleich, warum ich das bloß gesagt habe. Natürlich mag ich Rotwein, aber im Augenblick ist mir gar nicht nach Alkohol. Ich brauche Essen, Wasser und Schlaf.

Charlotte füllt ein weiteres Glas und setzt eines auf jede Seite des Tisches. Dann geht sie wieder, holt den Teller mit den zusammengeschrumpften Fajitas und stellt ihn mit unzufriedener Miene vor mich.

»Die haben eben besser ausgesehen«, stellt sie fest.

»Die sehen toll aus«, entgegne ich. Ich lüge, und das wissen wir beide. Aber die Fajitas duften köstlich, und ich frage mich, ob ich warten sollte, bis Charlotte sich hingesetzt hat, bevor ich mich bediene.

Charlotte lässt den Rotwein, den sie sich eingeschenkt

hat, völlig außer Acht und geht zur Spüle hinüber. Dort streift sie ein Paar leuchtend gelbe Gummihandschuhe über, als habe der Abwasch plötzlich größte Wichtigkeit.

»Gavin liebt Fajitas«, erklärt sie und dreht das Wasser auf.

»Ich weiß«, erwidere ich und beiße in eine Fajita. Optisch mögen sie nicht die schönsten sein, doch sie schmecken wirklich köstlich.

»Die hier hatte ich für ihn aufbewahrt.«

Ich höre auf zu kauen und starre auf den Teller hinunter, auf dem sich laut Charlottes Anmerkung eindeutig das Abendessen ihres Ehemannes befindet.

»Jeden Tag bewahre ich Abendessen für ihn auf, das ich dann wegwerfe, wenn er nicht nach Hause kommt.« Sie seufzt.

Ich kaue weiter, da ich zu hungrig bin, um höflich zu sein.

»Ich weiß gar nicht, warum ich mir überhaupt die Mühe mache«, stellt sie fest und starrt ins Spülbecken. »Normalerweise kommt er so spät heim, dass er zu müde ist, um noch etwas zu essen.«

Ich schlucke. Ich bin mir unsicher, ob Charlotte mich dafür verantwortlich macht oder ob sie einfach nur Dampf ablassen will – und ich gerade die einzige Person bin, die hier ist und zuhören kann.

»Es ist kräftezehrend«, erkläre ich, während Charlotte kraftvoll mit Stahlwolle über ein Backblech reibt. »Für uns alle.«

»Molly vermisst ihn«, meint Charlotte.

Darauf antworte ich nicht. Stattdessen esse ich einen weiteren Bissen und halte meinen Blick starr auf den Teller vor mir gerichtet, während Charlotte weiter abspült. Schweigend mache ich mich über die übrigen Fajitas her; als mein Teller leer ist, stehe ich auf.

»Die waren sehr lecker«, erkläre ich und will den benutzten Teller neben dem Spülbecken auf die Theke stellen. »Vielen Dank.«

Charlotte reißt mir jedoch den Teller aus den Händen und taucht ihn direkt ins Wasser. »Ich freue mich, dass jemand sich darüber gefreut hat. Weißt du, wann Gavin nach Hause kommen wollte?«

Ich starre sie ausdruckslos an und frage mich, warum sie *mir* diese Frage stellt und nicht ihm. Ich zucke mit den Schultern. »Ich vermute, er bleibt so lange, bis Kayla eingeschlafen ist. Das hoffe ich jedenfalls.«

»Ja. Er wird mir sicherlich eine Nachricht schreiben.«

»Ja«, nicke ich und spüre, dass meine Augenlider vor Müdigkeit ganz schwer werden. Ich kehre zum Tisch zurück und nehme mir das Weinglas. Schon komisch, wie leicht der erste Schluck die Kehle hinuntergleitet. »Der schmeckt wirklich gut.«

»Ein Franzose«, erwidert Charlotte. »Und Bioqualität. Ich nutze nur Bioprodukte. Von allem anderen bekomme ich Kopfweh und einen noch viel schlimmeren Kater. Ich denke, es liegt an den Sulfiten.«

»Ich bin nicht sicher, was Sulfite sind, aber es klingt nicht sonderlich gut«, antworte ich.

»Das ist eine Chemikalie. Wenn du mich fragst, gibt es

in unserem Leben genug Chemie, sodass wir nicht noch weitere hinzufügen müssen. Wenn ich irgendwie gesund essen und trinken kann, tue ich das.«

»Aber ist nicht Alkohol technisch gesehen ein Gift?«, frage ich.

Charlotte wendet sich ab, aber mir entgeht nicht, dass sie dabei die Augen verdreht. »Musst du dein Handy noch aufladen?«, fragt sie und deutet auf eine Steckdose, an die ein Aufladekabel angeschlossen ist. »Du weißt schon – falls der Strom ausfallen sollte.«

»Oh ja. Gute Idee«, erwidere ich. »Ich habe kürzlich im Krankenhauskiosk eine Powerbank gekauft, allerdings sollte ich die besser für Notfälle lassen.«

Charlotte nickt zwar, doch mir ist klar, dass sie mir längst nicht mehr zuhört. Stattdessen streift sie die Spülhandschuhe ab, hängt sie über den Spülbeckenrand und kommt zum Tisch, um ihr Weinglas zu holen. »So. Ich bin hundemüde. Ich werde noch ein wenig fernsehen. Du kannst gern mitkommen. Nimm dir mehr Wein, wenn du magst. Denn wenn ich gleich einmal sitze, habe ich nicht vor, wieder aufzustehen.«

Mein Glas ist immer noch beinahe randvoll, und außerdem war wohl irgendetwas in den Fajitas drin, was ich nicht vertrage, denn ich muss aufstoßen. Daher rede ich mir ein, dass eine halbe Stunde Fernsehen schon nicht schaden wird. Es könnte mir vielleicht besser helfen, runterzukommen, als im Bett zu liegen und mich wie letzte Nacht stundenlang hin und her zu wälzen. Ich trinke einen Schluck Wein, gefolgt von noch einem, und merke, wie ich mich allmählich entspanne. Hat Charlotte mit ihrer Schwefelsache da vielleicht doch recht? Denn der Wein schmeckt wirklich lecker. Leicht neige ich das Glas und lasse den Wein sanft kreisen, wie man es aus diesen piekfeinen Kochsendungen kennt. Der Wein kreist viel stärker als beabsichtigt, sodass ein kleines bisschen Wein über den Glasrand und auf die cremefarbenen Bodenfliesen platscht.

»Keine Flecken, keine Flecken, bitte keine Flecken!«, murmele ich und starre auf die kleine, burgunderrote, runde Pfütze, die in die feinen Rillen der porösen Fliesen einzieht. »Nein, nein, nein!«

Hastig stelle ich das Glas auf den Küchentisch und hole ein paar Küchentücher. Meine Beine ächzen, als ich mich hinunterbücke, um den nassen Fleck mit dem Küchenpapier aufzusaugen. Als ich aufstehe, schließe ich die Augen. Ich habe Angst hinzuschauen, falls mich ein widerspenstiger roter Fleck anglotzen sollte. Als ich die Augen wieder aufmache, atme ich erleichtert auf, da die Fliese unversehrt zu sein scheint. Die Küchentücher werfe ich in den Mülleimer unter der Spüle und greife dann wieder nach meinem Glas. Nachdem ich eine ganze Menge abgetrunken habe, ist das Weinglas leer genug, um es transportieren zu können, ohne dabei weiteren Wein zu verschütten. Daher gehe ich ins Wohnzimmer hinüber, um Charlotte Gesellschaft zu leisten.

31.

Charlotte

Ich werfe einen Blick auf mein Handy, das auf der Sofalehne liegt. Immer noch keine Nachricht von Gavin. *Überraschung! Überraschung!* Und ich kann nicht anders: Ich frage mich, ob er etwa einfach keine Lust hat, mir ein paar Worte zu schicken. Oder ob der Empfang womöglich zu schlecht ist. Oder ob er sich immer noch mit Kayla unterhält. Aber es wäre schon schön, zumindest einmal kurz etwas von ihm zu hören. Es macht mich irre, die meiste Zeit nicht zu wissen, was los ist.

Inzwischen bereue ich es zutiefst, die zwei Weingläser so schnell heruntergekippt zu haben, da eine kleine, frustrierte Vene in meiner Schläfe pocht. Ich bin von Lärm umgeben; Regen prasselt an die Scheiben, während der Sturm immer schlimmer wird. Dazu donnert es immer wieder, aber wenigstens blitzt es nicht mehr, und wir haben Strom. Doch drinnen ist es nicht weniger laut als draußen. Rund um mich herum wird geschnarcht. Ein leises, sanftes Röcheln dringt von oben aus Mollys Zimmer herunter. Sie schläft tief und fest, und zwischendrin ertönt ein seltsames

Geräusch, das ich allerdings bereits kenne: ihr riesengroßer Teddy ist mal wieder aus ihrem Bett gefallen.

Das Schnarchen neben mir ist dagegen lauter und durchdringender. Wie der Klang von Luft, die durch ein schmales Rohr gepresst wird, in dem es auf halbem Weg eine Blockade gibt. Außerdem bin ich in eine Sofaecke gequetscht. Heather und ich haben zu Beginn an den entgegengesetzten Enden des Sofas gesessen, doch nach weniger als der Hälfte ihres Glases Wein ist Heather eingeschlafen. Dabei hat sie sich immer weiter ausgestreckt, sodass sie nun mehr als zwei Drittel des Sofaplatzes belegt.

Heather hat vorgeschlagen, *Friends* anzuschauen.

»Es sind nur Wiederholungen«, hat sie erklärt. »Aber früher haben wir sie stundenlang angeschaut, und jetzt sehen Kayla und ich sie immer zusammen an.«

Heather wurde ein bisschen traurig, nachdem sie ihr gemeinsames Fernsehen mit Kayla erwähnt hatte, weswegen ich darauf verzichtet habe, zu fragen, ob sie mit »wir« sich selbst und Gavin gemeint hat. Aber das muss ich gar nicht fragen. Ich weiß es bereits. Ich weiß auch gar nicht, warum ich mir so viele Gedanken um Gavin und Heather mache – mir ist klar, wie lächerlich das ist.

Mein Finger schwebt über dem Handydisplay. Ich möchte Gavin schreiben. Ich will wissen, wie es Kayla geht. Ich will wissen, ob er zu Abend gegessen hat. Hauptsächlich will ich aber fragen, wann er nach Hause kommt. Ich atme mehrfach so tief aus, dass mir schwindelig wird, und muss an die Weinflasche auf dem Küchenschrank denken. Heathers Glas steht auf dem Wohnzimmertisch. Schließlich stelle ich den

Fernseher ab, lege eine warme Decke über Heather und beschließe, lieber nicht noch mehr Wein zu trinken.

Ich will gerade nach oben ins Bett gehen, als es an der Tür klingelt. Ich lächele und freue mich, heute Abend vor dem Einschlafen doch noch Gavin zu sehen.

Als statt meines Ehemannes ein anderer Mann auf der Matte steht, bin ich ziemlich überrascht.

Der Mann vor meiner Tür trägt einen Jogginganzug und stellt sich als mein neuer Nachbar vor. Er ist letzten Monat ein paar Häuser weiter zu seiner schwangeren Frau oder Freundin gezogen, aber wir haben bis jetzt so gut wie kein Wort miteinander gesprochen. Als er damals vorbeigekommen ist, um sich vorzustellen, war ich nämlich mit Molly gerade beim Klavierunterricht.

»Er sagte, sein Name sei Ben oder Sam oder Tom. Jedenfalls irgendwas mit drei Buchstaben«, hat Gavin anschließend erzählt. »Er schien ganz nett zu sein. Ungefähr in unserem Alter. Und recht sportlich, ein großer Rugbyfan.«

Ich erinnere mich noch gut daran, dass ich dachte, wie schön es wäre, endlich einmal einen Nachbarn zu haben, mit dem man etwas gemeinsam hat. Die restlichen Bewohner unserer Sackgasse sind älter als wir; die meisten davon sogar Pärchen im Ruhestand mit erwachsenen Kindern. Doch wo nun Mr Drei-Buchstaben-Name zu dieser späten Uhrzeit vor meiner Tür steht, das Haar pudelnass und das wettergegerbte Gesicht ganz rot, frage ich mich insgeheim, ob Trish ihn abgefangen hat und er als ihr Botschafter vorgeschickt wurde, um mich wegen der Parksituation auszuschimpfen. Zweifelsohne ist er eine ganze Strecke durch das Unwetter gelaufen, und ich frage mich, ob der Grund dafür vielleicht Heathers Auto sein könnte, das womöglich auf seinem Parkplatz steht.

»Tut mir leid«, sagt er vor Kälte zitternd. »Ich weiß, dass es schon spät ist, aber ich habe Licht bei Ihnen im Wohnzimmer gesehen und dachte, dass sie vielleicht noch wach sind.«

»Ich war gerade auf dem Weg ins Bett«, erwidere ich und ziehe die Tür ein wenig weiter zu, damit der eiskalte Wind nicht an mir vorbei ins Haus bläst.

»Mir ist nur aufgefallen, dass Ihr Autofenster offen steht« – ich verrenke mir den Hals, um an ihm vorbei zu meinem Auto zu schauen –, »und dachte, Sie würden das vielleicht wissen wollen.«

»Oh Gott. Ja. Ja! Vielen Dank!«

Ich schnappe mir den Autoschlüssel vom Konsolentisch im Flur hinter mir und will gerade nach draußen eilen, als mein Nachbar auf meine nackten Füße hinunterschaut und den Kopf schüttelt.

»Es gießt wie aus Eimern. Wenn Sie mir den Schlüssel geben, schließe ich schnell das Fenster für Sie.«

Wahrscheinlich habe ich eine unsichere oder verängstigte Miene gemacht, da er einen Schritt zurücktritt. »Natürlich nur, wenn es Ihnen recht ist. Ich fahre auch nicht mit Ihrem Auto auf und davon. Sie wissen schließlich, wo ich wohne.«

»Das wäre toll, vielen Dank!«, erwidere ich und halte meinen Arm in den Regen hinaus, um ihm den Schlüssel zu geben.

Er öffnet die Fahrertür, startet den Motor und lässt das Fenster hochfahren.

»Vielen Dank! Normalerweise bin ich nicht so unaufmerksam.« Beschämt schüttele ich den Kopf.

»So einen Tag hat doch jeder mal«, entgegnet er, schließt das Auto ab und gibt mir den Schlüssel zurück.

»Eigentlich ist es sogar eine ganze Woche«, gebe ich zu.

»Ist ja nichts Schlimmes passiert. Aber es regnet ganz schön heftig«, stellt er fest und deutet zum Himmel, als er unter unser schützendes Vordach tritt. »Und das seit einer ganzen Weile. Wahrscheinlich legen Sie das nächste Mal, wenn Sie fahren wollen, besser eine Plastikfolie auf Ihren Sitz. Sonst fangen Sie sich noch eine Lungenentzündung ein. In ein bis zwei Tagen sollte alles wieder trocken sein.«

Ich schiele über den Rasen hinweg zu Trishs Haus hinüber. Die Vorhänge im Schlafzimmer oben wackeln, und ich bin absolut sicher, dass meine wichtigtuerische Nachbarin gerade hindurchspäht. Garantiert werden wir morgen *das* Gespräch der Siedlung sein. Natürlich wird Trish ihre Interpretation der Dinge an den Mann bringen. Ich kann sie jetzt schon hören.

»Der arme Nachbar musste Charlotte im Unwetter zu Hilfe kommen, als ihr schrecklicher Ehemann sie im Stich gelassen hat. Und wisst ihr eigentlich, dass bei denen noch eine zweite Frau wohnt?«

»Sag bloß!«, wird ein anderer Wichtigtuer antworten. *»Das überrascht mich nicht.«*

Der wackelnde Vorhang kommt zur Ruhe, und ich weiß,

dass Trish gemerkt hat, dass ich in ihre Richtung geschaut habe.

Das Handy meines Nachbarn klingelt, und ich habe noch nie jemanden gesehen, der sein Handy so schnell aus der Tasche holt und es sich ans Ohr hält. Ich schaue zu, wie er sich mit einem Winken kurz entschuldigt und sich unter dem Vordach ein wenig entfernt. Ich frage mich, ob das wohl seine Verlobte ist, die nachfragt, wo er bleibt, oder ob es sich um einen beruflichen Anruf handelt. Seiner Miene nach zu urteilen geht es auf jeden Fall um ein sehr ernstes Thema. Er wirkt ausgesprochen besorgt. Soll ich ihm einen Gutenachtgruß zuflüstern und die Tür schließen? Oder soll ich lieber warten, bis er den Anruf beendet hat, und ihm dann anständig eine gute Nacht wünschen? Es ist alles ein wenig unangenehm. Ich wünsche mir nichts sehnlicher, als nach drinnen und ins Bett zu gehen.

32.

Heather

Ein scharfer, eiskalter Windstoß weckt mich auf. Nachdem ich mir die Augen gerieben habe, setze ich mich auf. Keine Ahnung, wie lange ich geschlafen habe, aber ich habe schreckliche Kopfschmerzen und einen steifen Hals. Charlotte ist nicht mehr hier, und zunächst nehme ich an, dass es spät und sie daher zu Bett gegangen ist. Als ich jedoch ein wenig wacher im Kopf werde, höre ich draußen Stimmen, und mir wird klar, dass der kalte Wind durch die offene Haustür hineinbläst. Daher schlage ich die warme Decke zurück und stehe auf. Nachdem ich sie ausgeschüttelt und gefaltet habe, lege ich sie über die Rückenlehne des Sofas. Charlotte muss sie über mir ausgebreitet haben. Ich bin völlig erschöpft und möchte nur noch ins Bett fallen, beschließe jedoch, vorher aufzuräumen. Ich nehme die beiden Gläser vom Couchtisch und schleppe mich in die Küche. Als ich hinter Charlotte vorbeigehe, bemerkt sie mich gar nicht. Ich kann kaum die Augen offen halten, während ich die Gläser spüle, abtrockne, wegstelle – in der Hoffnung, den richtigen Schrank dafür gewählt zu haben.

Charlotte und der Mann vor der Tür begeben sich in den Schutz des Vordachs, als sie weiterreden. Ich will mich gerade nach oben schleichen und zu Bett gehen, als mein Handy klingelt. Schnell eile ich in die Küche zurück und krame es aus meiner Handtasche heraus, die ich an einer Stuhllehne hängen gelassen habe.

»Hallo?«

»Heather, hier ist Gavin.«

»Oh. Gavin. Hallo«, erwidere ich, während sich mir alle Haare im Nacken aufstellen, als ich seine bebende Stimme bemerke.

»Es geht um Kayla«, sagt er. Er hält den Atem an.

»Was ist los?«

»Ihre Temperatur ist in die Höhe geschossen. Die Krankenschwestern laufen hier rein und raus, seit du weg bist, und gerade haben sie den Arzt gerufen. Sie bekommen das Fieber nicht gesenkt. Sie haben bereits alles Mögliche versucht.«

»Du meine Güte.« Ich bekomme ein ganz beklemmendes Gefühl in der Brust. »Ist sie wach?«

»Irgendwie. Ja«, antwortet Gavin. »Ab und zu macht sie die Augen auf, aber sie ist ganz schlapp und kann nicht sprechen. Sie will mir unbedingt etwas sagen, nur weiß ich nicht, was.«

»Ich bin auf dem Weg. Jetzt sofort. Ich bin in weniger als zwanzig Minuten da.«

»Okay. Ja. Okay.« Gavins Stimme krächzt wie eine Nadel, die über eine Schallplatte kratzt.

»Gavin, beruhig dich«, ermahne ich ihn. »Lass Kayla nicht spüren, wie aufgewühlt du innerlich bist. Okay?«

Gavin antwortet nicht.

Ich werde lauter. »Hör mir zu! Reiß dich zusammen. Ich fahre jetzt los.«

Immer noch keine Antwort.

»Gavin, bitte. Reiß dich zusammen. Jag ihr bitte keine Angst ein – ich flehe dich an!«

»Heather, beeil dich. Bitte«, erwidert Gavin schließlich.

33.

Charlotte

Mein neuer Nachbar beendet das Telefongespräch so schnell, wie er es begonnen hat. »Tut mir leid, ich muss los«, sagt er knapp und schiebt das Handy in seine Tasche zurück, während er sich zu mir umdreht.

»Kein Problem«, entgegne ich. »Es ist ja auch schon spät. Vielen Dank für Ihre Hilfe. Ich werde auf jeden Fall einen Plastiksack darunterlegen, bevor ich das nächste Mal mit dem Auto fahre.«

»Gut, gut.« Er nickt.

»Alles in Ordnung bei Ihnen?«, frage ich und merke seine plötzliche Anspannung.

Er schüttelt den Kopf.

»Wollen Sie kurz reinkommen?«, frage ich und hoffe, dass er Nein sagt, aber ich habe das Gefühl, dass ich es wenigstens anbieten sollte.

»Vielen Dank, ich muss wirklich los. Es war schön, Sie kennenzulernen, ähm …«

»Charlotte«, stelle ich mich vor und schüttele ihm die ausgestreckte Hand. »Ebenfalls. Schön, Sie kennenzulernen.«

»Jack«, erwidert er.

»Das sind vier Buchstaben.«

»Bitte?«, fragt er, kneift die Augen zusammen und neigt verwirrt den Kopf zur Seite.

»Oh. Ähm, Gavin. Mein Ehemann. Er kann sich keine Namen merken. Ihren hatte er auch vergessen. Er bestand darauf, dass es ein Name mit drei Buchstaben war.«

»Oh, okay. Kein Problem.« Er richtet sich auf. »Wie schon gesagt, heiße ich Jack. Jack …«

»Jack, der es eilig hat«, unterbreche ich ihn, als würde ich einen Preis dafür bekommen, seinen Nachnamen zu erraten.

Jack prustet. »Na ja, eigentlich Patterson. Aber alle, die mich kennen, würden Ihnen zustimmen, dass ich Jack-der-es-eilig-hat bin, was die Arbeit betrifft.«

Ich nicke, weil ich dieses Phänomen kenne. Gavin ist ganz genau so.

Jack redet noch weiter, aber ich werde von dem Geraschel hinter mir abgelenkt. Meine Aufmerksamkeit richtet sich auf die Küche, und ich vermute, dass Heather wach geworden ist. Das Herumkramen wird immer lauter und nähert sich. Ich erstarre, da ich weiß, dass Heather jeden Moment herbeigestürmt kommt und ich gezwungen sein werde, einem weiteren Nachbarn erklären zu müssen, warum eine Frau bei uns im Haus wohnt.

Ich bin erleichtert, als Jack zurückweicht und den Lichtschein des Vordachs verlässt. »Gute Nacht! Charlotte, es war nett, Sie kennenzulernen. Und es tut mir leid, dass ich …«

»Kein Problem, Jack«, entgegne ich schnell.

Heather kommt in den Flur gelaufen, als Jack gerade geht. Sie hat sich die Tasche über die Schulter geschoben und versucht, ihre Jacke anzuziehen, während sie gleichzeitig das Handy in der Tasche verstaut. Ihre Hände zittern so sehr, dass sie kaum noch in der Lage ist, es zu kontrollieren.

»Was ist los?«, frage ich. »Wo willst du hin?«

»I–I–Ich muss ins Krankenhaus.« Endlich schafft sie es, das Handy in ihre Tasche zu stecken, und als sie aufschaut und sich unsere Blicke treffen, bleibt mir beinah das Herz stehen. Panik liegt in Heathers Blick, und ebendiese Panik packt nun auch mich.

»Jetzt?«, frage ich.

»Gavin hat angerufen«, erwidert Heather.

»Und?«, frage ich und atme scharf ein.

»Kayla. Ihre Temperatur ist so sehr in die Höhe gegangen.«

»Oh. Oh Gott«, stottere ich, während ich die Information noch verarbeite und verzweifelt versuche, ihr zu folgen.

»Man hat ihr schon Medizin gegeben«, fährt Heather fort.

»Das ist doch gut«, entgegne ich, während sich Erleichterung in mir ausbreitet. »Wahrscheinlich hat sie sich irgendeinen Virus eingefangen. Du weißt ja selbst, wie viele Krankheiten im Augenblick im Umlauf sind. Mollys halbe Klasse hatte letzte Woche irgendeinen Magen-Darm-Infekt. Versuch, dir nicht zu viele Sorgen zu machen.«

»Versuch, dir nicht zu viele Sorgen zu machen.« Heather schnaubt. »Würdest du dir Sorgen machen, wenn es um Molly ginge?«

»Heather, ich wollte nicht …«

»Ich muss los«, unterbricht mich Heather. »Ich hätte gar nicht nach Hause gehen sollen.«

»Gavin ist bei ihr«, beruhige ich sie. »Sie ist immerhin nicht allein.«

Heather starrt mich mit zusammengekniffenen Augen an, als sei ich etwas Ekliges, Klebendes unter ihrem Schuh. »Ich sollte immer bei ihr sein«, sagt sie.

»Du hast recht.« Ich nicke. »Du bist ihre Mutter. Ich verstehe das, Heather. Wirklich. Wenn es Molly wäre …«

Die Wut in Heathers Blick wandelt sich in Trauer und Verzweiflung; mir bricht es das Herz, so stark fühle ich mit ihr.

»I-I-Ich muss los«, stottert Heather, stürmt an mir vorbei und zur Tür hinaus.

»Heather, du kannst jetzt nicht mit dem Auto fahren!«, rufe ich und laufe ihr hinterher. Der eisige Wind brennt in jeder Pore meiner Haut. »Du hast Wein getrunken!«

Heather kramt den Autoschlüssel aus ihrer Handtasche heraus. »Ich muss zum Krankenhaus!«

»Ich rufe dir ein Taxi«, entgegne ich.

»Ein Taxi?«, wiederholt Heather. »Wie lang zum Teufel wird das denn dauern? Ich habe keine Zeit. Ich habe überhaupt keine Zeit!«

»Heather, bitte«, flehe ich und packe sie an den Armen, da ich Angst habe, dass sie etwas Dummes anstellen könnte.

»Lass mich los!«, brüllt Heather.

Aber ich lasse sie nicht los.

»Heather? Heather, sind Sie das?«, fragt Jack, der schon halb zum Tor hinaus ist und sich noch einmal umgedreht hat. »Dachte ich mir's doch, dass ich da Ihre Stimme gehört habe.«

»Jack, es geht um Kayla.« Heather fängt an zu weinen. »Da stimmt was nicht. Die Medikamente wirken nicht.«

Jack kommt zu ihr geeilt und legt seine Hände auf ihre Schultern, um ihr Halt zu geben, als ich sie loslasse. »Okay«, sagt er ruhig. »Tief einatmen. Ganz tief einatmen.«

Heather tut, was Jack ihr sagt.

»So ist's gut«, lobt er. »Gleichmäßig und ruhig. Genau *so.*«

Ich kehre in die offene Haustür zurück und beobachte alles voller nervöser Unruhe. Heather und Jack kennen einander offenbar, aber ich habe keine Ahnung, woher. Und der Zeitpunkt ist nicht allzu geeignet, um nachzufragen. Heather vertraut diesem Mann offensichtlich, da sie sich deutlich beruhigt hat, seitdem er sich um sie kümmert.

»Alles in Ordnung«, sagt Jack und holt sein Handy hervor. »Ich habe gerade noch mit der Station telefoniert.«

Was? Woher weiß er das?, denke ich verwirrt.

Ich will gerade nachfragen, als er weiterspricht. »Ich habe heute Rufdienst. Ich sehe jetzt nach ihr, aber solche Dinge passieren andauernd, Heather.«

»Wirklich?«, fragt Heather.

»Ja, leider. Kommen Sie, ich nehme Sie im Auto mit.«

Wie eine sanfte Brise überkommt mich die Erkenntnis. Gavin hat mir nicht gesagt, dass unser neuer Nachbar von Beruf Arzt ist. Und er hat ganz sicher nicht erzählt, dass Jack Kaylas Arzt ist. Aber wahrscheinlich ist das auch nur noch ein weiterer Punkt, den ich der langen Liste der Dinge hinzufügen kann, die Gavin nicht mit mir besprechen konnte, seit Kayla krank geworden und Heather bei uns eingezogen ist.

Heather wirkt vollkommen verloren. »Ähm, Charlotte, das ist Kaylas Arzt.«

»Ah«, nicke ich. »Heather, pass auf dich auf, ja? Ruf mich an, wenn du etwas brauchst.«

»Danke, Charlotte«, erwidert sie, dreht sich um und geht.

Ich beobachte, wie Heather und Jack gemeinsam fortgehen, und schließe die Tür. Ein weiterer lauter Donnerschlag ertönt, und ich höre, wie oben Mollys Stimme ertönt.

»Muuummmyyy … Muuummmyyy …«

»Ich komme, Molly. Ich komme«, rufe ich und gehe die Treppe hinauf.

Wieder donnert es, und das gesamte Treppenhaus ist hell erleuchtet, als ein Blitz über den Himmel zieht und durch das Dachfenster scheint. Danach ist mit einem Schlag alles in komplette Finsternis gehüllt, als auf der gesamten Straße der Strom ausfällt.

»Oh, da will mich doch jemand auf den Arm nehmen!«

Ich strecke die Arme aus und taste mich vor, während ich die verbliebenen Stufen hinaufgehe. Ausgerechnet an der letzten Stufe stoße ich mir die Zehen an. Als ich endlich Mollys Zimmer erreicht habe, haben ihre Schluchzer aufgehört, dafür könnte ich jetzt heulen.

34.
Charlotte

Eigentlich will ich die Zimtduftkerze, die ich mir extra beim letzten Weihnachtsfest aufgespart habe, überhaupt nicht anzünden, aber die Taschenlampenfunktion meines Handys leert superschnell den Akku, sodass Molly und ich sonst gleich in völliger Dunkelheit dasitzen werden.

»Ich bin sofort wieder da«, sage ich zu Molly und löse mich von ihr.

»Ich mag es nicht, wenn es dunkel ist«, erklärt Molly, als ich aufstehe.

»Ich weiß, ich weiß. Ich mag das auch nicht«, erwidere ich und frage mich, wo ich zuletzt die Streichhölzer versteckt habe. Denn die bewahre ich immer sicher vor Mollys Zugriff auf. »Aber wir können gleich ein paar Kerzen anzünden, dann ist es hier nicht mehr dunkel.«

»Ich will Daddy«, erklärt Molly.

»Ich weiß, Süße, ich auch. Hier, lass uns das mal versuchen.« Ich drücke auf den Herzbauch auf Mollys Lumibär. Das leuchtende Gesicht des Bären hat zwar keine große Auswirkung auf die Dunkelheit in Mollys Zimmer, doch ihr scheint es zu reichen, da sie den Teddy in die Arme schließt und mit ihm kuschelt. »Ich bin sofort wieder da. Ich muss nur ein paar Streichhölzer finden.«

Ich haste die Treppe hinunter, bevor Molly widersprechen kann.

»Muuummmyyy …«

»Ja. Ja!«, rufe ich zurück. Ich bin auf dem Weg in die Küche, während das Licht meines Handys immer schwächer wird. »Ich bin hier, Süße. Ich bin hier.«

Verdammter Mist, wo sind diese doofen Streichhölzer?, grolle ich, während ich Schubladen durchsuche und Küchenschränke aufreiße.

»Mummy, ich habe Angst!«, schluchzt Molly laut. »Muuummmyyy!«

»Komme! Ich komme ja!«, rufe ich nach oben und erinnere mich mit einem Mal daran, dass Heather gelegentlich raucht. In ihrem Zimmer müsste eigentlich ein Feuerzeug liegen.

Ich eile die Treppe wieder hinauf und stecke meinen Kopf zu Mollys Tür herein. »Siehst du, Süße? Ich habe dir gesagt, dass ich da bin. Das ist doch ein lustiges Spiel, oder?«

»Nicht lustig!« Molly schmollt.

»Natürlich ist es das«, lüge ich. »Es ist fast wie Verstecken spielen.«

»Nicht! Lustig!«, wiederholt Molly betont, während ich den Kopf wieder zurückziehe und über den Treppenabsatz zu unserem Gästezimmer hetze.

Es fühlt sich seltsam an, meine Finger um die Klinke der geschlossenen Tür zu legen – als würde ich in mein eigenes

Haus eindringen. Ich halte inne. Was sich hinter der anderen Seite dieser Tür befindet, weiß ich auswendig. Als ich mit Molly im siebten Monat schwanger war, bin ich durch die halbe Stadt gerannt, um die perfekten Bettbezüge passend zu den Vorhängen zu finden, in die ich mich wenige Wochen zuvor verliebt hatte. Danach habe ich die antike Kommode abgeschliffen und sorgfältig neu lackiert. Dennoch kann ich mir nicht helfen; ich werde das Gefühl nicht los, dass ich diese Tür nicht öffnen sollte. Zumindest nicht jetzt. Plötzlich fühlt es sich so an, als würde der Raum auf der anderen Seite der Tür Heather gehören und nicht mir. Ich sollte ihn besser nicht betreten.

»Mein Lumibär geht nicht mehr!«, schreit Molly quer durch den Flur.

Da ich nun weiß, dass Molly in totaler Dunkelheit sitzt, drücke ich die Klinke doch herunter und stürme in das Gästezimmer. Schnurstracks laufe ich auf den Nachttisch zu und hoffe, dass dies der Ort ist, an dem Heather ein zusätzliches Feuerzeug aufbewahrt. Ich liege goldrichtig und freue mich aufrichtig, als ich ein schwarzes Feuerzeug mit einem auf der Seite aufgedruckten Guinnesslogo finde. Ich schnappe mir das Feuerzeug und will gerade wieder gehen, als ich von einem Brief unter dem Feuerzeug abgelenkt werde, auf dem in der ersten Zeile Mollys Name in Kursivschrift steht. Um es mir genauer anzusehen, beleuchte ich das Papier mit dem Handy. Mittig auf dem Brief liegt ein Buch, das den Großteil des Textes verdeckt, aber ich kann deutlich das Logo des Krankenhauses in der oberen linken Ecke des Briefs erkennen.

Als ich das Buch weglege, höre ich, dass Mollys Rufe immer panischer werden.

»Mummy, wo bist du?«, weint sie. »Ich habe Angst!«

»Ich bin hier, Süße«, erwidere ich.

»Wo? Ich kann dich nicht sehen!«

Ich überfliege das Schreiben. Kaylas Behandlung. Molly. Spenderin. Stammzellen. Passend!

»Muuummmyyy!« Mollys Schluchzer werden zu einem panischen Geschrei. »Hier ist ein Monster! Hilfe! Hilfe!«

Ich schleudere das Buch auf den Brief zurück und haste aus dem Zimmer, ohne mir dabei die Mühe zu machen, die Tür hinter mir wieder zu schließen.

»Ich bin da, Süße«, beruhige ich Molly bei meiner Rückkehr in ihr Zimmer. »Ich bin ja da.«

»Schnell, Mummy, schnell!«, ruft Molly. »Das Monster ist unter meinem Bett.«

»Da ist kein Monster, Molly«, sage ich, just als der Akku meines Handys vollends seinen Geist aufgibt.

Molly schluckt. »Da ist eins! Ich habe dir doch gesagt, dass da ein Monster ist.« Zwischen ihren Schluchzern bekommt sie kaum Luft. »Ich will zu Daddy!«

»Okay. Alles gut.« Durch die Dunkelheit taste ich mich zu Mollys Bett vor.

Ich spüre die Matratze an meinem Bein und hangele mich an ihrer Kante entlang, während ich die Füße immer weiterschiebe. Instinktiv muss ich lächeln, als sich Mollys rundliche Arme um mich schlingen und ich sie aus dem Bett hebe.

»Ich bin hier, Molly«, flüstere ich. »Ich bin immer hier.«

Ich ziehe mein kleines Mädchen fest an mich und spüre seinen gehetzten Atem und den rasenden Herzschlag.

»Ich mag das überhaupt nicht«, stellt Molly fest und schmiegt instinktiv ihren Kopf in meine Halsbeuge.

Ich halte das Guinness-Feuerzeug fest in der Hand umklammert, während meine Gedanken unaufhörlich um die Frage kreisen, warum Heather einen Brief mit dem Namen meiner Tochter darauf in ihrem Zimmer versteckt hat. Von trotziger Entschlossenheit gepackt, marschiere ich, Molly immer noch in meinen Armen, ins Badezimmer, wo ich die Dreidochtkerze von dem Fensterbrett nehme und sie anzünde.

»Sieh mal, Molly!«, sage ich und lenke ihre Aufmerksamkeit auf die brennende Kerze. »Hier sind definitiv keine Monster.«

»Wann kommt Daddy endlich zu uns zurück?«, wimmert Molly, ohne den Kopf von meiner Schulter zu heben. Sie hält mich fest umklammert.

Mollys Worte schlagen bei mir wie ein Blitz ein. *Wann er endlich zu uns zurückkommt?* Gavin hat uns doch nicht verlassen. Jeden Abend kommt er nach Hause. Er gibt ihr einen Kuss und umarmt sie im Schlaf. Aber Molly weiß das natürlich nicht. Für Molly ist Daddy schon seit langer Zeit fort. Diese Erkenntnis bricht mir fast das Herz.

»Möchtest du heute Nacht in meinem Bett schlafen?«, frage ich.

»Hast du auch Angst vor Monstern?«, fragt Molly und hebt endlich den Kopf.

»Ja«, nicke ich. »Wahrscheinlich schon.«

»Okay.« Molly patscht nun ihrerseits mit beiden Händen oben auf meinen Kopf. »Ich schlafe in deinem Bett. Du musst keine Angst haben, Mummy. Du hast doch mich.«

»Ich habe dich, Molly, nicht wahr?«, bestätige ich und bin plötzlich wie gelähmt von der Vorstellung, sie nicht mehr zu haben. Diesen schrecklichen Gedanken muss Heather jeden Tag ertragen.

35.

Charlotte

Wir haben erst November, doch der unverkennbare Weihnachtsduft liegt dank der Kerze schon in der Luft, als ich davon aufschrecke, dass sich unten an der Haustür ein Schlüssel im Schloss dreht. Seitdem Molly bei mir im Bett liegt, bin ich nicht richtig eingeschlafen. Die Haustür öffnet sich mit einem Quietschen, und ich lausche, ohne die Augen zu öffnen. Als sich die Tür schließt und ich Gavins vertraute Schritte unten höre, entspanne ich mich wieder. Bis jetzt gerade war mir nicht bewusst, dass es mir so zusetzen würde, mit Molly allein im Dunkeln zu sein. Ich öffne die Augen, löse mich aus den Armen meiner schlafenden Tochter und rolle mich aus dem Bett. Die Kälte der Holzdielen steigt mir sofort an den Sohlen empor, sodass ich eilig durch den Raum hüpfe. Schnell hole ich meinen Morgenmantel, der an der Innenseite der Tür hängt, schlüpfe zitternd mit den Armen hinein und knote mir den Gürtel um die Hüfte. Nachdem ich einmal tief Luft geholt habe, verlasse ich das Schlafzimmer.

»Hey«, sage ich, als ich die letzte Stufe der Treppe hinter

mich gebracht habe und Gavin erblicke. »Geht es Kayla gut? Was ist passiert?«

»Hey«, erwidert Gavin, der bereits ein mit Wasser gefülltes Bierglas in der Hand hält. »Sie hat eine Nierenentzündung. Man hat ihr jetzt Antibiotika verabreicht. Sie war ziemlich verstört und hatte Angst, hat sich dann aber Gott sei Dank beruhigt, nachdem Heather zurückgekehrt ist.«

Ich seufze erleichtert, und eine Last, die mir vorher gar nicht bewusst gewesen ist, scheint sich von meinen Schultern zu lösen.

»Der Strom ist ausgefallen«, stellt Gavin fest.

»Ähm, stimmt«, erwidere ich. »Der ist schon seit einer Ewigkeit weg. Und Molly hat doch so große Angst im Dunkeln.«

»Was sagt denn der Stromversorger?«, fragt Gavin. »Wann haben wir wieder Strom?«

»Keine Ahnung. Ich habe nicht bei Electric Ireland angerufen.«

»Warum nicht?«

Ich schließe die Augen und atme tief ein. Ich möchte ihm erklären, dass mir zu viel durch den Kopf gegangen ist. Ich möchte Gavin sagen, dass ich mir Sorgen um Kayla gemacht habe. Und ihm sagen, dass Heather bei uns auf dem Sofa eingeschlafen ist. Ich muss ihm sagen, dass ich ihn vermisse und ohne ihn nicht einschlafen kann. Und vor allem möchte ich Gavin fragen, ob er etwas über den Brief in Heathers Zimmer weiß. Aber stattdessen bin ich nun frustriert, drehe mich am Fuß der Treppe um und laufe wieder nach oben, ohne meinem Mann auch nur einen Ton davon zu sagen.

Oben angekommen, mühe ich mich mit Mollys schlaffem, schlafendem Körper ab. Ich hebe sie hoch, trage sie vorsichtig über den Flur und lege sie in ihr eigenes Bett. Nachdem ich mich in mein Zimmer zurückgetastet habe, lasse ich mich erschöpft in die Kissen fallen.

Mir ist kalt, und ich liege völlig kaputt eine halbe Ewigkeit wach, höre, wie Gavin unten herumläuft, und frage mich, was er da in der Dunkelheit wohl macht. Endlich kommt er die Treppe heraufgeschlichen. Er gibt sich Mühe, leise zu sein, da er offenbar annimmt, dass sowohl Molly als auch ich schlafen.

»Könntest du die Kerze im Badezimmer auspusten?«, frage ich, als ich annehme, dass er nah genug ist, um in Hörweite unseres Schlafzimmers zu sein. Jetzt, da Gavin hier ist, kommt mir die Dunkelheit gar nicht mehr so bedrohlich vor.

»Habe ich dich aufgeweckt?«, fragt er und ignoriert meine Bitte, die Kerze zu löschen, als er ins Schlafzimmer kommt, mit der Taschenlampenfunktion seines Handys in Richtung unseres Bettes leuchtet und mich blendet.

»Nein«, erwidere ich. »Ich habe noch gar nicht richtig geschlafen.«

»Aber es ist schon spät …«

Als sich Gavin auszieht, rolle ich mich aus dem Bett. Anschließend haste ich über den dunklen Flur ins Badezimmer, wo ich die köstlich duftende Kerze auspuste. Ich bin von totaler Finsternis umgeben, als die Tür von Gavins und meinem Schlafzimmer zuschlägt. *Um Himmels willen!* Ich bremse ab, strecke die Arme weit nach vorn aus und taste mich wieder ins Schlafzimmer zurück.

Wenige Augenblicke später, als Gavin und ich Rücken an Rücken im Bett liegen, erlaube ich meinen Gedanken, wieder zu dem Brief in Heathers Zimmer zurückzukehren, und überlege, was er zu bedeuten hat.

Es dauert nicht lange, bis Gavins vertrautes Schnarchen ertönt. Schnell ziehe ich mir die Decke bis zum Hals hoch und schlummere ein. Nur Sekunden später weint Molly und hat wieder Angst.

»Gavin«, sage ich und lege meine Hand auf seine Schulter. »Ich glaube, Molly ist wach.«

»Hmmm?«

»Kannst du nach ihr sehen?«

»Kannst du das nicht machen?«, seufzt Gavin. »Ich bin so müde.«

»Gavin, sie vermisst dich. Sie hat dich seit Tagen nicht gesehen. Sie würde sich bestimmt sehr über eine Umarmung freuen.«

»Morgen«, flüstert Gavin. »Ich sehe sie morgen.«

Erschöpft seufze ich und schlage auf meiner Bettseite die Decke zurück. Ich will gerade aufstehen, als das Licht wieder angeht und für diese späte Uhrzeit alles fast schmerzhaft grell erleuchtet ist. Mit einem Teddy, der in ihrer Hand baumelt, steht Molly plötzlich bei uns in der Tür.

»Daddy!«, quietscht sie, als sie Gavin neben mir schlafen sieht.

»Hey, Prinsssessin!«, sagt Gavin, der so müde und verschlafen ist, dass er wie betrunken klingt. »Komm her sssu mir.«

Gavin schlägt seine Seite der Bettdecke zurück, woraufhin Molly ins Schlafzimmer kommt, ums Bett herumläuft und bei ihrem Vater ins Bett klettert. Gavin schließt sie in die Arme und rutscht zur Mitte des Betts rüber, bis er mich wieder berührt. Zwischen uns beiden eingequetscht, seufzt er und wünscht uns eine gute Nacht.

Endlich, da wir alle drei im Bett liegen, schließe ich die Augen. Wahrscheinlich ist unten jetzt alles hell erleuchtet, aber ich bin viel zu zufrieden, um mich noch zu rühren. Innerhalb von Sekunden bin ich eingeschlafen.

36.

Charlotte

Der nächste Tag

»Daddy, aufstehen!«, ruft Molly und rüttelt Gavin wach.

»Nein, Molly.« Gavin grummelt, greift nach der Decke, um sie höher zu ziehen. »Es ist noch nicht Morgen.«

»Doch, ist es!«, beharrt Molly und müht sich ab, aus dem Bett zu kommen, da unser Bett viel höher als ihres ist. Schlaftrunken beobachte ich, wie sie an den Vorhängen zieht und sie einen Spaltbreit zur Seite schiebt. »Siehst du!« Sie deutet hinaus. »Draußen ist es schon hell.«

Ich vergrabe das Gesicht in meinen Händen, da mich der plötzliche Lichtstrahl blendet. »Oh mein Gott! Wie spät ist es?«

»Um Himmels willen, Molly, es ist erst halb sechs …«, murmelt Gavin, nachdem er offenbar einen Blick auf sein Handy geworfen hat.

»Und es ist Samstag«, erwidere ich, nachdem ich ein wenig wacher geworden bin. »Molly, lass den Vorhang los. Sonst reißen die Ösen und Ringe raus.«

Molly kichert. »Vorhänge tragen doch keine Ringe. Du bist echt lustig, Mummy.«

»Komm schon, Molly«, krächze ich und stehe auf, obwohl ich total müde bin. »Ich stelle dir unten eine Zeichentrickserie an.«

»Kochst du mir ein weiches Ei?«, schlägt Molly vor und reibt sich den Bauch, sodass mir klar ist, dass sie Hunger hat.

»Später, Molly«, sage ich und bin kaum in der Lage zu funktionieren. »Lass uns erst Zeichentrickserien anschauen. Dann können wir später ein Ei essen.«

Gavin setzt sich auf und reibt sich die Augen. »Wisst ihr was? Eier wären richtig klasse. Ich hatte gestern kein Abendessen.«

»Mummy und ich haben gestern Faschitis gegessen«, verkündet Molly und reibt sich weiter den Bauch. »Die waren lecker.«

»Ich gehe mit euch runter«, erklärt Gavin und schlägt die Bettdecke zurück. »Ich kann uns Omelett machen.«

»Ja! Ja! Ja!« Aufgeregt hüpft Molly auf und ab, und ich wünschte mir, ich besäße auch nur einen Hauch ihrer Energie zu dieser Tageszeit.

»Nein. Warte hier. Wir müssen erst reden«, sage ich zu Gavin.

»Ist alles in Ordnung?«, erkundigt er sich.

»Nein. Nicht so richtig«, entgegne ich und versuche, vor Molly zu verbergen, wie stinksauer ich tatsächlich bin.

»Magst du keine Omeletts?«, fragt Molly. »Wir können weiche Eier essen. Dann freust du dich doch.«

»Später, Molly«, sage ich und nehme sie an die Hand. »Jetzt heißt es Zeichentrickserie gucken! Eier gibt es später.«

»Tragen Vorhänge wirklich Ringe, Mummy?«, fragt mich Molly, als wir die Treppe hinuntergehen.

»Bitte?« Ich muss lachen. »Nein, Molly. Natürlich nicht.«

»Aber du hast doch gesagt …«

»Molly, die Ringe, das sind Ösen, durch die die Vorhangstange geschoben wird. Daran hängt dann der Vorhang.«

»Ösen«, wiederholt Molly langsam, während ich ihr durchs Haar wuschele.

Als ich die Wohnzimmertür öffne, brennt das Licht, und der Fernseher läuft.

»Das ist Magie!«, ruft Molly, und ich widerspreche nicht.

»Oh, sieh mal, *Peppa Wutz* läuft!«

»Ja.« Molly rümpft die Nase. »Sam sagt, *Peppa Wutz* ist nur was für kleine Kinder.«

»Aber du bist doch ein kleines Kind, Molly.« Ich seufze.

»Ich bin *vier*!«

»Okay, Molly. Okay. Du bist vier. Und kein kleines Kind mehr.« Ich habe Mühe, nicht zu lachen. »Also: Was möchtest du gucken?«

Eine Weile lang antwortet Molly nicht. Peppa Wutz springt in Matschpfützen, und Molly scheint sich nicht vom Bildschirm losreißen zu können.

»Sam hat gesagt, *Peppa Wutz* ist nur was für kleine Kinder«, wiederholt Molly und ist augenscheinlich sehr traurig, während sie den Kopf schüttelt.

»Sam, diese kleine miese Kröte?«, frage ich.

Molly keucht, ihr Blick schießt zu mir hinüber, und sie starrt mich mit offenem Mund an.

»Tut mir leid«, entschuldige ich mich schnell und habe Mühe, angesichts Mollys entsetzter Miene nicht zusammenzuzucken. »Ich glaube nicht, dass Sam ein liebes Kind ist. Er hat kein Recht, dir vorzuschreiben, was du gucken sollst und was nicht, Molly. Oder welche Farbe die Bauklötze haben dürfen, mit denen du spielst. Oder was auch immer.« Ich merke, wie meine Verärgerung wächst, während ich über dieses Kind nachdenke.

»Möchtest du *Peppa Wutz* gucken?«, frage ich vorsichtig.

Molly nickt.

»Na gut«, erwidere ich. »Dann hüpf mal aufs Sofa und bleib hier sitzen. Ich muss kurz nach oben und etwas mit Daddy besprechen.«

»Und danach gibt es weiche Eier?«, fragt Molly.

»Ja«, nicke ich. »Wenn ich mit Daddy gesprochen habe, essen wir leckere weiche Eier!«

Es dauert nicht lange, bis Molly in die Fernsehserie vertieft ist und ich nach oben gehen kann.

Gavin ist zwar wieder eingeschlafen, aber das Gespräch duldet keinen Aufschub mehr. Ich knalle die Schlafzimmertür hinter mir zu und starre wartend aufs Bett.

»Du meine Güte«, brummt Gavin, der ganz langsam die Augen öffnet.

»Wir müssen reden.«

»Können wir das bitte später machen, Charlie? Ich bin müde.«

»Ich bin ebenfalls müde.« Ich verschränke die Arme vor der Brust.

»Ich weiß.« Gavin schließt wieder die Augen. »Komm ins Bett.« Er schlägt die Bettdecke zurück und dreht mir den Rücken zu.

»Willst du mich auf den Arm nehmen?«, brülle ich.

»Charlie! Was ist los?« Gavin schiebt die Decke jetzt gänzlich fort, setzt sich auf und ist sichtlich verärgert. »Es ist noch so früh! Könntest du dich bitte beruhigen!«

»Wage es nicht, mir zu sagen, dass ich mich beruhigen soll, Gavin. Wage es ja nicht!«

»Charlie, komm schon.«

»Wann wolltest du's mir sagen, Gavin, hm? Hm?«, brülle ich noch ein wenig lauter. »Wolltest du es mir überhaupt sagen? Oder dachtest du, ich merke es nicht, wenn ihr, du und Heather, anfangt, unsere Tochter als Ersatzteillager zu benutzen?«

»Das ist eine schreckliche Behauptung.« Gavins Blick verfinstert sich, und ich kann nicht genau sagen, ob er verärgert oder richtig wütend ist.

»Das ist keine Antwort!« Ich schüttele den Kopf, während ich mich umdrehe. Ich kann ihm im Augenblick nicht einmal in die Augen schauen.

»Charlie!«, ruft mir Gavin hinterher, als ich die Schlafzimmertür öffne. »Charlie, komm«, ruft er und gelangt zur Schlafzimmertür, als ich schon die Treppe hinuntergehe. »Du bist diejenige, die reden wollte, und jetzt gehst du einfach!«

»Jetzt versuch nicht, es mir in die Schuhe zu schieben«, brülle ich zurück. »Leg dich ruhig wieder hin, Gavin. Ich will dich gerade ohnehin nicht in meiner Nähe haben.«

Mühsam halte ich die Tränen zurück, als ich das Wohnzimmer betrete. »Zeit für weiche Eier, Molly!« Zu meiner großen Überraschung ist das Sofa jedoch leer. »Molly!«, rufe ich und gehe Richtung Küche. »Molly!«

Aber in der Küche ist sie auch nicht. Ich will gerade in ihrem Kinderzimmer nachschauen, als ich ein leises Wimmern aus dem Vorratsraum höre. Als ich die Tür öffne, sitzt Molly dort mitten zwischen dem Kehrbesen und dem Bügelbrett. Die Knie hat sie bis zum Kinn angezogen, die kleinen Hände vors Gesicht geschlagen.

»Oh, Molly.«

37.

Kayla

Es fällt mir schwer, wach zu werden. Ich blinzele mehrmals. Keine Ahnung, ob es Morgen oder Nacht ist. Meinem Zeitgefühl macht es arg zu schaffen, tagsüber zu schlafen und dann nachts stundenlang wach im Bett zu liegen und an die Decke zu starren. Endlich schaffe ich es, die Augen offen zu halten, und ich merke, dass es draußen hell ist. An meinem Bettende steht ein Tablett mit Frühstück. Offensichtlich war jemand da und hat Cornflakes, Orangensaft und eine Schüssel mit verschrumpelt aussehendem Obst dagelassen. Mich überrascht, dass ich nicht gehört habe, wie die Person hereingekommen ist. Normalerweise ist der Lärm hier zur Frühstückszeit ohrenbetäubend, aber das Frühstück habe ich in den letzten Tagen regelmäßig verschlafen. Und wenn ich wach werde, bin ich immer noch hundemüde. In letzter Zeit ist das andauernd so.

»Guten Morgen«, sagt Mum.

»Du meine Güte!« Ich fahre zusammen und bemerke sie plötzlich, wie sie krumm im Sessel neben meinem Bett sitzt.

»Entschuldige, tut mir leid, ich wollte dich nicht erschrecken.«

»Bist du die ganze Nacht über hier gewesen?«, frage ich.

Mum nickt. »Yep.«

»Hast du geschlafen?«, fahre ich fort.

»Natürlich.«

Mum ist eine schlechte Lügnerin. Sie kneift dann immer ihre Augen zusammen, als hätte sie Angst, dass man in diese hineinschaut und sie entlarvt. Ehrlich gesagt sieht heute alles an ihr verkniffen aus. Als würde sich ihr ganzer Körper in sich zusammenziehen. Das ist verdammt gruselig. Sie ist dünn geworden. Also richtig unheimlich dünn. Ich kann mich nicht mal mehr daran erinnern, wann sie das letzte Mal Make-up getragen hat; außerdem sind ihre Haare eine Vollkatastrophe. Die Ansätze sind rausgewachsen; mir ist nie zuvor aufgefallen, dass sie eigentlich so dunkle Haare hat. Mein ganzes Leben lang kenne ich sie nur blond, aber jetzt wächst ihr Haar schwarzbraun nach.

»Wie fühlst du dich?«, fragt Mum, steht auf und schüttet Milch auf meine Cornflakes.

»Gut«, erwidere ich.

»Du hast uns letzte Nacht einen gehörigen Schreck eingejagt.«

»Habe ich das?«

»Erinnerst du dich gar nicht mehr?«

Ich schüttele den Kopf.

»Deine Temperatur ist in die Höhe geschossen, du hast das Bewusstsein verloren und hast gezittert und …«

»Oh«, sage ich, als ich mich ganz langsam an den Wahnsinn der letzten Nacht erinnere, doch mir kommt alles wie ein Traum vor. Ich erinnere mich noch daran, dass Dad fast durchgedreht ist und die Schwestern gerufen hat. Dann sind die Krankenschwestern in Panik geraten und haben die Ärzte gerufen. Die haben mir irgendeine Medizin verabreicht, und danach muss ich eingeschlafen sein. Weder erinnere ich mich daran, dass Mum hergekommen ist, noch, dass Dad gegangen ist. Was für eine seltsame Nacht.

»Orangensaft?«, fragt Mum und schiebt das Servierwagen-Ding vom Bettende näher an mich heran.

Ich schüttele den Kopf.

»Okay, okay.« Mum klingt irgendwie enttäuscht, dass ich gerade mal zwei Sekunden nach dem Wachwerden keine Lust auf Orangensaft habe.

Ich versuche, mich aufzusetzen, aber es klappt nicht. Meine Arme sind bleischwer; als würden sie jemand anderem gehören, sodass ich sie nicht unter Kontrolle habe. Meine Atmung fühlt sich auch komisch an, als säße jemand sehr, sehr Großes auf mir, der mich allmählich erdrückt.

»Okay, immer langsam«, beruhigt mich Mum und schiebt mir ihre Hände unter die Arme. Sie atmet schwer aus, während sie mich aufsetzt.

»Tut mir leid«, sage ich.

»Bitte? Was um alles in der Welt tut dir leid, mein Kind?«, fragt Mum und lässt mich los, um die Kissen in meinem Rücken zu richten.

Als ich versuche, ein paar Sekunden lang ohne Stütze zu sitzen, bin ich ganz zittrig. Schnell legt Mum ihre Hand auf meine Schulter und schiebt mich zurück. Als ich auf einem Berg aus weichen, duftigen Kissen liege, wird mir bewusst, wie unwohl ich mich die ganze Nacht über gefühlt habe.

»Alles«, antworte ich.

»Hör mal, Kayla.« Meine Mutter wird mit einem Mal so ernst, dass ich schon befürchte, dass sie weinen wird. Ich warte, dass sie sich kurz entschuldigt und geht. Sie denkt nämlich, dass es mir nicht auffällt, wenn sie rausgeht, um tief durchzuatmen oder ihre Tränen wegzuwischen.

»Nichts von dem hier ist deine Schuld. Nichts.«

Wie gern würde ich meiner Mutter glauben, aber ich *weiß*, dass ich schuld bin. Wenn ich es Mum letztes Jahr einfach erzählt hätte, dass mein Bein plötzlich wehtut, hätte mein Krebs vielleicht nicht so weit gestreut, und mir ginge es wie einigen der anderen Kids hier mittlerweile wahrscheinlich deutlich besser. Aber ich war so besessen vom Basketball! Ich wollte kein einziges Spiel verpassen. Jetzt kann man sehen, wohin das geführt hat. Ich werde nie wieder bei einem Basketballspiel im Einsatz sein. Inzwischen fürchte ich sogar fast, dass ich dieses Zimmer nie wieder verlassen könnte.

»Wasser?«, fragt Mum.

»Eigentlich habe ich keinen Durst«, erwidere ich, als meine Lider schon wieder schwerer werden. Ich könnte erneut schlafen.

»Kayla, du musst unbedingt etwas trinken.«

Ich verziehe das Gesicht.

»Du hast doch gehört, was die Ärzte letzte Nacht gesagt haben.«

Verständnislos starre ich Mum an. Ich kann mich nicht mal daran erinnern, dass Ärzte bei mir waren, und ich erinnere mich definitiv nicht daran, dass sie gesagt haben: »Wenn sie keinen Orangensaft trinkt, muss sie Wasser trinken.«

Mum hört auf herumzufuchteln, setzt sich wieder hin und nimmt meine Hand. Sie drückt sie sanft.

»Was haben die Ärzte letzte Nacht gesagt?«, frage ich, obwohl ich noch gar nicht weiß, ob ich die Antwort wirklich wissen will.

»Ach, du weißt schon, dies und das.«

»Mum. Bitte!«

»Es ist die Chemo.« Mums Stimme ist ganz krächzig. »Die Ärzte sind nicht zufrieden damit, wie sie verläuft. Sie sorgt dafür, dass es dir so schlecht geht …«

»Bei einer Chemo geht es jedem schlecht«, entgegne ich und muss kurz Luft holen, da ich so atemlos bin, als hätte ich gerade fünf Körbe hintereinander geworfen. »Sean hat sich im Spieleraum vor ein paar Tagen die Seele aus dem Leib gekotzt. Das war so eklig. Alles Gallensaft und Möhren …«

»Kayla …«

»Warum sind da immer Möhren in der Kotze? Wirklich jedes Mal! Selbst wenn man seit einer Ewigkeit keine Möhren gegessen hat. Ich verstehe das nicht …«

»Kayla«, wiederholt Mum sanft.

Schließlich schaue ich zu meiner Mutter hoch und bemerke ihren ernsten Blick. Sie hat Tränen in den Augen.

»Kayla, deine Nieren machen Probleme«, erklärt sie.

»Und …?«, frage ich. Ihre Antwort überrascht mich kaum. Die anderen Kinder im Spieleraum reden andauernd von solchen Folgen. Jeder ist auf unterschiedlichste Art und Weise betroffen. Wie ich verlieren offensichtlich die meisten Kinder ihr Haar; eines der Mädchen von der Station hier hatte sein ganzes Leben lang blondes Haar, und als es nach der Chemo dann wieder wuchs, war es dunkel und gelockt. Ich fand das eigentlich schön, das Mädchen ist allerdings total ausgeflippt. Und eines der jüngeren Kinder ist so dünn geworden, dass ich Angst habe, es anzufassen, aber das Mädchen ist immer so fröhlich und strotzt vor Energie. Wahrscheinlich sind die schwachen Nieren also das Problem, mit dem ich zu kämpfen habe. Ich frage mich, ob ich damit wohl öfter zum Klo muss oder ob mein Pipi plötzlich eine andere Farbe bekommt – was schon wieder irgendwie cool wäre. Vielleicht sollte ich Mum mal mit den anderen Kids zusammenbringen. Ihnen wird es bestimmt nichts ausmachen, sich mit ihr über ihre jeweiligen Behandlungsverläufe zu unterhalten. Vielleicht würde das Mum helfen, alles zu verstehen und nicht so schnell die Nerven zu verlieren.

»Kayla«, sagt Mum wieder, und mir wird bewusst, dass ich mit den Gedanken ganz woanders war. Ich habe schon überlegt, wie die Chemo-Zeitpläne der anderen heute aussehen, um zu wissen, wer später im Spieleraum sein wird, um *Fortnite* zu spielen. Ich habe immer noch keinen einzigen Spielgewinn zu verzeichnen, was verdammt demütigend ist. Da sind tatsächlich Sechsjährige, die mich locker abziehen.

»Kayla, Süße, die Ärzte wollen die Chemo beenden«, flüstert Mum.

»Oh mein Gott! Im Ernst?« Mit einem Mal fühle ich mich kraftvoller als in den ganzen letzten Tagen zusammen. »Im Ernst? Wirklich?«

Mum nickt traurig mit dem Kopf.

»Was ist denn?«, frage ich. »Das sind super Neuigkeiten! Die Chemo ist vorbei! Die Sache mit den Nieren bekommen wir ambulant hin. Das Mädchen mit dem früher blonden-jetzt-schwarzen Haar kommt auch nur noch einmal die Woche oder so her.«

Mum schaut mich ausdruckslos an.

»Das heißt doch, dass wir bald nach Hause gehen können, oder?«, frage ich und habe plötzlich Angst, dass die Ärzte sich mit Mum über wichtige Dinge unterhalten und mich aus diesen Gesprächen raushalten. *Es ist immer was Schlimmes, wenn sie mich bei diesen Gesprächen außen vor lassen.*

Mum ist immer noch reglos wie eine Statue. Das Einzige, was sich bei ihr bewegt, sind die Augen, wenn sie blinzelt.

»Wir fahren nach Cork, nach Hause, Mum! Ich weiß, wie seltsam das für dich gewesen ist, bei Dad zu wohnen …«

Mit einem Mal laufen Mum Tränen über die Wangen.

»Es gibt Studien, Kayla. Wir können vielleicht an einer Forschungsstudie teilnehmen.«

»Forschungsstudie?«

»Ja. Es ist kompliziert.« Mum wischt sich mit dem Finger unter den Augen entlang. »Es geht um ganz neue Methoden. Medizinische Innovationen. Aber längst nicht jeder Patient ist für eine Teilnahme geeignet, Kayla.«

Ich habe gar nicht gemerkt, dass ich weine, aber jetzt laufen auch mir die Tränen über die Wangen. »Mum, ich verstehe das nicht. Ich dachte, du meinst, dass ich mit der Chemo fertig bin, weil sie angeschlagen hat. Ich will nach Hause.«

»Süße, wir müssen es weiter versuchen. Diese klinischen Studien …«

»Ich will kein Teil eines Experiments sein!«, entgegne ich frustriert.

»Das sind keine Experimente, sondern wissenschaftliche Fortschritte. Ich treffe mich deswegen heute mit Dr. Patterson.« Mum wirft einen Blick auf ihre Uhr. »In einer Stunde. Und dann werde ich ihm alle Fragen rund um das Thema stellen. Hinterher weiß ich mehr; wir unterhalten uns anschließend darüber, ja?«

»Wie du meinst.« Ich lasse den Kopf zurücksinken und bin viel zu erschöpft, um weiter darüber nachzudenken.

»Kayla. Bald geht es dir besser. Okay?«, sagt Mum.

»Ich weiß«, erwidere ich und frage mich, ob ich im Lügen genauso schlecht bin wie meine Mutter. Wenn es mir besser gehen würde, würden wir jetzt nach dem Ende der Chemotherapie unsere Koffer packen. Und nicht etwa über andere Optionen sprechen, die wieder mehr Nadelstiche, mehr Bluttransfusionen, mehr Operationen und die Hölle bedeuten. Und vielleicht nicht einmal anschlagen. Plötzlich wird mir klar, dass *Fortnite* vielleicht nicht der einzige Kampf ist, den ich nicht gewinne.

38.

Heather

»Pssst, sie schläft«, warne ich, als Gavin Kaylas Zimmer betritt.

Gavin sieht genauso schlecht aus, wie ich mich fühle. »Wie geht es ihr?«, fragt er.

»Besser, als letzte Nacht, aber immer noch nicht gut.«

Gavin schüttelt den Kopf, während er unsere schlafende Tochter beobachtet.

»Hast du mit Charlotte gesprochen?«, frage ich.

Gavin antwortet nicht, betrachtet weiterhin Kayla. Er ist nervös und fahrig, und eigentlich kenne ich die Antwort bereits, aber ich frage nichtsdestotrotz.

»Gavin? Bitte sag, dass du wenigstens versucht hast, die Sache mit ihr zu besprechen!«

»Genau genommen hat *sie* es mit mir besprochen.« Gavin klingt ungehalten, und ich bin unsicher, ob sich sein Ärger gegen mich oder Charlotte richtet.

»Tatsächlich?«

»Ja.« Gavin vergräbt die Hände in seinen Hosentaschen und scharrt mit den Füßen. »Sie hat den Brief gefunden. Der, in dem das mit der Stammzellenspende erklärt wird.«

»Oh.« Ich bin eigentlich ziemlich sicher, dass ich den Brief in mein Zimmer gelegt hatte. Vielleicht ist er mir ja in der Küche aus der Tasche gefallen. Ich muss besser aufpassen. Es muss an der Müdigkeit liegen.

»Sie ist nicht glücklich damit«, stellt Gavin fest.

»Über den Brief?«

Betreten scharrt Gavin weiterhin mit den Füßen. »Weil wir ihr nichts gesagt haben. Weil wir ihr nicht früher gesagt haben, dass eine Stammzellenspende eine Option sein könnte.«

Ich schüttele den Kopf. »Okay. Verständlich. Aber bis letzte Nacht haben wir ja selbst nicht einmal gewusst, ob so etwas nötig sein könnte.«

»Ich habe wirklich gedacht, dass ich das Richtige tue«, sagt Gavin und fährt sich mit den Händen übers Gesicht. »Ich wollte sie nicht unnötig stressen mit etwas, was vielleicht gar nicht nötig sein wird.«

»Und was hat sie jetzt gesagt, da es doch nötig ist?«

»Darüber haben wir nicht gesprochen«, erwidert Gavin. »Jedenfalls nicht richtig.«

»Bitte?« Ich stemme die Hände in die Hüften. »Warum nicht?«

»Weil es eben nicht so einfach ist, Heather! Die Situation ist kompliziert. Und Charlotte hat Angst. Außerdem denkt sie jetzt auch noch, dass ich Dinge vor ihr verheimlicht habe. Sie ist total ausgeflippt und vertraut mir nicht mehr. Und dir vertraut sie erst recht nicht.«

»Ihr habt euch also gestritten?«, frage ich und habe eine Heidenangst, dass Gavin einen albernen Streit mit seiner Frau als wichtiger betrachtet als Kaylas Behandlung. Mir kommt es fast vor, als wüsste er nicht, wie ernst die Lage ist. Oder als *wolle* er es nicht wissen.

»Ähm, es ist ein wenig mehr als ein Streit, Heather«, blafft Gavin. »Schließlich ist sie nicht sauer auf mich, weil ich den Toilettendeckel nicht wieder runtergeklappt habe, weißt du?«

»Du benimmst dich wie ein Kleinkind«, stelle ich fest und bin verdammt sauer auf Gavins höhnische Reaktion.

»Heather, ich rede noch mit meiner Frau. Aber du musst dich beruhigen und aufhören, so zu drängen. Ich muss auf den richtigen Zeitpunkt warten.«

»Du meine Güte, Gavin – wie kannst du nur so ruhig bleiben? Wird Charlotte jetzt die Einwilligungserklärung unterschreiben oder nicht? Ich kann gern die Unterlagen mit nach Hause bringen. Sie muss dafür nicht extra ins Krankenhaus kommen, wenn sie nicht möchte. Aber wir brauchen ihre Zustimmung.«

Gavin schaut mich mit Tränen in den Augen an, und zum ersten Mal fällt mir auf, wie blutunterlaufen sie sind. Ich frage mich, ob er letzte Nacht überhaupt geschlafen hat.

»Ruf sie an«, fahre ich sanft fort. »Frag sie jetzt. Ich kann sie auch gern anrufen, wenn du einem weiteren Streit lieber aus dem Weg gehen möchtest.«

»Nein. Du meine Güte, nein! Bist du wahnsinnig?«, fragt Gavin, und sofort schießt mein Blick zu Kayla aus Sorge, er könnte sie aufgeweckt haben. »Charlotte würde nur vollends durchdrehen, wenn du dich da jetzt auch noch einmischst.«

»Aber ich könnte es ihr erklären.«

»Heather, nein!« Gavin reißt die Augen so weit auf, dass sie groß wie Untertassen wirken. »Das ist nicht deine Aufgabe. Molly ist Charlottes Tochter. Meine und Charlottes. Das hat absolut nichts mit dir zu tun.«

»Das hat nichts mit mir zu tun? Machst du Witze?«, fauche ich. »Sieh sie dir an, Gavin! Sieh sie dir doch bloß mal an!«

Gavins Augen füllen sich wieder mit Tränen, als sein Blick über unsere schlafende Tochter in ihrem Krankenhausbett schweift.

»Und jetzt sag mir bitte, wie das nichts mit mir zu tun hat!«

»Es ist so schwer.« Gavin seufzt. »Es ist *zu* schwer.«

»Gavin, setz dich«, sage ich und deute auf den Stuhl neben mir, als mir auffällt, wie blass er mit einem Mal geworden ist. Ich habe Sorge, dass er umkippen könnte.

»Ich weiß, wie schwer das ist«, stelle ich fest, was aber eine Lüge ist. Ich kann nicht verstehen, warum Gavin nur so zögerlich mit Charlotte über das Thema reden will. Ich begreife einfach nicht, warum er nicht geradezu ekstatisch angesichts der Aussicht ist, dass Kayla und Molly zueinanderpassen. Mollys Stammzellen könnten Kayla das Leben retten. Das sind fantastische Nachrichten!

»Ich muss heute ein paar Stunden arbeiten gehen«, erklärt Gavin und fährt sich mit zitternden Händen durchs Haar.

»Was? Jetzt? Aber du bist doch gerade erst hergekommen?« Ich kneife die Augen zusammen, weil ich dahinter eine Ausrede vermute, damit er nicht nach Hause und mit Charlotte reden muss.

»Ohne mich geht da alles vor die Hunde. Wir haben diesen Monat bereits zwei große, wichtige Kunden verloren. Ich muss da mehr präsent sein.« Gavin hält inne und schlägt die Hände vors Gesicht. »Aber ich muss auch hier sein.«

»Ich weiß«, antworte ich, und dieses Mal verstehe ich ihn nur allzu gut. Mein Leben vor Kaylas Diagnose scheint eine Ewigkeit her zu sein. Ich existiere nur noch als Mutter eines kranken Kindes; mich selbst – als eigenständige Person – gibt es nicht mehr. Weder habe ich die Zeit dafür, noch steht mir der Sinn danach.

Es hat eine ganze Weile gedauert, bis mir bewusst geworden ist, dass ich mich einsam fühle. Kayla schläft immer mehr und mehr, und ich vermisse unsere Unterhaltungen und unsere stundenlangen *Friends*-Fernsehabende. Bin ich in Gavins Haus, verbringe ich die Zeit in meinem Zimmer, um Charlotte so viel Raum wie möglich zu lassen und ihre Privatsphäre nicht zu stören. Meine Freunde bei der Arbeit, die mich unmittelbar nach Kaylas Diagnose so unterstützt haben, schreiben oder rufen jetzt nur an, wenn sie merken, dass sie sich seit einer Weile nicht mehr gemeldet haben, sodass ihr moralisches Gewissen sie dazu verdonnert, nachzufragen. Eines der Mädchen hat mir letzte Woche berichtet, dass eine Frau eingestellt wurde, um meine Stelle zu besetzen. Unser Chef liebt sie wohl – es steht also in den

Sternen, ob mein Job überhaupt noch da ist, wenn die Zeit für mich gekommen ist zurückzugehen.

Im Hinblick auf Kaylas Schule verhält es sich ähnlich. Anfangs haben die Lehrer angerufen und zunächst ihre Unterstützung angeboten. Es wurde sogar eine Spendenaktion ins Leben gerufen, und die eingegangene Summe haben sie dann in Kaylas Namen an die Nationale Krebs-Organisation übergeben. Doch als Tage und Wochen vergingen, ist für alle anderen das Leben ganz normal weitergegangen, während wir in dieser niemals enden wollenden Schleife aus Behandlungen und Operationen und ewigen Aufs und Abs gefangen sind. Und obwohl ich nur die besten Absichten habe, merke ich immer deutlicher, wie ich verbittert und neidisch werde.

Ich bin neidisch für Kayla. Neidisch auf ihre Mannschaftsmitglieder, die ohne sie weiter Basketball spielen. Neidisch, wenn Kayla mir Fotos auf Instagram zeigt von ihren Freundinnen, die shoppen oder ins Kino gehen oder einfach nur normale, gesunde Teenager sind.

Ich selbst bin neidisch. Neidisch auf die Mädels bei der Arbeit, die miteinander quatschen und sich bei ihrem morgendlichen Kaffee über den neuesten Tratsch austauschen. Ich bin neidisch auf ihre Freundschaft mit der Frau, die mich ersetzt. Ich bin neidisch auf ihre finanzielle Stabilität, ihre Bonuszahlungen und ihre alltägliche Routine.

Aber am allermeisten bin ich neidisch auf Gavin. Ich bin neidisch, dass – obwohl er so viel hier ist, wie er nur kann – er immer wieder nach Hause geht zu seinem gesunden, fröhlichen Kind. Ein Kind, das er umarmen kann, ohne sich Gedanken machen zu müssen, ob er seinen empfindlichen Knochen dabei wehtut. Ein Kind, dem er beim Essen ohne Angst zuschauen kann, dass die gesamte Portion gleich wieder hochkommt. Ein Kind, mit dem er spielen, laufen und herumhüpfen kann. Und vor allem: ein Kind, dem er beim Aufwachsen zugucken kann, wie es eine Frau wird, vielleicht heiratet und eigene Kinder bekommt. Während der letzten Tage, in denen ich zusehen musste, wie Kayla immer noch mehr Gewicht verliert, habe ich mich schon voller Sorge gefragt, ob ihr all das entrissen werden könnte. Mir.

»Sagst du ihr, dass ich hier war?«, fragt Gavin und reißt mich aus meinen trüben Gedanken.

»Mache ich. Allerdings denke ich nicht, dass sie so schnell aufwacht. Sie hat ein paar sehr starke Medikamente bekommen.«

»Okay, gut, ich bin auch nur ein paar Stunden weg, und dann …«

»Und dann wirst du mit Charlotte sprechen«, schneide ich ihm das Wort ab und nutze die Gunst der Stunde, es noch einmal zu versuchen.

»Du weißt, dass ich mir mehr als alles andere wünsche, dass Kayla wieder gesund wird«, stellt Gavin fest.

»Beweis es mir«, entgegne ich und nehme es ihm fast schon übel, dass er das Gefühl hat, sich verteidigen zu müssen. Natürlich weiß ich, wie sehr er sich wünscht, dass unsere Tochter wieder gesund wird.

»Molly ist aber erst vier, Heather. Sie ist vier Jahre alt«, gibt Gavin zu bedenken.

»Ich weiß selbst, wie alt dein kleines Mädchen ist, Gavin.«

Gavin holt tief Luft und steht auf. Er zieht eine Hand aus der Tasche und legt sie mir auf die Schulter. »Du bist eine tolle Mutter, Heather. Die warst du immer schon. Und ich weiß auch, dass du für Kayla alles tun würdest. Alles, was ihr helfen könnte.«

Ich nicke und bin überrascht von seinem plötzlichen Richtungswechsel und seiner Ruhe. »Aber auch Charlotte ist eine tolle Mutter. Sie liebt unser kleines Mädchen über alles und macht vor nichts halt, um sie zu schützen. Verstehst du das?«

Wieder nicke ich und finde keine Worte. Angst macht sich in meiner Magengrube breit, als in mir die Befürchtung wächst, dass Gavin mir gerade zu sagen versucht, dass er mit Charlotte nicht mehr darüber reden wird – oder noch schlimmer, dass sie Nein sagen könnte, wenn er doch mit ihr spricht.

»Auch für sie ist das nicht leicht, Heather. Charlotte liebt Kayla. Sie liebt sie, als wäre Kayla ihre eigene Tochter. Aber die Wahrheit ist, dass sie es nicht ist, Molly aber sehr wohl.«

»Und was willst du mir damit jetzt sagen?«

»Ich sage nur, dass du mir ein wenig Zeit lassen musst. Lass mich mit ihr reden, wenn sie sich beruhigt hat. Wenn sie nicht mehr so aufgewühlt ist. Wenn sie nicht mehr so viel Angst um Molly hat, wie traumatisch das alles für sie werden könnte.«

»Aber uns bleibt keine Zeit mehr«, warne ich, während

mir die Tränen in die Augen steigen. »Sie wollen die Chemotherapie abbrechen, Gavin.«

»*Was* wollen sie?« Gavins Stimme dröhnt plötzlich viel zu laut für das kleine Zimmerchen. »Warum hast du mir das nicht gesagt?«

»Psssst!«, sage ich und presse einen Finger an die Lippen vor Angst, Gavin könnte Kayla aufwecken. »Ich sage es dir doch jetzt!«

Gavin starrt unsere schlafende Tochter an und schüttelt den Kopf. »Weißt du was? Es spielt keine Rolle. Die können nicht mit der Chemo aufhören. Wir sagen ihnen einfach, dass das nicht geht. Das ist doch Wahnsinn!«

»Gavin, ihre Nieren versagen.« Gavins ungläubiger Blick geht mir durch Mark und Bein. »Und … Und …« Ich halte inne und versuche, zu Atem zu kommen, als könnte ich daran ersticken, wenn ich die folgenden Worte auch nur auszusprechen versuche. »Außerdem haben sie einen neuen Tumor gefunden.«

Gavin schnieft und fährt sich mit dem Ärmel über die tränenden Augen. »Wo?«

»Im Becken. Er ist nur klein, aber neu und …«

Gavin stößt ein Geräusch aus wie ein Tier, das in einer Falle gefangen ist. Ich kenne dieses Geräusch. Ich mache es auch. Manchmal nur in meinem Kopf, wenn ich es nicht mehr ertragen kann, Kayla noch mehr durchmachen zu sehen. Aber ich dränge dieses Geräusch weit, weit nach unten zurück und lasse es nicht heraus, weil sich Kayla auf mich verlässt und ich stark sein muss.

»Hat er … Hat er bereits gestreut?«, fragt er.

Ich antworte nicht. Ich kann keine Worte mehr bilden.

»Weiß Kayla Bescheid?«, fragt Gavin weiter.

Ich schüttele den Kopf.

»Gut. Gut. Wir wollen ihr keine Angst machen.« Gavin nimmt seinen Mantel vom Stuhl und legt ihn sich auf seinen zitternden Arm.

»Du gehst?«, frage ich.

»Ich muss.«

»Okay. Klar. Arbeit«, erwidere ich und kann es nicht glauben, dass ihm in dieser Situation die Arbeit überhaupt in den Sinn kommt.

»Ich gehe nach Hause«, widerspricht mir Gavin. »Um mit Charlotte zu reden.«

39.
Heather

Die Tür zu Jacks Büro steht einen Spaltbreit offen, und ich kann ihn durch den Spalt sehen, wie er am Schreibtisch sitzt und schreibt. Er sieht gestresst aus. Ich kann mir nur schwerlich vorstellen, wie hart sein Job sein muss. Ich für meinen Teil könnte hier niemals arbeiten. Schließlich hole ich tief Luft, hebe die Hand und klopfe dreimal an.

»Herein«, sagt er beiläufig.

Ich öffne die Tür und trete ein, unsicher, ob ich sie hinter mir schließen soll oder nicht. Vielleicht mag er es, wenn die Tür einen Spaltbreit geöffnet ist, damit ein wenig frische Luft hereinkommt. Ich glaube, mir würde das gefallen. Also beschließe ich, die Tür offen zu lassen.

»Hallo, Heather«, begrüßt er mich, lässt seinen Stift sinken und steht auf.

Heute trägt er nicht seinen gewohnten weißen Arztkittel über OP-Kleidung, und anstatt eines Stethoskops trägt er eine Krawatte um den Hals. Sein maßgeschneiderter marineblauer Anzug steht in großem Kontrast zu der Laufausrüstung, die er gestern anhatte. Er sieht richtig elegant aus.

»Setzen Sie sich doch bitte«, schlägt er vor und deutet auf zwei breite Ledersessel, die auf der anderen Seite seines Schreibtischs stehen.

Ich nicke und lasse mich in dem nächsten Sessel nieder, als er hinter seinem Schreibtisch hervorkommt, um die Tür zu schließen.

»Vielen Dank für letzte Nacht«, sage ich schnell, da die kurze Stille mich verzagen lässt.

»Gern geschehen«, erwidert er und nimmt wieder auf seiner Seite des Schreibtischs Platz. »Kann ich Ihnen etwas zu trinken anbieten? Tee, Kaffee oder ein Glas Wasser?«

»Ähm, nein«, erwidere ich. Ich schaue mich in seinem Büro um, entdecke jedoch nirgendwo eine Kaffeemaschine oder einen Wasserkocher. Ein ungeöffneter Energydrink steht auf dem Regal hinter seinem Schreibtisch, aber ich bezweifele, dass er den teilen möchte. »Vielen Dank, ich möchte nichts.«

»Sicher? Ich würde sonst einen Kaffee nehmen.«

»Sicher.«

»Okay«, erwidert er, beugt sich vor und drückt auf eine Taste der Sprechanlage. »Hallo, Matilda. Würden Sie mir bitte einen Caffè Americano sowie einen Muffin besorgen? Oder warten Sie …« Er hält inne, sein Blick wandert vom Schreibtisch zu mir. »Sie hatten gestern keine Gelegenheit zu backen, oder?«

Ich schüttele den Kopf, woraufhin er verständnisvoll lächelt.

»Matilda, doch bitte nur einen Kaffee, ja? Danke!«

»Bitte?« Eine Frauenstimme ertönt aus dem Lautsprecher. »Aber Sie lieben die Muffins aus der Cafeteria.«

»Das stimmt«, erwidert er. »Aber heute trotzdem bitte nur einen Kaffee. Oder besser zwei, vielen Dank!« Er lächelt mich an. »Falls Sie Ihre Meinung ändern sollten.«

»Tut mir leid«, sage ich, obwohl ich gar nicht weiß, warum. »Hoffentlich habe ich nachher Zeit, zwei Ladungen Muffins zu backen. Kayla geht es heute deutlich besser.«

Jacks Kiefer zuckt, doch er widerspricht mir nicht. Ich schaue mich ein wenig in seinem Büro um. Seine Laufsachen liegen ordentlich gefaltet auf einem Samtsessel, der unter dem Fenster steht. Gleich neben seiner Kleidung steht noch ein zweiter Energydrink, nur ist diese Dose bereits leer.

»Sie sind letzte Nacht gar nicht mehr nach Hause gegangen«, stelle ich fest und finde es schlimm, wie vorwurfsvoll ich klinge.

»Ich wollte in der Nähe bleiben«, erklärt er.

»Falls es Kayla noch einmal schlechter gehen sollte?«, frage ich.

»Der Sessel ist überraschend bequem«, erwidert er und weicht meiner Frage aus. »Ich glaube, ich schlafe in ihm mehr als in meinem Bett.«

»Im Ernst?«, frage ich. »Dabei wirkt er ziemlich hart und steif.«

»Ja, okay. Sie haben recht«, stimmt er mir grinsend zu. »Er ist schrecklich unbequem. Aber ich bekomme darin tatsächlich ein paar Stunden Schlaf. Ziemlich viele sogar.

Außerdem haben dann meine Osteopathen-Kollegen auch was zu tun. Mein Rücken ist nämlich im Eimer.«

Ich weiß genau, wie er sich fühlt. Der untere Teil meines Rückens hat noch nie so geschmerzt. Jedes Mal, wenn ich in diesem schrecklichen Plastikstuhl neben Kaylas Bett wach werde, sind meine Pobacken taub, und mein Rücken ist verknotet wie eine Brezel.

»Tut mir leid«, entschuldige ich mich, da ich mich irgendwie verantwortlich fühle. »Aber vielen Dank. Ich weiß, dass Sie geblieben sind, um ein Auge auf sie zu haben. Das weiß ich sehr zu schätzen.«

»Sie ist ein tolles Kind«, antwortet er.

»Ja.« Ich nicke. »Das ist sie. Sie hat so viele Fragen.«

»Oh.« Jack ist sichtlich besorgt, da er die Stirn runzelt. »Quält sie etwas? Oder beunruhigt sie etwas? Ich versuche immer, den Kindern alles so gut wie möglich zu erklären, was passieren wird. Ich will nicht, dass Kayla Angst hat. Und Kinder haben schnell Angst, wenn sie etwas nicht verstehen oder das Gefühl haben, dass wir etwas vor ihnen verbergen. Kann ich dabei helfen, etwas zu erklären?«

»Es geht um ihre Behandlung«, erwidere ich. »Oder eher, warum diese abgebrochen wird.«

»Oh.« Jack seufzt. »Ihre Behandlung wird nicht abgebrochen. Wer hat sie bloß auf diese Idee gebracht?«

»Nein. Ich meinte damit, dass ihre Chemotherapie abgebrochen wird.«

Wir werden unterbrochen, als es an der Tür klopft. Eine Frau mittleren Alters kommt mit einem grauen Pappträger herein, in den zwei Pappbecher mit heißem Kaffee geklemmt sind. Aus der schmalen Öffnung im Deckel der Becher dampft es.

»Ah, toll. Vielen Dank, Matilda«, bedankt sich Jack, als sie die Kaffeebecher auf seinem Schreibtisch abstellt.

»Aber keinen Muffin.« Matilda klingt enttäuscht.

»Nein«, erwidert Jack. »Heute leider nicht. Vielen Dank, Matilda. Würden Sie bitte die Tür hinter sich schließen? Danke.«

»Natürlich«, antwortet Matilda und verlässt das Zimmer.

Die Tür schließt sich mit einem sanften Klicken, und jetzt, da Jack und ich allein sind, fühle ich mich vollkommen überfordert. Es ist ein sehr seltsames Gefühl, ich kann es gar nicht genau beschreiben.

»Mein erster Kaffee heute«, stellt Jack fest und holt beide Kaffeebecher aus dem Papptäger heraus. Einen Becher stellt er mitten auf seinen Tisch, genau zwischen uns, und setzt sich dann mit seinem Becher fest in beiden Händen wieder auf seinen Schreibtischstuhl. »Sie wollen mich aber den Kaffee hier nicht allein trinken lassen, oder?«

Der köstliche Duft von kräftigem schwarzem Kaffee steigt mir in die Nase, woraufhin mir das Wasser im Mund zusammenläuft. »Okay«, willige ich ein und nehme mir den Becher. »Er duftet köstlich.«

»Ich trinke viel zu viel von diesem Zeug«, gibt Dr. Patterson zu und nimmt einen Schluck. »Wenn ich eines durch die Arbeit hier gelernt habe, dann, dass man die kleinen Dinge im Leben genießen muss.«

Ich habe Mühe, bei seinen Worten nicht in Tränen auszubrechen. Eigentlich will ich den Deckel vom Becher lösen, um hineinzuschauen, doch es ist zu schwer. Und die dünne Pappe ist so heiß, dass es kaum möglich ist, den Becher festzuhalten, ohne sich dabei die Finger zu verbrennen.

»Er ist schwarz«, erklärt Jack. »Ich nehme keine Milch.«

»Oh, prima«, erwidere ich und lasse von dem Deckel ab.

»Kayla hat mir erzählt, dass Sie laktoseintolerant sind.«

»Das hat sie erzählt?« Ich frage mich, warum sie das erzählt hat. Und wann.

»Sie spricht immerzu von Ihnen«, fährt Jack fort. Ein herzliches Lächeln lässt seine Miene aufleuchten, als er den Kaffee probiert.

»Tut sie das?«, frage ich, ohne groß überrascht zu sein. Schließlich rede ich auch ununterbrochen von ihr.

»Sie stehen einander sehr nahe«, antwortet Jack.

»Ja.« Ich hebe den Becher an meine Lippen und trinke einen Schluck. Als sich das warme Getränk in meinem Bauch ausbreitet, merke ich erst, wie erschöpft ich bin.

»Normalerweise sind wir beide allein auf uns gestellt. Deswegen ist es schön, dass wir einander so nahe sind.«

»Heather, Sie wissen, dass ich alles tun werde, was in meiner Macht steht, solange ich Kayla helfen kann, nicht wahr?«

»Ich weiß.« Ich trinke einen weiteren Schluck Kaffee.

»Würde es helfen, wenn ich mit Kayla spreche? Wir drei könnten uns heute Nachmittag unterhalten. Ich will nicht vorschnell handeln, ihr mit komplizierten medizinischen Begriffen Angst einjagen und sie damit noch verschrecken.

Aber vielleicht kann ich ein paar ihrer Fragen beantworten, und Ihre auch, um Sie beide zu beruhigen.«

»Das wäre toll«, erwidere ich. »Aber müssen Sie nicht nach Hause? Immerhin sind Sie die ganze Nacht über hier gewesen. Sie müssen schrecklich müde sein.«

»Machen Sie sich um mich keine Sorgen. Wichtig ist, dass es Kayla gut geht, nicht wahr?«

»Vielen Dank«, sage ich und bin so erleichtert wie schon lange nicht mehr.

»Außerdem gibt es da noch etwas, worüber ich heute gern mit Ihnen sprechen würde.«

»Aha?«

»Ja.« Er nickt und wirkt plötzlich unsicher, sodass meine gerade wiedergefundene Zuversicht wieder schwindet. »Nächste Woche findet ein Ball statt. Mit einem schicken Essen und vielen Reden. Das kann schrecklich langweilig sein, da will ich nichts beschönigen, aber im Anschluss kann getanzt werden, zudem ist der Wein hervorragend. Ich habe gehofft, dass Sie mich vielleicht begleiten.«

»Ich?« Fast spucke ich den Kaffee quer über seinen Schreibtisch.

»Und Kayla natürlich auch«, fügt er schnell hinzu.

»Oh.« Ich werde rot, als ich merke, dass ich ihn missverstanden habe.

»Jedes Jahr halten ein paar Patienten eine Rede. Über ihre Behandlung und ihre Erfahrungen im Krankenhaus. Ich dachte, Kayla würde das vielleicht gern tun. Kürzlich habe ich gehört, wie sie sich mit ein paar anderen Kindern im Spieleraum unterhalten hat. Sie ist so freundlich und mitfühlend. Und die Schwestern haben sie alle ins Herz geschlossen. Ich könnte mir keinen besseren Patienten für die Rede vorstellen.«

»Wow, das ist … das ist toll.«

»Natürlich wollte ich Sie zuerst fragen, bevor ich es Kayla vorschlage.«

»Vielen Dank. Wow. Ja. Das wäre toll. Also, wenn Kayla das möchte. Ich muss sie vorher fragen und schauen, ob ihr das recht ist und sie das schafft.«

»Natürlich«, pflichtet er mir bei. »Ich dachte, ich könnte vielleicht in etwa einer Stunde auf der Station vorbeikommen, dann können wir sie gemeinsam fragen.«

»Ja. Prima.« Ich trinke einen weiteren Schluck Kaffee, der mit einem Mal viel besser schmeckt. »Das wäre toll.«

Jack stellt seinen Kaffeebecher auf den Tisch und steht auf. Ich erhebe mich ebenfalls, allerdings behalte ich meinen Kaffee. Momentan ist er so ziemlich das Einzige, was mich wach hält. Zusammen gehen wir durch die Tür.

»Okay, wir sprechen bald noch einmal darüber«, sagt Jack, und wahrscheinlich deute ich zu viel hinein, aber ich glaube, er klingt nervös. Ob er meint, dass Kayla ablehnen könnte?

Er streckt den Arm zu mir aus, woraufhin ich den Kaffee von der rechten in die linke Hand nehme, damit wir Hände schütteln können. Jack beugt sich vor, als sich unsere Hände berühren; ich tue unwillkürlich das Gleiche. Es ist irgendwie komisch, dass er mir einen Kuss auf die Wange geben will, als wären wir Franzosen oder schrecklich vornehm. Aber schließlich will ich nicht so unhöflich sein und einfach weggehen, außerdem schütteln wir einander immer noch die Hände. Jedenfalls stehen wir ein wenig seltsam da, als wir uns vorbeugen, und anstatt meine Wange zu küssen, drücken sich Jacks Lippen auf meinen Mund. Es ist peinlich, und er küsst mich auch gar nicht richtig. Wir stehen einfach nur starr da und haben die Lippen aneinander, bis mir bewusst wird, dass er die Hand auf der Türklinke hinter mir liegen hat. Jack hat sich also gar nicht vorgebeugt, um mir einen Kuss auf die Wange zu geben, sondern um mir höflich die Tür zu öffnen. *Oh mein Gott!*

»Du meine Güte, tut mir leid.« Jack reibt sich den Nacken und lehnt den Kopf mit einem deutlich hörbaren Knacken von einer Seite zur anderen. »Das war ungeschickt. Ich hoffe, ich habe Sie nicht in Verlegenheit gebracht.«

»Nein. Nein, alles gut«, entgegne ich beschämt.

»Ich kann mich dafür nur entschuldigen«, sagt Jack, als ob das nicht genauso sehr mein Fehler gewesen sei.

»Vielleicht ist dieser Ball doch keine so gute Idee«, stelle ich plötzlich fest und weiß gar nicht, was dieses komische Flattern in meinem Magen gerade zu bedeuten hat. Wahrscheinlich wird es daran liegen, dass ich schon so lange nicht mehr geküsst worden bin, dass sich Jacks Lippen auf meinem Mund – ob nun Unfall oder nicht – so besonders angefühlt haben.

»Okay«, erwidert Jack. Die Enttäuschung steht ihm deutlich ins Gesicht geschrieben. »Ich verstehe. Es tut mir leid, dass Sie so empfinden. Aber ich respektiere Ihre Entscheidung.«

»Und sagen Sie Kayla bitte nichts«, füge ich hinzu. »Bitte, ja? Sie würde viel zu viel da hineininterpretieren. Sie wissen ja, wie Kinder sind.«

»Natürlich.« Jack runzelt die Stirn, und ich merke, dass ich ihn mit meiner Unterstellung, er würde mit Kayla darüber reden, beleidigt habe. Ein Teil von mir will verzweifelt weg von hier. Ein anderer Teil von mir wünschte sich jedoch, alles wäre anders, sodass ich bleiben und ich ihn vielleicht sogar wirklich richtig küssen könnte. »Ich glaube, wir müssen heute nichts mehr besprechen, okay?«

»Aber Kaylas Fragen«, gibt Jack zu bedenken.

»Nicht heute. Ich muss jetzt zu Kayla«, erkläre ich, reiße hektisch die Tür auf und werfe meinen noch halb vollen Becher Kaffee in den Mülleimer, der auf der anderen Seite der Tür im Flur steht.

»Bye, auf Wiedersehen«, zwitschert Matilda, als ich an ihr vorbeistürme.

»Bye«, erwidere ich.

Ich spüre Matildas Blick auf mir, als ich fortgehe, und wahrscheinlich starrt mir auch Jack hinterher. Ich gehe so schnell, dass meine eingerostete Hüfte ein bisschen wehtut, bis ich um die Ecke bin und mit einem Ruck stehen bleibe. Außer Sichtweite, stütze ich mich mit einer Hand an der Wand ab und bücke mich, um zu Atem zu kommen, ohne dabei glauben zu können, was da gerade passiert ist.

40.

Kayla

November

»Oh mein Gott, du miefst«, ruft Aiden und hält sich die Nase zu, während er krampfhaft versucht, nicht zu lachen.

»Ernsthaft?«, frage ich erschrocken.

Aiden nickt.

»Tut mir leid. Ich habe vergessen, dass du heute kommst.« Ich hebe meinen zitternden Arm über den Kopf und schnüffele. *Gar nicht sooo schlimm*, beschließe ich.

»Heute ist doch Dienstag«, protestiert Aiden, der viel entsetzter darüber ist, dass ich ihn nicht erwartet habe, als über die Tatsache, dass ich gerade den Stand meiner Körperhygiene gemessen habe, indem ich an meiner Achselhöhle geschnuppert habe.

Aiden kommt mich ausnahmslos jeden Dienstag besuchen. Und nicht nur, weil er dienstagmorgens eine Doppelstunde Irisch hat und ich weiß, dass er sein signiertes Messi-Trikot hergeben würde, um aus dem Kurs rauszukommen, sondern auch, weil es zu unserer Routine geworden ist. Mum fragt nicht einmal mehr nach, ob er überhaupt die Erlaubnis seiner Mutter hat, hier zu sein. Ich glaube, unseren beiden Müttern ist nach ein paar Wochen meiner Behandlung hier klar geworden, dass es keine Strafe gibt, mit der sie drohen oder die sie verhängen können, die ihn davon abhalten würde, jede Woche die Schule zu schwänzen und um 9:15 Uhr den Zug nach Dublin zu nehmen, um mich zu besuchen.

»Wo sind denn alle?«, wundert sich Aiden.

»Mum hat einen Termin bei meinem Arzt. Und die Krankenschwestern sind alle unterwegs. Sie kommen den ganzen Tag über immer mal wieder rein. Eigentlich bin ich hier nie lange allein.«

»Backt deine Mum eigentlich immer noch fürs Krankenhaus?«, erkundigt sich Aiden, und ich vermute, dass er später auf einen Brownie oder einen Muffin hofft.

»In den letzten Tagen hatte sie keine Zeit, welche zu backen«, erwidere ich in der Hoffnung, dass er sich nicht nach den Gründen erkunden wird. »Ich glaube, sie hat Angst, dass man sie entlassen könnte.«

»Oh Gott.« Aiden wird ganz ernst. »Das machen die nicht, oder?«

»Ich hoffe nicht.« Ich zucke die Achseln, woraufhin mir ein stechender Schmerz durch die Schultern fährt. »Es geht nicht ums Geld, weißt du? Ich glaube nicht mal, dass sie gut bezahlt wird.«

»Das sollte sie aber«, entgegnet Aiden. »Die Muffins deiner Mutter sind einfach die besten.«

»Danke.« Ich lächele und merke dabei, dass ich mich

nicht mal daran erinnern kann, wann ich den letzten Muffin gegessen habe. Mum bringt zwar andauernd welche mit, aber es kostet schon so viel Kraft, allein nur an einer Ecke zu knabbern, dass ich abwarte, bis sie auf die Toilette oder sonst wohin geht, um den riesigen Muffin in ein Taschentuch zu wickeln und ihn in den Mülleimer zu werfen, damit ich ihre Gefühle nicht verletze.

»Geht's dir gut?«, erkundigt sich Aiden. »Irgendwie bist du heute nicht du selbst. Brauchst du mal eine Pause von deiner Mum? Ich stelle es mir ziemlich anstrengend vor, sie andauernd um mich zu haben.«

»Neeeeein«, erwidere ich und versuche, ihm das nicht übel zu nehmen. Mir ist klar, dass er nicht versteht, wie nahe Mum und ich uns sind. Die meisten Teenager in meinem Alter hassen ihre Mütter oder tun zumindest so, aber Mum und ich sind uns immer so nah gewesen. Ich könnte alle Zeit der Welt mit ihr verbringen.

»Woran liegt es denn dann?«, bohrt Aiden weiter nach. »Ist es wirklich deine Sorge um den Job deiner Mum, oder ist da noch mehr? Möchtest du darüber reden?«

»Ich mache mir Sorgen darüber, dass sie ihren Job verliert. Er hat ihr wirklich gutgetan. Mum braucht ihn, um den Kopf frei zu bekommen. Backen ist eine super Ablenkung. All dieser medizinische Kram hier belastet sie sehr.«

»Verständlich.« Aiden nickt und verzieht sein Gesicht zu seiner Ich-versuch-mal-klug-auszusehen-Miene, die aber gleichzeitig auch als seine Keine-Ahnung-was-ich-sagen-soll-Miene dient. »Deine Mum macht sich ja schon Sorgen, wenn du bei Regen ohne Mantel rausgehst. Ich kann mir nicht mal vorstellen, wie sehr sie das alles hier stressen muss.«

»Sie ist erst richtig gestresst, seitdem …« Ich hole tief Luft und bin unsicher, ob ich für die nächsten Worte bereit bin, aber ich muss wirklich mit jemandem darüber reden. Die Kids im Spieleraum sind super, und sie alle haben gecheckt, was Krebs bedeutet, allerdings bin ich nicht sicher, ob sie *mich* auch gecheckt haben. Auf gewisse Art und Weise sind wir Krebsfreunde geworden, aber jetzt brauche ich einen alten Freund. Ich brauche Aiden.

»Seitdem …?«, hakt Aiden nach, die Augen vor Sorge zusammengekniffen.

Ich schüttele den Kopf. Wenn ich nicht mal die richtigen Worte finde, um meinem besten Freund zu sagen, dass ich immer kranker werde und keine Behandlung mehr will, wie zum Teufel soll ich das meiner Mutter sagen? Mums Miene ist richtig aufgeleuchtet, als sie mir gestern von Experimenten und Studien erzählt hat, aber das kann ich nicht versuchen. Wirklich und ehrlich nicht. Als Mum vor ein paar Wochen gesagt hat: »Die Chemo ist beendet«, da wäre ich vor Freude fast geplatzt. Ich war vollkommen verzückt, obwohl ich tief in meinem Innersten wusste, dass es so einfach nicht war. Ich wusste, dass man die Chemo nicht abbrechen und dann einfach zur Normalität übergehen kann. Normalität ist schon lange futsch. Dennoch war ich überglücklich, einfach das Wort »Ende« zu hören. Ich möchte, dass das hier *alles* zu Ende ist!

»Kayla, seit wann?«, höre ich Aiden sagen, und merke, dass ich die Augen geschlossen habe und in diesen entspannten Dämmerzustand irgendwo zwischen wach und schlafend abgedriftet bin, der inzwischen mein Lieblingszustand geworden ist. Wenn ich dort bin, sind die Schmerzen nicht so intensiv.

Ich schlage die Augen auf und stottere: »Seit ich sterbe.«

Aiden weicht nicht zurück oder schüttelt den Kopf, wie meine Mum und mein Dad es tun, wenn die Ärzte ihnen weitere Hiobsbotschaften übermitteln, die eigentlich nur das Offensichtliche aussprechen. Stattdessen nickt Aiden. »Was kann ich tun?«

»Rastest du gar nicht aus?«, frage ich verwundert.

»Würde es denn helfen, wenn ich es täte?«

»Nein«, erwidere ich. »Würde es nicht.«

»Na gut, dann sag mir, was ich für dich tun soll. Denn seien wir mal ehrlich, Kayla: So, wie ich dich kenne, hast du doch schon einen Plan parat, oder?«

Ich grinse. Ich bin unendlich froh, dass es – anders als es bei Mum werden wird – bei ihm kein Kampf geworden ist, ihn zu überzeugen. »Du musst mir bei etwas ganz, ganz Tollem helfen«, erwidere ich. »Bitte, ja?«

Aiden treten die Tränen in die Augen. »Hast du deiner Mutter schon gesagt, dass du keine Behandlung mehr willst?«

»Du kennst mich einfach zu gut, Aiden«, entgegne ich. »Viel zu gut.«

»Du hast ihr also noch nichts gesagt.«

»Nein, noch nicht.«

»Oh, Kayla«, erwidert Aiden und ist mit einem Mal ein wenig wackelig auf den Beinen. Inzwischen verhält er sich fast ein wenig wie meine Eltern, und ich rechne eigentlich damit, dass er eine Kehrtwende macht und mir vorhält, wie verrückt das alles ist. Und er hätte sogar recht.

»Werden wir Ärger bekommen?«, erkundigt sich Aiden.

»Vielleicht.« Ich zucke mit den Schultern. *Aua, aua, aua, mein Rücken schmerzt!*

»Oh Gott, es ist nichts Illegales, oder?«, fragt Aiden besorgt.

»Ha! Ähm, nein, aber vielleicht machen wir das auch noch.«

»Kay…«

»Ein Witz, Aiden. Nur ein Witz!«, entgegne ich. »Alles ist vollkommen legal. Wenngleich vielleicht ein wenig außergewöhnlich. Aber wirklich richtig, richtig cool. Kann ich auf dich zählen?«

Aiden holt tief Luft. »Kannst du.«

41.

Kayla

»Hey, hey, hey«, rufe ich, als Molly ins Zimmer gehopst kommt. Ich muss lachen, als ich dabei zusehe, wie Charlotte verzweifelt versucht, ihre aufgedrehte Tochter zu bremsen, doch Molly stürzt so fröhlich und aufgekratzt wie immer auf mich zu.

»Ich hab dich soooo vermisst«, stellt sie fest. »Ich habe ein Lied in der Schule gelernt. Willst du es mal hören?«

Mir bleibt nicht einmal die Zeit, ihr zu antworten, da stimmt Molly bereits das Lied an.

»Zoo, Zoo, wer ist alles im Zoo?«

»Wie geht's dir, Große?«, fragt Dad, der Molly übertönt, die wiederum im Zimmer umherstampft, als sei sie Mitglied einer Blaskapelle.

»Mir geht's gut«, lüge ich.

»Pssst, Molly, nicht so laut!«, mahnt Charlotte. »Tut mir leid, Kayla. Sie freut sich nur so unglaublich, dich zu sehen.«

»Ich freue mich doch auch, sie zu sehen«, erwidere ich und habe Mühe, laut genug zu sprechen, um in dem ganzen Lärm, den Molly veranstaltet, gehört zu werden.

»Hallo, Aiden«, grüßt Dad verlegen, als wisse er, dass er ein wichtiges Gespräch zwischen Aiden und mir unterbrochen hat.

»Hey, Mr Doran. Kayla und ich haben uns gerade ein paar Videos auf YouTube angesehen«, erwidert Aiden.

Oh Mann, stöhne ich innerlich auf, da mein Handy auf dem Schränkchen neben meinem Bett liegt und Aidens Handy aus dem Rucksack herausguckt, der auf dem Stuhl neben ihm steht.

»Tatsächlich?«, fragt Dad und zieht zweifelnd eine Augenbraue hoch.

»Nein, haben wir gar nicht«, entgegne ich und versuche, alles zu überspielen. »Wir haben uns tatsächlich über die Schule unterhalten.«

»Stimmt«, pflichtet mir Aiden viel zu begeistert bei.

»Zoo. Zoo. Zoo«, singt Molly lautstark und tanzt dazu.

Aiden dreht sich auf seinem Stuhl um, öffnet den Reißverschluss seines Rucksacks und holt etwas daraus hervor. »Sieh mal«, sagt er und reckt einen bunten Flyer in die Höhe.

»Steht da mein Name drauf?«, frage ich verwundert und deute auf die große, neonpinke Schrift auf der Vorderseite.

»Yep«, nickt Aiden. »Bald ist Sporttag, und die Schule will jeden dazu bewegen, zwei Euro mitzubringen, damit wir uns von unseren muffigen Sportsachen freikaufen und stattdessen eigene Klamotten anziehen können.«

»Und warum steht mein Name da drauf?«, frage ich.

»Na ja, weil das Geld für dich ist«, erwidert Aiden und lässt den Flyer sinken.

»Für mich?« Ich klopfe mir auf die Brust und versuche, nicht zusammenzuzucken, als ich dabei seitlich mit dem Fingernagel an die Verschlusskappe des Zentralvenenkatheters komme, der zum Herzen führt. »Warum hat das was mit mir zu tun, wenn alle einen Tag ohne Schuluniform zur Schule kommen?«

»Kayla, tut mir leid.« Aiden stopft den Flyer in seinen Rucksack zurück. »Ich wollte dich nicht verärgern. Eigentlich habe ich gedacht, du würdest dich freuen. Das war Miss Hanlons Idee. Sie redet andauern von dir. Fragt mich, wie es dir geht. Immer kommt sie mit neuen lustigen Sachen an, mit denen wir Geld sammeln können.«

»Und du koooooooommst auch«, singt Molly aus vollem Hals. Ihre quietschige Stimme hallt mir durch den Kopf.

»Für *euch* lustige Sachen«, stelle ich trocken fest.

»Ja, okay«, gibt Aiden zu und lässt den Blick durch mein kleines Krankenhauszimmer schweifen, das sich verzweifelt Mühe gibt, dass hier niemand verzweifelt. »Ich verstehe die Ironie des Ganzen. Tut mir leid. Vergiss einfach, dass ich was gesagt habe.«

»Soll es ein Basketballspiel geben?«, frage ich.

Aiden nickt.

»Spielst du mit?«

»Ja. Aber wir werden nicht gewinnen. Ohne dich.«

»Warum spielt ihr dann überhaupt?« Ich verabscheue mich selbst dafür, so verbittert zu klingen. Ich will nicht, dass Aiden das Spiel verpasst. Eigentlich würde ich alles dafür geben, neben ihm zu spielen.

»Alle Einnahmen gehen an die Krebsforschung«, fährt Aiden fort. »Ich dachte, das würde dir gefallen. Das war meine Idee. Tut mir leid, Kayla. Ich kann auch fragen, ob es abgesagt wird. Das Spiel ist erst nächste Woche, deswegen …«

»Nein, nein, tu das nicht. Schon gut. Das ist eine schöne Idee. Vielen Dank.«

»Du bist nicht böse auf mich?«, hakt Aiden nach.

»Nein, natürlich nicht, du Dummkopf. Ich freue mich«, entgegne ich.

»Ernsthaft?« Es ist süß, wie verwirrt Aiden jetzt ist.

»Ja! Ich kann's gar nicht abwarten hinzufahren!«

»Immer mit der Ruhe, meine Liebe«, unterbricht uns Dad. »Du machst Witze, oder?«

»Nein«, entgegne ich.

»Kayla! Nein. Auf gar keinen Fall!« Dad holt tief Luft und richtet sich kerzengerade auf.

»Dad, ich werde hinfahren«, entgegne ich und bemühe mich, vor ihnen allen zu verbergen, wie müde mich diese Unterhaltung macht.

»Kayla, das steht nicht zur Diskussion.« Dad hebt den Zeigefinger, als würde er es wirklich ernst meinen. »Aiden, tut mir leid. Super Sache von dir, dass du in Kaylas Namen Spenden sammelst, aber das geht einfach nicht. Dafür ist sie viel zu krank.«

»Jetzt schieb es nicht auf Aiden«, entgegne ich sauer. »Ich bin schon groß. Ich kann meine eigenen Entscheidungen treffen.«

»Du bist fünfzehn, Kayla«, erinnert mich Dad, als hätte

mir der Krebs jegliche Erinnerung daran geraubt, wie alt ich bin. »Da triffst du ganz bestimmt keine eigenen Entscheidungen.«

Aiden starrt mich an. Sorge und Angst stehen ihm deutlich ins Gesicht geschrieben. Ich weiß genau, was er denkt. Wenn mein Dad sich schon so über einen läppischen Sporttag aufregt, was wird er dann wohl dazu sagen, wenn ich ihm erkläre, dass ich vorhabe, jede weitere Behandlung abzulehnen?

»Zoo, Zoo, Zooooooo …«, singt Molly.

»Meine Güte, Molly! Kannst du damit jetzt verdammt noch mal endlich aufhören!«, blafft Dad.

Molly fängt an zu weinen.

Charlotte beugt sich zu Molly herunter und nimmt sie in den Arm. »Schschsch, schschsch«, macht Charlotte, als sie Mollys Kopf an ihren Hals schmiegt.

»Hey, Molly«, versucht Aiden sie abzulenken. »Hast du Lust, mit mir in den Spieleraum zu gehen? Ich habe gehört, dass es dort *Mein Kleines Pony* gibt!«

Molly hebt zwar den Kopf, ist jedoch völlig unbeeindruckt. »Gibt es da auch *Peppa Wutz*? Die mag ich lieber.«

»Ich glaube schon«, flüstert Aiden, als sei Peppa Wutz das bestgehütete Geheimnis des Krankenhauses.

»Und das macht dir wirklich nichts aus, Aiden?«, fragt Charlotte. »Besonders, weil du ja hergekommen bist, um Kayla zu sehen.«

»Eigentlich bin ich nur hier, um Molly zu sehen«, verkündet Aiden und hält meiner Schwester die Hand hin. Molly packt fest zu, und kaum dass Charlotte sie auf dem

Boden abgesetzt hat, da hopst sie schon Hand in Hand mit meinem besten Freund durch die Zimmertür. Aiden schaut über die Schulter zurück und grinst mich augenzwinkernd an.

Ich lächele zurück und lasse ihn ohne Worte wissen, dass ich bereit bin, mein Geheimnis mit Charlotte zu teilen. Ich hoffe nur, dass sie mich wie Aiden verstehen wird.

»Kommen Sie, Mr Doran?«, fragt Aiden. Mannomann, armer Aiden. Ich weiß, dass er sich eigentlich lieber die rechte Hand abhacken würde, als den Lockvogel für meinen Dad zu spielen, aber ich muss dringend ein paar Minuten mit Charlotte allein sein, um mit ihr zu sprechen. Schließlich hat Aiden mich eben freiwillig gefragt, ob er etwas für mich tun könne.

»Was, ich?«, fragt Dad verwundert.

»Komm, Daddy«, drängt Molly. »Dann zeige ich dir den riesengroßen Fernseher!«

»D-A-N-K-E!«, flüstere ich Aiden tonlos zu, als dieser mir zuzwinkert und sich auf den Weg macht, die Hand meines Vaters fest auf seiner Schulter und meine kleine Schwester fröhlich hopsend neben ihm.

42.

Charlotte

»Wie geht es dir denn?«, frage ich unbeholfen und zucke angesichts dieser eigentlich dummen Frage zusammen.

Kayla lächelt, als wüsste sie genau, wie unbehaglich ich mich fühle, und müsste ein Lachen unterdrücken. Ich frage mich wirklich, ob sie sich nicht genauso unwohl fühlt. Ich ertappe mich dabei, wie ich kurz einen Blick auf meine Armbanduhr werfe. Mir ist klar, dass Heather Kayla niemals lange allein lässt, daher hoffe ich, dass sie gleich zurückkommt. Ich hasse mich für diesen Gedanken. Schließlich kenne ich Kayla von klein auf. Oft genug habe ich ihr früher nach dem Töpfchen sogar schon den Po abgewischt, doch in den letzten Jahren haben wir uns irgendwie auseinandergelebt. Ich habe keine Ahnung mehr, wie ihre Interessen aussehen oder wer ihre Freunde sind. Dieser Aiden scheint wirklich nett zu sein. Ich wünschte, mir würde etwas einfallen, worüber ich mit ihr reden könnte, aber diesbezüglich ist mein Kopf wie leer gefegt, während mir gleichzeitig tausend andere Sachen durch den Kopf gehen.

»Charlotte, ich brauche deine Hilfe«, erklärt Kayla plötzlich.

»*Meine* Hilfe?« Ich hatte auf so viele Themen und Sachen gehofft, aber darauf nicht.

»Bitte«, fügt Kayla hinzu.

Nervös halte ich den Atem an und frage mich, ob Heather tatsächlich so tief gesunken ist, Kayla um Mollys Stammzellen bitten zu lassen. »Worum geht es denn, Süße?«, frage ich aufgebracht.

»Um einen großen Gefallen«, sagt Kayla. »Um einen riesengroßen Gefallen, um ehrlich zu sein.«

»Oh, Kayla.« Ich atme aus. »Bist du sicher, dass ich die Richtige bin, um mit dir darüber zu sprechen? Wäre deine Mum da nicht besser geeignet?«

»Nein. Nicht Mum!« Kayla schüttelt den Kopf, und allein schon diese einfache Bewegung macht sie müde. »Charlie, bitte!«

»Okay, okay«, erwidere ich und versuche alles, damit sie ruhig bleibt. »Okay.«

»Du darfst Mum nichts davon erzählen. Das musst du mir versprechen!«

»Oh, Kayla!«

»Versprich es, Charlie. Bitte, versprich es mir.«

»In Ordnung. Ich verspreche es dir«, antworte ich beunruhigt.

»Mir geht es schon lange nicht mehr besser«, platzt Kayla schließlich ohne Vorwarnung heraus. Dabei ist sie weder weinerlich noch aufgebracht. Ihre Körpersprache ist weiterhin selbstsicher und souverän, obwohl sie müde und erschöpft ist. Offenbar hat sie sich eine recht erwachsene Akzeptanz angeeignet, zu der der Rest von uns einfach nicht fähig ist.

»Kayla, ich finde wirklich, dass du dieses Gespräch mit deinen Eltern führen solltest.« Ich ertappe mich dabei, wie ich zur Zimmertür zurückschaue in der Hoffnung, dass jemand – irgendwer – hereinkommen möge.

»Charlie, du hast es versprochen«, erinnert mich Kayla, die jetzt im Bett nach unten rutscht. Schnell eile ich zu ihr, helfe ihr wieder hoch und schüttele die Kissen auf, die beinahe so platt sind wie sie selbst.

»Du hast ja recht. Ich habe es dir versprochen.« Wieder atme ich so intensiv aus, dass mir ein wenig schwindelig wird. Behutsam setze ich mich auf den Stuhl neben ihrem Bett und nehme ihre Hand. Ihre Finger winden sich um meine, während ich mit den Tränen kämpfe, als ich mich daran erinnere, wie ihre kleinen, babyspeckigen Händchen sich an meine Finger geklammert haben, als ihr Dad und ich damals angefangen haben, miteinander auszugehen. Wir haben Tagesausflüge mit ihr gemacht oder sind mit ihr im Park spazieren gegangen. Nicht mal im Traum hätte ich daran gedacht, einmal im Krankenhaus an ihrem Bett zu sitzen und mit der schrecklichen Aussicht konfrontiert zu sein, dass sie vor mir sterben könnte. »Du weißt, dass du mich um alles bitten kannst.«

Es folgt ein unangenehmes Schweigen, als wüsste Kayla, dass ich nur bluffe. Erst heute Morgen habe ich Gavin gewarnt, für sie Molly noch mehr durchmachen zu lassen, sei einfach zu viel. Zu viel von allem. Zu viel verlangt.

»Ich habe heute mitbekommen, wie Mum, Dad und Jack meine Alternativen besprochen haben«, sagt Kayla, als sei sie eine reife Frau, die die besten Möglichkeiten rund um die steuerliche Abzugsfähigkeit von Hypothekenzinsen diskutiert. Keine Fünfzehnjährige sollte je so ernst klingen. »Sie gucken nie, ob ich wirklich eingeschlafen bin; und sie beziehen mich nie in die Gespräche ein.«

»Kayla, hör zu, das sind Dinge, die Erwachsene …«

»Außerdem streitet ihr alle nur noch.« Enttäuscht von uns allen, schüttelt Kayla den Kopf.

Ich denke darüber nach, ihr eine Lüge aufzutischen. Oder zumindest zu behaupten, dass wir alle lediglich hitzige Diskussionen führen, aber ich habe das Gefühl, Kayla mehr als eine blöde, verallgemeinernde Antwort zu schulden. »Du hast recht. Wir streiten uns alle gerade sehr viel. Aber daran sind der Stress und die Anspannung schuld, Kayla. So was passiert. Wir sind alle bis zum Äußersten angespannt.«

»Ich weiß. Und das tut mir auch leid. Ich weiß, dass ich schuld daran bin.«

»Das bist du nicht, Kayla«, erwidere ich schnell, als mir klar wird, was sie meint. »Wir haben alle Angst, dich zu verlieren. Diese Vorstellung ist unerträglich. Für uns alle.«

»Weiß Molly schon Bescheid?«, fragt Kayla.

»Nein.« Ich schüttele den Kopf, während sich das schlechte Gewissen in mir zu Wort meldet. Ich bringe es nicht übers Herz, Kayla zu gestehen, dass ich Bedenken habe, Molly all diesen verdammten Untersuchungen auszusetzen.

»Gut. Dann sag ihr nichts.«

»Bitte?«

»Sag ihr nichts«, wiederholt Kayla.

»Kayla, mir ist klar, dass sie erst vier Jahre alt ist, aber ich muss mit ihr darüber sprechen. Auf irgendeine Art und Weise. Zumindest muss ich versuchen, es ihr zu erklären. Ihr dabei helfen zu verstehen, wie sie helfen kann. Sie wird Angst haben, aber du bist ihre Schwester. Sie vergöttert dich.«

»Nein«, sagt Kayla. »Sie kann mir nicht helfen. Und das will ich auch gar nicht.«

»Kayla!«

»Charlie, ich habe Nein gesagt.«

»Kayla, wobei genau soll ich dir denn helfen?«, frage ich. Schlagartig wird mir klar, dass – ganz gleich, worum Kayla mich bitten will – es einen Grund dafür geben wird, dass sie *mich* ausgewählt hat und nicht ihre Eltern. Das riecht nach einer Aktion gegen alle Regeln, und ich bin nicht sicher, ob ich in der Position bin, Kayla zu widersprechen. »Kayla, was hast du bloß vor?«

43.

Charlotte

Es klopft an der Tür. Ich halte den Atem an und hoffe inständig, dass Gavin vor der Tür steht.

»Herein«, sagt Kayla in einer Art Singsang, der für sie recht erwachsen klingt. Ich könnte mir vorstellen, dass sie sich diesen Tonfall angeeignet hat, um auf das unaufhörliche Kommen und Gehen der Ärzte und Schwestern zu reagieren.

»Hey«, grüßt Aiden.

»Wo sind Dad und meine Schwester?«, fragt Kayla, die augenscheinlich überrascht oder enttäuscht ist, ihren Freund zu sehen.

»Molly war so hungrig, dass dein Dad mit ihr in die Cafeteria gegangen ist. Ich habe ihm gesagt, dass es hier um die Ecke einen McDonald's gibt, daher denke ich, dass die beiden dort hingegangen sind.«

Bei der Vorstellung, dass Molly noch mehr Junkfood zu sich nimmt, stöhne ich innerlich auf.

»Dann mache ich mich jetzt am besten mal auf den Weg«, erkläre ich und schiele zur Tür. »Ich rufe Gavin an, wenn ich draußen auf dem Flur bin, und sage ihm, dass ich eine Suppe gekocht habe, die zu Hause auf Molly wartet.«

»Was? Nein!« Kayla rutscht hin und her, um sich gerader aufzusetzen, und sieht aus, als habe sie dabei Schmerzen. Ihr Kopftuch mit Blumenmuster, das sie trägt, verrutscht währenddessen ein wenig und entblößt dabei, dass sie zwar nicht ihr gesamtes Haar verloren hat, aber nur wenige dünne Haarsträhnen verblieben sind. Plötzlich ist es vollkommen bedeutungslos, ob Molly Chicken Nuggets isst und zuckerhaltige Getränke zu sich nimmt. »Du kannst nicht gehen«, protestiert Kayla. »Wir sind noch nicht fertig.«

»Wir können uns doch nächstes Mal weiterunterhalten«, erwidere ich. Ich atme schwerfällig und fühle mich unwohl. »Ich bin sicher, dass ihr beide, du und dein Freund, bestimmt gern Zeit für euch allein hättet, um miteinander zu quatschen.«

»Zeit für uns allein.« Kayla lacht. »Aiden und ich? Du meine Güte, nein.«

Aiden. So heißt er; wie konnte ich das nur vergessen?

»Oh Mann, Kayla! Schönen Dank auch.« Aiden verschränkt die Arme und neigt den Kopf beleidigt zur Seite.

»Ach, du weißt doch, wie ich das meine«, erwidert Kayla und wird rot.

»Hast du sie denn schon gefragt?«, erkundigt sich Aiden.

»Ich wollte gerade, aber dann bist du reingeplatzt.«

»Oh. Okay. Sorry.« Jetzt wird Aiden rot. »Soll ich noch mal gehen?«

»Nein, nein, alles gut.« Kayla lächelt. »Charlie macht es nichts aus, wenn du dabei bist. Nicht wahr, Charlie?«

Ich zucke mit den Schultern. Sollte mich Kayla um einen großen Gefallen bitten, oder um etwas Persönliches, wäre es mir schon lieber, wir wären allein. Aber das sage ich natürlich nicht laut.

»Na, dann schieß mal los«, ermuntert Aiden sie, und ich bin noch nicht sicher, wie ich diesen Jungen finde. Ich muss Gavin mal befragen. Ich hoffe sehr, dass er keinen schlechten Einfluss auf Kayla ausübt.

Kayla holt tief Luft. »Ich möchte eine Bäckerei kaufen.«

Ein seltsames, heiseres Gurgeln kommt mir über die Lippen, Worte folgen jedoch nicht.

»Sie meint es ernst«, stellt Aiden klar, als vermute er, ich würde eine Erklärung brauchen. Und um ehrlich zu sein: Die brauche ich dringend.

Ich bemühe mich, nicht allzu unverhohlen entgeistert dreinzuschauen. Ich hatte mir vieles vorgestellt, was sie hätte sagen können, aber das hier hat definitiv nicht dazugehört. »*Was* möchtest du?«

Kayla nickt. Felsenfest überzeugt. »Für meine Mum.«

»Oh«, erwidere ich, zwar begreifend, aber nicht weniger schockiert. »Kayla, das ist wirklich eine süße Idee, allerdings kostet es Tausende, um einen solchen Betrieb aufzubauen. Und noch mehr, um ihn zu führen. Insbesondere zu Beginn.«

Kayla nickt. »Ich weiß.«

»In der Schule haben wir alles darüber gelernt, wie man ein Kleinunternehmen aufbaut«, erklärt Aiden. »Dazu haben wir eine Projektarbeit gemacht.«

»Oh, wer hätte das gedacht?« Ich lache und frage mich, wie lange die beiden diesen Plan wohl zusammen ausgeheckt haben.

»Mir ist klar, dass ein Ladenlokal nur der Beginn ist. Und ich weiß auch, dass man viel Geld braucht, um Geräte, Zutaten und all den Kram anzuschaffen«, fährt Kayla fort.

»Und Versicherungen, Werbung und Buchhaltung kosten ebenfalls«, ergreife ich das Wort und hasse mich gleichzeitig selbst dafür, ihre Seifenblase platzen lassen zu müssen.

»Ich weiß, ich weiß«, nickt Kayla. »Und genau deswegen brauchen wir deine Hilfe.«

»Ach, Kayla.« Ich schüttele den Kopf. »So viel Geld besitzen dein Dad und ich nicht.«

Kayla kichert. »Das weiß ich doch, du Spaßvogel.«

Aiden lacht ebenfalls. Ich bin froh, dass sie auch die lustige Seite sehen.

»Aber die Idee war wirklich schön. Ich bin sicher, dass deine Mum die Idee zu schätzen weiß«, lobe ich.

»Bitte? Nein. Das kannst du ihr nicht sagen!« Kayla richtet sich mit einem solchen Ruck auf, dass ihr die Schmerzen sofort ins Gesicht geschrieben stehen.

Ich eile zu ihr und dränge Aiden sanft zur Seite. Anschließend helfe ich Kayla, wieder auf den Kissenberg zu sinken, der in ihrem Rücken aufgetürmt ist, und hoffe inständig, dass die Tränen, die mir in die Augen getreten sind, mir nicht über die Wangen laufen werden. Nicht vor ihr.

»So«, sagte ich, als sie wieder liegt. »Ist es so besser?«

Erschöpft holt Kayla ein paarmal tief Luft, während ihr Blick Aiden sucht. Offenbar bittet sie ihn auf diese Art und Weise, für das restliche Gespräch stellvertretend für sie zu sprechen. Ich werfe einen Blick über die Schulter zurück. Zwar wirkt Aiden etwas nervös, aber entschlossen, und ich beschließe, dass ich diesen Jungen vielleicht doch sehr mag.

»Kayla braucht die Hilfe eines Erwachsenen, um Spenden zu sammeln«, erklärt Aiden.

Ich antworte nicht. Kayla sieht besorgniserregend blass aus, und ich frage mich wirklich, ob ich die Klingel über ihrem Bett betätigen und eine Krankenschwester rufen soll.

»Ihre Eltern kann sie nicht fragen.«

»Mum darf nichts erfahren«, warnt Kayla, deren Stimme wie ein rauschendes Radio krächzt.

»Kayla möchte, dass es eine Überraschung für ihre Mum wird«, fährt Aiden fort. »Und Gavin ist zu gestresst, um uns eine Hilfe zu sein.«

»Kayla, du siehst nicht gut aus«, stelle ich fest. »Ich sollte besser eine Krankenschwester holen. Oder deinen Dad.«

Aiden verstummt.

»Nein«, flüstert Kayla. »Wasser.«

Schnell nehme ich den Wasserkrug, der neben Kaylas Bett steht, und schenke ihr etwas in das bereitstehende Glas ein. Mir zittern die Hände, als ich das Glas hochhebe und es Kayla an die Lippen setze. Sie schafft es, einige Schlückchen zu trinken.

»Das ist warm«, beschwert sie sich.

»Du siehst jetzt schon wieder besser aus«, finde ich und stelle das Glas auf den Nachttisch zurück.

»Wir möchten es mit einem Online-Crowdfunding versuchen«, sagt Kayla leise. Sie hat zwar weiterhin die Augen geschlossen, doch die Farbe kehrt wieder ins Gesicht zurück.

Ich mustere sie. Innerhalb weniger Wochen ist sie wie um Jahre gealtert. Dunkle Ringe haben sich unter ihren wunderschönen blauen Augen gebildet, und die Wangenknochen treten hervor. Ohne ihr Haar, das ihr in Wellen über die Schultern gefallen ist, wirkt ihr Hals plötzlich viel länger als zuvor. Insgesamt ist sie schrecklich dünn geworden. Mir blutet das Herz.

»Beim Crowdfunding stellt man die ganze Geschichte ins Internet. Du weißt schon, was alles passiert ist und warum man das Geld braucht. Und dann spenden die Leute so viel sie eben wollen. Das ist wirklich richtig cool«, erklärt Aiden aufgeregt.

»Ich kenne das Konzept. Vielen Dank«, entgegne ich. »Ich bezweifele nur, dass es funktionieren wird.«

»Warum sollte es nicht?«, will Kayla wissen.

»Na ja, da Ganze ist ziemlich ungewöhnlich. Ich weiß nicht, was die Leute dazu sagen werden.«

»Die Leute fahren voll auf die Mitleidsnummer bei kranken Kindern ab«, entgegnet Kayla und schlägt die Augen auf, während ihr Gesicht wieder mehr Farbe bekommt. Ich frage mich, wie oft sie zwischendurch so schlapp wird. Und das so plötzlich. Da kann einem wirklich angst und bange werden.

»Du bist keine Mitleidsnummer«, widerspricht Aiden. *Ich mag den Jungen.*

»Du bist immer noch die gleiche Kayla, die du immer gewesen bist«, pflichte ich ihm bei.

»Schon gut«, winkt Kayla ab. »Ich weiß genau, an welchem Punkt wir sind. Die Krankenschwestern sind alle besonders fröhlich, wenn sie zum Blutdruckmessen hereinkommen. Und die Ärzte halten albernen Small Talk mit mir, um zu verbergen, wie überrascht sie sind, dass ich immer noch lebe. Ich weiß, dass ich im Arsch bin. Und sie wissen es auch. Nur Mum und Dad wissen es noch nicht.«

Mir versetzt es einen Stich, als mir klar wird, wie recht Kayla hat. Gavin ist so felsenfest überzeugt davon, dass es Kayla bald wieder besser geht. Wie wir alle. Ich glaube nicht, dass er auch nur eine Sekunde lang darüber nachgedacht hat, was passieren könnte, sollte es nicht so kommen. *Oh Gott …*

»Backen ist das Einzige, was Mum so sehr liebt wie mich. Ich will nicht, dass sie beides verliert.«

Aiden wird mit einem Mal ganz still.

»Du solltest dich besser hinsetzen«, rate ich ihm, als mir auffällt, wie blass er geworden ist.

»Ja.« Er lässt sich schwer auf den Stuhl neben Kaylas Bett fallen, und mir wird eines klar. Selbst wenn es stimmen sollte und Kayla nach eigener Aussage keine Gefühle für diesen Jungen hegt, hält das ihn definitiv nicht davon ab, bis über beide Ohren in sie verknallt zu sein.

»Vor ein paar Jahren gab es mal eine Spendensammlung für ein Mädchen, das etwa in meinem Alter war. Sie wollte in die Vereinigten Staaten, um dort eine teure medizinische Behandlung zu bekommen, die es hier nicht gibt. Sie war den Leuten ehrlich gegenüber und hat sogar gesagt, dass es vielleicht nicht funktionieren wird, und dennoch haben die Leute für sie gespendet, damit sie es zumindest versuchen kann«, erklärt Kayla.

»Die Leute sind großzügig«, pflichte ich ihr bei.

»Und dann gab es noch eine andere Spendenaktion, bei der eine Familie mit ihrem zehnjährigen Sohn, der im Rollstuhl sitzt, ins Disneyland wollte, weil er die Figur Buzz Lightyear aus der *Toy Story* so liebt. Da ist sogar so viel gespendet worden, dass der Überschuss an eine Spendenorganisation übergeben wurde«, beschreibt Aiden, der wieder Farbe bekommen hat.

»Wer möchte nicht Buzz Lightyear treffen?« Kayla grinst.

»Kayla, jetzt bleib doch mal ernst!« Aiden schimpft wie ein Lehrer, der in der Klasse verzweifelt versucht, die Aufmerksamkeit der Schüler auf sich zu lenken. »Aber mal im Ernst, Mrs Doran.« Aiden verleiht mir das Gefühl, so alt wie meine Schwiegermutter zu sein. »Wenn die Leute Geld spenden, damit eine Familie den Splash Mountain in Disneyland runterfahren kann, dann wüsste ich nicht, warum sie nicht auch für uns spenden sollten.«

Ich hole tief Luft und denke daran, wie distanziert und gestresst Gavin ist. Ich muss daran denken, dass er mir nichts davon erzählt hat, dass Molly als Stammzellenspenderin infrage kommt. Und daran, wie er jedes Mal das Zimmer verlassen muss, wenn ich Kayla nur erwähne. Mir ist bewusst, dass Kaylas Erkrankung ihn und Heather wieder stärker aneinandergeschweißt hat. Und das nicht nur als Eltern eines kranken Kindes; ich sehe deutlich, wie sie einander der Fels in der Brandung geworden sind. Ich müsste lügen, wenn ich so täte, als würde mich das nicht eifersüchtig machen. Ich betrachte das Ganze von außen; dabei beobachte ich Heather und Gavin, wie sie nicht nur für Kayla, sondern auch füreinander da sind, und stehe hilflos und nutzlos daneben. Vielleicht kann ich ja auf diese Art und Weise helfen. Medizinische Entscheidungen kann ich für Kayla keine fällen. Und das will ich auch gar nicht. Das ist mir in dem Moment klar geworden, als Molly in die Sache hineingezogen wurde. Aber ich kann helfen, indem ich als Vertraute für Kayla da bin. Als Freundin. Als jemand, der sie wie ein eigenes Kind liebt. Ich treffe zwei Entscheidungen. Einmal will ich Kayla helfen, so viel Geld wie möglich zu sammeln, und außerdem will ich zustimmen, dass Molly ihrer Schwester hilft, selbst wenn ihr dies nur ein wenig mehr Zeit verschafft. *Wir brauchen alle mehr Zeit.*

Ich schlucke meine Tränen hinunter. »So, du willst also eine Bäckerei kaufen?«

44.

Kayla

»Hey du!« Meine Mutter kommt mit einer Flasche Cola Zero in der einen und einer großen Schachtel Schokoladenpralinen in der anderen Hand sowie ihrem Laptop, den sie sich unter den Arm geklemmt hat, zu mir ins Zimmer. »Endlich habe ich *Riverdale* angeguckt. Oh mein Gott, du hast ja so recht! Das ist richtig gut! Die nächste Folge müssen wir zusammen gucken!«

»Oh, klar. Ja. Okay«, erwidere ich und setze mich mühsam auf.

Mum legt alles auf den Stuhl neben meinem Bett ab und eilt zu mir, um mir die Kissen im Rücken aufzuschütteln. Doch sie bauscht sie viel zu sehr auf, sodass ich plötzlich ganz steif und unbequem wie in einem Flugzeugsitz hocke. Aber ich sage nichts. Ich warte lieber, bis sie sitzt, um dann ein Stück nach unten zu rutschen und es mir bequemer zu machen.

»Wo ist dein Dad? Er ist aber noch nicht nach Hause gegangen, oder?« Mum klingt enttäuscht. Vielleicht verärgert. »Er weiß doch, dass ich mit ihm reden will.«

»Er ist im Spieleraum«, entgegne ich. »Nach dem Essen wollte Molly noch kurz spielen gehen.«

»Na gut«, nickt Mum. »Und wo ist Aiden?«

»Ist mit ihnen gegangen.«

»Und ich nehme mal an, dass Charlotte auch bei ihnen ist. Wissen sie denn nicht, dass der Spieleraum ausschließlich für Patienten vorgesehen ist?«

»Ich bin sicher, das geht in Ordnung«, antworte ich. Meine Augenlider fühlen sich bleiern an, so müde bin ich. »Viele bringen ihre Brüder und Schwestern mit. Ich kann mir nicht vorstellen, dass irgendwer etwas dagegen haben sollte.«

»Ich habe etwas dagegen«, murmelt Mum leise.

Ich ignoriere ihre schlechte Laune. »Wie war das Treffen mit Dr. Patterson?«

»Gut. Ja. Gut. Bestens.«

»Bitte? Das ist aber mal eine Antwort!«

»Es war in Ordnung, Kayla«, entgegnet Mum ungehalten. »Wir konnten uns leider nicht lange unterhalten. Er ist ein viel beschäftigter Mann.«

»Okay«, seufze ich und nehme ihr kein Wort ab. Offensichtlich hat er ihr Schlimmes mitgeteilt, und sie ist jetzt zu panisch, um mit mir darüber zu reden. Wenn er morgen zu mir kommt, um nach mir zu sehen, werde ich ihn einfach selbst fragen.

Mum sitzt auf ihrem Stuhl neben meinem Bett und starrt aus dem Fenster.

»So, jetzt mal Tacheles«, ermahne ich sie, weil ich mich doch nicht mehr zurückhalten kann. »Was hat er gesagt?«

Mum schaut mich nicht einmal an, als sie den Kopf schüttelt.

»Ähm, du machst mir Angst!« Ich klinge, als hätte ich mehr Energie, als es tatsächlich der Fall ist.

Mum holt tief Luft und seufzt. Ihr warmer Atem riecht nach Kaffee, doch das macht mir nichts aus. *Kaffee.* Wenigstens hat sie etwas Warmes getrunken, denke ich. Gleichzeitig fällt mir auf, dass ich mich schon gar nicht mehr daran erinnern kann, wann ich sie das letzte Mal etwas essen oder trinken gesehen habe.

»So, *Riverdale* also«, fahre ich fort und wechsele das Thema, während ich die Pralinenschachtel mustere. *Cadbury Milk Tray.* Mega! Bis auf diese eklige Schokopraline mit Apfelgeschmack – die kann Mum gern essen. Keine Ahnung, was Cadbury sich dabei gedacht hat! Eklig!

»Ja, die Serie ist großartig. Richtig gut. Ich bin wirklich froh, dass du mir den Tipp gegeben hast«, erwidert Mum und versucht, begeistert zu klingen, obwohl sie gedanklich offenbar noch bei Dad ist. Zweifellos will sie unbedingt mit ihm über diese ganze Molly-Geschichte reden. »Hat Dad irgendwas darüber gesagt, wann er wieder hier sein will?«

Ich schüttele den Kopf, woraufhin ein plötzlicher, stechender Schmerz meine Wirbelsäule hinunterjagt. Inzwischen passiert das jedes Mal, wenn ich mich zu schnell bewege. Allmählich gewöhne ich mich daran.

»Super.« Mum stöhnt. »Richtig super. Welchen Sinn hat es denn, dich zu besuchen, wenn er die Zeit dann gar nicht mit dir verbringt? Da kann er genauso gut auch arbeiten gehen.«

»Ist alles in Ordnung?«, erkundige ich mich. »Du bist heute so schlecht gelaunt. Bist du wirklich so genervt, weil Dad mit Molly spielen gegangen ist, oder ist bei Dr. Patterson etwas vorgefallen? Du kannst mir alles sagen, das weißt du. Ich werde auch nicht ausrasten.«

»Kayla, mach dir keine Sorgen. Das hat nichts mit deiner Behandlung hier zu tun. Bitte komm nicht auf solche Gedanken!«

»Was ist es dann?«

Mum holt tief Luft und schüttelt den Kopf, als sei sie tief in Gedanken versunken oder vollkommen perplex. Normalerweise ist sie nicht so.

»Vor ein paar Wochen haben wir uns irgendwie geküsst«, flüstert Mum, als sei es ein schmutziges Geheimnis.

»Nein! Oh mein Gott! Das habt ihr nicht!« Ich sitze mit weit aufgerissenen Augen da und bin schlagartig so wach wie schon lange nicht mehr. »Warum hast du mir das nicht gesagt? Und was hast du gemacht?«

»Es ist am Tag nach der Panik rund um deine Nierenentzündung passiert, und es war wirklich eine Art Unfall. Seitdem ist die ganze Situation schrecklich unangenehm«, gibt Mum zu und schaut mich beschämt an.

»Bitte? Was ist passiert?« Mit einem Ruck setze ich mich auf. *Oh Gott, es fühlt sich an, als würde mein Rücken in Flammen aufgehen*! Ich versuche, mir nichts anmerken zu lassen. Denn sollte Mum etwas mitbekommen, würde sie sofort in den Panik-Mum-Modus umschalten, und dann kämen wir nie dazu, darüber zu reden. »Wie zum Teufel kann es ein Unfall sein, wenn man knutscht?«

»Kayla! Wie redest du?«, schimpft meine Mutter.

»Entschuldige. Aber mal im Ernst: Wer sagt denn, dass es ein Unfall war? Er oder du?«

»Es war ein *Unfall*, Kayla! Wir sind halt mit den Lippen aneinandergestoßen.«

Ich lache. Mum klingt so hilflos wie manche Mädchen aus meinem Jahrgang, wenn sie einen Jungen mögen, aber keinen blassen Schimmer haben, was sie tun sollen.

»Ja, ja. Ich weiß, wie das klingt«, erwidert Mum, und ich frage mich, ob sie wohl weiß, dass ihre Wangen leuchtend rot geworden sind. »Aber es war so unangenehm und …«

»Und … was hast du gesagt?«

»Nichts. Ich bin gegangen«, erwidert Mum.

»Oh, Mum! Was muss er da gedacht haben?« Ich schüttele den Kopf und bin total enttäuscht, dass sie es offensichtlich vergeigt hat.

Mum fährt sich mit der Hand durchs Haar, und ich sehe ihr an, dass sich der Kuss gerade vor ihrem geistigen Auge noch einmal abspielt. »Um ehrlich zu sein, bezweifele ich, dass er dem Ganzen etwas beigemessen hat.«

»Aber mit Sicherheit hat er das! Andauernd fragt er nach dir. *Na, wie geht's denn so deiner Mum?*«, imitiere ich seine tiefe Stimme. »*Heute habe ich Cookies von deiner Mum gegessen, die waren superlecker. Kommt deine Mum heute vorbei* und so weiter … und so weiter … und so weiter.«

Mum schüttelt den Kopf, und mit einem Mal liegt eine große Traurigkeit in ihrem Blick. Es ist nicht die Trauer, die ich bei ihr schon kenne, wenn sie meine Schmerzen sieht oder wir neue schlechte Nachrichten bekommen.

»Dir ist klar, dass er jetzt denkt, du magst ihn nicht?«, gebe ich zu bedenken.

»Und?« Mum zuckt mit den Schultern und verhält sich, als wäre sie der Teenager und nicht ich.

»Und …«, fahre ich fort, »Du magst ihn. Du redest andauernd über ihn. Fast so viel, wie er über dich redet. Und du betonst immer, wie toll er ist.«

»Er ist ein toller Arzt«, korrigiert mich Mum. »Aber er ist vergeben, Kayla.«

»Wie bitte?«, frage ich. Meine Stimme krächzt, und ich hoffe inständig, dass Mum es nicht merkt.

»Er ist verheiratet, Kayla«, erwidert Mum, steht auf, stemmt die Hände in die Seiten und läuft auf und ab. »Zumindest hat er eine Freundin.«

Ich lecke mir über die aufgerissenen Lippen und will ihr gerade alles erklären, doch Mum redet unbeirrt weiter.

»Sie erwarten ein Baby.«

»Er erwartet gar kein Baby!«, stoße ich aus.

Mum greift nach meinem Wasserglas, das auf dem Nachttisch steht, und kippt das Wasser in einem Zug hinunter. Dann knallt sie das Glas mit unnötiger Kraft auf den Nachttisch zurück. Ich bin überrascht, dass das Glas nicht zerspringt.

»Iiih, oh Gott! Das war ja warm!«, beschwert sich Mum.

»Willkommen in meiner Welt«, sage ich. »Und du liegst mir immer in den Ohren, dass ich mehr trinken soll.«

»Du hast ja recht.« Mum atmet auf und nimmt die Kanne. »Ich besorge dir frisches Wasser und sehe zu, dass ich dazu etwas Eis bekomme.«

»Mum, warte.« Mir fallen die Augen zu. Wie ich es hasse, ausgerechnet jetzt so müde zu werden!

»Dazu gibt es nichts mehr zu sagen, Kayla. Es war einfach ein peinliches Missverständnis. Das ist alles, und Dr. Patterson und ich wissen das auch. Darüber musst du dir wirklich keine Sorgen machen.«

»Dr. Patterson?«, frage ich verwundert. »Ich dachte, du nennst ihn Jack?«

»Nein«, entgegnet Mum. »Dr. Patterson genügt vollkommen.«

»Sie ist seine Schwester«, sage ich mit geschlossenen Augen.

»Wer jetzt?«

»Die Frau, die das Baby bekommt. Die, bei der er wohnt. Das ist seine Schwester.«

»Aber Dad hat gesagt ...«

»Hat Dad ihn wirklich gefragt? Oder das alles nur angenommen?«

»Oh, ähm, na ja ...«

»Sie ist seine Schwester, und weißt du, woher ich das weiß?« Ich schaffe es, die Augen noch einmal zu öffnen.

Mum hebt den Kopf und schaut mich mit fragendem Blick an.

»Weil er mir gesagt hat, dass er es kaum erwarten kann, Onkel zu werden. Das Kind ist ein echter Glückspilz, würde ich sagen, denn Dr. Patterson ist super. Er wird ein toller Onkel sein.«

»Aber er lebt mit ihr zusammen, Kay. Dad hat erzählt, dass die beiden dort erst vor ein paar Wochen eingezogen sind. Und da wohnen nur die beiden. Ich denke, da ist irgendwas im Busch.«

»Du und dein Busch …«, stöhne ich. »Der Ehemann seiner Schwester ist vor ein paar Monaten gestorben. Sie ist von New York wieder hergezogen, da Dr. Patterson ihr helfen wird, das Baby großzuziehen. Um bei ihr einzuziehen, damit sie nicht allein ist, hat er sogar sein Apartment aufgegeben, das sich in unmittelbarer Nähe des Krankenhauses befunden hat.«

»Wow, das ist toll.«

»Ja, nicht?«, erwidere ich. »Der Typ, den du in die Wüste geschickt hast, ist also wahrscheinlich der netteste Kerl der Welt. Und heiß ist er obendrein.«

»Oh Gott.« Mum setzt die Kanne ab und lässt sich auf den Stuhl fallen. Das Stuhlkissen unter ihr wird mit einem Schlag zusammengepresst und gibt ein seltsam zischendes Geräusch von sich. »Ich war so was von unhöflich! Und bin es immer noch! Er muss mich für ein richtiges Biest halten.«

»Ich bin sicher, dass er es verstehen wird, wenn du es ihm nur erklärst.«

»Nein.« Mum schüttelt entschieden den Kopf. »Es ist zu verfahren. Zu kompliziert. Außerdem ist er dein Arzt, Kayla.«

»Und ein super Typ, der dich supergern mag.«

»Nein, Kayla.« Mum seufzt, und man hört richtig, wie schwer die ganze Trauer auf ihrem Körper lastet. »Der Zeitpunkt ist nicht gut. Es ist zu unserem Besten. Das Einzige, was mir im Moment wichtig ist, bist du. Und dass es dir besser geht. Ich habe einfach keine Zeit für Küsse und Dramen.«

»Aber Mum …«

»Kayla, bitte. Wir sollten uns auf die wichtigen Dinge konzentrieren. Okay?«

»Okay«, erwidere ich und freue mich, schon einen Plan zu haben. Wenn Mum sich nicht selbst hilft, muss ich das eben für sie in die Hand nehmen.

45.

Kayla

Ich habe den Lärm in meinem Zimmer den ganzen Nachmittag über genossen. Mum und Charlotte haben Seite an Seite auf den beiden Stühlen neben meinem Bett gesessen, während sich Dad am Fußende des Bettes niedergelassen hat. Ab und zu ist er einmal aufgestanden, um sich die Beine zu vertreten, und ich frage mich ernsthaft, ob ihm die Füße eingeschlafen sind oder ob er einen tauben Po bekommen hat. Aiden hat die ganze Zeit gestanden, während Molly unaufhörlich umhergerannt ist oder wahlweise darum gebeten hat, zur Toilette gebracht zu werden oder unten im Krankenhauskiosk einen Lolli zu bekommen. Ich weiß nicht einmal, worüber die ganze Zeit gesprochen wurde. Ich bin immer wieder weggedämmert und fand es toll, beim Aufwachen jedes Mal von fröhlichem Gelächter umgeben gewesen zu sein. Es ist schon eine Ewigkeit her, seit ich Mum das letzte Mal lachen gehört habe.

Seitdem ich so viel schlafe, rast die Zeit nur so dahin. Der ganze Nachmittag ist wie im Fluge vergangen. Dad hat Aiden angeboten, ihn auf dem Heimweg mitzunehmen und zum Bahnhof zu fahren, und daher ist es mit einem Mal sehr ruhig und fast einsam geworden, seitdem nur noch Mum und ich hier sind.

»Wie geht's dir denn, Liebes?«, fragt Mum, als ich nach einem weiteren Schläfchen wieder aufwache. »Das war ein ziemlich langer Besuch. Du wirkst erschöpft.«

»Stimmt«, pflichte ich ihr ehrlich bei. »Aber es war ein schöner Tag, oder?«

Mum nickt. »Richtig schön.«

»Wirst du mit Dr. Patterson reden?«

»Natürlich.«

»Ich meine über den Kuss, und nicht nur über medizinische Angelegenheiten.«

»Ich weiß schon sehr genau, was du meinst, Kayla.« Mum zieht die Augenbrauen hoch und will gerade zu einer Entschuldigung oder einem Vortrag ansetzen, als plötzlich das Handy in ihrer Tasche vibriert und sie ablenkt. Das Vibrieren lässt nicht nach, als eine Nachricht nach der anderen auf ihrem Handy eingeht. Ich halte die Luft an, als sie in die Tasche greift, darin herumkramt und schließlich das Handy herausholt.

»Oh«, sagt sie überrascht, nachdem sie aufs Display geschaut hat. »Ich habe eine Unmenge Nachrichten von Aiden bekommen. Ich hoffe nicht, dass der Zug ausgefallen ist. Wie um alles in der Welt will er dann nach Hause kommen?«

Ich schlage die Bettdecke zurück und schwinge die Beine über die Bettkante. Es ist ganz schön knifflig, mich zu beeilen und mich dabei gleichzeitig nicht zu verletzen, aber ich will nicht hier sein, wenn Mum in Aidens Nachrichten erfährt, dass ich die Behandlungen abbrechen werde.

»Ich muss mal«, lüge ich, weil das die einzige realistische Erklärung ist, die mir einfällt, um schnellstmöglich den Raum zu verlassen.

»Lass mich dir helfen«, sagt Mum und lässt beim Aufstehen das Handy auf den Stuhl hinter sich fallen.

»Nein, nein. Ich habe doch die hier«, sage ich und greife nach der einzelnen Krücke, die neben dem Kopfteil meines Bettes lehnt. Mum bleibt vor mir stehen und blockiert meinen Weg, weil sie mir helfen will. »Mum.« Als ich endlich stehe und mir der Schmerz durch den gesamten Körper jagt, zucke ich zusammen – die Krücke in der einen Hand, dieses seltsame Garderobenständer-auf-Rollen-Tropfhalter-Dingens in der anderen Hand. »Ich möchte wirklich allein aufs Klo gehen. Ehrlich. Ich mein's ernst!«

»Okay«, willigt Mum ein. »Aber schließ bitte nicht die Tür ab, ja?«

»Ja.« Ich schlucke die Tränen hinunter, die mir vor lauter Schmerzen in die Augen treten. »Klar.«

Ich humpele in das winzige, angeschlossene Bad, schließe die Tür hinter mir und lasse mich aufs Klo fallen. Nicht, weil ich muss, sondern weil ich jetzt einmal hier bin und dann eben die Gelegenheit nutze, damit ich später nicht noch einmal diese Höllentortur durchmachen muss.

Mir fällt es schwer, das kleine Bad in dem Wissen zu verlassen, dass meine Mum gerade ein paar – wahrscheinlich sehr lange – Nachrichten von Aiden liest. Während ich mich hier drinnen verstecke. Je länger ich bleibe, desto mehr Zeit hat sie, seine Worte zu verdauen. Ich hoffe, er hat sich an die Absprache gehalten und nicht noch irgendwelche zusätzlichen Infos hinzugefügt. Eigentlich sollte er ihr die Textnachrichten erst heute Abend schicken. Dadurch wollte ich erreichen, dass sie mindestens ein paar Stunden lang über alles nachdenken kann, bevor wir dann am folgenden Morgen über alles reden. Jetzt aber sind wir gezwungen, heute Abend noch darüber zu sprechen. Dabei bin ich gar nicht so weit. Und obendrein werde ich plötzlich das Gefühl nicht los, dass das alles keine gute Idee war.

Ich spüle ab und feiere mich innerlich selbst dafür, ohne Hilfe stehen zu können, während ich mir die Hände wasche. Danach schnappe ich mir die Krücke, öffne die Badezimmertür und humpele in mein Zimmer zurück.

Es ist so still, dass es fast wehtut. Außer dem Gluckern des Spülkastens ist kein Ton zu hören. Ich wünschte, ich hätte die Badezimmertür geschlossen. Mum sitzt auf dem gleichen Stuhl, auf dem sie auch schon saß, bevor ich zur Toilette gegangen bin. Doch ihr Rücken ist gebeugt, und die Arme liegen überkreuzt auf dem Bettrand, der Kopf liegt darauf. Ihre Schultern beben, und ich merke, dass sie leise weint.

Mum bewegt sich nicht, als ich an ihr vorbeihumpele. Die Krücke stelle ich an ihren angestammten Platz neben dem Kopfteil zurück und klettere dann aufs Bett. Mum hebt den Kopf; ich sehe die Wimperntusche, die sich in Schlieren über ihre Wangen verteilt, während ich mich abmühe, unter die Bettdecke zu gelangen. Mum hilft mir. Dabei fällt mir auf, dass wir immer besser darin werden, alles nach viel weniger Anstrengung aussehen zu lassen, als es tatsächlich ist.

Mum setzt sich wieder hin und starrt zu Boden. Sie kann mich nicht einmal anschauen. *Oh Gott! Warum musste Aiden so früh schreiben?*

»Komm«, sage ich, wobei sich unsere Rollen seltsam umgekehrt haben, als ich leicht auf mein Bein klopfe und Mum ihren Kopf auf meinen Schoß legt. Dabei gibt sie Acht, nicht an mein Knie zu kommen, und mir ist bewusst, dass sie fast schon eine Art Paranoia entwickelt hat, mir ja nicht noch mehr Schmerzen zuzufügen, wodurch sie sich gar nicht mehr richtig entspannen kann. »Mum, bitte nicht weinen«, sage ich, als ich ihr übers Haar streichele, wie sie es bei mir immer gemacht hat, als ich noch ein kleines Mädchen war. »Ich habe meine Entscheidung gefällt. Bitte versuch doch, mich zu verstehen.«

Mum schnieft und setzt sich endlich wieder hin. Sofort werden meine Beine kalt, als ihr Kopf nicht mehr auf meinem Schoß liegt, sodass ich schnell die Bettdecke hochziehe.

Mum schüttelt den Kopf, während sie sich mit den Fingerspitzen die Augen reibt. »Kayla, das geht nicht«, sagt sie. »Das kann ich nicht zulassen.«

»Ich bitte dich nicht um Erlaubnis, Mum.« Ich schlucke und hasse das Gefühl, wie trocken mein Mund ist und wie meine Lippen brennen, weil sie von der Klimaanlage des Krankenhauses ganz trocken und rissig geworden sind. Egal, wie viel Lippenpflege ich draufmache, es hilft nicht. »Ich sage dir, was ich will.«

»Du bist fünfzehn Jahre alt, Kayla. Du kannst diese Entscheidung nicht fällen. Ich allein entscheide darüber.« Mum schlägt sich die Hand so fest auf die Brust, dass ich mich wirklich frage, ob sie sich dabei wehgetan hat. »*Ich* bin die Erwachsene hier. *Ich* bin die Mutter.«

Mums Worte klingen abgehackt, ihre Stimme unglaublich wütend. Ich wusste nicht einmal, dass sie so verärgert klingen kann. Und wenn ich sie nicht so gut gekannt hätte, hätte man sogar meinen können, sie klingt völlig außer sich. Das nehme ich ihr jedoch nicht ab. Nicht eine Sekunde lang. Die gerunzelte Stirn und die zusammengebissenen Zähne können ihre Trauer nicht verbergen. Und diese bricht mir das Herz.

»Wenn das deine Art und Weise ist, mich dazu zu zwingen, mit Dr. Patterson zu sprechen, ist das nicht witzig. Überhaupt nicht witzig!«

»Mum, komm schon. Bitte.«

»Entschuldige. Entschuldige bitte! Ich weiß, dass du so etwas nicht tun würdest«, rudert sie zurück. »Aber du meine Güte, Kayla, du kannst nicht die gesamte Therapie abbrechen! Weißt du nicht, was das bedeutet?«

»Doch«, sage ich und mache mir Sorgen, wie blass sie mit einem Mal geworden ist. »Das weiß ich.«

»Wir müssen mit mehr Ärzten sprechen«, stellt Mum fest. »Mehrere Meinungen einholen. In ein anderes Krankenhaus gehen. Vielleicht in Großbritannien, oder in den Staaten, falls nötig. Es wird wie ein Abenteuer werden, du wirst sehen. Wir wollten doch immer schon mal nach Amerika, nicht wahr?«

Auf dem Po rutsche ich auf dem Bett entlang und zucke zusammen, als mich die Kanüle in meiner Hand sticht, da sich der Infusionsschlauch versehentlich verheddert hat und ich daran gerissen habe. Mum springt auf und entwirrt den Schlauch wieder. Inzwischen ist sie mit der ganzen medizinischen Ausrüstung sehr vertraut.

»Da«, lächelt sie mich an. »Alles wieder gut.«

Als sie sich von mir abwendet, weiß ich sehr wohl, dass ihr in Wirklichkeit die Tränen gekommen sind und sie nicht will, dass ich sie so sehe. Manchmal dreht sie sich auch weg, wenn die Ärzte sprechen. Oder wenn Molly wieder fragt, wann ich übers Wochenende zu Dad komme. Und wenn sie das Gefühl hat, etwas Dummes gesagt zu haben, was mich aufregen könnte. Wie *alles wieder gut*. Es wird nie mehr alles wieder gut, und wir beide wissen das.

»Tut mir leid, ich habe etwas im Auge«, entschuldigt sich Mum und dreht sich wieder zu mir um.

»Tränen«, stelle ich fest.

Mum grinst. »Wann bist du bloß so erwachsen geworden, hm? Mir kommt's so vor, als hättest du erst gestern bei Oma und Opa im Haus auf dem Boden gesessen, Zeichentrickserien geschaut und alle Lieder mitgesungen. Und sieh dich bloß mal an, jetzt überragst du mich. Die Größe hast du von deinem Vater.«

»Wo wir gerade über Dad sprechen …«, unterbreche ich sie. »Meinst du, das ist okay für ihn? Also meine Entscheidung?«

»Kayla, das ist nicht deine Entscheidung, und das weißt du auch, oder?«

»Mum, bitte. Das musst du verstehen.«

»Ich weiß, dass dir das alles hier Angst macht und wehtut, aber ich will doch nur das Beste für dich …«

»Nein.« Ich schüttele den Kopf. »Du willst, dass es mir besser geht. Um mich zu behalten. Aber das wird nicht passieren, Mum. Das wird niemals mehr passieren. Wenn du mich behältst – dann hältst du mich in diesem Zimmer.«

Mum schaut sich um, schluchzend und mit gebrochenem Herzen.

»Ich weiß, dass das nicht das Leben ist, das du dir für mich vorgestellt hast. So ein Leben würde man niemandem wünschen, nicht wahr?«

»Ich muss mit deinem Dad sprechen«, stellt Mum fest, die Augen ganz dick und verquollen. »Das kann ich nicht allein entscheiden, Kayla. Das kann ich nicht. Ich kann die meisten Sachen allein erledigen. Ich habe immer schon die meisten Sachen allein erledigt. Aber nicht das hier. Das hier auf keinen Fall.«

46.

Heather

Eine Woche später

Vor lauter Muffins, Cupcakes und Brownies platzt die Küche beinahe aus allen Nähten. Ich habe besonders viele Brownies gebacken, da Brownies bei den Kindern auf der Kinderstation besonders beliebt waren – zumindest hat Kayla das gesagt –, daher kann ich nur hoffen, dass die Kinder in ihrer Schule sie genauso mögen werden. Eine ganze Ladung Kekse ist mir verbrannt, die musste ich leider wegwerfen. Seit Jahren habe ich schon nichts mehr wegschmeißen müssen. Ich denke, der Grund dafür ist, dass ich aus verschiedenen Gründen wegen des heutigen Tages unfassbar nervös bin.

Ich höre, wie Gavin, Charlotte und Molly oben herumlaufen. Molly gefällt es ganz und gar nicht, um 6 Uhr in der Frühe geweckt zu werden.

»Ich will nicht faaaaaaahren!«, schreit sie, gefolgt von Weinen.

Gavins barschem Tonfall und seiner mangelnden Geduld nach zu urteilen, fällt ihm der frühe Tagesbeginn ebenfalls nicht leicht. »Du kannst gleich noch im Auto schlafen, Molly. Und jetzt *bitte*! Kannst du dich bitte endlich anziehen?«

Charlotte und ich mussten uns nicht sorgen, ob wir auch wirklich vor Sonnenaufgang aufwachen, da wir gar nicht geschlafen haben. Charlotte ist um ein Uhr in der Früh heruntergekommen und hat mir angeboten, mir beim Backen zu helfen. Sie meinte, sie könne nicht schlafen und wolle sich nützlich machen. Zuerst war ich nervös. Normalerweise backe ich allein, und davon einmal abgesehen: Charlottes Küchenschränken nach zu urteilen hat sie keinerlei Vorräte im Haus, die nicht entweder bio oder vegan sind, vorzugsweise sogar beides. Ich hatte angenommen, dass sie angesichts der Zutaten, die in meine Muffins und Brownies kommen, entsetzt wäre, doch sie machte nicht den Eindruck, dass es sie groß gestört hätte.

Sie muss genauso besorgt und unruhig wie ich gewesen sein, da sie alle paar Minuten auf ihr Handydisplay geschaut hat, als könnte sie mitten in der Nacht unfassbar wichtige Nachrichten bekommen. Ich habe nichts dazu gesagt. Ich glaube, sie hat die Ablenkung gebraucht.

»Ich koche uns einen Kaffee«, sagt sie, als sie die Küchenrollläden hochzieht. Die Sonne ist aufgegangen, und der Morgen ist endlich da.

»Ein Kaffee wäre toll. Danke«, erwidere ich und trage eine Schicht Vanillebuttercreme auf die letzten noch verbliebenen nackten Muffins auf, bevor ich diese mit essbarem Glitzer in den Schulfarben bestreue.

»Kann ich einen Muffin haben?«, fragt Molly, die nur mit einem Schuh an den Füßen in die Küche kommt.

»Nicht zum Frühstück«, bestimmt Charlotte, bevor ich auch nur die Gelegenheit habe, ihr zu antworten. »Und wo ist dein zweiter Schuh?«

Völlig unbeeindruckt zuckt Molly mit den Schultern und geht zum Tisch, um dort auf ihr Frühstück zu warten. Charlotte steckt eine Scheibe Fünfkornbrot in den Toaster; mein Magen knurrt.

»Steck bitte auch eine Scheibe für mich in den Toaster«, bittet Gavin, der plötzlich in der Küche auftaucht und ebenso zerzaust aussieht wie Molly. »Du meine Güte, es ist noch früh, oder? Hätte man den Wettlauf nicht bis nach dem Mittagessen verschieben können?«, murmelt Gavin.

»Es war deine Idee, Kayla zu erlauben, am Sporttag teilzunehmen, erinnerst du dich?«, sage ich, was nicht so ganz der Wahrheit entspricht.

Nachdem die Schule mich angerufen und mir erklärt hatte, dass man, wie Aiden schon berichtet hatte, eine Spendenaktion zu Kaylas Ehren durchführen würde, haben Gavin und ich eine längere Diskussion darüber geführt, ob wir Kayla die Teilnahme erlauben oder nicht. Kayla war natürlich dafür. Zumindest, bis ihr bewusst wurde, dass sie an keinem der Spiele tatsächlich teilnehmen, sondern nur zuschauen würde. Aber sie ließ sich ihre Enttäuschung nicht anmerken und bestand darauf, sich gut genug zu fühlen, um hinzufahren.

Gavin und ich sind beide zum gleichen Urteil gelangt – dass es einfach zu viel für sie wäre –, doch Kayla gewann die Unterstützung von Jack, der unserer aufgeregten Fünfzehnjährigen beipflichtete, dass das gesamte Vorhaben keine schlechte Idee sei. Mich quälten eine Million Fragen, die ich Jack gern gestellt hätte, doch lediglich eine einzelne verzweifelte Frage fand ihren Weg aus meinem Mund.

»Kommen Sie mit?«

Jack wirkte erschrocken. Und zuerst antwortete er nicht. Seit unserem peinlichen Kuss haben wir kaum ein Wort miteinander gewechselt. Mittlerweile hat er fast immer entweder eine Krankenschwester oder eine Gruppe von Medizinstudenten im Schlepptau, wenn er vorbeikommt, um Kayla zu untersuchen. Kayla meint, das sei reiner Zufall, doch ich bin ziemlich sicher, dass er nicht mehr mit mir allein sein will. Es wäre die reinste Untertreibung, zu behaupten, dass ich überrascht war, als er anrief und mir sagte, dass er ein paar Termine verschoben habe und uns gern zum Sporttag begleiten würde. Zuerst war ich unglaublich erleichtert. Jack wird da sein, um Kayla im Auge zu behalten, wenn sie überfordert oder müde ist. Er wird wissen, was zu tun ist, sollte sich ihr Zustand verschlechtern. Aber es bedeutet ebenso, dass Jack *mich* beobachten wird. Da wir nicht alle in Gavins Auto passen, hat Jack netterweise angeboten, dass Kayla und ich bei ihm mitfahren können. Das wird für alle das Beste sein; Gavin würde wahrscheinlich vor lauter Panik von der Autobahn abkommen, sollte Kayla unterwegs in Ohnmacht fallen. Jack ist eindeutig die beste Person, mit der man sich auf eine längere Fahrt begeben kann. Gleichzeitig ist er aber auch die schlimmste Person; das ist alles gefühlsmäßig so anstrengend, dass ich wünschte, dem Ganzen hier niemals zugestimmt zu haben.

Du tust es für Kayla. Alles für Kayla, rede ich mir immer wieder ein, als der Duft von frisch gebrühtem Kaffee zu mir herüberweht und sich meine Laune sofort hebt.

»Wir müssen bald los«, stellt Gavin fest. »Wir wollen dem Stau vorausfahren. Wir setzen dich am Krankenhaus ab, Heather, und starten von dort aus.«

»Vielen Dank«, sage ich und hoffe, dass Charlotte mir bald eine Tasse Kaffee reicht. Ich sehe drei volle Tassen auf der Küchentheke stehen und fühle mich derzeit, als könnte ich nicht mal eine davon halten, ganz gleich, wie verzweifelt ich den Kaffee trinken will.

»Haben wir keine Zeit zum Frühstücken?«, fragt Charlotte unbeeindruckt.

»Wir nehmen einen Toast auf die Hand«, erwidert Gavin.

»Ich habe Hunger!«, meldet sich Molly. »Ich will weiche Eier!«

»Wie wäre es mit einem Muffin?«

»Kann ich einen Schokomuffin haben?«, zwitschert Molly mit leuchtenden Augen und ist mit einem Mal hellwach.

»Das ist in Ordnung, Heather, oder?«, fragt Gavin. »Da bleiben doch immer noch genug für die Schulkinder übrig, oder?«

Mein Blick schweift über die Küchentheke, die mit Backwaren überladen ist. »Es ist ausreichend da. Eigentlich können wir alle einen essen. Zu unserem Kaffee«, erwidere ich als Wink mit dem Zaunpfahl, damit Charlotte mir endlich eine Tasse reicht.

»Ich halte es für keine gute Idee, Schokolade zu frühstücken«, stellt Charlotte fest.

»Bitte, Mummy. Oh, bitte, bitte! Ich werde heute auch das liebste Kind sein. Bitte! Ich liebe, liebe, liebe Heathers Muffins!«

»Ein paar Schokoladenstückchen werden schon keinen Schaden anrichten, Charlie.« Gavin verdreht die Augen. »Komm, greif zu, Molly. Aber nur ausnahmsweise, ja? Morgen gibt es wieder Mummys leckeres Fünfkornbrot, okay?«

Molly streckt die Zunge heraus, und ich kann es ihr nicht mal verübeln. Lecker und Körner sollten niemals im gleichen Satz auftauchen. Mit einem plötzlichen Energieschub, der ihrer vorher demonstrierten Trägheit und Lustlosigkeit trotzt, hopst Molly von ihrem Stuhl herunter. An der Küchentheke angekommen, schaut sie zu all den Leckereien hinauf, nimmt sich aber nichts.

»Möchtest du einen Schokomuffin oder einen Schokoladenbrownie?«, frage ich.

»Einen Schokomuffin«, erwidert Molly, deren Augen vor Begeisterung funkeln. Ihre Fröhlichkeit ist so ansteckend, dass auch ich mich auf meinen Muffin freue.

Ich beuge mich über die Arbeitsfläche, suche den Muffin mit den meisten Schokoladenstückchen heraus und gebe ihn Molly. Völlig unerwartet schlingt sie ihre rundlichen kleinen Arme um meinen Hals. »Lecker! Danke, Heather!«

Noch viel unerwarteter kommen mir die Tränen, als ich ihren kleinen, schmalen Körper umarme. »Gern, Molly!«, erwidere ich. »Du bist so ein liebes Mädchen. Genau wie deine große Schwester.«

Gavin räuspert sich. »Entschuldigt mich bitte«, sagt er und verlässt die Küche. Meine Bemerkung hat ihn traurig gestimmt, merke ich.

Charlotte folgt ihm.

»Du kannst dich neben mich setzen«, sagt Molly, lässt mich los und deutet auf den Tisch. »Danke, Molly!«, erwidere ich, während ich mir einen Muffin mit deutlich weniger Schokoladenstücken aussuche. Da ich es nicht mehr länger aushalte, nehme ich mir zudem einen der Kaffeebecher und folge Molly an den Tisch.

»Ich mag den Sporttag«, erklärt Molly, während sie ein großes Muffinstück abbeißt.

»Ich auch«, lüge ich und ziehe einen großen Schluck Kaffee dem Muffin vor.

Mein Handy piept, und ich hole es aus der Tasche. Als ich die Nachricht von Kayla erblicke, leuchtet meine Miene auf. Ich öffne die Nachricht, ein Foto von Kayla und Jack, die beide fröhlich lächeln und die Daumen in die Höhe recken. Kayla sitzt in einem Rollstuhl, während Jack neben ihr hockt. Sofort erkenne ich die Krankenhauscafeteria im Hintergrund wieder. Kayla trägt einen leuchtend roten Kapuzenpulli und eine schwarze Trainingshose. Ich kann mich schon gar nicht mehr erinnern, wann ich sie zum letzten Mal in etwas anderem als in ihrem Schlafanzug gesehen habe. Sie sieht toll aus. Ihre Wangen haben einen Hauch Farbe, und sie trägt ein neues Kopftuch, das ich nicht kenne. Es ist ebenfalls rot und sehr hübsch. Jacks

Beine sind auf dem Bild nicht zu sehen, doch auch er trägt offenbar einen Trainingsanzug. Auf jeden Fall erkennt man ihn kaum wieder im Vergleich zu dem, was er normalerweise trägt. Quer über das Bild verläuft ein Spruchband, auf dem »Wir warten!« in großen Bubble Letters steht, gefolgt von unzähligen Emojis.

»Mach eins von uns! Mach eins von uns!«, ruft Molly, die sich an mich drängt und auf den Bildschirm zeigt. »Schick Kayla ein Bild von uns!«

Schnell lege ich meinen Arm um Mollys Schultern, woraufhin sie sich an mich schmiegt.

»Sag mal Cheese!«

»Cheeeeeese!«

Ich knipse – froh darüber, dass mein Handy meine roten verheulten Augen korrigiert hat – und schicke Kayla das Bild mit der Unterschrift: »Bis gleich! Können es gar nicht erwarten!«

Ich habe eine Unmenge Nachrichten auf dem Handy. Die meisten davon stammen von Lehrern, die an Kaylas Schule unterrichten und sowohl Kayla als auch mir viel Glück wünschen, als würden wir an einem Marathon teilnehmen oder an einen anderen Ort ziehen. Und nicht etwa nur am Sporttag teilnehmen wie jedes Jahr. Normalerweise bin ich dort immer erst im letzten Augenblick aufgetaucht, nachdem ich früher bei der Arbeit abgehauen bin. Dafür musste ich stets die doppelte Zeit an Überstunden ableisten, um mir meinen Chef vom Hals zu schaffen. Im letzten Jahr konnte ich erst zwanzig Minuten vor Schluss der gesamten Veranstaltung dazustoßen, um am Eltern-Kind-

Dreibeinrennen teilzunehmen, das Kayla und ich dann spektakulär verloren haben. In den folgenden ein, zwei Wochen haben wir uns gegenseitig immer wieder damit aufgezogen.

Im Gegensatz zum letzten Jahr wird dieses Mal alles ganz anders sein. Schlimmer noch: Ich befürchte, dass auch nächstes Jahr alles anders sein könnte.

47.

Kayla

»Kayla, Kayla! Schneller, schneller!«, rufen die Leute.

Ich versuche es. Ich bewege mich schneller als in den ganzen letzten Monaten, und das ist toll. Ich habe nicht die geringste Ahnung, wem die Stimmen gehören, aber es spielt auch keine Rolle. Ihre Anfeuerungsrufe treiben mich an.

»Du schaffst das, Kayla!«, jubeln sie.

Meine Arme brennen, weil ich die Räder des Rollstuhls so schnell drehe, wie ich nur kann. Der Wind peitscht mir ins Gesicht, und ich hole ganz tief Luft, weil es sich so unglaublich toll anfühlt, draußen zu sein, obwohl es recht kalt ist. Ich frage mich, warum ich bloß vorher nie frische Luft zu schätzen gewusst habe. Da habe ich wirklich was verpasst.

Das Gras unter meinen Rädern ist holperig, und je schneller ich fahre, desto heftiger hüpft mein Po auf dem Sitz auf und ab. Wahrscheinlich sollte ich mir Sorgen machen, mit dem ganzen Rollstuhl umzukippen oder aus ihm herauszufallen, doch das passiert nicht. Nicht ein einziges Mal.

»Schneller! Schneller! Schneller!« Die unglaublichen Anfeuerungsrufe werden ohrenbetäubend laut, als die Ziellinie in Sichtweite gerät.

Wie nicht anders zu erwarten, komme ich als Letzte ins Ziel, was aber gar nichts zu sagen hat, da ich von einer jubelnden Menge umringt werde. Enge Freunde, nicht ganz so enge Freunde und solche, die es vielleicht noch werden. Hinter ihnen jedoch, ein Stück den Sportplatz hinunter, halten sich meine einstigen Freunde auf. Menschen, neben denen ich im Klassenraum gesessen habe. Ich habe mich diesen Kids anvertraut, wenn ich einen schlechten Tag hatte. Mit manchen war ich in einem Debattierclub. Einige von ihnen sind Mannschaftskameraden vom Basketball. Sie halten sich fern, als sei ich ansteckend. Sie sind nicht dumm; sie wissen natürlich, dass ich sie nicht mit Krebs anstecken kann, aber mir zu nahe zu kommen, könnte *sie* mit Uncoolness anstecken, und das ist ja wohl die schlimmste Krankheit von allen, nicht wahr?

»Das war super!«, schwärmt Aiden und schlingt seine Arme locker um meinen Hals, wie er es gelernt hat, um mir nicht wehzutun.

»Was denn?« Ich ziehe die Nase kraus. »Ich habe verloren, du Spaßvogel.«

»Ja, aber du bist auch Roisin Kelly über den Fuß gefahren.« Aiden muss so lachen, dass er grunzt.

»Ist nicht wahr!« Ich grinse. »Im Ernst?«

»Du hättest sie sehen sollen.« Aiden gluckst. »Das ist das beste Rennen aller Zeiten, wenn du mich fragst.«

»Gut gemacht, Kayla!«, lobt Dad.

»Du warst ganz langsam«, verkündet Molly unbeeindruckt. »Alle anderen haben dich überholt.«

Aiden lacht lauter als je zuvor. Auch ich muss lachen.

»Ja«, nicke ich. »Ich war langsam.«

»Darf ich mal?«, fragt Molly und deutet auf mich.

»Mit meinem Rollstuhl fahren?«, hake ich nach.

Molly nickt. »Ich wette, ich kann damit schneller fahren!«

»Das glaube ich gern«, erwidere ich. »Ich bin jetzt nur zu müde, um aufzustehen. Aber wenn du magst, kannst du dich gern auf meinen Schoß setzen, dann drehen wir eine Runde. Wie wäre das?«

»Coool!«, ruft Molly.

»Kayla, ich halte das für keine gute Idee«, mischt sich Dad ein. »Dein Knie!« Er deutet auf mein Bein, als hätte ich all das vergessen. Als ob ich das je könnte.

»Ich habe zwei Knie, Dad«, entgegne ich. »Sie kann sich auf das andere setzen.«

»Molly, sei vorsichtig«, warnt mich Charlotte, als Molly auf mich zugestürzt kommt. »Kayla, bist du sicher, dass sie dir nicht zu schwer ist?«

»Natürlich ist sie mir nicht zu schwer, nicht wahr, Molly?«, erwidere ich. »Du bist doch noch klein.«

»Bin ich nicht!« Aus Protest stemmt Molly die Hände in die Seiten. »Ich bin schon vier!«

Wieder muss ich lachen. »Natürlich – wie konnte ich bloß vergessen, wie groß du schon bist? Jetzt komm. Hüpf rauf, dann geht's los. Aiden, schiebst du uns bitte?«

»Na klar«, nickt Aiden. »Lass uns um das Basketballfeld

herumfahren, dort kann Molly ein paar Körbe werfen. Und wir gucken mal, ob sie das angeborene Doran-Talent besitzt.«

Dad hebt Molly auf meinen Schoß und nimmt sich viel Zeit, um Molly so zu positionieren, dass sie nur auf dem einen Bein sitzt und mein schlimmes Bein nicht berührt. »Jetzt darfst du nicht wackeln oder dich bewegen, Molly, sonst tust du Kayla weh.« Ich kann Dad ansehen, wie nervös und besorgt er ist.

Aiden schiebt den Rollstuhl an, und zusammen rollen wir langsam los.

»Schneller, schneller!«, kreischt Molly.

»Das ist schnell genug!«, warnt uns Dad. »Schön langsam und gleichmäßig, Aiden!«

»Verstanden!«, erwidert Aiden, obwohl wir kaum von der Stelle kommen. »Ich passe auf!«

Ich winke Mum zu, die am anderen Ende des Platzes steht. Sie unterhält sich mit Miss Hanlon und lächelt, ohne mich zunächst zu bemerken. Als ich endlich ihre Aufmerksamkeit auf mich gelenkt habe, kommt sie plötzlich wie eine Furie über den Rasen auf uns zugestürmt.

»Stopp! Aufhören!«, brüllt sie. »Was macht ihr denn da?«

»Mum! Schon gut«, entgegne ich. »Wir drehen nur gerade eine kleine Runde mit Molly.«

»Komm, Molly.« Mum hebt Molly von meinem Schoß herunter, setzt sie auf dem Boden ab und wirft Dad einen finsteren Blick zu. »Was um alles in der Welt hast du dir bloß dabei gedacht?«, fragt Mum.

Keine Ahnung, wen sie anspricht.

»Gavin, mal im Ernst. Da ist man mal zwei Minuten lang nicht da, und schon …«

»Nichts passiert, Heather«, erwidert Jack, der plötzlich neben Mum auftaucht. »Die drei haben doch nur ein wenig Spaß.«

Mum seufzt und wirkt mit einem Mal weniger hektisch. Jack hat eine beruhigende Wirkung auf sie. Das ist gut. Und Dad wirkt sehr dankbar, dass ihm nicht der Kopf abgerissen wird.

»Höchste Zeit, nach drinnen zu gehen«, kündigt Mum an. »Hier draußen ist es viel zu kalt für dich, Kayla, und Miss Hanlon sagte, dass es gleich Musik und Tanz in der Aula gibt.«

»Ich kann nicht tanzen«, entgegne ich und schäme mich mit einem Mal, weil die Leute rundum uns nach Mums dramatischem Sprint über den Platz anstarren. *Du meine Güte*. Ich wünschte, ich hätte vor meiner Zusage hier auch nur einen Moment lang darüber nachgedacht, wie sehr ich aus der Menge heraussteche.

Es ist schlimm genug, an diesen Rollstuhl gefesselt zu sein; aber meine gesamte Familie um mich zu haben, ist schon ganz schön heftig. Außerdem starren mich alle an, als sei ich eine Fremde und nicht etwa jemand, mit dem sie in den letzten vier Jahren zusammen zur Schule gegangen sind. Mir ist klar, dass ich jetzt anders aussehe. Ich bin spindeldürr geworden, und obwohl ich das neue Kopftuch mag, das Jack mir geschenkt hat, ist es immer noch offensichtlich, dass ich damit nur meine Glatze zu verbergen versuche. Hoffentlich verrät Jack niemandem, dass er mein

Arzt ist. Damit wäre das Maß an Demütigung, mit dem ich augenblicklich klarkomme, deutlich überschritten. Man könnte meinen, ich sei hier mit einem Riesenteam von super engagierten Babysittern angerückt, die peinliche Gespräche mit Lehrern führen und keine Ahnung haben, was sie tun sollen. Ich will einfach nur ein wenig Freiraum. Ich hatte wirklich erwartet, der heutige Tag würde anders sein. Ich hatte ihn mir wie einen ganz normalen Schultag vorgestellt. Aber er ist alles andere als das.

»Kayla, tut mir leid.« Mums Lächeln versiegt. »Ich wollte dich nicht verärgern. Eigentlich wollte ich dir nur sagen, dass es drinnen schön warm ist. Ich möchte nicht, dass du krank wirst.«

»Ich bin schon krank«, entgegne ich trocken.

»Kayla.« Dad spricht meinen Namen aus wie früher, als ich noch ein kleines Mädchen war und etwas Böses getan habe.

Ich verdrehe die Augen. Ich bin stocksauer, dass ich das Offensichtliche nicht ansprechen darf. Dass ich krank bin. *Dass ich sterbe.* Ich bezweifele, dass da ein laues Lüftchen viel Unheil anrichten kann.

»Es ist doch schön hier draußen«, stelle ich fest. Und das ist es. Google spricht von verrückten Temperaturen, weil es zehn Grad wärmer ist als sonst zu dieser Jahreszeit. Ich brauche nicht einmal einen Mantel. Obwohl Mum darauf bestanden hat, dass ich einen mitnehme. Mich überrascht es schon sehr, dass ihr gar nicht aufgefallen ist, dass ich ihn ausgezogen und Aiden gebeten habe, ihn für mich in seinem Spind einzuschließen.

»Kayla, ich habe keine Lust, mich mit dir zu streiten«, entgegnet Mum.

»Okay, gut. Dann geh doch rein, wenn du willst. Ich bleibe hier draußen.«

Dad kneift die Augen zusammen. »Kayla!«, warnt er mich. »Sprich nicht so mit deiner Mutter!«

»Es ist aber nicht kalt!«, blaffe ich. »Welchen Sinn hat es denn, den ganzen langen Weg herzufahren, wenn ich nicht mal mit meinen Freunden abhängen darf? Dann hätte ich auch gleich im Krankenhaus im Bett bleiben können.«

»Kayla, das ist einfach nicht fair!«, protestiert Dad. »Du weißt, dass wir uns nur Sorgen um dich machen!«

»Warum habt ihr mir überhaupt erlaubt herzukommen, wenn ihr euch so verhaltet?«

»Wie denn?«, fragt Dad.

»So übervorsichtig. Das ist total peinlich!«

»Kayla …«, beschwichtigt mich Dad und hockt sich neben mich. »Entschuldige bitte. Du hast vollkommen recht. Heute sollte ein schöner Tag für dich werden, und wir wollen dir das nicht kaputt machen.«

Ich seufze. »In der Aula sind nur Lehrer und Eltern.«

»Das stimmt«, unterstützt mich Aiden. »Meine Mum ist da drinnen. Sie sucht Sie, Heather. Sie sagte irgendwas davon, dass die Muffins neben der Heizung schmelzen.«

»Ich kann bei Kayla bleiben, wenn Sie sich Sorgen machen. Gehen Sie ruhig rein und kümmern Sie sich um die Muffinprobleme.«

Mum schüttelt den Kopf. »Nein. Vielen Dank, Jack, aber …«

»Doch«, sagt Dad, steht auf und legt seine Hand auf Mums Schulter. »Vielleicht sollten wir Kayla ein wenig Freiraum lassen. Ich bin sicher, sie würde gern ein wenig Zeit mit Aiden ohne uns im Schlepptau verbringen. Und wenn Jack bei ihnen ist, ist das für mich in Ordnung.«

Wieder schüttelt Mum den Kopf, dieses Mal jedoch schweigt sie.

»Und nach der ganzen Arbeit, die du letzte Nacht hattest, willst du doch nicht, dass deine Muffins nachher noch ungenießbar sind«, gibt Dad zu bedenken. »Molly liebt den Dreibein-Wettlauf, wir sind also in der Nähe.« Dad deutet auf eine Gruppe jüngerer Schüler, die in Zweiergruppen beisammenstehen und ihre Knöchel mit ausgedienten, schreiend bunten Krawatten zusammenbinden, wie unser Konrektor sie immer trägt.

»Okay. Ja. Okay.« Mum klingt alles andere als sicher, als könne sie es sich jede Sekunde wieder anders überlegen. »Danke, Jack.«

»Na gut. Dann komm mal mit, Molly«, sagt Dad und nimmt Molly an die Hand. »Lass uns ein Spiel spielen, bei dem es darum geht, möglichst nicht hinzufallen.«

Molly kichert vor Begeisterung, als Dad und Charlotte mit ihr weggehen.

Auch Mum kehrt uns den Rücken, geht jedoch geradezu lächerlich langsam, während sie noch einmal einen Blick über die Schulter zurückwirft. »Viel Spaß! Und zieh deinen Mantel an, bevor du krank wirst!«

»Dafür ist es ja wohl ein bisschen zu spät«, scherzt jemand, woraufhin Gelächter ertönt und weitere Witze gemacht werden.

»Hast du was zu sagen, Roisin?«, blafft Aiden, marschiert dorthin, wo Roisin Kelly und ein paar ihrer ätzenden Freunde in der Tür des Naturwissenschaftsgebäudes stehen und versuchen, von den Lehrern nicht beim Rauchen erwischt zu werden. Ich wünschte, ich hätte sie dort früher entdeckt. Wie ätzend, dass sie bei unserem Gespräch in Hörweite waren. Wahrscheinlich amüsieren sie sich köstlich auf meine Kosten.

»Ach, verpiss dich, du Krüppel«, ruft Roisin, woraufhin all ihre Freunde lachen, als sei sie total witzig.

Aiden sieht rot und stürmt auf sie zu.

»Lass es, Aiden! Das ist sie nicht wert!«, brülle ich aus Sorge, dass er in Schwierigkeiten geraten könnte, sollte ein Lehrer ihn sehen.

Weiteres Gelächter ertönt, man zeigt mit dem Finger auf mich. Ich bete inständig, nicht rot zu werden, denn ich habe das Gefühl, dass meine Wangen brennen. Vielleicht wäre ich doch besser mit Mum in die Aula gegangen.

»Krankheiten sind schon eine komische Sache«, stellt Jack fest, der plötzlich dort steht, wo Aiden bis gerade noch gestanden hat. Ich habe nicht einmal mitbekommen, dass sie die Plätze getauscht haben. »Man weiß nie, ob man erkrankt ist.«

»Ich wollte nicht über sie herziehen«, stottert Roisin, und ihr Gesicht wird schlagartig so rot, wie sich meines anfühlt.

»Doch, genau das wolltest du«, widerspricht ihr Jack. »Aber das ist schon okay. Du kannst eben nicht anders, als dich wie ein Arschloch zu verhalten, genauso, wie Kayla nichts dagegen tun kann, dass es ihr schlecht geht. Bye!«

»Ach, fick dich!«, ruft eine von Roisins Freundinnen, bevor sie alle in Gelächter ausbrechen.

»Ist die immer so?«, fragt Jack, nachdem er zu Kayla und Aiden zurückgekehrt ist.

»Yep«, erwidern Aiden und ich unisono.

»Wow. Da müssen ihre Eltern ja richtig stolz sein«, stellt Jack kopfschüttelnd fest. »Kinder gibt's …«

Aiden und ich antworten nicht. Dazu gibt es einfach nichts zu sagen. Roisin Kelly ist der Typ Mensch, der dir Kaugummi ins Haar klebt, wenn du gesund bist, und dich damit aufzieht, dass du im Rollstuhl sitzt, wenn du krank bist. Wahrscheinlich ist eher *sie* diejenige, die richtig krank ist.

»Na gut.« Jack grinst und reibt sich die Hände. »Wer hat Lust auf eine Runde Basketball?«

»Im Ernst?« Ich lache. »Können wir spielen?«

»Ja klar«, nickt Jack. »Ich wüsste nicht, was dagegenspricht. Wenn du meinst, du kannst den Korb vom Rollstuhl aus machen, dann wirf.«

»Das kann ich.« Zuversichtlich und voller Aufregung lächele ich.

»Ich sollte dich warnen. Über die Jahre hinweg bin ich ziemlich gut geworden«, erklärt Jack.

»Ja, aber jetzt sind Sie alt«, gluckst Aiden. »Und Kayla ist schließlich immer noch die Mannschaftskapitänin.«

Nach Aidens Worten flattern mir Schmetterlinge im Bauch. »Man hat mich nicht ersetzt?«

»Bitte?«, ruft Aiden entsetzt. »Nein! Natürlich nicht, du Vogel. Jemand übernimmt bei Spielen deine Position auf dem Basketballfeld. Aber du bist nach wie vor die Mannschaftskapitänin, Kayla. Alle wissen das. Und das will auch niemand ändern.«

48.

Charlotte

Molly ist voll und ganz in ihrem Element, weil sie bei den älteren Kindern im Mittelpunkt steht.

»Oh, sie ist ja so süß!«, schwärmt ein hochgewachsenes Mädchen, das uns hinter der Seitenlinie beim Dreibeinrennen entdeckt. Gavin musste einen geschäftlichen Anruf annehmen und hat sich daher ein ruhiges Plätzchen zum Telefonieren gesucht. Daher stehen jetzt Molly und ich allein hier, und ich muss zugeben, dass ich mich ein wenig unsicher fühle, weil wir hier eigentlich nicht hergehören.

»Das ist die kleine Schwester von Kayla Prendergast Doran«, fügt ein viel kleineres Mädchen hinzu.

Beide scheinen ungefähr in Kaylas Alter zu sein.

»Möchtest du den Wettlauf mitmachen?«, fragen sie gemeinsam, woraufhin Molly lächelnd nickt und den beiden die Hand gibt.

»Geht das in Ordnung?«, fragt mich das eine Mädchen.

»Klar«, erwidere ich. »Ich bin ja hier und passe auf.«

»Wie heißt du denn?«, fragt das andere Mädchen und beugt sich zu Molly hinunter.

»Ich bin Molly.«

»Wir sind Freundinnen von Kayla«, höre ich sie erzählen, als die drei gemeinsam zur Startlinie gehen und eine Frau, vermutlich eine Lehrerin, Molly einen silbernen Dessertlöffel und eine Kartoffel aushändigt.

Die Kinder nehmen ihre Plätze entlang der Startlinie ein. Einige von ihnen sind sehr groß und wirken schon recht erwachsen. Zwischen ihnen wirkt die kleine Molly geradezu verloren. Auf einmal mache ich mir Sorgen, dass die Großen in ihrem Enthusiasmus, das Rennen zu gewinnen, Molly umrennen könnten. Ich gehe ein Stück weiter, um eine bessere Sicht zu haben.

»Drei … zwei … eins … los!«, ruft die Lehrerin, und alle laufen sehr langsam los.

Etliche Kartoffeln fallen zu Boden, schlaksige Teenager heben sie wieder auf und rennen zur Startlinie zurück. Kaylas Freundinnen laufen links und rechts von Molly und schirmen sie vor den anderen ab. Mollys Kartoffel wackelt zwar, kullert aber nicht vom Löffel, und sie zieht an vielen vorbei, während übereifrige Läufer ihre Kartoffeln verlieren und immer wieder neu anfangen müssen.

»Super, Molly! Weiter so! Tolles Mädchen! Tolles Mädchen!«, schreie ich, als Molly sich der Ziellinie nähert. »Juchhu! Juchhu!«, jubele ich, als sie als Erste durchs Ziel läuft.

Molly gibt den Löffel und die Kartoffel der Lehrerin zurück, reißt die Arme in die Höhe und kommt breit grinsend zu mir gelaufen. »Ich habe gewonnen! Ich habe gewonnen!«

»Ja, das hast du! Super, du Heldin!«

»Habe ich etwas gewonnen?«

Ich will Molly gerade erklären, dass die Genugtuung des Sieges eigentlich als Preis ausreichen sollte, als die beiden Mädchen zu Molly gelaufen kommen.

»Vergiss deine Medaille nicht!«, sagen sie.

Vor lauter Begeisterung hüpft Molly auf der Stelle auf und ab. »Ich bekomme doch einen Preis!«, ruft sie.

Eines der Mädchen legt Molly eine Plastikmedaille mit einem leuchtend pink-gelben Band vom Ein-Euro-Shop um den Hals.

»Danke«, sage ich.

»Sie sind Charlotte, stimmt's?«, fragt eines der beiden Mädchen.

»Ähm, ja«, erwidere ich und frage mich, ob Molly ihnen meinen Namen verraten hat.

»Sie sind Kaylas Stiefmutter, ja?«

Ich zucke zusammen und weiß nicht, was ich sagen soll. Weder Kayla noch Gavin bezeichnen mich als Kaylas Stiefmutter. Und ich könnte mir vorstellen, dass Heather sich lieber die Zunge herausschneiden würde, als diese Bezeichnung für mich zu verwenden. Aber als Gavins Ehefrau bin ich das dann wohl. Und die Anerkennung, dass diese beiden netten Kinder mich auf diese Art und Weise sehen, bereitet mir Freude.

»Ja. Ja, das bin ich«, erwidere ich stolz und erkenne den Titel an.

»Ich bin Sarah. Und das hier ist Amy«, stellt sich das größere Mädchen vor und deutet zunächst auf sich, anschließend auf ihre Freundin. »Wir haben Ihre Crowdfunding-Seite im Internet gesehen.«

»Oh«, sage ich und wundere mich, ob das wohl unter allen Kindern besprochen worden ist. Und ich frage mich, ob die Lehrer auch Bescheid wissen. Plötzlich wird mir siedend heiß bewusst, dass sich Heather gerade in der Aula befindet, in der sich unzählige tratschende Eltern und Lehrer aufhalten.

»Wissen Sie, dass heute Morgen im Radio darüber berichtet wurde?«, fragt Sarah.

Ich schüttele den Kopf und weiß gar nicht, was ich denken oder fühlen soll.

»Sie lebt doch in Dublin«, entgegnet Amy in Sarahs Richtung und deutet auf mich. »Radio Cork kann man da oben bei Ihnen gar nicht empfangen, oder?«

»Nein«, schüttele ich den Kopf und bin heilfroh, dass Heather nichts davon gehört hat.

Sarah nickt. »Ah ja, das klingt logisch. Jedenfalls haben die Radiomoderatoren in der Frühstückssendung heute Morgen darüber gesprochen. Darüber, dass Kayla ein Mädchen aus Cork ist, und wie toll die Idee ist. Danach haben unheimlich viele Leute angerufen und gesagt, dass sie für sie spenden wollen.«

»Tatsächlich? Die Leute spenden für Kayla?«, frage ich.

»Ja, klar! Total viele Leute!«, berichtet Sarah und hüpft praktisch auf der Stelle, wie Molly es tut, sobald sie aufgeregt ist. »Dazu gibt es auf Twitter sogar einen Hashtag: *#HilfKaylasKuchen*.«

»Der lautet nur *#KaylasKuchen*«, berichtigt Amy sie.

»Okay, kann sein. Die Leute stehen jedenfalls auf so was. Ich finde das auch total cool. Sie haben da etwas ganz Tolles gemacht. Kayla muss echt begeistert sein.«

»Und ihre Mum bestimmt sehr glücklich«, fügt Amy hinzu, die ein wenig gelassener ist als ihre Freundin. »Die Idee mit der Bäckerei ist *wunderschön*! Ich kenne Heather, seit ich klein bin. Sie backt wirklich die besten Kuchen. Es wäre so cool, wenn sie ihre eigene Bäckerei hätte. Ich wäre Stammkundin dort.«

»Die Aktion geht total viral«, fügt Sarah hinzu. »Kayla ist fast schon berühmt.«

Ich krame mein Handy aus der Tasche und logge mich in die App ein. »Oh mein Gott. Oh mein Gott!«, stammele ich, als mein Blick auf die Spenden fällt, die zu Hunderten seit dem Morgen eingegangen sind.

»Sehen Sie? Das habe ich Ihnen doch gesagt«, stellt Sarah fest. »Und es wird immer mehr.«

»Das ist unfassbar!« Ich kann kaum meinen Augen trauen. »Die Leute sind derart großzügig! Kayla wird es nicht fassen können.«

»Sie ist mit Aiden und diesem älteren, aber ziemlich heißen Typen auf dem Basketballfeld«, erklärt Amy. »Also, falls Sie es ihr sagen wollen.«

Ich bin genauso alt wie Jack und versuche wirklich, es mir nicht zu Herzen zu nehmen, dass Kaylas Freunde jeden Mittdreißiger offensichtlich für steinalt halten.

»Können wir mitkommen, um es ihr zu sagen?«, bittet Amy, die jetzt genauso nervös und begeistert ist wie ihre Freundin.

Ich wünschte wirklich, sie hätten nicht gefragt. Keine Ahnung, was Kayla dazu sagen wird, wenn sie erfährt, dass ihre Geschichte überall im Internet und Radio kursiert. Doch die beiden waren so nett, daher kann ich ihnen diese Bitte wohl kaum abschlagen und sie stattdessen freundlich auffordern zu gehen.

»Klar«, lächele ich. »Kayla freut sich bestimmt, euch beide zu sehen.«

49.

Heather

Ich stehe in der Schulaula und plaudere mit Lehrern, mit denen ich noch nie im Leben gesprochen habe, sowie mit Eltern, die ich kaum kenne, während ich die letzten Brownies aus der großen Tupperdose räume, die ich mir von Charlotte ausgeliehen habe. Die Muffins lege ich auf Papptellern auf den Tischen aus. Die Schule hat sich wirklich viel Mühe gegeben. Überall liegen mit Spitze versehene Tischdecken mit Blümchenmuster auf den Tischen. Diese passen zwar überhaupt nicht zueinander und sind schreiend bunt, aber sie stellen eine große Verbesserung der nackten Schreibpulte dar, die hier heute ein zweites Leben als Präsentationstische führen. Alles ist mit Luftballons und Bannern geschmückt, Musik spielt im Hintergrund. Bunte Kunstwerke hängen an den Wänden, dazwischen Bilder von Läufern, Pokalen und Medaillen, die über die Backsteinmauern verteilt sind und wie eine bunte Regenbogencollage wirken.

»Da sind Sie ja!«, sagt Miss Hanlon, und ich fahre zusammen, als sie plötzlich hinter mir auftaucht. Sie lacht. »Ups. Habe ich Sie erschreckt?«

Ich werde rot.

»Ist Kayla heute auch hier?«, fragt sie und verrenkt sich beinahe den Hals, als sie sich suchend umschaut.

»Ja, irgendwo hier muss sie sein«, erwidere ich. »Aber eher draußen, denke ich.«

»Oh, okay.« Miss Hanlon klingt überrascht. Meine Bedenken, dass es eine dumme Idee ist, Kayla draußen spielen zu lassen, werden durch ihre Reaktion bestätigt.

»So, wie ich Kayla kenne, wird sie zweifellos den Weg zum Basketballfeld gefunden haben«, fügt Miss Hanlon hinzu. »Wir hoffen sehr, innerhalb der nächsten Minuten mit der Preisverleihung beginnen zu können. Wären Sie so lieb, hinauszugehen und sie zu holen?«

»Die Preisverleihung …«, wiederhole ich verdutzt.

»Wir haben etwas ganz Besonderes für Sie beide. Und in der Aula wird es unbequem voll, wenn alle Kinder und Eltern hier hereinströmen. Es wäre gut, wenn Kayla zuerst hier wäre und schon sitzt, damit es nicht zu turbulent für sie wird.«

Oh Gott, denke ich, und schlagartig fühle ich mich unwohl. Mit so viel Aufhebens hätte ich gar nicht gerechnet. Das ist mir alles ein wenig unangenehm. Ich hoffe, sie haben nicht etwa irgendein Geschenk gekauft. Besonders nicht, wenn sie das Geld dafür vom Elternverein genommen haben. Das würde ich insbesondere von den Müttern noch lange zu hören bekommen, die sich über alles und jeden beschweren, aber nie auch nur eine Hand rühren, um bei den Spendensammlungen zu helfen.

»Du meine Güte, die sehen ja wunderbar aus«, sagt eine

Mutter und durchquert die Aula, um auf meine Brownies zu zeigen. »Ich wusste gar nicht, dass wir backen sollten. Dann hätte ich doch meinen berühmten Red Velvet Cake mitgebracht!«

»Nicht nötig, Mrs Kelly«, erwidert Miss Hanlon. »Vielen Dank, aber Heather hat sich heute um all unsere Backwaren gekümmert.«

»Ich muss zugeben, dass sie köstlich aussehen.«

»Vielen Dank«, erwidere ich, bezweifele aufgrund ihres patzigen Tonfalls allerdings, dass das Kompliment ehrlich gemeint war.

»Kann ich bitte einen haben?« Sie nimmt sich einen Brownie, ohne auf eine Antwort zu warten.

»Natürlich«, antwortet Miss Hanlon. »Die Brownies kosten zwei Euro pro Stück.«

»Die muss man kaufen?«

»Na ja, natürlich.« Miss Hanlon neigt den Kopf zur Seite und beäugt die Frau empört. »Das ist der Sinn einer Benefizveranstaltung.«

»Wir haben doch heute Morgen schon zwei Euro bezahlt, damit die Kinder keine Uniformen tragen müssen. Jetzt sollen die Kinder auch noch bezahlen, um etwas zu essen zu bekommen?«

»Sie müssen ja nichts essen. Nur, wenn sie wollen – alle Kuchen und Leckereien kosten zwei Euro pro Stück. Und wie ich schon sagte, Mrs Kelly, ist das Geld für einen wohltätigen Zweck bestimmt.«

»Diese Schule wird immer teurer. Du meine Güte!« Sie legt den Brownie, den sie widerlich nah an ihre Lippen gehalten hat, wieder auf die Platte zurück und stolziert davon.

Miss Hanlon verdreht die Augen. »Tut mir leid«, sagt sie. »Eine beschwert sich immer, nicht wahr?«

»Ich wusste gar nicht, dass wir alles verkaufen«, entgegne ich, nehme den Brownie, den die unhöfliche Frau mindestens angeatmet hat, und werfe ihn in den Mülleimer, der neben mir steht.

»Das wussten Sie nicht?«, hakt Miss Hanlon nach.

Ich verziehe das Gesicht. »Es macht mir nichts aus. Eigentlich ist es ja eine tolle Idee. Es war mir nur einfach nicht bewusst. Wenn ich geahnt hätte, dass die Schule versucht, Spendengelder zu sammeln, hätte ich noch mehr gebacken.«

»Was Sie hier gezaubert haben, ist fantastisch. Sie haben gerade so viel um die Ohren, Heather – ich weiß gar nicht, wie Sie die Zeit zum Backen gefunden haben. Und es duftet alles ausgesprochen köstlich! Mir läuft das Wasser im Munde zusammen.«

»Möchten Sie einen Muffin?«, frage ich.

Miss Hanlon steckt die Hand in ihre Hosentasche. »Ich habe kein Kleingeld, tut mir leid. Mein Portemonnaie ist im Lehrerzimmer.«

»Ich werde nichts verraten.«

»Ich glaube, meine schuldbewusste Miene würde mich verraten. Ich kaufe mir gleich einen Muffin, wenn ich mein Geld geholt habe. Aber vielen Dank, Heather.«

»Hey, Mum!« Kaylas Stimme hallt durch die Luft und tippt mir förmlich auf die Schulter. »Ich habe sechs Körbe geworfen! Jack hat nur fünf geschafft, dabei kann er laufen und springen!«

»Du hast Basketball gespielt?«, frage ich, als Jack und Kayla in Sichtweite geraten. Kayla wirkt erschöpft, und obwohl ich mir unweigerlich Sorgen mache, versuche ich, diese zu überspielen. Jack ist knallrot im Gesicht, lächelt aber, während Aidens Stirn entlang des Haaransatzes mit Schweißperlen gesäumt ist und sein Gesicht noch dunkelroter leuchtet als Kaylas Kapuzenshirt. »War es ein schönes Spiel?«, frage ich, schlage einen anderen Kurs ein und versuche, stattdessen fröhlich zu klingen.

»Es war super! Obwohl Jack im College Basketball gespielt hat, ist er inzwischen ziemlich eingerostet.«

»He!« Jack bemüht sich, beleidigt zu klingen, doch sein breites Grinsen und der freundliche Blick widersprechen ihm.

Miss Hanlon legt mir ihre Hand auf die Schulter. »Heather, wären Sie so freundlich, sich dort drüben hinzusetzen? Ich habe die erste Reihe für Ihre Familie reserviert. Es fehlt zwar ein Stuhl für Ihren Partner, aber ich schicke einen Schüler los, um einen Stuhl für Sie zu besorgen. Dauert nicht lange.«

Ich werde rot und schaue zu Boden. Ich spüre Jacks Blick auf mir und wüsste nur allzu gern, was er zu Miss Hanlons Annahme sagt, dass wir ein Paar sind. Weder korrigiere ich sie, noch tut er es, und ich frage mich, ob das so ist, weil wir beide aufgrund der Situation peinlich berührt sind oder weil wir beide ihren Irrtum insgeheim genießen.

»Hier entlang, bitte. Hier entlang«, weist sie uns den

Weg in die erste Reihe. Dann schnappt sie sich einen älteren Schüler, der gerade vorbeikommt, und schickt ihn mit der Bitte los, einen weiteren Stuhl zu holen.

»Wo sind Dad, Molly und Charlotte?«, fragt Kayla.

»Hier! Wir sind hier«, erwidert Gavin, der plötzlich hinter uns auftaucht.

Nach und nach wird es in der Aula immer lauter, als die Leute hereinströmen und hinter uns Platz nehmen. Kayla bleibt in ihrem Rollstuhl sitzen; Jack schiebt sie geschickt ans Ende der Reihe, sodass es aussieht, als säße sie einfach neben uns allen. Ich setze mich neben Kayla, neben mir nimmt Jack Platz, was mich einerseits verlegen stimmt, mir andererseits aber sehr gefällt. Ich hoffe nur, meine Gefühle stehen mir nicht allzu offen ins Gesicht geschrieben.

Gavin sitzt neben Jack und balanciert Molly auf seinem Schoß. Sie streichelt eine glänzende Plastikmedaille und zeigt sie stolz jedem, der in der Nähe sitzt.

Charlotte fehlt, und es dauert einen Moment, bis ich merke, dass sie sich auf der anderen Seite des Rollstuhls hingehockt hat. Die beiden flüstern und kichern, die Hände gestikulieren wild, Aufregung pur. Worüber um alles in der Welt sprechen die beiden? So fröhlich habe ich Kayla schon seit Wochen nicht mehr gesehen. Aiden beteiligt sich an ihrem Gespräch, und zwei Mädchen aus Kaylas Klasse beugen sich zu ihr hinunter, um Kayla etwas auf dem Handy zu zeigen. Beide nicken energisch, als sie auf die Displays deuten.

Meine brennende Neugier, worüber sie da wohl sprechen, wandelt sich schnell in Sorge, als Kayla plötzlich überfordert wirkt und emotional wird. Der Lärm in der Aula ist ohrenbetäubend, während die schwatzende Menge hinter uns immer größer wird.

»Jack. Jack!«, flüstere ich und tippe ihm sanft auf den Arm.

»Hmmm?« Er dreht sich zu mir um.

»Ist mit Kayla alles in Ordnung? Glauben Sie, ihr geht es gut?«

Jack beugt sich vor, um Kayla und die kleine Menschengruppe um sie herum sehen zu können. Danach lehnt er sich lächelnd zurück. »Sie sieht gut aus. Glücklich. Der heutige Tag tut ihr offenbar gut.«

»Ja«, nicke ich unsicher. Irgendetwas ist auf jeden Fall im Busch, und ich hoffe, dass es ihr tatsächlich so gut geht, wie sie vorgibt.

»Ladys und Gentlemen, herzlich willkommen zu diesem ganz besonderen Sporttag!«, hallt eine Stimme aus den Lautsprechern. Stille legt sich über die Aula, als die Schuldirektorin die Bühne betritt.

50.

Kayla

Miss Hanlon starrt mich an und lächelt. So aufgeregt habe ich sie nicht mehr gesehen, seit wir im letzten Jahr neue Basketballkörbe und Netze für die Sporthalle bekommen haben.

Mrs Maloney, die Schuldirektorin, plaudert ins Mikro und berichtet endlos über den Anbau, den die Schule nächstes Jahr in Angriff nimmt. »Der Bauantrag ist gerade bei der Verwaltung eingereicht worden«, verkündet sie. Jeder klatscht, als seien dies wunderbare Nachrichten. Das sind sie wahrscheinlich auch. »Wenn alles nach Plan verläuft, verfügen wir hoffentlich in zwei Jahren über eine neue, größere Sporthalle sowie fünf neue Klassenzimmer.«

Mehr Applaus ertönt, während sich in meinem Magen alles zusammenzieht und mir klar wird, dass ich das neue Gebäude niemals sehen werde. Bis dahin werde ich längst tot sein. *Ein seltsames Gefühl.*

Als ich gerade innerlich abschalten will, weil ich Mrs Maloneys Geschwafel nicht mehr ertragen kann, höre ich meinen Namen und schrecke auf.

»Vielleicht könnten Sie zu uns auf die Bühne kommen, Kayla?«, schlägt Mrs Maloney vor und deutet auf mich.

Ich schüttele den Kopf. *Oh Gott. Oh Gott!* Ich spüre jedes Augenpaar, das auf mich gerichtet ist – Schülerinnen, Schüler, Eltern, sie alle folgen dem Fingerzeig der Schuldirektorin, um zu sehen, wo ich sitze.

»Kay-la! Kay-la! Kay-la!«, gehen die Rufe los.

Wieder schüttele ich den Kopf. »Nein, nein, nein«, protestiere ich, aber niemand hört mich.

Die anderen Schüler stampfen nun mit den Füßen im Takt zu den Silben meines Namens, während sie ihn rufen. »Kay-la! Kay-la!«

Oh Gott, das ist schrecklich. Niemand hat mich vorgewarnt, dass ich auf die Bühne muss. Ich reiße die Augen auf. *Verdammt, Mrs Maloney erwartet doch nicht etwa, dass ich das Wort ergreife? Was sollte ich denn überhaupt sagen?*

»Komm schon, Kayla. Sei nicht so schüchtern!«, ruft Mrs Maloney ins Mikro, sodass es sich eher so anfühlt, als spreche sie zu allen Anwesenden und nicht nur zu mir.

Ich bin kurz davor, durchzudrehen. Mum wirft mir einen Blick zu; ihr superbesorgter Blick entgeht mir dabei nicht. Jede Wette, dass auch sie das für eine beschissene Idee hält. Früher bin ich oft für Preisverleihungen auf der Bühne gewesen. Aber stets mit meinen Mannschaftskollegen. Ich war noch nie allein dort oben. Das fühlt sich schrecklich unangenehm und aufgezwungen an.

Miss Hanlon verschwindet hinter dem Bühnenvorhang und steht innerhalb von Sekunden neben mir.

»Kannst du stehen?«, fragt sie mich.

Mum schüttelt den Kopf. Antwortet für mich. *Gott sei Dank.*

»Leider gibt es keine Rampe«, erklärt Miss Hanlon, wobei ich mir ziemlich sicher bin, dass sie es nicht zu mir, sondern zu Mum sagt.

»Wo ist die Treppe?«, fragt Mum.

Miss Hanlon deutet auf die Bühnentür. »Auf der anderen Seite der Tür befinden sich etwa vier Stufen. Die sind allerdings nicht steil.«

»Kay-la! Kay-la! Kay-la!« Die Rufe werden immer lauter. Mir kommt es vor, als würde das Dach vibrieren.

Mein Blick wandert zu Molly, die auf Dads Schoß sitzt. Ich sorge mich, ob sie sich wohl vor dem ganzen Lärm fürchtet, und muss beinahe laut auflachen, als ich sehe, wie sie sich beim Anfeuern die Seele aus dem Leib brüllt und jede Sekunde zu genießen scheint. Dads Miene ist zum Schreien komisch, da sie derart heftig auf seinen Knien auf und ab hüpft.

»Ich kann dich hochtragen«, bietet Aiden an und lehnt sich von seinem Platz hinter mir nach vorn.

»Oh, Scheiße«, fluche ich – zu Tode erschrocken, da ich nicht wusste, wohin er verschwunden war, als Mrs Maloney die Bühne betreten hat.

»Kayla! Bitte gewöhne dir eine andere Sprache an!«, zischt Mum. »Entschuldigung, Miss Hanlon.«

»Tut mir leid, Miss«, wiederhole ich. »Aber mal im Ernst. Auf keinen Fall. Aiden, im Leben nicht.«

»Dann könntest du dich aber wenigstens auf mich stützen«, schlägt Aiden vor.

»Oh, Aiden, ich weiß nicht. Stufen sind für Kayla momentan ziemlich schwierig«, gibt Mum zu bedenken.

Ich schaue zu Dr. Patterson hinüber. Er nickt und lächelt mir zu. Und obwohl ich mir vor Angst fast in die Hose mache, weiß ich, dass ich das schaffe. Ich werde es bereuen, wenn ich es nicht mache. Die Schule hat sich so lieb verhalten und mitten im November nur für mich einen Sporttag organisiert. Da sollte ich wohl besser auf die Bühne gehen und mich wenigstens dafür bedanken.

»Los, geh schon«, flüstert mir Dr. Patterson zu. Ich erwidere sein Lächeln.

»Kayla, die Entscheidung liegt bei dir«, fügt Miss Hanlon hinzu. »Aber keinen Druck. Wenn du dich damit nicht wohlfühlst, dann ...«

Ich lausche dem Lärm und der Begeisterung in der Aula, die mir im Ohr klingen. »Keinen Druck«, wiederhole ich und verziehe das Gesicht.

»Na ja ...« Miss Hanlon lacht.

»Na gut. Los geht's«, sage ich, stehe auf und weiß nicht recht, was ich mir dabei bloß gedacht habe. »Lass uns gehen.«

Mum schaut zu, als Aiden leicht in die Knie geht, damit ich meinen Arm um seine Schultern legen kann. Miss Hanlon stützt mich auf der anderen Seite.

»Geh es langsam an«, warnt mich Mum. »Schön langsam, ja?«

»Okay«, nicke ich, setze einen Fuß vor den anderen und bin erleichtert, dass es längst nicht so wehtut, wie ich es erwartet hätte.

Die Stufen dagegen sind deutlich unangenehmer als angenommen. Schon bei der zweiten Stufe denke ich ernsthaft darüber nach, Aidens Angebot, mich zu tragen, doch noch anzunehmen. Aber ich gebe nicht auf – fest entschlossen gehe ich weiter und komme mir wie ein Champion vor, als wir die Bühne endlich erreichen. Wenn auch wie ein erschöpfter Champion, um ehrlich zu sein.

»Und jetzt ist sie hier«, verkündet Mrs Maloney.

Tosender Applaus und Beifallsrufe ertönen, als Aiden, Miss Hanlon und ich uns bis zur Mitte der Bühne weiterkämpfen, um dort neben der Schuldirektorin zu stehen.

Miss Hanlon lässt mich los und schnappt sich einen Stuhl, der an der Seite der Bühne steht. Aiden hilft mir, mich daraufzusetzen, und es fühlt sich superkomisch an, dazusitzen, während ich ein Riesenpublikum anstarre, das seinerseits dasitzt und mich anstarrt.

Aiden dreht sich um, um wegzugehen, doch ich zupfe an seinem Ärmel – gerade noch rechtzeitig, bevor er fort ist.

»Lass mich nicht allein«, flüstere ich.

»Das ist dein Moment«, sagt er leise.

»Bitte«, flehe ich. »Ich brauche dich.«

»Okay.«

Aiden steht neben mir. Sein Gesicht ist so rot, als hätte er gerade ein langes, anstrengendes Basketballspiel hinter sich. Ich hoffe echt, jemand macht ein Foto von uns, damit ich ihn damit später bei Snapchat ärgern kann. Miss Hanlon steht immer noch neben mir; gelegentlich drückt sie mir sanft die Schulter.

»Ladys und Gentlemen, liebe Schülerinnen und Schüler, es ist mir eine große Freude, Ihnen allen mitzuteilen, dass die heutige Spendensammlung ein voller Erfolg war. Vielen Dank für Ihre freundliche Unterstützung!«, verkündet Mrs Maloney.

Noch lauterer Applaus ertönt.

»Miss Hanlon, wären Sie bitte so freundlich und reichen mir den Umschlag mit dem Spendenergebnis?«

Miss Hanlon huscht zum Bühnenrand, holt einen weißen Umschlag und eilt zu Mrs Maloney zurück, um ihr den Umschlag wie bei den Oscar-Verleihungen zu reichen. Nur habe ich noch nie einen Redner im Trainingsanzug bei den Oscars gesehen. Oder einen Redner, der eine Trillerpfeife um den Hals baumeln hat. Bei dieser Vorstellung muss ich mir wirklich ein Lachen verkneifen.

»Vielen Dank«, sagt Mrs Maloney und öffnet sehr, sehr langsam den Umschlag. »Und die heutige Spendensumme beträgt … unglaubliche zweitausend Euro!«

»Wow«, staune ich und bin wirklich von den Socken. »Das ist total klasse!«

»Kayla!« Mrs Maloney dreht sich zu mir um, und obwohl das Mikrofon weiterhin alles überträgt, was sie sagt, spricht sie jetzt eigentlich nur zu mir. »Wir sind so unfassbar stolz auf dich. Ich, die Konrektorin, deine Lehrer und alle Mitschüler – wir alle finden es ganz wunderbar, was du für deine Mutter tust. Daher bin ich sehr froh, dir mitteilen zu können, dass die gesamte Spendensumme der heutigen Benefizveranstaltung an das Kaylas Kuchen-Crowdfunding gespendet wird.«

Ich keuche. Ich dachte, das Geld sei für wohltätige Zwecke gedacht gewesen. Ich schaue zu Mum hinüber. Sie schüttelt ungläubig den Kopf. *Oh Gott. Oh Gott!* So sollte sie es nicht erfahren. Mein Blick schweift zu Charlotte. Auch sie wirkt panisch. *Nicht weiterreden, Mrs Maloney. Bitte, bitte, bitte!*

Auf der Bühne hinter mir ertönt Geflüster, gefolgt von quietschenden Wagenrädern. Als ich einen Blick über die Schulter werfe, entdecke ich hinter mir Roisin Kelly und eine ihrer Freundinnen, die kichern. Ich habe gar nicht gemerkt, dass sie auf die Bühne gekommen sind.

»Vielen Dank, Mädels«, bedankt sich Mrs Maloney. »Ihr dürft euch wieder setzen.«

Ich mustere den Wagen, den sie auf die Bühne geschoben haben. Auf ihm steht der Schulprojektor. Mrs O'Hagan ist zum hinteren Teil der Bühne gegangen, um dort eine weiße Leinwand herunterzuziehen, auf die etwas projiziert werden kann. Ich habe keinen blassen Schimmer, was hier vor sich geht; Angstblasen zerplatzen in meinem Bauch. Mein Blick schießt zu Aiden und fleht ihn an, mich ins Bild zu setzen, doch er zuckt nur mit den Schultern, da auch er vollkommen ahnungslos ist.

»So, jetzt muss ich nur auf diese Taste hier drücken … Ähm, nein, auf diese hier.« Mrs Maloney fummelt am Projektor herum, und innerhalb eines Augenblicks erscheint das Schulwappen auf der Leinwand. »Ah, na bitte, geht doch«, ruft sie aufgeregt.

Ich suche die Bühne nach Miss Hanlon ab, und als ich sie gefunden habe, hält sie meinen Blick, nickt und lächelt, als wolle sie sagen: »Das ist schrecklich toll, nicht wahr?«

Das ist nicht toll, das ist schrecklich! Ich muss von dieser Bühne runter und mit Mum reden. Ich muss ihr alles erklären.

»Kayla, vielleicht möchten Sie uns mit Ihren eigenen Worten etwas über Ihr wunderbares Crowdfunding-Projekt erzählen?«

Ungläubig schüttele ich den Kopf, und meine Augen werden ganz glasig, als das Schulwappen von der Leinwand verschwindet und stattdessen ein Screenshot von meiner Crowdfunding-Seite in schreiend bunten Farben auftaucht, die mitten auf die Zwölf gehen. So vergrößert, dass es verdammt groß ist.

Mein Name ist Kayla Prendergast Doran.

Ich bin fünfzehn Jahre alt und habe einen T4-Weichgewebstumor. Die Ärzte bezeichnen es als Ewing-Sarkom, ich bezeichne es als Scheiße!

Das hier ist keine Crowdfunding-Seite, die euch um Geld bittet, damit ich mir eine teure Therapie leisten kann. Über den Punkt bin ich hinaus. Das ist aber auch keine Seite, auf der ich um Mitleid bitte. Weder will ich eine Reise nach Disneyworld, noch ein Treffen mit meinem Lieblingsstar – obwohl – Zac Efron, wenn du das hier siehst: Du bist herzlich eingeladen, bei mir im Krankenhaus vorbeizukommen.

Mehr als alles andere auf der Welt wünsche ich mir, gesund zu werden, aber das wird nicht passieren.

Mir bleibt nur noch zu versuchen, dass es meiner Mum gut geht – und dazu brauche ich eure HILFE!!!
Als ich krank geworden bin, hat meine Mum ihren Job aufgegeben, um sich um mich zu kümmern. Sie verdient ihr Geld jetzt damit, Kuchen für die Cafeteria des Krankenhauses zu backen. Es wäre richtig, richtig toll, wenn sie Geld damit verdienen würde, Kuchen in ihrem eigenen Laden zu backen.
Bitte, bitte spendet, so viel ihr könnt, damit meine Mum ihre eigene Bäckerei eröffnen kann. Ich wünsche mir nichts mehr, als dass es meiner Mum gut geht, wenn ich gestorben bin.
Vielen Dank!
Liebe Grüße
Kayla

Ich schaue zu, wie sich alle Augen der gesamten Schulgemeinschaft auf meinen Text richten und ihn lesen. Charlotte, Aiden und ich haben eine Ewigkeit daran getüftelt, die richtige Worte zu finden. Mir ist klar, dass wir den Text ins Internet gesetzt haben, damit die ganze Welt ihn sieht, aber ich habe mir dabei immer vorgestellt, dass die Leute, die ihn lesen, meilenweit entfernt sind. Ein wenig so, als würde das Internet nur von Fremden gelesen und nicht von Nachbarn, Freundinnen und Klassenkameraden. Und definitiv nicht von meiner Mum. In der Aula wird gekeucht, ich erblicke schockierte Mienen, als allen klar wird, wie hart es für meine Mum und mich in der vergangenen Zeit gewesen sein muss.

Zuerst flüstern Eltern miteinander, danach kommen die Schüler dazu. Ich entdecke sogar einige Lehrer, die entlang der Aulawände stehen und miteinander tuscheln. Du meine Güte. Wie konnte Mrs Maloney das hier bloß für eine gute Idee halten?

»Kayla. Kayla!« Mrs Maloney tippt mir auf die Schulter. Sie ist so begeistert – so kenne ich sie gar nicht. Ich weiß auch gar nicht, wie ich reagieren soll. Mrs Maloneys Enthusiasmus und mein Schock führen dazu, dass mir schwindelig wird.

»Ich habe nichts hinzuzufügen«, stottere ich mühsam. Das Mikrofon nimmt meine Stimme auf und überträgt sie in die ganze Aula.

»Pssst! Pssst! Pssst!«, ermahnen sich die Leute gegenseitig, als wäre ich dieser Typ im Kilt aus *Braveheart*, der seine wichtige, zornige Rede an seine Armee richtet, bevor er sie in den Krieg führt. Ich bin keine Anführerin. Ich schaffe es ja nicht mal, den Krebs zu besiegen.

Zitternd schaue ich Mrs Maloney an.

»Okay, okay«, beschwichtigt sie, und ihre Begeisterung scheint ein wenig unter Kontrolle zu sein, sodass sie wieder mehr wie die Schuldirektorin wirkt, die ich kenne. Sie dreht sich vom Mikrofon weg und beugt sich zu mir herunter, um mir ins Ohr zu flüstern. »Wenn du lieber nichts sagen möchtest, Kayla, kann ich das gut verstehen. Ich kann mir vorstellen, dass das alles ziemlich viel ist. Und du bist so tapfer!«

Erleichtert seufze ich und lasse meinen Blick zu Aiden und Miss Hanlon wandern, damit sie mir helfen, von der

Bühne herunterzukommen. Doch Miss Hanlon kommt mir nicht zu Hilfe. Und Aiden guckt nicht mal zu mir, während er wie zur Salzsäule erstarrt dasteht. Schlimmer noch ist, dass Mrs Maloney nicht aufhört weiterzureden. Sie erzählt dem gesamten Publikum von dem Hashtag, der sich auf Twitter wie ein Lauffeuer verbreitet. Von den Radiomoderatoren, die im Radio über Mum und mich berichten. Von all den Anrufen besorgter Eltern, die sie fragen würden, wie sie helfen könnten. Sie stellt uns als geradezu verzweifelt dar – und lässt es so aussehen, als würden wir die Leute um Geld anbetteln, um über die Runden zu kommen. Ich weiß, dass das gar nicht ihr Ziel ist, aber jedem Einzelnen im Publikum steht das Mitleid ins Gesicht geschrieben. Tausend Dinge gehen mir durch den Kopf. So sollte der heutige Tag nicht verlaufen.

Mrs Maloney erklärt gerade, wie stolz sie auf mich ist. Und auch Aiden erwähnt sie. Doch ich höre gar nicht mehr richtig hin. Meine Aufmerksamkeit richtet sich einzig und allein auf Mum. Ich beobachte, wie sie auf ihrem Sitz in sich zusammensinkt und die Hände vors Gesicht schlägt. Ziemlich sicher schüttelt sie den Kopf, aber das ist von hier oben schwer zu sagen. Und sie spricht mit Jack. Ich sehe, dass sie wütend ist. Oder aufgebracht. Auch Dad versucht, mit ihr zu reden. Doch jetzt fuchtelt sie mit den Händen herum. Und jetzt, *oh mein Gott*, steht sie auf.

Sie steht auf und sieht mich an. Beim letzten Mal, als ich einen solchen Schmerz in ihren Augen gesehen habe, habe ich ihr gesagt, dass ich keine weitere Behandlung mehr will. *Oh Gott*, was habe ich da bloß getan? Das hier sollte eine wunderschöne Überraschung werden. Es sollte nicht auf solche Weise vor der ganzen Schule verkündet werden, in einer Situation, in der uns alle anstarren und Mitleid mit uns haben.

Ich versuche, von Mums Lippen zu lesen. »Entschuldigen Sie mich. Entschuldigen Sie mich, bitte«, sagt sie zu Jack gewandt. Doch alle klatschen und jubeln nur weiter.

Ich muss mit Mum reden. Ich muss von dieser Bühne runter und ihr erklären, dass es nicht meine Absicht war, sie bloßzustellen. Oder sie zu verärgern. Ich muss ihr dringend sagen, dass ich sie liebe.

Ich stehe auf. Da dies ohne Hilfe geschieht und ich das Gewicht meines eigenen Körpers allein tragen muss, schießt mir der Schmerz in alle Glieder wie Tausende kleiner Elektroschocks. Es tut so weh, dass ich nichts mehr sehen kann und alles um mich herum schwarz wird; der Lärm in der Halle, das ganze Jubelgeschrei und alle Beifallsrufe werden mit einem Mal zu einem Klingeln in meinem Ohr, und schlagartig wird mir klar, dass ich keine Zeit mehr habe, mich auf den Stuhl zurück zu setzen, bevor ich ohnmächtig werde.

51.
Kayla

Eine Million verschiedenster Farben erstrahlen in meinem Kopf, als Erinnerungen wie ein Feuerwerk in meinem Kopf explodieren. Ich erinnere mich daran, wie ich Radfahren gelernt habe. Mein erstes Fahrrad war leuchtend pink, und am Lenker hing ein lilafarbener Korb für meine Puppe. Dad hat regenbogenfarbene Lenkerfransen gekauft, die wir an den Handgriffen befestigt haben. Mum und Dad haben gejubelt und geklatscht, als ich endlich allein das Gleichgewicht halten konnte.

Ich erinnere mich an Dads Hochzeit. Dad sah so gut aus in seinem Anzug, und Charlotte hatte ein wunderschönes weißes Kleid mit einem spitzenbesetzten Mieder und einer langen, raschelnden Schleppe. Ich wollte ein ebensolches Kleid, wenn ich einmal groß bin und heirate. Ich erinnere mich, wie ich in Dads Armen getanzt habe, wie ich gelächelt und gelacht habe und das glücklichste Mädchen der Welt gewesen bin.

Am Tag, an dem Molly zur Welt kam, hat Mum geweint. Sie sagte, jetzt, da Dad ein anderes kleines Mädchen habe, sei auf einmal alles anders; sie hat sich Sorgen gemacht. Mum hatte recht, danach war tatsächlich alles anders. Alles wurde besser. Molly ist die beste kleine Schwester der Welt. Sie ist hübsch und schlau und verteilt die besten Umarmungen.

Ich muss an Ross und Rachel von *Friends* denken, die eine Beziehungspause machen. Ich muss daran denken, wie Joey kein Essen teilt. Ich denke an jede einzelne Folge, durch die Mum und ich uns durchgelacht haben; wie wir im Schlafanzug dagesessen und dabei Pizza gegessen haben. Gelegentlich sagte Mum dann, dass sie ihr Liebstes in einem Raum beisammenhabe – *Friends*, Pizza und mich.

»Kayla«, ruft mich jemand. Ich spüre eine Hand sanft an meiner Stirn. »Kannst du mich hören?«

Ich nicke, aber nichts passiert. Ich versuche es erneut. Ich bewege mich nicht.

»Hat sie Schmerzen?« Ich erkenne Mums Stimme. Sie ist zittrig, und ich kann hören, dass sie weint; es ist definitiv meine Mutter.

»Nein.«

»Ich kann das nicht«, sagt Mum. »Ich kann nicht zusehen, wie sie stirbt.«

»Haben Sie heute schon mit Dr. Patterson gesprochen?«, ertönt erneut die andere Stimme. Es ist eine der Schwestern, merke ich. Ich bin wieder im Krankenhaus.

»Ja«, schnieft meine Mutter. »Heute Morgen. Er sagte, dass Kayla weiß, was sie da verlangt.«

»Sie will nicht einmal versuchsweise an einer Studie teilnehmen? Immerhin könnte ihr das ein wenig mehr Zeit verschaffen.«

»Nein«, erwidert Mum, und ich kann ihrem Tonfall die Entschlossenheit entnehmen. »Sie will keine Schmerzen mehr. Sie hat mich gebeten, sie gehen zu lassen.«

»Und können Sie das?«

»Nein«, schluchzt Mum. »Wie könnte ich das? Wie könnte ich sie je gehen lassen? Jack meint, dieses Crowdfunding, das Kayla organisiert hat, ist ihre Art und Weise, sich zu verabschieden. Seiner Meinung nach will sie damit versuchen, mich zu schützen. Und sich um mich kümmern.«

»Und was glauben Sie?«, fragt die Schwester.

»Ich habe nichts von dem hier gewollt. Gar nichts. Die Medien versuchen unablässig, mich zu kontaktieren. Ich weiß nicht einmal, woher sie meine Nummer haben. Sie hinterlassen mir Nachrichten auf der Mailbox und fragen mich, ob ich ins Radio will oder für Fernsehinterviews zur Verfügung stehe. Sie meinen, dadurch kämen noch mehr Spenden zusammen.«

»Werden Sie das in Betracht ziehen?«

»Nein«, entgegnet Mum und klingt gekränkt. »Nein, keinesfalls. Ich will kein Geld von irgendwelchen Leuten. Ich will nur, dass es meiner Tochter besser geht. Mehr will ich nicht. Aber das kann niemand bewirken. Oder?«

Ich höre, wie eine Tür beim Öffnen quietscht. Dann folgen Schritte. Sie entfernen sich. Mum geht weg, denke ich. Nein! Geh nicht! Ich will nicht, dass meine Mum weggeht! Mit aller Kraft versuche ich, die Augen zu öffnen, aber meine Lider sind zu schwer, und ich bin so schläfrig. So unendlich schläfrig.

Der Zauberstab, den mir Santa Claus gebracht hat, tanzt mir durch den Kopf, als sei er ein Film auf Netflix. Ich schaue zu, wie Mum mir versichert, dass ich eine Märchenprinzessin sei. Ich sage Aiden, dass ich ihn in einen Frosch verwandeln werde.

Vor meinem geistigen Auge sehe ich meinen ersten Schultag auf der weiterführenden Schule. Beschämenderweise ist mein Pullover viel zu groß, doch Mum sagt nur: »Da wächst du rein.«

An der Tür unterhält sich jemand. Das reißt mich aus meinen schönen Träumen. Ich höre laute, aufgebrachte Stimmen. Ein Mann und Mum. Mum brüllt. Nein, sie weint. Nein, sie brüllt. Der Mann ist Dad. Er ist wütend. Und dann hört es auf. Aller Lärm ist beendet, und ich frage mich, ob ich wohl immer noch atme. Ob ich noch lebe.

»Kayla. Kayla, Süße! Ich bin's, Dad. Geht es dir gut?«

Ich spüre Lippen auf meiner Stirn. Dad gibt mir einen Kuss. Das fühlt sich schön an. Ich möchte, dass er mich auch umarmt. Aber das tut er nicht. Er weiß nicht, wie sehr ich mich nach einer Umarmung sehne.

»Was sagen sie?«, fragt Dad, flüsternd und gestresst.

»Nicht viel«, erwidert Mum. »Jack vermutet, dass der Tumor in ihrer Brust ihr auf die Lunge drückt. Heute Morgen ist ein CT gemacht worden. Ich hatte angenommen, dass inzwischen die Ergebnisse da sind.«

»Was ist, wenn es so ist? Wenn ihr etwas auf die Lunge drückt …?«, fragt Dad.

Mir ist klar, dass Dad fragen will, was dann passiert. Ob

ich noch atmen kann? Er soll diese Frage stellen. Ich habe solche Angst. Ich war nicht darauf vorbereitet, so viel Angst zu haben.

»Ich … weiß … es … nicht«, weint Mum.

Ich fliege. Ich fliege über die Schule hinweg. Ich sehe den Schulhof und die coolen Jugendlichen, die hinten in der Ecke rauchen und denken, dass die Lehrer das nicht wissen. Ich würde ihnen gern zurufen: »Doch, sie wissen Bescheid. Und sie halten euch für Idioten!« Ich sehe meine Basketballmannschaft. Ich sehe, wie wir mit drei Körben Vorsprung gewinnen. Ich sehe mich selbst, wie ich am Mannschaftskapitän der Gegner vorbeidribbele und den entscheidenden Korb werfe.

»Wusstest du davon?«, fragt Mum.

»Vom Crowdfunding?«, fragt Dad, und ich frage mich, ob er sich dabei etwas ansieht. Er klingt, als betrachte er etwas. Als konzentriere er sich darauf, etwas auf dem Handy zu lesen, eine Nachricht oder sonst etwas. »Oh mein Gott, hat sie wirklich so viel Geld gesammelt?«

»Ja«, sagt Mum.

»Wow.«

»Wusstest du das? Wusstest du Bescheid?«

»Nein«, erwidert Dad. »Nein. Wusste ich nicht. Woher auch?«

»Charlotte war doch eingeweiht«, sagt Mum. »Das hat mir Aiden verraten. Oh, eigentlich wollte er gar nichts sagen, aber seine Mutter hat es aus ihm herausgequetscht. Wusstest du, dass Mary keine Ahnung hatte, dass er jeden

Dienstag die Schule schwänzt, um Kayla besuchen zu kommen?«

Mir klappt die Kinnlade herunter. *Autsch. Autsch. Autsch!* Meine Lippen brennen, sie sind ausgetrocknet und rissig. *Blöde Krankenhausluft!* Mein Rachen brennt wie Feuer. Aber so richtig. *Du meine Güte.* Aber ich könnte es schaffen, ein paar Worte zu sagen. Die Augen kann ich immer noch nicht öffnen – diese Kraftanstrengung scheint für meinen doofen Körper einfach zu groß zu sein.

»Charlotte und Aiden haben mir geholfen«, sage ich. »Aber es war meine Idee.«

Ich klinge wie ein hundertzehnjähriger Kettenraucher. Es klingt seltsam und irgendwie komisch, aber Mum und Dad sind total ernst, daher kann ich jetzt echt nicht lachen.

»Kayla!«, ruft Mum. »Du bist wach! Du bist ja wach! Du meine Güte, was hast du mir für einen Schrecken eingejagt!«

»Hi, Süße«, sagt Dad.

»Trinken …«, krächze ich. Okay – dieses Geräusch verdient zumindest ein Kichern, beschließe ich.

Doch Mum und Dad bleiben still.

Mit flatternden Lidern öffne ich die Augen; der Raum ist schrecklich hell. Schnell mache ich die Augen wieder zu. Innerlich zähle ich von drei rückwärts und versuche es noch einmal.

»Da ist sie ja!«, sagt mein Vater und sieht mich an. »Hey du! Hey!«

»Hey!«, krächze ich zurück und blinzele ganz oft. »Wie viel Uhr ist es?«

»Wie wäre es damit, welchen Tag wir haben?«, fragt Mum.

»Dad?«, frage ich verwirrt.

»Du warst ein paar Tage lang völlig weg, Kayla«, erklärt mir Dad und schenkt mir Wasser ein. »Du bist so hart auf die Bühne gestürzt, wie sich deine Mutter nach deiner Geburt auf die Bacardi Breezers gestürzt hat.«

»He, hör mal!«, protestiert Mum halb kichernd, halb beleidigt.

Es tut so gut, sie lachen zu hören. Dad bringt sie immer wieder zum Lachen.

»Was denn?«, fragt Dad und bringt mir das Wasserglas ans Bett. »Findest du nicht, dass Kayla allmählich mal die Wahrheit erfahren sollte? In der Nacht, in der du zur Welt gekommen bist, Kayla, habe ich heimlich ein paar Bacardi-Breezers-Flaschen ins Krankenhaus geschmuggelt. Deine Mum und ich haben wie ein paar Rebellen im Teenageralter gefeiert.«

»Nur, dass ich meine gar nicht trinken konnte, weil ich gestillt habe.« Mum schiebt ihren Arm hinter meinen Rücken und hilft mir, mich aufzusetzen.

»Oh ja.« Dad grinst, als er Mum das Glas Wasser gibt, aus dem sie mich dann schlückchenweise trinken lässt. »Das stimmt. Ich habe alle Flaschen geleert, nicht wahr?«

Mum und Dad lachen und geben sich allergrößte Mühe, die Situation so leicht und unbeschwert zu gestalten wie möglich. Es funktioniert, und mir gefällt es sehr, dass sie so viele gemeinsame Erlebnisse miteinander teilen. Doch während ich ihnen zuhöre, wie sie sich an früher erinnern und sich wie langjährige Freunde gegenseitig aufziehen, kommt mir ein schrecklicher Gedanke.

»Ihr bleibt aber Freunde für immer, oder?«, frage ich. Plötzlich bekomme ich kaum noch Luft.

»Bitte, Süße?«, fragt Mum. Sofort hört sie auf zu kichern und schenkt mir ihre volle Aufmerksamkeit.

»Du und Dad. Ihr bleibt Freunde, nicht wahr?«, frage ich keuchend. »Auch wenn ich tot bin.«

»Kayla! Komm schon.« Mum schüttelt den Kopf.

Dad schaut mich an. Ich sehe, wie seine Augen glänzen. »Deine Mutter und ich werden immer Freunde sein. Für immer, Kayla. Darum musst du dir keine Gedanken machen, okay?«

»Es ist nur so, dass … Ihr beide seid all die Jahre wegen mir in Kontakt geblieben.« Meine Lider werden bleischwer. »Und wenn ich sterbe, dann …«

»Kayla, bitte!«, unterbricht mich Mum streng, wie sie es jedes Mal macht, wenn ich über die Zukunft rede. Über eine Zukunft ohne mich. »Lass uns über etwas anderes reden, ja?«

»Na gut«, erwidere ich. »Aber du darfst nicht böse sein auf Aiden und Charlotte.«

»Kayla, ich bin gar nicht böse«, entgegnet Mum.

»Doch, das bist du«, protestiere ich und lecke mir über die spannenden Lippen. »Ich kenne dich. Das ist dir total peinlich. Es tut mir leid.«

»Ich bin nicht böse!«, widerspricht mir Mum erneut. Dabei schlägt sie ihren »Ich versuche, total cool und fröhlich zu sein, weil du krank bist«-Tonfall an. Ich habe jedoch spitzgekriegt, dass dies in Wirklichkeit ihre »Wenn du nicht krank wärst, hättest du jetzt ein Problem«-Stimme ist.

»Ich habe Charlotte in eine blöde, unangenehme Lage gebracht. Ich habe sie um Hilfe gebeten. Und ich habe ihr verboten, Dad davon zu erzählen. Oder sonst irgendwem.«

»Und Aiden?«, erkundigt sich Mum. »Er hat die Schule geschwänzt!«

»Nur dienstags«, entgegne ich und muss dabei kurz innehalten, um Luft zu holen.

»Na gut.« Mum holt tief Luft, fast so tief wie ich. »Was du da auf die Beine stellen wolltest, ist sehr, sehr lieb, Kayla. Aber du musst wissen, dass wir damit nicht weitermachen können. Wir können nicht erwarten, dass die Leute uns eine Bäckerei kaufen. Und wo überhaupt sollten wir eine kaufen?«

Dad zwinkert mir zu, während Mum weiter und weiter und weiter ausschweift. »Ich habe eine Idee, Kayla. Eine richtig gute Idee«, flüstert mir Dad zu, als Mum vom Klopfen an der Zimmertür abgelenkt wird.

»Hi, Jack!«, grüßt Mum, nachdem sie die Tür geöffnet hat. »Kommen Sie herein.«

»Weißt du was, Mum?« Ich seufze. Ich bin schrecklich müde, aber gleichzeitig auch gespannt, was für eine Idee Dad hat. »Vielleicht kannst du mit Dr. Patterson in seinem Büro sprechen, während ich ein wenig schlafe?«

Dr. Patterson mustert mich zunächst mit einem skeptischen Schmunzeln, doch dann nickt er, lächelt und willigt ein. »Klar. Ruh dich aus, Kayla. Ich komme später noch einmal wieder.«

»Danke«, erwidere ich.

Auch Dad nimmt es mir ab und will schon gehen.

»Dad«, flüstere ich leise. »Bleibst du noch ein wenig bei mir?«

»Klar, Süße. Gerne.«

52.
Charlotte

Dezember

»Wie schreibt man Einhorn?«, fragt Molly, die mit einem rosafarbenen Stift in der rechten Hand und mit einem noch rosafarbeneren Schreibblock am Küchentisch sitzt.

»E-I-N-H-O-R-N«, erwidere ich, während ich das Geschirr nach dem Abendessen abwasche. »Molly, das ist jetzt bestimmt schon das zehnte Mal, dass ich dir das Wort heute buchstabiert habe!«

»Das ist aber auch ein schweres Wort«, entgegnet Molly, streckt die Zunge zwischen den Lippen heraus und kneift die Augen zusammen, während sie sich voll und ganz darauf konzentriert, die Buchstaben zu schreiben.

»Schreibst du deinen Wunschzettel für Weihnachten?«, frage ich und kratze eine hartnäckige Verkrustung auf dem Backblech ab.

»Ja«, nickt Molly und zappelt vor Aufregung. »Den zeige ich Daddy, wenn er vom Tantenhaus zurückkommt.«

Ich lasse die Scheuerbürste ins Waschbecken fallen und

drehe mich zu meinem kleinen Mädchen um. »Süße, vielleicht schläfst du schon, wenn Daddy nach Hause kommt.«

»Hilft Daddy Kayla dabei, ihren Wunschzettel zu schreiben?«, fragt Molly.

»Vielleicht.«

»Ich kann es gar nicht abwarten, bis endlich Weihnachten ist«, zwitschert Molly. »Ich will dann beim Essen neben Kayla sitzen. Und sie darf mit all meinen Spielsachen spielen. Sogar mit meinem Einhorn.«

Mir kommen die Tränen, sodass ich schnell wegschauen muss.

»Sei nicht traurig, Mummy.« Molly hüpft von ihrem Stuhl herunter, kommt zu mir gelaufen und schlingt ihre kleinen Arme um meine Beine. »Du darfst auch mit meinen Spielsachen spielen.«

Ganz langsam atme ich aus, fahre mir mit der Hand durchs Haar und zucke zusammen, als ich mir dabei mit dem Gummihandschuh Seifenschaum ins Haar schmiere.

»Was wünschst du dir denn von Santa Claus, Molly?« Dankbar für diese Ablenkung, fische ich die Scheuerbürste aus dem Waschbecken.

Nachdem Molly zum Küchentisch zurückgeeilt ist, setzt sie sich hin und holt ganz tief Luft. »Eine Barbie mit rosafarbenen Haaren zum Kämmen. Einen Tretroller mit hellem Licht dran, der richtig schnell fahren kann. Eine Feentür, damit neue Feen zu mir kommen.« Molly hält kurz inne, um erneut tief Luft zu holen. »Ein Mary-Poppins-Kostüm und ein Einhorn-Kuscheltier in Rosa und Pink mit Regenbogenhaar.« Atemlos nickt sie. »Das ist alles.«

»Ach, Molly«, seufze ich, ziehe die Gummihandschuhe aus und betrachte ihre Mammutliste. »Das ist aber eine ganz schön lange Liste, oder?« Über ihre Schulter hinweg lese ich die Liste.

»Ich habe extra schön geschrieben, damit Santa weiß, dass ich ein braves Mädchen war.«

»Du hast wirklich richtig schön geschrieben«, stelle ich voller Stolz fest. »Und du bist ein sehr braves Mädchen. Aber ich glaube, dass drei Geschenke mehr als genug sind für Santas Wunschliste, okay?«

»Aber … aber …«

»Molly!«, ermahne ich sie.

»Aber ich habe mehr Sachen, die ich draufschreiben will.« Molly starrt mich mit weit aufgerissenen Augen verzweifelt an. »Ich war noch nicht fertig!«

»Na ja …« Ich kehre zum Spülbecken zurück und streife mir die Gummihandschuhe wieder über, »… dann musst du eben das aussuchen, was dir am wichtigsten ist, Molly, und dir das wünschen. Schreib die wichtigsten Sachen oben als Erstes auf den Wunschzettel.«

Ich mustere Molly und rechne mit Protesten oder vielleicht auch Schmollen, doch sie lächelt und nickt. »Okay«, sagt sie und reißt die Seite, an der sie so lange gearbeitet hat, aus ihrem Block heraus, um einen neuen Wunschzettel anzufangen.

»Ich weiß schon, was am aller-aller-allerwichtigsten ist. Das wünsche ich mir.«

»Braves Mädchen«, lobe ich und wundere mich, wo ich bloß ein sehr spezielles, rosa-pinkes Einhorn mit regenbogenfarbenem Haar herbekommen soll. Als Molly mit Schreiben fertig ist, nehme ich ihren Wunschzettel, den sie sorgfältig zusammengefaltet hat. »Okay, Molly. Zieh dir bitte deinen Mantel an, wir müssen zum Klavierunterricht. Wir können den Wunschzettel auf dem Weg in den Briefkasten werfen, wenn du magst.«

»Aber ich will nicht zum Tavierunterricht!« Molly lässt den Bleistift fallen und verschränkt die Arme. »Ich will zu Hause bleiben und *Teen Titans Go!* gucken.«

»Molly, bitte«, erwidere ich, viel zu müde, um mich einem Wutanfall zu stellen. »Das ist das letzte Mal Klavierunterricht vor Weihnachten. Danach folgt erst mal eine lange Pause, okay?«

»Okay«, erwidert Molly und klappt ihren Block zu. »Können wir Kayla nach dem Tavierunterricht besuchen gehen?«

Ich nicke und lächele. »In Ordnung. Aber nur kurz. Aber denk daran, dass Kayla sehr müde ist.«

»Jaaaa!«, jubelt Molly und flitzt los, um ihren Mantel zu holen.

53.
Heather

Mein Handy quillt über vor Nachrichten und E-Mails. RTÉ, der öffentlich-rechtliche Fernsehsender Irlands, sowie nahezu alle Zeitungen wollen mit mir reden. Sogar vom Büro des irischen Premierministers hat mich jemand angerufen und um einen Rückruf gebeten. Bis jetzt hatte ich allerdings noch keine Gelegenheit dazu. Ich wüsste aber auch gar nicht, was ich sagen sollte. Doch ich kann nicht bestreiten, dass mir aufgrund der Tatsache, dass der schlimme Zustand meiner Tochter bis zur Regierung vorgedrungen war, kurz das Herz stehen geblieben ist. Aber so gern ich es tun würde: Ich habe einfach keine Zeit, um mit Politikern zu plaudern. Denn jedes Mal, wenn ich schon denke, dass Kayla die Sache im Griff hat, entgleitet es ihr wieder. Und jedes Mal, wenn ich denke, dass die Situation uns entgleitet, kämpft sich Kayla wieder zurück. Mir brummt der Schädel; die plötzliche Aufmerksamkeit der Krankenschwestern, Ärzte und anderen Eltern in Verbindung mit dem medialen Wahnsinn hat dazu geführt, dass ich mit den Nerven völlig am Ende bin.

»Mum?«, sagt Kayla, die von einem scheinbar endlosen Schlaf aufgewacht ist. »Können wir nach Hause fahren?«

»Bitte?« Ich erwache mit einem Ruck aus einem Halbschlaf, in den ich immer wieder verfalle.

»Bitte!«, haucht Kayla schwerfällig.

Ich setze mich auf. Bin schlagartig hellwach. Ich frage mich, ob sie wohl träumt. In letzter Zeit redet sie sehr viel im Schlaf. Stundenlang beobachte ich, wie sie schläft. Manchmal zucken ihre Lippen und verziehen sich zu einem Lächeln. Dann hoffe ich immer, dass sie etwas Schönes träumt. Normalerweise frage ich sie jedes Mal, wenn sie wach wird, wovon sie geträumt hat; meistens ist sie jedoch zu erschöpft, um es mir zu erzählen, oder sie kann sich nicht mehr erinnern.

»Nach Hause«, seufzt Kayla. »Ich will nach Hause.«

»Kayla, Süße. Beim letzten Mal, als du das Krankenhaus verlassen hast, da …«

Ich warte darauf, dass Kayla dagegenhält, wie sie es immer macht, wenn ich ihre Vorschläge mit Logik abwehre, doch dieses Mal höre ich nur tiefes Atmen.

»Kayla?«

Nichts. Sie schläft wieder.

Auf dem Stuhl neben ihrem Bett rolle ich mich zusammen. Genau in dieser zusammengerollten Haltung habe ich unzählige Tage geschlafen. Gavin kommt immer mal wieder vorbei. Mir ist klar, dass es ein ziemlicher Jongleurakt für ihn ist, die Arbeit, das Familienleben daheim und die Zeit im Krankenhaus unter einen Hut zu bekommen. Doch seine Besuche werden immer häufiger, und er bleibt jedes

Mal länger. Manchmal ist Kayla wach und freut sich, ihn zu sehen. Manchmal schläft sie, aber er freut sich dennoch, sie zu sehen. Auch Charlotte kommt oft mit Molly vorbei, obwohl Charlotte und ich kaum ein Wort miteinander wechseln. Die Situation ist seltsam verfahren, seit ich weiß, dass sie diese Crowdfunding-Sache hinter meinem Rücken durchgezogen hat. Obendrein ist es unangenehm, weil keiner von uns beiden je eingeräumt hat, dass die Aktion Kaylas ganzer Stolz war und ihr große Freude bereitet hat – und das Einzige war, was ihr trotz aller Vorbehalte der Erwachsenen ein Licht und Hoffnungsschimmer gewesen ist.

Molly dagegen ist ein echter Schatz. Mit den Händen in die Seiten gestemmt, kommt sie jedes Mal ins Zimmer getanzt, ist selbstsicher und redselig. Sie berichtet über ihren gemeinen Klavierlehrer, der sie dazu zwingt, immer und immer zu üben, und erzählt mir, wie gern sie schwimmen geht und nach dem kleinen, glänzenden Delfin taucht, den ihr Schwimmlehrer für sie ins Wasser wirft. Für mich ist Molly ein wunderbar frischer, unschuldiger Wind geworden, der hier durchweht. Charlotte kommt immer häufiger her. Zu Beginn ist sie einmal die Woche mit Molly hergekommen, dann zweimal. Jetzt kommen sie nahezu jeden Tag nach Mollys Schulschluss vorbei, und ich frage mich ernsthaft, wann Molly überhaupt noch Zeit zum Klavierspielen oder Schwimmengehen hat, doch ich frage nicht nach.

»Bald ist Weihnachten«, ruft Molly, nachdem sie die Zimmertür aufgestoßen hat und energiegeladen und voller Begeisterung in den Raum gestürmt kommt.

Als ihre Lieblingsjahreszeit erwähnt wird, bewegt sich Kayla zwar, doch sie wird nicht so wach, dass sie die Augen öffnen oder sprechen würde.

»Pssst, Molly«, ermahnt sie Charlotte und legt den Zeigefinger an die Lippen. »Worüber haben wir denn eben im Auto gesprochen? Kayla ist sehr müde. Wir müssen sehr leise und still sein.«

Ich schüttele den Kopf. »Schon okay. Kayla hat die meiste Zeit des Tages geschlafen. Es wäre sogar eigentlich ziemlich gut, wenn sie mal aufwachen würde.«

Charlotte mustert mich unsicher. Mir ist klar, dass sie sich nach Kaylas Zustand erkundigen möchte. Doch sie sagt keinen Ton. Ich bin sicher, dass sie stattdessen später Gavin fragen wird.

»Tut mir leid«, entschuldigt sich Charlotte. »Wir hätten vorher anrufen sollen.«

»Nein, nein. Alles gut«, erwidere ich ehrlich. »Es ist schön, ein wenig Gesellschaft zu haben.«

»Santa kommt bald«, erinnert mich Molly, während sie auf den Stuhl neben mir klettert, mich mit ihren wunderschönen Augen glücklich ansieht und lächelt.

»Ja. Ja, das stimmt«, nicke ich. »Ich hoffe, du warst schön brav?«

»War ich!«, entgegnet Molly.

»Das ist schön, Molly.«

»Ich bin heute sogar zum Tavierunterricht gegangen, damit Mummy nicht weint.«

Besorgt schaue ich Charlotte an. Sie schweigt jedoch.

»Mummy hat beim Spülen geweint. Aber ich habe gesagt, dass ich zum Tavier gehe, und dann musste sie nicht mehr weinen.«

Ich starre immer noch Charlotte an. Mit glasigem Blick beobachtet sie Kayla. Ich überlege, ob ich sie nach ihren Plänen für Weihnachten fragen soll. Zweifellos wird Gavin einige Zeit hier im Krankenhaus verbringen wollen. Werden Charlotte und Molly ihn begleiten? Oder wird Molly lieber daheim bei ihren Geschenken bleiben wollen? Gerade, als ich mir ein Herz gefasst habe und sie fragen will, schiebt Molly mir mein Haar hinters Ohr, wie sie es oft macht, wenn sie mich in ein Geheimnis einweihen will. Normalerweise geht es dann um diesen gemeinen Jungen, der nicht wollte, dass sie einen bunten Turm baut. Heute jedoch holt sie tief Luft und drückt ihre süße kleine Nase noch fester an mir platt als gewohnt.

»Ich habe Santa um ein Geheimnis gebeten«, flüstert sie. Ihr warmer Atem kitzelt mich am Ohr.

»Um eine Überraschung«, nicke ich wissend. Kayla hat sich von Santa Claus immer eine Überraschung gewünscht, als sie klein war. Für mich war es das Schönste am Weihnachtsmorgen, aufzuwachen und in ihr kleines, verblüfftes Gesicht zu blicken.

»Nein.« Molly weicht ein wenig zurück, bleibt aber immer noch in Flüsterdistanz. »Um ein Geheimnis.«

»Na gut«, erwidere ich. »Ein Geheimnis klingt sehr besonders, Molly. Ich hoffe, Santa Claus bringt es dir.«

»Das wird er«, antwortet Molly zuversichtlich. »Santa kann zaubern.«

»Das kann er«, nicke ich verschwörerisch.

»Schon gut, Heather.« Molly presst ihre Lippen fest an mein Ohr, während sich die kurzen, rundlichen Arme ein wenig fester um meinen Hals legen. »Santa kann alles. Ben aus meiner Klasse hat das gesagt.«

»Ach, Molly«, seufze ich und wünschte, das Leben wäre so einfach.

»Ich kann es kaum abwarten, bis endlich Weihnachten ist«, stellt Molly fest.

»Ich auch«, lüge ich traurig.

54.

Charlotte

Kurz vor Mitternacht biege ich in unsere Straße ein. Gavin ist immer noch bei Kayla und Heather im Krankenhaus. Molly schläft in ihrem Kindersitz auf der Rückbank. Unser eigentlich kurzer Besuch im Krankenhaus hat sich endlos in die Länge gezogen. Kurz nach unserer Ankunft ist Kayla wach geworden, und als Gavin ins Zimmer zurückgekehrt ist, hat sie sehr zu Gavins Missfallen ein paar Schlückchen von Heathers Kaffee getrunken.

»Heather, du lässt sie nicht ernsthaft Kaffee trinken, oder? Das tut ihr nicht gut!«, rügte er mit weit aufgerissenen Augen.

»Echt jetzt, Dad?«, flüsterte Kayla und hatte Mühe, den Ton über die Lippen zu bringen. »Du machst dir Sorgen um *Kaffee*? Du verstehst aber schon die Ironie, oder?«

Alle haben gelacht. Sogar Gavin. Doch dann verdunkelte sich die Stimmung wieder. Diesen Verlauf nehmen derzeit die meisten Abende. Gelächter und Gespräche können uns nur so lange aufheitern, bis die Schwere der Trauer unausweichlich folgt und uns niederdrückt.

Niemand kam und ermahnte uns, dass die Besuchszeit längst vorbei sei, wie man es noch zu Beginn getan hatte, als wir länger geblieben waren als erwünscht. Die Krankenschwestern kamen und gingen, um ihre regelmäßigen Kontrollen durchzuführen. Wir sind so sehr daran gewohnt, dass sie Kayla piksen und piesacken, dass wir unsere Gespräche trotz der Schwestern um uns herum stets weiterführen oder sogar innehalten, um sie ins Gespräch einzubeziehen. Unbehagliche oder peinliche Momente gibt es dabei nicht, vielmehr fühlt sich alles inzwischen vollkommen normal an, als sei dieses Leben für uns gewohnter Alltag geworden und als würden wir in Kaylas Leben im Krankenhaus wie alte Möbel hineinpassen, die immer schon da gewesen sind. Auch Jack kam eben noch einmal vorbei, bevor er am Abend nach Hause ging. Ich hatte ganz stark den Eindruck, dass er genauso sehr nach Heather schauen wollte wie nach Kayla, doch das behielt ich für mich. Außerdem bleibt er nie lange. Heather nahm an, dass er nach einer langen Schicht erschöpft war, ich persönlich hingegen glaube eher, dass er uns in Ruhe ließ, damit wir die kostbare und dringend benötigte Familienzeit genießen konnten. Es war der schönste Abend, den ich seit Langem gehabt habe, und ich hoffe sehr, dass Molly morgen nach dem Schwimmunterricht wieder fragt, ob wir zum Krankenhaus gehen können. Denn meine Antwort wird klar »Ja!« lauten. Wir können jeden Abend herkommen. Wir werden jeden Abend herkommen.

Ich biege in unsere Einfahrt ab, doch anders als erwartet leuchtet die Lampe über dem Eingang nicht auf; wahrscheinlich ist der Sensor kaputtgegangen. Wenn ich Gavin morgen beim Frühstück sehe, werde ich ihn bitten, die Lampe zu reparieren. Heute Nacht bleibt er im Krankenhaus. Er sprach davon, der alten Zeiten zuliebe mit Kayla und Heather zusammen ein paar Folgen *Friends* anzuschauen. Ich weiß jetzt schon, wie sehr Kayla das gefallen wird.

Nachdem ich den Motor abgestellt habe, werfe ich einen Blick über die Schulter, um zu sehen, ob Molly immer noch schläft. Vollkommen erschöpft nach einem anstrengenden Tag, schnarcht sie leise, und ich nehme mir vor, sie morgen früh ausschlafen zu lassen. Ich kann sie auch noch nach der Pause zur Schule bringen – Ms Martin wird das sicherlich verstehen.

In unserer kleinen Sackgasse ist es mucksmäuschenstill. Die Häuser, die das Hufeisen am Ende der Straße säumen, sind fast alle dunkel, nur hier und da brennt ein Licht, das in einem Badezimmer oben im ersten Stock oder auf dem Flur angelassen wurde. Ich lege den Kopf in den Nacken und starre aus dem Schiebedach über mir. Der Himmel ist wolkenlos, und wunderschön glitzernde Sterne scheinen auf mich herab. Einen Augenblick lang verharre ich, genieße sowohl die Stille als auch den wunderbaren Anblick und mache mir nicht die Mühe, die Tränen wegzuwischen, die mir über die Wangen laufen.

Das Handy in meiner Tasche vibriert. Das überrascht mich nicht. Die Nachrichten auf Kaylas Crowdfunding-Seite überschlagen sich seit einiger Zeit. Zunächst hat Kayla noch alle selbst beantwortet; doch in den letzten

Tagen ist sie so müde gewesen, dass ich nicht Nein sagen konnte, als sie mich gebeten hat, ein paar Nachrichten zu beantworten.

»Bitte«, sagte sie. Vor Müdigkeit und Erschöpfung waren ihre Augen blutunterlaufen, aber ihr Blick strahlte vor Aufregung. »Ich möchte sicher sein, dass wir wirklich jedem danken, der spendet. Ganz gleich, wie hoch die Spende ist. Wirklich jeder soll wissen, wie dankbar wir für die Hilfe sind.«

Zunächst habe ich nicht geantwortet. Mir fehlten die Worte.

»Aiden hilft schon, so viel er kann«, fuhr Kayla fort. »Er bleibt die halbe Nacht wach, um den Leuten zu antworten. Aber er darf sein Handy nicht in die Schule mitnehmen. Es gibt einen großen Rückstand bei den Leuten, die tagsüber gespendet haben und noch keine Nachricht von uns bekommen haben.«

»Okay«, erwiderte ich, ohne lange nachzudenken. »Natürlich helfe ich dir.«

Ich mag mir gar nicht vorstellen, wie verärgert Heather wäre, wenn sie wüsste, dass ich immer noch involviert bin. Nach dem Fiasko beim Sporttag wollte sie die ganze Crowdfunding-Seite stilllegen – so verletzt und zutiefst beschämt war sie. Doch Kayla hatte zu hart geackert, um zuzulassen, dass Heathers Stolz ihr einen Strich durch die Rechnung machte. Außerdem hat Jack ihr klipp und klar erklärt, dass sie zwar das Recht hat, die Spenden abzulehnen, nicht aber, die Seite zu sperren. Das kann nur der Administrator der Website – und das ist Kayla. Und, na ja, ich natürlich. Aber das ist Kaylas und mein kleines Geheimnis. Für den Augenblick jedenfalls.

Ich krame das Handy aus der Tasche, um einige der Nachrichten zu beantworten.

»Lisa aus Wisconsin«, lese ich laut vor. »Du bist ein starkes, mutiges Mädchen, Kayla. Deine Mum muss unglaublich stolz auf dich sein. Ich wünschte, ich könnte mehr spenden.« Es sind mehr Nachrichten eingegangen, als ich beim Herunterscrollen zählen kann. Und die Mails kommen aus aller Herren Länder. Mandy aus New York schreibt: »Ich muss dringend nach Irland fliegen, um diese Rosinenbrötchen zu probieren. Kayla, du bist eine Heldin!«

Anonymus aus Perth schreibt nur: »Super Sache!«

Ich antworte so schnell, wie meine Finger tippen können. Ich danke allen und füge Emojis und Küsse hinzu. Doch ich halte inne, als ich zu Dermots Nachricht komme. Dermot kommt aus dem County Leitrim und hat zwanzig Euro gespendet. Seine Spende ist Spende Nummer 63 432 – und seine Spende hat uns zum Ziel gebracht. Ich kann es kaum abwarten, das Kayla zu berichten. Kurz denke ich darüber nach, ihr sofort eine Nachricht zu schicken, damit sie diese direkt am Morgen sieht. Doch dann bremse ich mich. Ich würde es ihr viel lieber persönlich sagen. Das ist ja so aufregend! Kayla wird ganz aus dem Häuschen sein.

Ich scrolle herunter und überfliege den Bildschirm. Auch Dermot hat eine Nachricht hinterlassen. Sie lautet: »Wir alle werden dich sehr vermissen, wenn du tot bist, Kayla.«

Ich halte inne. Mir zittern die Hände, und die Finger wollen einfach nicht mitmachen, als ich Dermot für seine Liebenswürdigkeit danken will. Denn mir wird klar, dass Dermot recht hat. Alle werden Kayla mehr vermissen, als man mit Worten ausdrücken kann. Ich habe mir so lange Sorgen um Gavin und Molly gemacht und wie sie ohne Kayla klarkommen werden, dass ich vollkommen vergessen habe, mir die Zeit zu nehmen, um mir einzugestehen, dass auch ich es kaum ertragen kann, sie zu verlieren. Ich kann es einfach nicht.

Laute, wütende Schluchzer schütteln und rütteln meinen Körper, und ich kämpfe nicht länger dagegen an oder halte sie zurück.

»Mummy«, ruft Molly, als sie aufwacht.

»Hm-mmm.«

»Warum weinst du?«, fragt sie.

Kurz kommt mir in den Sinn, mir die Tränen wegzuwischen und zu lügen. Molly vorzugaukeln, ich hätte eine Erkältung. Oder dass ich einen Zug abbekommen habe und mir daher die Augen tränen. Aber das lasse ich. »Weil ich traurig bin, Molly. Sehr, sehr traurig«, erwidere ich schlicht.

»Aber bald ist Weihnachten«, entgegnet Molly, und als ich mich umdrehe, lächelt mich mein kleines Mädchen mit einer unglaublichen Unschuld und Herzenswärme an. Sie wird damit leben können.

»Ja, Süße. Bald ist Weihnachten.«

Das Handy vibriert in meiner Hand, und ich rechne mit einer weiteren herzlichen Nachricht eines mir unbekannten Spenders. Doch als mein Blick auf Gavins Namen fällt, der auf dem Display aufleuchtet, bin ich überrascht.

»Hallo!«, begrüße ich ihn und presse mir das Handy ans Ohr.

»Wo bist du?«, flüstert Gavin.

»Noch im Auto.«

»Fährst du gerade?«

»Nein. Nein, ich bin zu Hause. Wir stehen in der Einfahrt. Hör mal, Gavin, ich habe tolle Neuigkeiten für Kayla. Ist sie noch wach?«, frage ich.

Schweigen am anderen Ende der Leitung.

»Gavin?«

Ich lasse mein Handy sinken, starre aufs Display und frage mich, ob die Verbindung unterbrochen wurde. Aber das Display ist beleuchtet und der Anruf weiterhin aktiv. Ich hebe das Handy wieder ans Ohr. Ich höre, dass er schwer atmet.

»Gavin, bist du noch da?«, frage ich.

»Wir haben sie verloren, Charlie.«

»Bitte?«

»Kayla ist tot.«

55.
Heather

Drei Tage später

Ich stehe vor dem antiken, frei stehenden Spiegel in Gavins Gästezimmer. Ein Spiegelbild, das ich kaum wiedererkenne, starrt mir entgegen. Ich sehe eine dürre Frau mit großen, dunklen Ringen unter den Augen, die vom Weinen ganz rot sind. Diese Frau muss dringend ihre Ansätze färben und sollte vielleicht mal ein wenig Make-up auflegen. Sie muss sich umziehen und dringend den Schlafanzug ausziehen, den sie seit drei Tagen durchgehend trägt. Diese Frau gehört nicht in dieses Zimmer. Sie ist sich nicht mal sicher, ob sie überhaupt noch auf diese Welt gehört.

Ich hasse diese Frau. Ich wende mich ab, damit ich sie nicht sehen muss. Bislang habe ich mir nie die Zeit genommen, mich in dem Zimmer umzusehen, in dem ich bis jetzt geschlafen habe. Vorher war es nur irgendein Ort, an dem ich mich hingelegt habe, wenn ich zu erschöpft gewesen bin, um weiterzumachen. Spät nachts bin ich ins Bett gefallen, manchmal sogar, ohne mir dabei die Mühe zu machen, das Licht auszuschalten oder mich auszuziehen. Am nächsten Morgen bin ich dann aufgestanden und habe das Zimmer unmittelbar nach dem Aufwachen verlassen, um so schnell wie möglich ins Krankenhaus zu eilen. Aber es gibt keine Eile mehr. Die Zeit steht jetzt still.

Das Gästezimmer ist so gestaltet, dass es eine beruhigende, wohltuende Wirkung auf den Bewohner hat. Die Wände sind cremefarben, der Teppich ist cremefarben, die Vorhänge sind cremefarben und haben ein geschwungenes Muster in Enteneiblau. Am Bettende liegt ein enteneiblauer Überwurf. Das ist alles sehr elegant und charmant – und sehr Charlotte.

Leise klopft es an der Tür.

»Herein«, höre ich mich sagen. Obwohl ich eigentlich sagen will: »Geh weg. Bitte. Bitte, geh weg!«

Die Tür öffnet sich quietschend; Gavins Kopf taucht im Türspalt auf, bevor er das Zimmer betritt. Er ist groß und sieht in seinem dunklen Anzug sehr attraktiv aus, doch seine Augen sind genauso rot und verweint wie meine.

»Er fragt, ob wir ein Bild haben, das wir gern in der Kirche aufstellen möchten«, sagt Gavin.

»Er fragt?«, wiederhole ich. Mir ist klar, dass er den Bestattungsunternehmer meint, doch er bringt es nicht fertig, das auszusprechen.

»Aiden hat ein paar wirklich schöne Bilder auf seinem Handy. Alle erst kürzlich aufgenommen. Vielleicht können wir eines davon nehmen«, schlägt Gavin vor.

»Ja. Okay. Egal«, erwidere ich.

»Die Leute kommen schon«, stellt Gavin fest. »Einige deiner Nachbarn aus Cork sind bereits da. Sie haben sich nach dem Weg zur Kirche erkundigt.«

»Haben die noch nie was von Google Maps gehört?«, schnaube ich. »Tut mir leid. Sorry. Das habe ich nicht so gemeint. Es ist schön, dass sie hier sind. Ich komme gleich runter.«

»Brauchst du Hilfe?« Gavin mustert mein schwarzes Etuikleid, das an der Tür des Kleiderschranks hängt. »Ich kann gern Charlotte bitten, zu dir zu kommen.«

Der Knoten an Gavins Krawatte sieht ein wenig anders aus als gewohnt. Dicker als sonst, weniger symmetrisch. Ich könnte mir vorstellen, dass Charlotte die Krawatte für ihn binden musste. Wenn seine Hände auch nur ein winziges bisschen so zittern wie meine, hat er den Knoten nie im Leben allein geschafft.

Gavin holt tief Luft. »Ich spüre sie immer noch«, sagt er. »Um mich herum, weißt du? Mir kommt es vor, als sei sie bei dir in Cork, sodass ich sie am Wochenende sehen werde. Und dann holt mich die Wirklichkeit ein. Und dann …«

Ich habe keine Worte. Ich frage mich, ob ich Gavin umarmen sollte, aber meine Füße scheinen wie festzementiert, und selbst wenn ich es versuchen sollte, zu ihm hinüberzugehen, würde es mir bestimmt nicht gelingen.

»Aiden ist auch da. Mit seinen Eltern. Sie sind vor ein paar Minuten angekommen«, erklärt Gavin und reißt sich zusammen, als helfe es ihm irgendwie, das Thema zu wechseln.

»Okay«, erwidere ich und blicke zu meinem Kleid, das an der Schranktür hängt. Ich weiß, dass ich es gleich anziehen und dem heutigen Tag entgegentreten muss. Doch ich würde alles dafür tun, im Schlafanzug zu bleiben und nie wieder der Welt gegenüberzutreten. »Gib mir noch ein paar Minuten. Ich komme gleich runter.«

Gavin nickt. Nachdem er die Tür geschlossen hat, sinke ich zu Boden, das Herz in eine Million winzige Stückchen zerbrochen.

56.
Heather

Auf dem Kirchhof schütteln mir Leute die Hand und bekunden mir ihr Beileid. Als sei Kayla eine Lieblingstasche, die ich verlegt habe. Oder eine teure Uhr, die kaputtgegangen ist.

»Wie geht es Ihnen?«, fragen die Leute.

Ich antworte ihnen. Aber ich habe wirklich keine Ahnung, was ich sage. Vielleicht lüge ich und sage ihnen, dass es mir gut geht. Vielleicht öffne ich aber auch den Mund, und es kommt überhaupt kein Ton heraus. Ich weiß es wirklich nicht.

Ich spüre eine Hand auf dem Rücken; jemand lotst mich nach drinnen. Kaylas Sarg steht vor dem Altar. Er ist weiß und hat glänzende Griffe. Ich habe ihn nicht ausgesucht. Das muss Gavin gemacht haben. Auf dem Sarg stehen Fotos von Kayla. Eines zeigt sie an ihrem letzten Geburtstag. Sie lächelt so strahlend, nachdem sie ein neues Handy geschenkt bekommen hat, mit dem sie mir ewig lange in den Ohren gelegen hatte. Sie ist abgemagert und blass, doch ihre blauen Augen funkeln immer noch, sodass ihre Persönlichkeit zum Ausdruck kommt. Natürlich ist auch ein Foto dabei, auf dem sie ihre Basketballklamotten trägt; eine glänzende Medaille hängt ihr um den Hals. Die meisten der Bilder kenne ich gar nicht. Aiden muss sie auf seinem Handy gespeichert haben. Ich hoffe inständig, dass er seine restlichen Fotos mit mir teilen wird. Denn ich würde sie gern alle sehen.

Gavin rutscht auf den Sitz neben mir, während sich die Kirche allmählich mit Menschen füllt. Es dauert nicht lange, bevor es brechend voll ist; Familie und Freunde aus Dublin und Cork sind gekommen. Ich entdecke die Schulleiterin und viele – wenn nicht sogar alle – Lehrer. Kaylas alte Lehrer aus der Grundschule sind ebenfalls hier. Alle Schüler sind in Schuluniform hergekommen, sitzen an der Seite und werden als Chor singen. Wie es Teenager so machen, flüstern sie untereinander. Manche von ihnen weinen. Andere wiederum reden und machen einen gelangweilten Eindruck, als wären sie jetzt lieber woanders. Zweifellos ist ihnen nicht bewusst, dass ich jetzt am liebsten auch ganz woanders wäre. Kaylas engste Freunde tragen normale Kleidung und sitzen verstreut in den Kirchenbänken. Die meisten von ihnen sitzen bei ihren Eltern, die Köpfe gesenkt und mit gebrochenen Herzen.

Kaylas Lieblingslied beginnt, woraufhin Gavin meine Hand nimmt. »Jetzt müssen wir uns von ihr verabschieden«, flüstert er.

Ich schließe die Augen und denke an den Tag zurück, an dem ich Gavin verkündet habe, dass er Vater wird. Damals habe ich noch nicht gewusst, dass ich ihm das allerschönste

Geschenk der Welt mache und unsere Tochter uns fünfzehn unglaubliche Jahre so unendlich glücklich machen würde.

»Hallo«, sagt eine zitternde Stimme, die ich sofort wiedererkenne. Ein sehr adrett gekleideter Aiden in einem noblen, maßgeschneiderten Anzug steht mit einem Blatt Papier in der Hand neben Kaylas Sarg.

Ein Raunen und Hüsteln geht durch die große Menge der Beerdigungsgäste, die sich bis in die letzte Ecke der Kirche drängen. Dann herrscht Stille, und alle Augen ruhen auf Aiden.

»Mein Name ist Aiden. Ich bin … ähm … ich war …«, stottert Aiden, bevor er verstummt und sich räuspert. Er zittert, doch er schafft es, nicht in Tränen auszubrechen. »Ich bin Aiden, und Kayla *ist* meine beste Freundin. Sie hat mich gebeten, Ihnen allen diesen Brief vorzulesen.«

Aiden schüttelt den Kopf und lässt den Brief sinken. Es ist einfach zu viel für ihn. Zu schwer. Mit Tränen im Blick schaut er zu mir. Ich nicke ihm zu, ermutige ihn und lasse ihn ohne Worte wissen, dass es vollkommen okay ist, wenn er stottert oder weint oder sogar zusammenbricht, aber er muss Kaylas Worte vorlesen. Sie hat ihm vertraut. Ihm und sonst niemandem. Sie braucht ihn jetzt. Sie braucht ihn ein allerletztes Mal.

Aiden nickt, strafft die Schultern und tritt näher an ihren Sarg heran.

»Okay«, sagt er. »Dieser Brief ist von Kayla. Das sind ihre Worte.«

Schließlich holt er tief Luft und liest vor.

Wie ihr alle wisst, kann ich heute nicht bei euch sein. Ich bin voll und ganz damit beschäftigt, tot zu sein. Sarghumor – tut mir leid. Da ich jedenfalls nicht selbst zu euch sprechen kann, habe ich meinen besten Freund, Aiden, gebeten, euch diesen Brief hier vorzulesen.
Vielen Dank, Aiden! Versuch, dich zusammenzureißen, mein Lieber. Tu so, als sei dies der Englischunterricht, als wolltest du alles für eine Eins im Vortragen tun.
Mrs Quinn: Wenn Sie hier sind, sollten Sie Aiden dieses Jahr eine Eins geben, finde ich. Eine Trauerrede ist echt schwer! Ich empfinde es schon als eine Herausforderung, sie nur zu schreiben – da mag ich mir gar nicht vorstellen, wie schwer es sein muss, vor euch allen zu stehen und sie vorzulesen.
Also … los geht's …
Als mir klar wurde, dass die Ärzte nichts mehr für mich tun konnten, habe ich angefangen, mich mit meiner Beerdigung zu beschäftigen. Na ja, eigentlich stimmt das nicht so ganz. Zuerst habe ich geweint und die Nerven verloren. Weil es mir einfach so unfair erschien, dass ich keine Kontrolle über mein eigenes Leben hatte.
Aber nach und nach wurde mir klar, dass ich sehr wohl die Kontrolle über meinen Abschied habe. Das mag ein wenig umständlich oder weitschweifig sein, aber bitte habt da Nachsicht mit mir. Immerhin ist dies die letzte Gelegenheit, mich an euch alle zu wenden. Und ich habe eine Menge, was ich loswerden will.
Ich kann mir vorstellen, wie seltsam das wirken muss. Man hat mir gesagt, dass es nicht normal ist, seine

eigene Trauerrede zu schreiben. Da habt ihr recht, ihr alle zusammen, das ist nicht normal. Aber es ist auch nicht normal, mit fünfzehn den Löffel abzugeben – und doch kommt es so. Und wisst ihr, was ich dazu zu sagen habe? Scheiß auf normal. Entschuldigen Sie bitte, Father Clancy – ich bin nicht sicher, ob es erlaubt ist, in einem Gottesdienst zu fluchen. Tut mir leid, Aiden, wenn du dir jetzt Probleme damit eingehandelt hast, indem du diesen Teil des Briefes laut vorliest.
Jede Wette, dass meine Mum gerade rot geworden ist, weil ich sie vor allen Leuten mit meiner unanständigen Ausdrucksweise beschämt habe. Aber wenn ihr jetzt alle zu meiner Mum rüberschaut, hoffe ich, dass ihr das schwarze Kleid seht, das sie trägt. Ich weiß genau, welches es ist. Es ist das Etuikleid mit einem silbernen Reißverschluss am Rücken. Sie mag es so sehr, weil es sie bei ihren Arbeitsmeetings so klug wirken lässt. Mum weiß nicht, dass auch ich das Kleid gern mag. Aber es ist gar nicht mal so sehr das Kleid, das ich mag, sondern vielmehr die Art und Weise, wie sie sich fühlt, wenn sie das Kleid trägt. Es ist ihr »smartes« Kleid. Meine Mum ist klug – immer, wohlgemerkt. Aber dieses Kleid erinnert sie einfach daran. Ich hoffe, du fühlst dich heute klug, Mum. Du bist die wunderbarste Mutter. Du hast mich geformt. Hast mich geprägt. Mich umarmt, wenn ich mich dir nahe fühlen musste. Du hast mich berichtigt und mir Ratschläge gegeben, wenn ich dumme Fehler gemacht habe, aber vor allem hast du mir beigebracht, wie man liebt und geliebt

wird. Ich bin so unglaublich dankbar für das Geschenk unserer Beziehung. Jedes Kind sollte das Glück haben, eine Mutter wie ich zu bekommen. Ich liebe dich.

Dad. Hey, du! Trägst du heute deinen grauen Anzug und die blaue Krawatte? Ich hoffe. Das Blau lässt deine Augen leuchten. Die gleichen Augen, die du mir vererbt hast. Die gleichen Augen, die mich sehen. Die mich kennen. Und mich verstehen, wenn nicht mal ich mich selbst verstehe. Danke für alles. Danke, dass du mit achtzehn betrunken warst und mit Mum geschlafen hast. Noch einmal Entschuldigung, Father Clancy!

Und Aiden. Jetzt versuch bitte nicht, hier einen auf cool zu machen, Aiden. Ich weiß, dass du rot wirst. Tut mir leid!

Ich liebe dich, Dad. Und Charlotte. Und Molly. Kleine Molly. Ich liebe dich über alles – weißt du das? Weißt du, dass du die beste kleine Schwester auf der ganzen Welt bist? Niemand kann Beyoncé so gut singen wie du! Niemand kann so gut Hula-Hoop wie du! Oder ein Tutu mit einem Diadem tragen! Und niemanden kann man so sehr ins Herz schließen wie dich.

Es tut mir unendlich leid, dass ich dich nicht aufwachsen sehen werde. Und es tut mir leid, dass ich dir den Rest von Der fantastische Mr. Fox *nicht mehr vorlesen kann. Das Buch musst du jetzt allein weiterlesen. Ich weiß, dass du das kannst. Das Ende der Geschichte ist sooo gut! Vertrau mir. Mr Fox war mutig, als er Mut am allermeisten gebraucht hat. Sei wie Mr Fox, meine wunderschöne kleine Schwester. Finde deine Stärken.*

Aiden. Oh, jetzt schau mich bitte nicht so an. Oder vielmehr meine Holzkiste. Denn dahin wird dein Blick wandern. Wir haben darüber gesprochen. Wir wussten, dass nicht mehr viel Zeit blieb. Beweg deinen Hintern und such dir eine Freundin! Du bist ein guter Fang, und nur, weil du mein bester Freund bist und es superkomisch gewesen wäre, dich zu küssen, heißt das nicht, dass ich nicht darüber nachgedacht habe. Ja, ich gebe es zu. Ich werde dich vermissen. Schrecklich sogar. Aber ich erwarte von dir, dass du zur Vernunft kommst, dich mit Sarah aus unserem Naturwissenschaftskurs unterhältst und ihr sagst, dass du sie magst. Oh, und falls Sarah da sein sollte …
Übrigens, Aiden mag dich! Ey, was denn, Aiden? Ich habe dir gerade einen Gefallen getan, vertrau mir. Sarah, pass gut auf ihn auf. Er braucht eine neue beste Freundin.
An diesem Punkt möchte ich etwas wirklich Intelligentes und Profundes sagen, um meinen Englischlehrer stolz zu machen, obwohl profund ein ziemlich schweres Wort ist; vielleicht kann ich damit ein paar Punkte einheimsen. Aber wie sich herausstellt, spielen Worte am Ende keine Rolle mehr. Ich wette, dass die meisten von euch beim Zuhören bestimmt eingeschlafen sind. Um ehrlich zu sein, habe ich mit dem Schreiben hiervon bereits gestern angefangen und habe damit nach dem Schlafen, den Medikamenten und dem Wackelpudding, der gelb war und nach Pipi gerochen hat, weitergemacht. Aufgepasst, Leute. Wenn ihr jemals im Kranken-

haus seid und man euch Wackelpudding anbietet: Esst den nicht.

So, was ich eigentlich sagen will: Macht das Beste aus eurem Leben und lebt es. Lebt es an jedem einzelnen Tag. Verfasst nicht irgendwelche Listen mit Dingen, die ihr irgendwann mal machen wollt, die ihr dann aber nie macht. Habt nicht das Gefühl, ihr müsstet aus einem Flugzeug springen oder einen Bungee-Sprung in einem Canyon machen. Wenn es für euch das Beste im Leben ist, jeden Tag mit dem Hund Gassi zu gehen – tut das. Wenn es für euch das Beste im Leben ist, Weißwein zu trinken, ohne dass ihr euch die Mühe gemacht habt, ihn vorher zu kühlen – tut das. Umarmt eure Liebsten. Wenn ihr damit fertig seid, eurer Familie zu sagen, wie sehr sie euch nervt, dann sorgt dafür, dass ihr ihr auch sagt, wie sehr ihr sie liebt. Und holt jeden Morgen, wenn ihr aufwacht, tief Luft und seid dankbar für die Luft in euren Lungen. Seid nicht einfach nur am Leben. Lebt! Ich habe gelebt.

Aiden lässt das Blatt sinken, als alle klatschen. Er bricht in Tränen aus und eilt den Mittelgang hinunter, um sich wieder neben seine Mutter zu setzen. Mary schlingt die Arme um ihn und drückt ihn zärtlich an sich.

»Danke, Aiden«, bedankt sich Father Clancy und beginnt den Gottesdienst.

Doch ich höre nicht mehr zu. Ich streiche mit den Händen über mein Lieblingskleid – Kaylas Lieblingskleid – und verspreche meiner Tochter zu leben.

57.

Charlotte

1. Weihnachtsfeiertag

Mit aufgeregten Freudenschreien kommt Molly in unser Schlafzimmer gehüpft.

»Santa Claus war da! Santa war da!«, ruft sie.

Widerwillig öffne ich die Augen und versuche, mich selbst wach zu rütteln. Keine Ahnung, wie spät es ist, aber draußen ist es immer noch dunkel. Nach und nach gewöhnen sich meine Augen an das Licht, das durch die offene Tür vom Flur aus hereinfällt. Als ich mich auf die Seite drehe, sehe ich, dass sich Gavin bereits aufgesetzt hat. Hat er überhaupt geschlafen? In den letzten Nächten war er so rastlos und unruhig. Weihnachten wird sehr schwer für ihn werden.

»Steht auf! Aufstehen!«, kommandiert Molly und klettert neben mir ins Bett. Als sie mit ihren kleinen, eiskalten Zehen die Rückseite meiner Waden berührt, jaule ich auf.

»Okay. Okay!«, beschwichtigt Gavin sie, schlägt auf seiner Bettseite die Decke zurück, schiebt die Beine über die Bettkante und steht auf.

»Kommt schon! Los, kommt!«, ruft Molly, völlig unbeeindruckt davon, dass ich mich nicht so schnell bewege wie Gavin. »Kommt!«, grummelt sie und klettert wieder aus dem Bett.

Ich lausche dem Pitsch-Patsch ihrer kleinen Füße, die über den Flur huschen, gefolgt vom Knallen der Gästezimmertür, die sie mit Kraft aufreißt und an die Wand knallt.

»Heather. Heather. Heather!«, ruft Molly. »Aufstehen!«

»Oh Gott, sie ist in Heathers Zimmer gelaufen«, stelle ich fest, als könne Gavin nicht hören, was passiert ist.

»Ja«, antwortet er und zieht sich eine Jogginghose an.

Nachdem ich aufgestanden bin, schiebe ich meine Füße in meine bereits wartenden, übergroßen Plüschpantoffeln und schlüpfe in meinen warmen Morgenmantel. Danach öffne ich den Kleiderschrank und hole einen weiteren Morgenmantel für Heather heraus. Sie hat nur sehr zögerlich eingewilligt, Weihnachten bei uns zu verbringen. Ich musste sie fast anflehen. Doch den Gedanken, dass sie allein bei sich zu Hause in Cork herumhockt, konnte ich nicht ertragen.

Ich laufe zu Heathers Zimmer hinüber und bleibe in der Tür stehen. »Tut mir leid«, sage ich, weil ich das Gefühl habe, mich für den vierjährigen Wecker entschuldigen zu müssen, der eben gerade ungebeten in ihr Zimmer hereingeplatzt ist.

»Schon okay«, erwidert Heather. »Ich habe ohnehin nicht geschlafen.«

Die gigantischen Ringe unter ihnen Augen bestätigen ihre Aussage.

»Sie ist nur so aufgeregt«, füge ich entschuldigend hinzu, weil ich beschämt, peinlich berührt oder sonst irgendwas bin. Ich kann es nicht mal genau sagen. Aber Mollys Aufregung kommt mir gerade unangemessen und erschütternd vor.

»War er da?«, fragt Heather und gibt sich Molly zuliebe Mühe, begeistert zu klingen. »War Santa schon da?«

»Ja! Ja! Ja! Ich habe seine Rentiere oben auf dem Dach gehört!« Molly wirbelt im Kreis herum und hüpft auf und ab.

»Eben gerade?«, frage ich.

»Ja!« erwidert Molly, felsenfest überzeugt.

Molly nimmt Heather an die Hand und versucht, sie hochzuziehen. Als Heather steht, kann ich mir ein Keuchen in letzter Sekunde verkneifen, als ich sie in ihrem kurzen Schlafanzug vor mir sehe. Ihre Beine sind so schrecklich dürr. Mir ist nicht klar gewesen, dass sie seit ihrem Einzug hier so viel Gewicht verloren hat. Ich reiche Heather meinen zweiten Morgenmantel, den sie sich lächelnd überstreift.

Gavin taucht hinter mir mit einer Santa-Mütze auf dem Kopf an der Tür auf. »Dann wollen wir mal. Lasst uns runtergehen«, sagt er.

Molly hält immer noch Heather an der Hand und zerrt sie an uns vorbei nach unten.

»Danke«, flüstere ich Gavin zu und deute auf seine Mütze.

»Kayla hat mich gebeten, dieses Weihnachtsfest für Molly und Heather zu etwas ganz Besonderem zu machen. Ich gebe mir Mühe!«

»Nur hast du nicht geahnt, wie schwer das wird«, füge ich mitfühlend hinzu.

Gavin schluckt, und ich kann den Gefühlskloß beinahe sehen, den er im Hals hat.

Gavin und ich folgen Molly und Heather ins Wohnzimmer hinunter. Unsere Weihnachtsstrümpfe hängen am Kamin, allesamt überladen mit Geschenken. Glücklicherweise habe ich gestern noch einen Weihnachtsstrumpf für Heather gefunden und auch diesen mit kleinen Geschenken gefüllt.

Molly quietscht vor Vergnügen, als sie unter dem Weihnachtsbaum einen Stapel mit Geschenken für sie findet, die gestern, als sie zu Bett gegangen ist, nicht da gewesen sind.

»Die sind von Santa!«, ruft sie, deutet mit dem Finger darauf und hüpft auf der Stelle auf und ab. »Ich hab doch gesagt, dass er da war.«

»Na, worauf wartest du?«, fragt Gavin. »Mach die Geschenke auf!«

Molly kniet sich hin, nimmt das erste Geschenk und reißt das leuchtend grün-rote, mit Zuckerstangen bedruckte Geschenkpapier ab.

»Ein Tretroller mit Leuchträdern!«, ruft sie, stellt den Karton zur Seite und greift nach dem nächsten Paket.

Bei diesem reißt sie noch schneller das Geschenkpapier ab. Und wirkt noch enttäuschter als beim ersten Paket, als sie ein riesengroßes, flauschiges Einhorn auspackt. Sie legt das Kuscheltier beiseite. Und nimmt das nächste Geschenk. Nacheinander öffnet sie jedes Geschenk, das Santa Claus ihr gebracht hat, und wirkt von Geschenk zu Geschenk niedergeschlagener.

»Ich verstehe das nicht«, flüstere ich Gavin ins Ohr. »Sie bekommt doch alles, was sie sich gewünscht hat.«

Molly greift zum letzten Geschenk. Nachdem sie das Papier abgerissen hat, holt sie eine Barbie mit langem, pinkfarbenem Haar aus dem Karton und fängt an zu weinen.

»Ist das alles? Ist das alles, was Santa mir gebracht hat?« Gierig sucht sie nach weiteren Geschenken.

»Molly, hör auf!«, ruft Gavin nachdrücklich.

»Aber da sollte noch *mehr* sein!«

»Molly!«, rufe ich ähnlich verärgert wie Gavin. »Meinst du nicht, du hast genug bekommen? Du hast dir die Geschenke nicht mal angeschaut!«

»Nein, nein, nein!«, schluchzt Molly. »Da sollte ein großes, besonderes Geschenk für mich sein.«

»Ist das das Geheimnis, von dem du mir erzählt hast?«, fragt Heather, und ich neige verwundert den Kopf zur Seite, weil mir nicht bewusst war, dass Molly Heather ein Geheimnis verraten hat.

Molly nickt, während ihr die Tränen über die rosigen Wangen kullern.

»Magst du mir verraten, was das Geheimnis war?« Heather geht neben Molly in die Hocke.

»Ich habe Santa gefragt, ob er machen kann, dass es Kayla besser geht. Er kann doch zaubern! Aber das hat er nicht gemacht. Kayla ist nicht hier. Dabei war ich lieb, richtig lieb, aber er hat Kayla nicht zurückgebracht.«

»Oh, Molly.« Gavin bricht fast zusammen.

Schnell schließe ich die Arme um ihn, bevor er hinfällt, während ich zusehe, wie Molly in Heathers Arme klettert, sie einander umarmen und gemeinsam schluchzen.

Gavin schmiegt seinen Kopf in meine Halsbeuge. Gemeinsam halten wir kurz inne und wünschen uns, dass Santa Claus wirklich ein Zauberer wäre, der uns Kayla zurückgeben könnte.

58.

Charlotte

Es hat einiges an Überredung gekostet, doch schließlich hat Molly Santa verziehen und fing an, mit ihren Geschenken zu spielen. Jetzt kämmt sie gerade der Barbie die Haare, während sie gleichzeitig mit dem Einhorn kuschelt. Und sie lacht, wie es ein kleines Mädchen am Weihnachtsmorgen tun sollte.

Ich kümmere mich um das Frühstück. Ich bereite etwas Leichtes zu, hauptsächlich Obst und Müsli. Heather lässt sich zunächst kaum zum Essen bewegen, aber endlich knabbert sie an einer Banane. Auch Gavin bringt nicht viel herunter. Um zu funktionieren, scheint er sich voll und ganz auf die Wirkung des Kaffees zu verlassen. Solange er sich zusammenreißen kann, spielt er mit Molly, dann entschuldigt er sich und geht nach oben.

»Mummy, Mummy, sieh mal!«, ruft Molly und kommt in die Küche gehüpft, um mir ihre Entdeckung zu zeigen, dass das Einhorn spricht, wenn man ihm auf den Bauch drückt.

»Ich mag Umarmungen«, ertönt die piepsige Stimme des Stofftiers.

»Das ist schön, Molly«, erwidere ich, während ich mich auf die Zubereitung der Vorspeise konzentriere, die wahrscheinlich keiner essen will, wie ich befürchte.

»Es kann noch mehr sagen. Hör mal.« Molly drückt erneut dem Einhorn auf den Bauch, und wieder beglückt uns das übereifrige Spielzeug mit seinen quietschigen Phrasen.

Heather sitzt am Küchentisch und starrt in den Kaffee, den ich ihr vor fast einer Stunde gekocht habe. Inzwischen muss er kalt sein und fies schmecken, doch ich bezweifele, dass sie überhaupt vorhat, ihn zu trinken.

»Ich hab dich lieb!«, dudelt das Stofftier. »Du bist meine beste Freundin!«

»Okay, Molly«, sage ich und habe Mühe, nicht zu blaffen, als die nervige Stimme an meinem Hirn kratzt wie Fingernägel über eine Tafel. »Warum spielst du nicht mal mit deinen anderen Spielsachen?«

»Aber ich mag Mr Regenbogen«, erwidert Molly und schmiegt das Einhorn fest unter ihr Kinn.

»Mr Regenbogen, das ist ein schöner Name!«, sage ich und lächele Molly an. Doch mein Blick ruht auf Heather.

»Ähm. Ich glaube, ich gehe mal spazieren«, verkündet Heather und steht langsam und zittrig auf.

»Okay«, nicke ich und sorge mich zugleich, dass ihr unterwegs schwindelig werden und sie hinfallen könnte, weil sie so erschöpft ist. »Vielleicht würde Gavin auch gern mitgehen«, schlage ich vor. »Ich laufe kurz rauf und frage ihn.«

»Kann ich mit?«, fragt Molly. »Ich mag Spazierengehen. Und ich könnte Mr Regenbogen mitnehmen.«

»Nein, Molly, ich glaube nicht, dass …«

»Spazieren gehen, spazieren gehen, spazieren gehen!«, singt Molly.

Heather geht in den Flur hinaus. Schnell wasche ich mir die Hände und spüle Kräuter und Semmelbrösel ab und hoffe inständig, dass ich nicht zu spät bin, um sie noch abzufangen, bevor sie einfach im Schlafanzug hinausläuft.

»Heather, warte!«, rufe ich, als sie zum Mantel greift, der über dem Treppengeländer hängt. Sie hört nicht zu. Ihr Körper ist anwesend, doch mit den Gedanken ist sie ganz woanders.

Als es plötzlich an der Tür klingelt, zuckt Heather zusammen. Als hätte das unerwartete Geräusch sie mit einem Ruck ins Hier und Jetzt zurückbefördert.

»Wer kann denn das bloß sein?«, frage ich, ein wenig verwirrt. Wir erwarten an Weihnachten keine Gäste.

»Ich weiß nicht, Mummy«, erwidert Molly ernst, als sei sie enttäuscht, dass sie keine Antwort auf meine Frage hat.

Heather lässt ihren Mantel los, lässt ihn am Geländer hängen und kehrt mit hängendem Kopf wieder in die Küche zurück.

Ich öffne die Tür. »Jack.«

»Hi!«, erwidert Jack lachend.

Die Dezemberluft weht so eiskalt herein, dass ich zittere. Als mir auffällt, dass ich meinem Nachbarn in flauschigen Pantoffeln und einem noch viel flauschigeren Morgenmantel gegenüberstehe, werde ich rot.

»Ist Heather da?«, fragt Jack.

Ich werfe einen Blick über die Schulter zurück und sehe, dass Heather stehen geblieben ist und sich zur Tür umgedreht hat.

»Ja. Ja. Ist sie. Möchten Sie reinkommen? Draußen ist es eiskalt.«

»Das wäre lieb. Danke«, antwortet er.

Jack betritt das Haus; dabei entdecke ich im Flurspiegel, dass er eine kleine Schachtel hinter dem Rücken versteckt hält. Sie ist in glänzendes, silbernes Geschenkpapier gewickelt und mit einer leuchtend roten Schleife obenauf geschmückt. Die Schachtel sieht sehr hübsch aus, und ich hege keinerlei Zweifel, dass es sich dabei um ein Geschenk für Heather handelt. Doch ihre ganzen anderen Geschenke im Weihnachtsstrumpf hat sie bislang nicht einmal angerührt.

»War Santa schon da?«, fragt Jack, als Molly ihm ihr neues Einhorn hinhält.

»Magst du ihn?«, fragt sie. »Das ist Mr Regenbogen.«

»Der ist ja toll!«, lobt Jack. »Du musst ein liebes Mädchen gewesen sein.«

»Es ist Weihnachten, Jack«, stellt Heather fest und kommt langsam zu uns. »Sollten Sie da nicht mit Ihrer Familie feiern?«

Gavin taucht oben an der Treppe auf. Die Türklingel scheint seine Aufmerksamkeit erregt zu haben. Der Flur fühlt sich mit einem Mal ungewohnt überfüllt an.

»Meine Schwester verbringt den Tag bei der Familie ihres verstorbenen Ehemannes«, erklärt Jack. »Sie haben mich natürlich eingeladen, aber das kam mir nicht richtig vor.«

»Sie sind allein?«, fragt Gavin und reibt sich die Augen, während er die Treppe herunterkommt. Ich denke, er hat ein Nickerchen gemacht. Worüber ich sehr froh bin, da ich mich nicht daran erinnern kann, wann er das letzte Mal geschlafen hat.

»Das macht mir nichts aus«, entgegnet Jack. »Ich muss ohnehin gleich ins Krankenhaus. Nach einigen Kindern sehen.«

»Na, dann müssen Sie jetzt bleiben und in der Zwischenzeit mit uns essen«, schlägt Gavin vor.

»Das ist sehr freundlich, aber danke.« Jack zuckt zusammen. »Wirklich lieb gemeint, allerdings möchte ich nicht, dass Sie sich dazu verpflichtet fühlen.«

»Wir haben mehr als genug«, entgegnet Gavin. »Nicht wahr, Charlie?«

Ich muss an den überdimensionalen Truthahn denken, der im Ofen brutzelt. »Wir würden uns freuen, wenn Sie bleiben, Jack«, nicke ich.

Jack lächelt, und ich beobachte, wie sein Blick Heathers sucht.

»Ich würde mich auch freuen«, fügt Heather hinzu.

»Okay«, antwortet Jack schließlich. »Danke.«

»Ist das ein Geschenk?«, fragt Molly und deutet auf die wunderschön verpackte Schachtel hinter Jacks Rücken.

»Das ist es«, erwidert er und holt die Hände und das Geschenk hinter dem Rücken hervor.

»Ist das für miiiich?«, fragt Molly.

»Molly!«, ermahne ich sie streng. »Sei nicht so unhöflich!«

»Eigentlich ist es für Heather.«

Mir wird schwer ums Herz. Ich bezweifele, dass Heather der Sinn nach Geschenken steht, doch sie tritt ein paar Schritte vor. »Für mich?«

Ich gehe beiseite und mache Platz, damit Jack und Heather einander gegenüberstehen können.

»Ja«, nickt Jack. »Aber nicht von mir.«

Stille. Sogar Molly steht mucksmäuschenstill und reglos da, während wir Jack und Heather zuschauen.

»Das Geschenk ist von Kayla.«

59.

Heather

Ich sitze neben Jack auf dem Sofa. Niemand spricht, aber es fühlt sich keineswegs komisch oder unbehaglich an. Als ich wie erstarrt im Flur stehen geblieben bin, nachdem mir Jack die Schachtel überreicht hatte, hat uns Charlotte ins Wohnzimmer gelotst. Gavin sitzt im Sessel und lässt Molly auf seinem Schoß hüpfen, während Charlotte tut, als sei sie damit beschäftigt, Geschenkpapier einzusammeln, das Molly nicht nur unter dem Weihnachtsbaum, sondern überall verteilt hat.

Die Lichterkette im Baum funkelt; ihr Licht spiegelt sich in dem glänzenden, metallischen Geschenkpapier in meiner Hand. Meine Hände zittern, als sich meine Finger um die kleine, hübsch verpackte Schachtel schließen. Nicht nur einmal hätte ich sie beinahe fallen gelassen. In der Mitte der roten Schleife ist ein Geschenkanhänger befestigt, auf dem »Alles Liebe, Kayla« in ihrer schönen, geschwungenen Handschrift steht. Unzählige Male lese ich die drei schlichten Worte und fahre die Buchstaben mit meinen Fingerspitzen nach.

»Mach's auf! Mach's auf! Mach's auf!«, fordert Molly, die allmählich die Geduld verliert.

»Pssst, Molly!«, ermahnt Gavin sie. »Bitte lass Heather doch Zeit.«

Gavins Worte widersprechen seinem sehnsüchtigen Blick. Er will genauso verzweifelt sehen, was sich in der Schachtel befindet, wie seine zappelige vierjährige Tochter. Und auch ich möchte hineinsehen. Sehr gern sogar. Aber jedes Mal, wenn ich nach der roten Schleife greife und bereit bin, sie zu öffnen, halte ich inne. Mir ist schmerzlich bewusst, dass dies das letzte Geschenk ist, das ich je von Kayla auspacken werde. Das letzte Mal, dass ich je einen Geschenkanhänger lesen werde, der ihre Handschrift trägt. Das letzte Mal, dass ich mich fragen werde, welches Geschenk sie für mich ausgesucht hat. Die letzte Überraschung.

»Möchtest du gern einen Moment lang allein sein?«, fragt Charlotte, die einen Berg von zerrissenem und zerknülltem Geschenkpapier in den Armen trägt.

»Nein«, keuche ich. »Geht nicht. Bitte.«

Jack legt seine Hand auf mein Knie und lässt mich damit wissen, dass er nirgendwo hingeht.

Schließlich hole ich tief Luft und zupfe an der Schleife, reiße ganz vorsichtig das Papier auf und öffne den Deckel der Schachtel, die sich darin befindet.

»Das ist ein Schlüsselanhänger«, stelle ich verwirrt fest.

»Stimmt«, erwidert Jack.

Ich hole den rechteckigen silbernen Anhänger heraus und lese die Aufschrift auf der Vorderseite. »Kaylas«, lese ich vor.

Jack nickt, als solle mir klar sein, was das bedeutet. »Da ist noch etwas«, erwidert er, deutet auf die Schachtel und ermutigt mich mit seiner Geste, erneut nachzusehen.

Als ich in die Schachtel blicke, entdecke ich ein Stück weißen Karton, auf dem steht: *»Ruf mich an!«* Es erweist sich jedoch als schwierig, die Karte herauszuholen. Meine Finger tasten und fummeln herum und schaffen es nicht auf Anhieb. Endlich kriege ich die Karte zu fassen und drehe sie um.

»Da steht eine Telefonnummer«, stelle ich erstaunt fest.

Jack hat bereits sein Handy aus der Tasche gezogen und wartet auf mich. Er reicht es mir.

»Rufen Sie die Nummer an«, fordert er mich auf.

Unsicher nehme ich sein Mobiltelefon entgegen, gebe die Zahlen ein und halte es mir ans Ohr. »Es klingelt gar nicht.«

»Sie sollten jeden Moment zur Sprachnachricht weitergeleitet werden …«

»Hi, Mum!«, flüstert Kaylas sanfte Stimme in mein Ohr. Fast hätte ich das Telefon fallen gelassen, als mir die Tränen über die Wangen laufen. Jack lächelt und nickt.

Eine Nachricht. Sie hat mir eine Nachricht hinterlassen.

»Ich bin's, Mum. Hier ist Kayla.« Ihre Stimme ist mir so wunderbar vertraut. Ich sehne mich so nach ihr.

»Frohe Weihnachten, Mum! Ich hoffe, dir geht es gut. Ich wünschte, ich könnte heute bei dir sein. Aber ich dachte, diese Sprachnachricht ist das, was dem am nächsten kommt. Jack hat mir übrigens dabei geholfen. Er ist so nett, Mum. Du solltest ihn wirklich besser kennenlernen. Das meine ich ernst.«

Ich schaue zu Jack auf und lächele; er erwidert mein Lächeln.

»Gefällt dir der Schlüsselanhänger?«, fragt Kayla, gefolgt von einem Kichern. »Jede Wette, dass du keine Ahnung hast, wofür der ist, oder?«

Ich schüttele den Kopf, als könne sie mich sehen. Ich wünschte, es wäre so.

»Der ist für den Schlüssel zu deinem neuen Café. Für das *Kaylas*. Ich weiß, ich weiß. Du bist kein Fall für Almosen. Aber man kann doch nicht von Almosen reden, wenn man etwas zurückgibt. Wie wäre es also, wenn du zehn Prozent aller Einnahmen an die Krebsforschung spendest? Wäre das nicht toll? Wir könnten auf diese Weise mithelfen, dass Kinder in Zukunft wieder gesund werden. Das könnten wir gemeinsam schaffen, Mum, nicht wahr?«

Dicke, salzige Tränen laufen mir über die Wangen, weil das so typisch Kayla ist. Sich immer eine Möglichkeit einfallen lassen, anderen zu helfen.

»Und du musst das Café auch nicht ›Kaylas‹ nennen, mir ist nur kein besserer Name eingefallen. Die Zeit hat nicht mehr gereicht, um alle Formalitäten zu erledigen, doch Jack und Charlotte haben versprochen, sich um alles zu kümmern. Was sagst du dazu, Mum? Wirst du deine Traumbäckerei eröffnen, das Beste aus deinem Leben machen und deinen Traum leben? Und dein bestes Leben leben?«

Ich nicke und kann dank der Tränen nichts mehr sehen.

»Ich habe dich lieb, Mum. Ich habe dich so unglaublich lieb. Ganz gleich, wo ich jetzt bin. Und wann immer du mich vermisst oder wir eine Weile lang schon nicht mehr miteinander gesprochen haben, wähle einfach diese Nummer. Meine Stimme wird dann wieder bei dir sein. Auf Wiederhören, Mum!«

»Nein. Nein. Komm zurück. Kayla, komm zurück!«, weine ich.

Gavin springt auf und ist einen Augenblick später bei mir. Seine starken Arme legen sich um mich und halten mich fest, als ich schluchze und weine.

Charlotte bringt Molly in die Küche und entschuldigt sich, weil das Abendessen in den Ofen müsse. Nach einer Zeit löse ich mich von Gavin und blicke Jack an.

»Wie lange hat sie all das hier geplant?«, frage ich ihn.

»Eine ganze Weile«, erwidert Jack. »Nachdem ihr klar geworden ist, dass es ihr nicht mehr besser gehen würde, hat sie sich allein darauf konzentriert, sich um Sie zu kümmern.«

»Aber ich bin diejenige, die sich um *sie* kümmern sollte«, protestiere ich.

»Und das haben Sie auch gemacht.«

»Aber jetzt ist sie tot«, weine ich; ich zittere am ganzen Körper. »Ich bin ihre Mutter und konnte sie nicht retten. Ich konnte sie nicht schützen. Am Ende konnte ich nichts für sie tun.«

»Sie können das hier für sie tun«, antwortet Jack. »Wie Kayla es ausdrücken würde: Machen Sie das Beste aus Ihrem Leben und leben Sie es.«

»Ich … ich …« Ich starre auf den Schlüsselanhänger in meiner Hand, an dem sich keine Schlüssel befinden. »Ich weiß nicht mal, wie ich damit anfangen soll.«

»Der Papierkram ist schon in Arbeit. Danach können Sie lernen, auf eigenen Füßen zu stehen. Kayla hat an Sie geglaubt. Und ich tue das auch«, erwidert Jack.

»Du schaffst das, Heather«, pflichtet ihm Gavin bei. »Für Kayla. Du musst.«

Epilog
Heather

Etwas mehr als ein Jahr später

Im Badezimmer mustere ich mich kurz im Spiegel. Ich habe Mehl im Haar, und das hübsche rote Kleid, das von oben bis unten geknöpft ist und heute Morgen noch eine gute Idee gewesen zu sein schien, scheuert jetzt unter den Armen. Ich schwitze vor Nervosität und Tatkraft.

Als ich abrausche, klopft es an der Tür.

»Heather, bist du so weit?«, ruft Charlotte.

»Ja. Zwei Minuten. Ich versuche gerade, hier drinnen ein Wunder zu bewirken.«

»Komm schon. Die Leute sind gleich da, und du kannst mich nicht hier draußen allein stehen lassen.«

»Okay, okay«, beschwichtige ich sie. Ich beeile mich und spritze mir ein wenig frisches Wasser aufs Haar, was das meiste Mehl beseitigt.

Ich öffne die Tür und lächele, als Charlotte vor mir steht; sie hat ihre Schürze noch umgebunden. Ich deute darauf und kichere.

»Meine Güte!«, ruft sie und greift nach hinten, um die Schleife zu lösen. »Ich bin total nervös. Und du?«

»Ich zittere vor Nervosität«, erwidere ich. »Wie sehe ich aus?«

»Du siehst toll aus«, erwidert Charlotte, nachdem sie mich von Kopf bis Fuß gemustert hat, und nickt.

»Du siehst aber auch schick aus!«, füge ich hinzu und suche ihre schwarze Knöchelhose und die pastellgelbe Bluse nach Teigflecken ab.

»Nicht zu fassen, dass wir dachten, sechs Uhr sei eine gute Zeit, um diesen Termin anzusetzen. Uns bleibt jetzt gar keine Zeit mehr, nach Hause zu gehen und uns umzuziehen.«

»Ich weiß, ich weiß«, nicke ich und kehre in den Laden zurück. »Aber das ist alles immer noch schrecklich aufregend, oder?«

»Das ist es.« Charlotte grinst mich an, als sie hinter die Theke läuft, um dort im letzten Moment nach den Muffins zu sehen, die mit einem raffinierten Zuckerguss in den Farben von Kaylas Basketballmannschaft verziert sind.

Ich werfe einen Blick auf die Uhr. »Es ist beinahe halb fünf. Um wie viel Uhr wollen Gavin und Molly herkommen?«

»Gavin holt sie nach der Arbeit auf dem Heimweg aus dem Hort ab. Von da aus kommen sie direkt hierher. Eigentlich müssten sie jeden Moment hier eintrudeln.«

Ich lasse den Blick durch das »Kaylas« schweifen. Charlotte und ich haben nach dem Kauf des Ladenlokals nicht allzu viel verändert. Alles ist immer noch so skurril und verschroben wie zu der Zeit, als Gavin und ich Teenager waren und uns an so manchem Nachmittag hier die Zeit vertrieben haben. Wir haben die unterschiedlichen, leuchtend bunten Stühle behalten und nur die kaputten oder abgenutzten ersetzt. Dabei haben wir absichtlich Farben gewählt, die sich beißen. Die Tische haben wir alle behalten und sie lediglich abgeschmirgelt. Wir haben auch darüber nachgedacht, die Fenster auszutauschen, die nicht dicht sind und durch die der Wind im Winter hindurchzieht. Doch wir haben es nicht übers Herz gebracht, uns von ihnen zu trennen. Stattdessen haben wir nun bunte Tücher und Decken auf den Sitzplätzen an den Fenstern verteilt.

Heute ist der Laden mit Ballons und bunten Wimpelgirlanden für unsere allererste Feier geschmückt. Wir sind seit einem Jahr im Geschäft und werden heute unseren ersten Scheck an die Krebsforschung überreichen. Ein hohes Tier von der Stiftung und Mitarbeiter aus der Kinderklinik haben sich angekündigt.

Als ich Charlotte gestanden habe, keine Ahnung zu haben, worüber ich mit diesen Leuten sprechen könnte, schlug sie vor, ihnen die Geschichte zu erzählen, wie das Kaylas entstanden ist. Ich kann es immer noch nicht glauben, dass Gavin mit Kayla während ihrer Kindheit fast jeden Samstag hergekommen ist. Dieser Ort hatte also einen ebenso besonderen Platz in seinem Herzen wie in meinem.

»Natürlich habe ich diesen Ort hier geliebt«, hat er mir am Tag unserer Eröffnung gestanden. »Hier habe ich erfahren, dass ich Vater werde. Das macht das Café zu etwas ganz Besonderem.«

Die Türklingel bimmelt, als sich die Tür öffnet und Molly hereingehüpft kommt, gefolgt von Gavin.

»Wie war es in der Schule?«, fragt Charlotte.

»Okay.« Molly zuckt lässig mit den Schultern.

Sie ist im vergangenen Jahr so groß geworden, denke ich.

Niemals hätte ich damit gerechnet, dass Charlotte Molly erlauben würde, nach der Schule den Hort zu besuchen, damit sie wieder arbeiten gehen kann. Als sie mir jedoch erklärt hat, dass sie in vegane Konditoreiprodukte investieren wollte, habe ich nicht Nein gesagt. Charlotte hat bei der Entstehung des Kaylas eine so große Rolle gespielt, dass ich genau weiß, wie sehr sich Kayla freuen würde, uns beide jetzt Seite an Seite arbeiten zu sehen.

Innerhalb einer Stunde ist das Kaylas brechend voll mit Besuchern. Stammkunden mischen sich mit dem Vorstand der Stiftung, und einige der Klinikschwestern haben zusammengelegt und einen wunderschönen Blumenstrauß mitgebracht; sie alle schwärmen, wie köstlich die neuen veganen Muffins schmecken.

Ich hüpfe schnell hinter die Verkaufstheke, um ein weiteres Blech mit Brownies in den Ofen zu schieben, weil ich befürchte, dass unser Vorrat zur Neige gehen könnte. Als ich mich jedoch umdrehe und plötzlich ein vertrautes Gesicht erblicke, bleibt mir die Luft weg.

»Jack«, sage ich und hätte dabei beinahe das Blech fallen gelassen.

»Hallo, Heather!«, lächelt er.

Mir fehlen die Worte.

»Schön, Sie zu sehen.« Er schaut sich um. »Es sieht toll aus. Kayla wäre mächtig stolz auf Sie.«

»Ja«, nicke ich und habe plötzlich einen Kloß im Hals. »Das hoffe ich.«

Ich setze das Backblech ab und schaue ihm in die Augen. »Wie geht es Ihnen?«, frage ich. »Ich habe Sie seit einer halben Ewigkeit nicht mehr gesehen.«

Vor ein paar Monaten ist Jack aus dem Haus seiner Schwester ausgezogen. Seine Schwester hat jemanden kennengelernt, und Jack wollte ihnen den Raum geben, eine Familie zu werden. Und ich musste leider aufhören, für das Krankenhaus zu backen, seitdem hier so viel zu tun ist. Unsere Wege haben sich nicht mehr gekreuzt.

»Ich habe etwas für Sie«, stellt er fest.

»Aha?«

Ich weiß nicht recht, was ich tun soll. Oder sagen soll. Ich habe ihn so lange nicht gesehen, und jetzt steht er plötzlich vor mir und hat auch noch ein Geschenk für mich. Ich werde rot.

Er holt etwas aus der Innentasche seiner Jacke. Meine Augen brennen, als ich auf das vertraute Geschenk in seiner Hand starre, auf das glänzende, silberne Geschenkpapier und die rote Schleife. Ein Geschenkanhänger baumelt inmitten der Schleife. Ich muss ihn gar nicht erst umdrehen, um zu wissen, was darauf steht.

»Jack«, sage ich und schüttele ungläubig den Kopf.

»Machen Sie es auf.«

Mein Herz klopft dermaßen, dass es sich anfühlt, als würde es mir gleich aus der Brust springen. Mit den Fingern streiche ich behutsam über die geschwungene Handschrift auf dem Anhänger. *Alles Liebe, Kayla.*

»Sie haben das hier ein ganzes Jahr lang aufbewahrt?«, frage ich.

Jack nickt. »Sie hat mich darum gebeten. Ich konnte ihr diesen Wunsch nicht abschlagen.«

Ich nicke. Lasse den Satz sacken. Ich bin froh, dass er nicht abgelehnt hat, was auch immer das hier ist. Ich freue mich, dass Kayla offensichtlich wollte, dass er herkommt, ganz gleich, aus welchem Grund. Ich freue mich einfach, dass er da ist.

»Machen Sie es auf«, wiederholt er, und ich werde den Eindruck nicht los, dass er nervös ist.

Auch ich bin nervös, aber ich tue, was er sagt. Dieses Mal befindet sich kein Schlüsselanhänger in der Schachtel. Nur ein Stück Papier. Ich drehe es um.

»Geh mit Jack aus«, lese ich laut vor und schäme mich sofort. »Oh Gott.«

»Wow, Kayla bringt Sie hier ganz schön in Zugzwang.« Jack grinst mich an.

»Wussten Sie, was in der Schachtel drin ist?«, frage ich.

Jack schüttelt den Kopf. »Hand aufs Herz, ich hatte keine Ahnung.«

In seinem Blick ist so viel Güte, dass ich ihm glaube.

»Tut mir leid«, entschuldige ich mich. »Ich hätte das nicht laut vorgelesen, wenn ich …« Auf der Suche nach Worten unterbreche ich mich selbst. »… wenn ich gewusst hätte, wie peinlich das wird.«

»Ich bin nicht peinlich berührt«, widerspricht mir Jack.

Wir sehen einander in die Augen. Ich muss kichern. Es ist so schön, ihn wiederzusehen.

»So«, sagt er. Seine schönen Augen funkeln. »Fragst du mich? Kayla meint ja offensichtlich, dass du das tun solltest.«

»Was denn?«, lache ich und frage mich, ob er es ernst meint. »Ob du mit mir ausgehst?«

Er nickt.

»Okay.« Ich zucke mit den Schultern. Zweifellos ist mein Gesicht puterrot, als ich tief Luft hole. »Würdest du mit mir ausgehen, Jack Patterson?«

»Das würde ich sehr, sehr gern tun, Heather Prendergast.«

Ich lächele, als mir fast unmerklich Tränen über die Wangen laufen. *Kayla kannte mich einfach zu gut*, denke ich und vermisse sie mehr als je zuvor. Ich schaue auf das Stück Papier hinunter, auf die vier Worte in Kaylas Handschrift, die mir entgegenstarren.

»Hat Kayla noch mehr Überraschungen für mich parat?«, frage ich mit wehem Herzen – in dem Wissen, dass dies hier ihre letzte Überraschung ist.

»Ich glaube, dass Kayla uns zutraut, von jetzt an die Überraschungen selbst in die Hand zu nehmen.«

Jack kommt auf meine Seite der Theke, und als er mich in den Arm nimmt, tue ich lediglich so, als sei ich überrascht. Als er mich küsst, lächele ich, als mir die Worte meiner Tochter durch den Kopf gehen.

Ich mache das Beste aus meinem Leben und lebe es, Kayla. Versprochen.

Ein Brief von Brooke

Ich möchte mich ganz herzlich dafür bedanken, dass Sie sich dafür entschieden haben, *Alles beginnt mit dir* zu lesen. Wenn Ihnen der Roman gefallen hat und Sie gern über neue Romanveröffentlichungen auf dem Laufenden bleiben möchten, melden Sie sich bitte unter dem folgenden Link für den Mailverteiler an:

www.bookouture.com/brooke-harris

Als ich den ersten und zugegebenermaßen recht chaotischen Entwurf dieses Romans meiner Lektorin schickte, antwortete sie mit einem tiefgründigen und unerwarteten Kommentar, der mich auf eine Art und Weise berührt hat, die ich nie vergessen werde. Sie sagte: »Nun, die Frage lautet: *Wie fühlt es sich an, um jemanden zu trauern, wenn man Menschen beistehen muss, deren Trauer noch größer als die eigene ist?*«

Damit hätte ich nicht gerechnet! War denn das wirklich der Kern der Geschichte, die ich geschrieben hatte? War Charlotte mir wirklich so ähnlich? Natürlich sind die Umstände durch und durch fiktional, und es besteht ein großer Unterschied zu meinem echten Leben, aber ich glaube inzwischen wirklich, dass ich beim Schreiben des Romans diese Frage im Herzen gehabt habe. Ehrlich gesagt bin ich selbst jetzt noch nicht sicher, die Antwort gefunden zu haben. Wahrscheinlich tut man es einfach!

Wenn Ihnen *Alles beginnt mit dir* gefallen hat – was ich sehr hoffe –, wäre ich Ihnen sehr dankbar, wenn Sie sich die Zeit nehmen und eine Rezension schreiben würden. Ich freue mich darauf, von Ihnen zu hören, wie Sie den Roman fanden; außerdem hilft dies neuen Lesern ungemein, zum ersten Mal einen meiner Romane zu entdecken.

Ich freue mich über Nachrichten von meinen Leserinnen – Sie erreichen mich über meine Facebook-Seite, über Twitter, Goodreads oder meine Website.

Herzliche Grüße
Brooke

Facebook: Janelle Brooke Harris
Twitter: @Janelle_Brooke
Website: jbharriswrites.wordpress.com

Danksagung

Ein herzliches Dankeschön gebührt der entzückenden Hayley Steed – meiner unvergleichlichen, gütigen, klugen, und wunderbaren Literaturagentin. Ebenso dem weiteren Team der Madelaine Milburn Agency – ich danke euch allen.

Jeder Roman wird von einem Lektor betreut. Dieser Roman hatte sogar das große Glück, von zwei großartigen Lektoren betreut zu werden. Abi – ich habe mich bereits viele, viele Male bei Dir bedankt, und ich hoffe inständig, dass Du weißt, wie viel mir das alles bedeutet. Maisie, es war wunderbar, Dich kennenzulernen. Ich bedanke mich ganz herzlich für die Erkenntnisse, die Du in die Geschichte hast einfließen lassen.

Mum – vielen Dank für die Kaffee- und Teepausen, selbst dann, wenn ich eigentlich hätte arbeiten müssen. Küsschen!

Sophie, Ciaran, Aaron, Conor und Chloe – ich liebe Euch von ganzem Herzen, und wenn Ihr jetzt noch lernt, wie man die Küche wieder sauber macht, könnte ich es schaffen, viel mehr Seiten zu schreiben! ☺

Brian – ich danke Dir von ganzem Herzen für alles!

Autorin

Brooke Harris hat Psychologie studiert und liebt es, in die unterschiedlichsten Gefühlswelten einzutauchen. Ihre im Selbstverlag erschienen Thriller waren internationale Bestseller. Sie lebt mit ihrem Mann und fünf Kindern in Kildare, Irland.

Brooke Harris im Goldmann Verlag:

Das Versprechen der Sterne. Roman
Alles beginnt mit dir. Roman

(Alle auch als E-Book erhältlich)

GOLDMANN
Lesen erleben

Die international gefeierte Sieben-Schwestern-Reihe

Band 1

Band 2

Band 3

Band 4

Band 5

Band 6

Band 7